ハヤカワ文庫FT

〈FT611〉

ホイール・オブ・タイム　竜王伝説

〔下〕

ロバート・ジョーダン
斉藤伯好訳

JN003476

早川書房

8725

日本語版翻訳権独占
早　川　書　房

©2021 Hayakawa Publishing, Inc.

THE EYE OF THE WORLD

by

Robert Jordan

Copyright © 1990 by
Robert Jordan

Translated by
Hakukou Saito
Published 2021 in Japan by
HAYAKAWA PUBLISHING, INC.
This book is published in Japan by
arrangement with
SOBEL WEBER ASSOCIATES, INC., NEW YORK
through TUTTLE-MORI AGENCY, INC., TOKYO.

目次

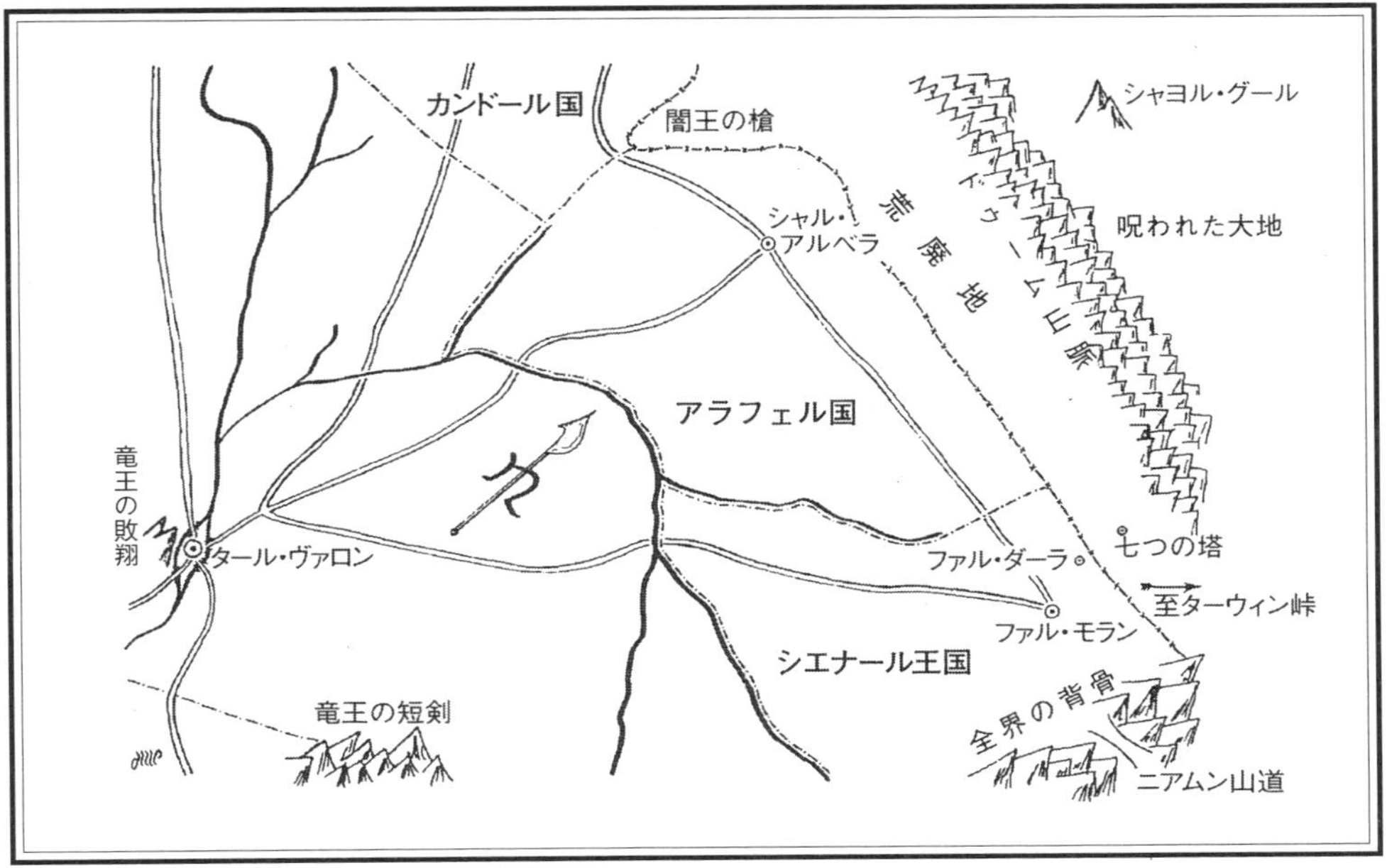

カンドール国
闇王の槍
シャル・アルベラ
荒廃地
ドゥーム山脈
シャヨル・グール
呪われた大地
アラフェル国
竜王の敗翔
タール・ヴァロン
七つの塔
ファル・ダーラ
至ターウィン峠
ファル・モラン
シエナール王国
全界の背骨
竜王の短剣
ニアムン山道

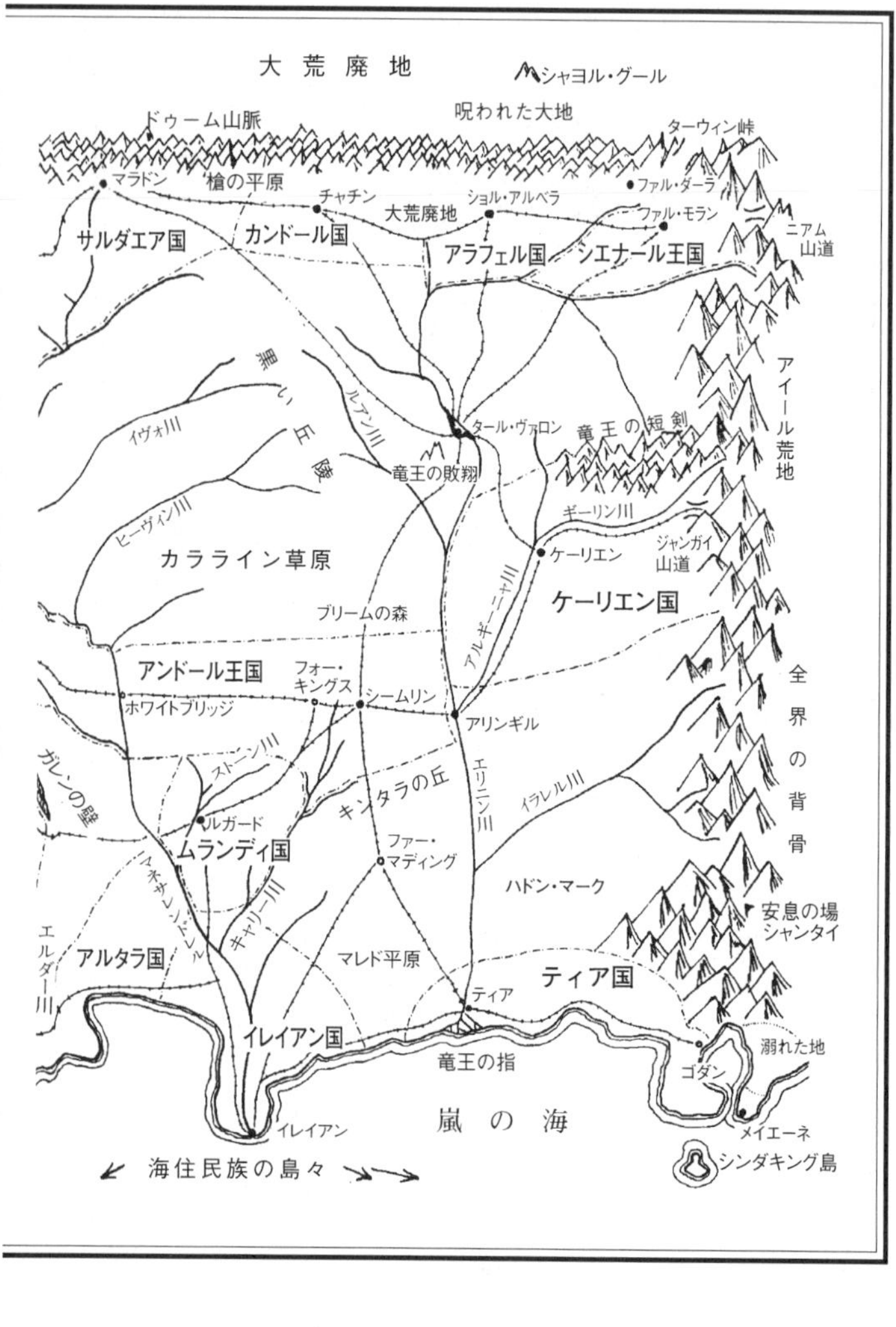
大荒廃地
シャヨル・グール
呪われた大地
ドゥーム山脈
ターウィン峠
マラドン
槍の平原
チャチン
ショル・アルベラ
ファル・ダーラ
大荒廃地
ファル・モラン
ニアム山道
サルダエア国
カンドール国
アラフェル国
シエナール王国
黒い丘陵
ルアン川
イヴォ川
タール・ヴァロン
竜王の短剣
アイール荒地
竜王の敗翔
ヒーヴィン川
ギーリン川
ケーリエン
ジャンガイ山道
カラライン草原
アルギーニャ川
ケーリエン国
ブリームの森
アンドール王国
フォー・キングス
シームリン
ホワイトブリッジ
アリンギル
全界の背骨
ストーン川
ガレーンの壁
キンタラの丘
エリニン川
イラレル川
ルガード
ムランディ国
ファー・マディング
ハドン・マーク
マネサレンドレル
キャリーン川
安息の場シャンタイ
エルダー川
アルタラ国
マレド平原
ティア国
ティア
イレイアン国
竜王の指
溺れた地
ゴダン
嵐の海
イレイアン
メイエーネ
海住民族の島々
シンダキング島

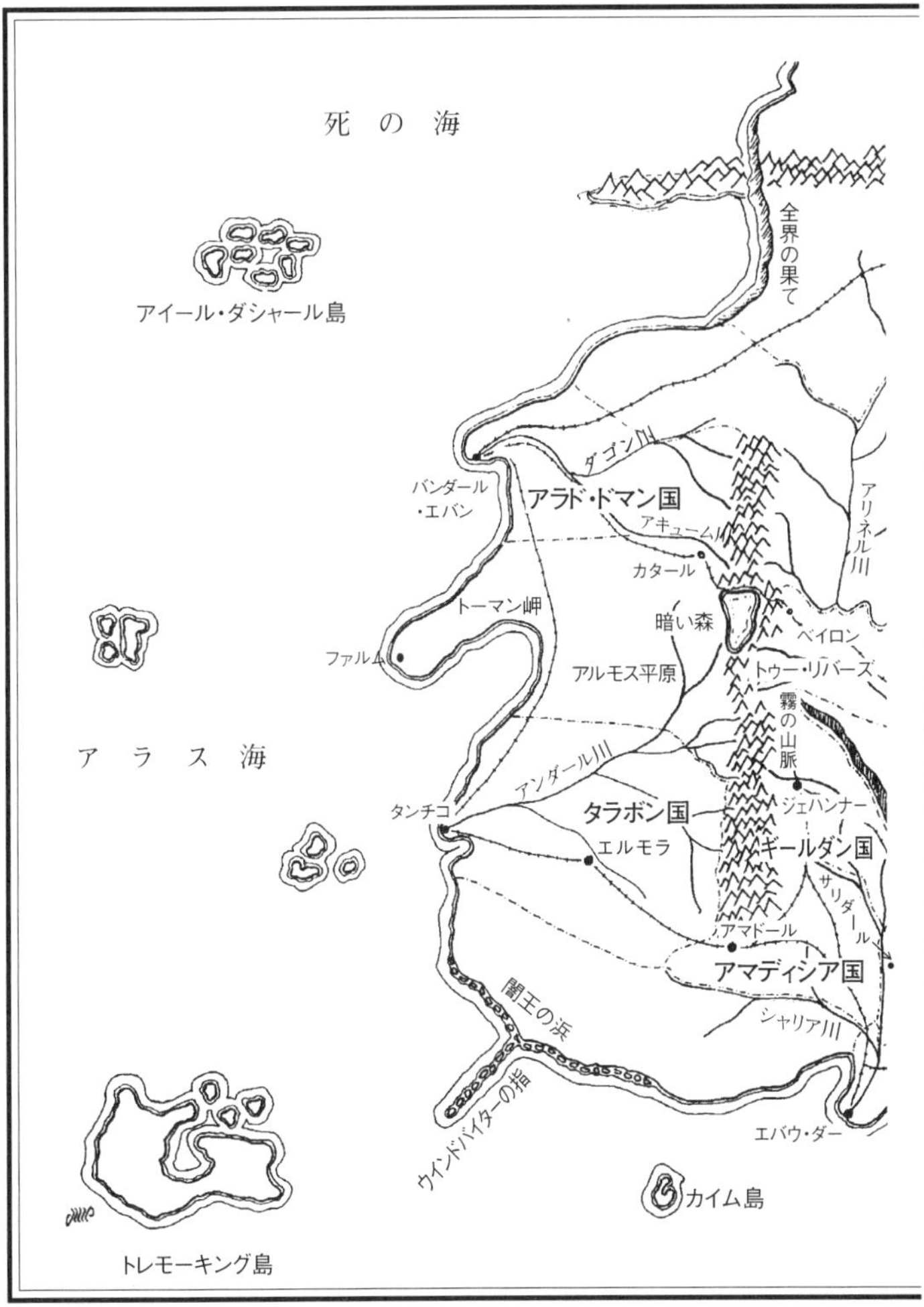

死の海
アイール・ダシャール島
全界の果て
ダゴン川
バンダール
・エバン
アラド・ドマン国
アキューム川
アリネル川
カタール
トーマン岬
暗い森
ベイロン
ファルム
アルモス平原
トゥー・リバーズ
霧の山脈
アラス海
アンダール川
ジェハンナー
タンチコ
タラボン国
エルモラ
ギールダン国
サリダール
アマドール
アマディシア国
闇王の浜
シャリア川
ウインドバイターの指
エバウ・ダー
カイム島
トレモーキング島

ホイール・オブ・タイム　竜王伝説

〔下〕

登場人物

ランド・アル＝ソア……………………エモンズ・フィールドの農夫で羊飼いの若者

マット・コーソン
ペリン・エイバラ
エグウェーン・アル＝ヴィア
……アル＝ソアの幼なじみ

ナイニーヴ・アル＝メアラ…………エモンズ・フィールドの賢女

モイレイン……………………………異能者《アエズ・セダーイ》

ラン……………………………………モイレインの護衛士

トム・メリリン………………………吟遊詩人

ベイゼル・ギル………………………宿屋〈女王の祝福〉の主人

ラムギン………………………………〈女王の祝福〉の巨漢の用心棒

ロイアル………………………………〈古の建築師〉オジールの若者

ジョフラム・ボーンハルド…………〈光の子〉の主将卿

ジャレット・バイア…………………〈光の子〉の将校

モーゲイズ……………………………アンドール王国の女王

エレイン………………………………モーゲイズ女王の娘

ガーウィン……………………………エレイン王女の兄

ガレス・ブライン……………………アンドール王国軍の総大将

タランバー……………………………近衛隊副長

エライダ………………………………異能者《アエズ・セダーイ》

アゲルマー……………………………ファル・ダーラの領主

〈緑の男〉……………………………〈全界の眼〉の守護者

ミルドラル
トロローク
ドラフカー
……………………闇王の配下

闇王……………………………………シャヨル・グールに幽閉されている諸悪の根源

35　シームリン

ランド・アル＝ソアは身体をよじり、御者《ぎょしゃ》席の後ろで膝立ちになった。ほっとして笑わずにはいられない。

「やったぞ、マット！　言ったとおりだろう。おれたち……」

シームリンの街が目に入ると同時に、言葉を失った。ベイロンを訪れ、さらにシャダー・ロゴスの廃墟を訪れたあとなので、大都市とはどのようなものかを知っているつもりだったが、ここは……アル＝ソアの想像をはるかに超えていた。

巨大な壁の外側に立ち並ぶ建物は、これまでに訪れた街をすべて隣り合わせに並べ、ひとつに押しかためたかのようだ。ひしめき合うように並んでいる。窓がなく間口の広いずんぐりした倉庫や、民家の瓦《かわら》屋根の上に、何軒もの宿屋の上層階部分が突き出ていた。赤い煉瓦《れんが》、灰色の石、白い漆喰《しっくい》……それぞれの色が乱雑に混ざり合い、見わたすかぎりに広がっている。ベイロンはこのなかに埋《う》もれてしまいそうだし、ホワイトブリッジを二十個以上合わせても、さざ波も立てずにのみこまれそうだ。

それに、この城壁。高さ十五メートルの切り立った薄灰色の石壁には、銀と白の縞模様があり、どこまでつづくのかわからないほどはるか遠くまで、巨大な円を描いて南北に延びている。その城壁に沿って、壁を越す高さの円筒形の塔がいくつも立っており、それぞれの頂《いただき》には赤と白が配色された旗が風にはためいていた。また、城壁の内側に立つ別の塔の上部がいくつも見えた。細長い塔だ。城壁に沿って立つ塔よりも高く、陽光のなかで丸屋根を白や黄金色に輝かせている。

今までに数えきれないほどの物語が、アル＝ソアの頭にいくつもの都市のイメージを焼きつけた。王や女王の、王位と権力の、そして数々の伝説を生んだ偉大な都市の数々。アル＝ソアが描いていた大都市のイメージに、シームリンは水が水差しにおさまるようにぴたりとあてはまる。

アル＝ソアたちの乗った荷馬車はシームリンの街をめざして、ふたつの塔にはさまれた門へと向け、キーキーと音を立てて広い街道を進んだ。商人の幌《ほろ》馬車の隊列が、その門にかかる巨大アーチをくぐって出てきた。この巨大アーチなら、巨人でも通り抜けられそうだ。十人の巨人が横一列になっても通り抜けられるかもしれない。道の両側には、壁で仕切られていない商店が軒を連ね、屋根瓦が赤や紫に光っている。店と店のあいだには馬小屋や家畜小屋があり、牛がモーと鳴き、鵞鳥《がちょう》がガーと鳴き、鶏《にわとり》がコッコッと鳴き、山羊や羊がメエーと鳴き、人々が声を張りあげて値段の交渉をしている。アル＝ソアたちは喧《けん》騒《そう》のなかを通り、シームリンの入口となる門へ向かいつづけた。

二人に聞こえるように、アルメン・バントは絶叫に近い声で言った。

「どうだね？　わしが言ったとおり全界一の大都市だろう？　知ってのとおり、少なくとも旧市街と宮殿は半獣人オジールが築いた。シームリンにはそれほど長い歴史があるってことだ。慈悲深きモーゲイズ女王が国法を定め、アンドール王国の平和を守っているんだ。光よ、女王を讃《たた》えたまえ。シームリンは間違いなく全界一の大都市さ」

アル＝ソアも同感だった。あんぐりと口を開《あ》け、両手で耳をふさいで喧騒をさえぎっている。エモンズ・フィールドの人々が〈春祭り《ベル・タイン》〉で〈草広場〉に集《つど》ったときのように、大勢の人が通りにあふれていた。今までベイロン以上に人の多い街はないと信じていたことを思い出すと、笑えてきた。アル＝ソアはマットを見て、にやりと笑った。マットも両手で耳をふさぎ、さらに強く耳を押さえようと肩をすくめている。

マットはアル＝ソアの視線に気づき、声高《こわだか》にたずねた。

「こんなところでどうやって隠れればいいんだ？　こんなにたくさん人がいるなかから、どうやって信用できる人物を見つけるんだよ？　こんなに大勢いるんだぜ。くそ、この騒音をなんとかしてくれ！」

アル＝ソアは答える前にバントを見た。バントは夢中で街の様子に見入っているし、この喧騒のなかではアル＝ソアたちの話は聞こえないだろう。それでもアル＝ソアはバントに聞こえないよう、マットの耳もとに口を近づけて言った。

「これだけ人がいるなかから、おれたちを捜し出せるわけがないだろう。バカだなあ、そんなこともわからないのか？　おまえがよけいなことさえ言わなけりゃ、おれたちは安全なんだよ！　見ろよ、マット！　ここでは何が起こってもおかしくない。なんだってありさ！　ひょっとしたらモイレイン様やエグウェーンやほかの仲間が待っているかもしれない」

アル＝ソアは片手を振りあげ、市場や街を取り囲む城壁を……街のすべてを指し示した。

「もし生きていればな。みんな、吟遊詩人のメリリン先生みたいに死んじまったんじゃないのか。おれはそう思うよ」と、マット。

アル＝ソアは笑みを消し、近づいてくる門に視線を戻した。シームリンのような大都会では、なんだって起こりうる。アル＝ソアは頑固にそう信じつづけた。

バントが手綱《たづな》を振りおろしても、それ以上は馬を速く走らせられなかった。門に近づくにつれて人波がふくれあがり、荷馬車や幌馬車に身体がふれそうなほど群衆がひしめき合っているからだ。数多くの若者たちが荷物も持たず、土埃《つちぼこり》にまみれて歩いている。アル＝ソアはその姿を見て、うれしくなった。年齢に関係なく、門へ押し寄せる群衆は旅に疲れている。馬車は今にも壊れそうで、馬も疲れきっていた。たび重なる野宿で衣服は皺《しわ》だらけになり、疲れた目で重い足を引きずっている。それでも、城壁のなかに入れば疲れは吹き飛ぶと言わんばかりに、誰もがしっかりと門を見据《みす》えていた。

　門のそばに五、六人の近衛兵がいた。赤と白の糸で織られたこぎれいな陣羽織《じんばおり》や、ぴかぴかに磨かれた板金の鎖かたびらは、石造りのアーチの下を通る者たちとは好対照だ。背筋を伸ばしてまっすぐ正面を向き、尊大な態度で訪問者に目を光らせている。できることならこの連中を追い返したいと思っているにちがいない。しかし街を去る人たちの通行を妨害したり、先を争って押し進もうとしたりする者をたしなめるほかは、誰のじゃまもしなかった。

「場所を守れ。押すな、押すんじゃない。光に目を潰《つぶ》されるぞ！　全員が入れる。光が助けてくださる。場所を守れ」

　バントの荷馬車は、のろのろと移動する人の波とともに門を通過し、シームリンへ入った。

　街は、中央へ向けて上がってゆく階段状の小高い丘の上にあった。純白に輝くもうひとつの城壁が中心部を取り囲み、丘の向こうまでつづく。城壁の内部には、白、金色、紫のさらに数多くの塔やドーム状の建物があり、丘の上から街全体を見おろしてそびえている。あれが、バントの言っていた旧市街にちがいない。

　シームリン街道も街の内部へ入ると様相《ようそう》が一変し、広々とした並木道になった。草木が植えられた幅の広い土地が中央を走り、通りを二分している。草は茶色に枯れ、木々の葉はすっかり落ちていたが、人々はなんの異変も目に入らないかのように談笑しながら、あるいは口論しながら、およそ人間が行なうと思われるすべてのことをしながら足早に通り過ぎた。いまだに春がやってこないことや、もしかしたら今年は春がこないかもしれないなどとは、まったく考えていないようだ。見えないのか、それとも見ようとしないのか？いずれにせよ、みんなは見ていない。そうアル＝ソアは気づいた。人々は裸の枝から視線をそらし、足もとの枯れ草には目もくれず、その上を横切っていった。目に入らないものは無視する。見えないものは存在しないのだから――そういうことらしい。

　アル＝ソアがぽかんと口を開けて街や人々の様子に見入っていると、突然、バントの荷馬車が横道にそれた。並木道よりも狭い通りへ入ってゆく。狭いといっても、エモンズ・

フィールドのどの通りより二倍は広い。バントは馬を止め、ためらいがちに振り返って二人を見た。いくらか通行人の数が減ったとはいえ、大勢の人が歩調をゆるめることなく荷馬車の両側を通り抜けていった。

「マントの下に隠しているのは、本当にホールドウィンが言ってたものなのか？」

鞍袋《くらぶくろ》を肩にかけようとしたアル＝ソアは少しも動じず、問い返した。

「どういう意味です？」と、アル＝ソア。声も落ち着いている。内心は穏やかではなかったが、声には表われていない。

マットは片手であくびを抑え、もう一方の手をさっと上着の下に入れた。シャダー・ロゴスから持ち帰った短剣を握っているのだと、アル＝ソアにはわかった。頭に巻いたマフラーの下から、追いつめられた獣のような目がのぞいている。バントはマットと目をあわせようとしなかった。マットが短剣を隠し持っていることを知っているかのようだ。

「べつに意味はない。いいかね、あのとき、シームリンへ行くというわしの言葉を聞いていたのだとしたら、話は全部聞いていたはずだ。金貨が目あてなら、わしはおまえさんがたを見た瞬間に、口実を作って宿屋〈鵞鳥と王冠〉に駆けこみ、ホールドウィンに知らせていただろう。だが、わしはホールドウィンが嫌いだ。あいつの友人とやらも大嫌いだ。あの男はあんたたち二人を……ほかの何よりも手に入れたがっているようだ」

「おれはあの男が何を捜しているか知りません。おれたちは、あいつとはいちども会ったことがないんです」と、アル＝ソア。

あながち嘘でもない。ミルドラルを見ても、会ったことのあるミルドラルかどうかなどわかるはずがないのだから。

「そうかい。なんども言うが、わしは何も知らんし、知りたくもない。ただでさえ、誰もがやっかいな問題を抱えている。もうたくさんだ」

マットはまだ荷台の上でのろのろと荷物をまとめている。アル＝ソアは先に荷馬車を降り、いらいらしながら相棒を待った。マットは弓と矢筒と携帯用毛布を胸に抱きかかえ、ぶつぶつ言いながら、ぎくしゃくした動きで荷馬車から降りた。目の下に黒い隈《くま》ができている。

腹がぐうぐう鳴って、アル＝ソアは顔をしかめた。空腹と胃のむかつきが重なっている。今にも吐きそうだ。マットが期待をこめてアル＝ソアを見つめている。どこへ行こう？どうすればいい？

バントは身を乗り出し、アル＝ソアに向かって手招きした。アル＝ソアはシームリンについて助言をもらえるのではないかと思い、バントのところへ戻った。

「わしなら、そいつを隠しておく……」

年老いた農夫バントは言葉を切り、用心深くあたりを見まわした。通行人たちが押し合いながら、バントの荷馬車の両側を通り過ぎてゆく。じゃまだ、と悪態をつく者もいたが、ほかの者たちは荷馬車には目もくれなかった。

「そいつを身につけるのはよせ。隠すか、売るかしろ。誰かにくれてやれ。それがわしからの助言だ。そういうものは人目を引く。おまえさんだって目をつけられたくないだろう？」

突然バントは背筋を伸ばし、馬にぴしゃりと手綱をあて、混雑した通りをゆっくりと去っていった。さよならも言わず、振り向きもしなかった。樽《たる》を積んだ一台の荷馬車がガタゴトと近づいてきた。アル＝ソアはよろめきながら、その場を飛びのいて道を空《あ》けた。ふたたび視線を戻すと、バントと荷馬車はもう見えなくなっていた。

「これからどうする？」マットがたずねた。唇を湿らせて目を丸くし、二人を押しのけるように通り過ぎる人々や、地上六階建ての建物群を見つめている。「シームリンにこられたのはいいが、これからどうすりゃいいんだよ」

マットはもう耳をふさいでいないが、周囲のうるささに耐えられないというように、今にも両手を耳にあてようとしている。何百という営業中の店の騒音や、何千という人々の話し声が、低音で唸《うな》るざわめきになって、街にあふれた。巨大なハチの巣のなかで、延々とつづく羽音を耳にしているような気分だ。

「なあアル＝ソア、ほかの仲間がここにいるとしても、このなかからどうやって見つけ出せばいいんだ？」

「モイレイン様がおれたちを見つけてくれるよ」アル＝ソアはおもむろに答えた。

　とほうもない街の大きさがアル＝ソアの肩に重くのしかかった。群衆や喧騒など、あらゆるものから逃《のが》れて、身を隠したい。無心になる方法を父親タムから教えてもらったのに、それができず、どうしても街に気をとられてしまう。アル＝ソアは、自分の周囲だけに視線を集中させ、それ以外のものは見ないことにした。いま自分が立っている道だけを見ていれば、ベイロンと変わらない。ベイロン……ついこのあいだまで、おれたちみんなが安全だと思っていた場所だ。もはや誰も安全ではない。ひょっとしたら、おれたち以外は全員が死んだかもしれない。だとしたら、どうすればいいんだろう？

「生きてるさ！　エグウェーンは生きてる！」アル＝ソアは声を荒らげた。数人の通行人が怪訝《けげん》そうにアル＝ソアを見た。

「ああ、たぶんな。でも、モイレイン様がおれたちを見つけられなかったらどうする？　誰もおれたちを見つけられなくて、もし……その……」マットは身震いし、言葉を切った。

「もしそうなったら、そうなったで、そのときに考えればいい」アル＝ソアはマットに力強く言った。最悪の場合は、宮殿に仕える異能《アエズ・セダーイ》者のエライダを捜す。できれば先にタール・ヴァロンへ行きたい。吟遊詩人メリリンが赤アジャ——そして黒アジャ——について言っていたことをマットが覚えているかどうかはわからないが、アル＝ソアははっきりと覚えている。そのことを考えると、また胃が締めつけられる思いがした。「吟遊詩人のメリリン先生が〈女王の祝福〉という宿屋を探せと言ってただろう。まずそこへ行ってみよう」

「どうやって？　一人分の食事代すら持ってないんだぞ」

「とりあえず最初の取っかかりにはなる。そこに行けば助けてもらえると、メリリン先生が思ったんだから」

「おれは行かないよ……アル＝ソア。追手がどこにいるかわからない」マットは石畳《いしだたみ》に視線を落とした。縮こまり、周囲の人々から離れようとしている。「おれたちがどこへ行こうと、やつらはすぐあとから追ってくる。おれたちを待ちかまえてるんだ。〈女王の祝福〉にも現われるに決まってる。おれは行かないよ……闇に溶けるミルドラルを止めることはできないんだから」

　アル＝ソアはマットの襟《えり》をわしづかみにして拳《こぶし》を握りしめ、震える手を必死にこらえた。今の自分にはマットが必要だ。きっと仲間たちも生き延びたはずだ——光よ、お願いします！――しかし、今この場所にいるのはアル＝ソアとマットだけだ。一人で旅をつづけるとなると……。アル＝ソアは暗い思いをぐっとこらえた。

アル＝ソアは、さっと周囲を見まわした。マットが闇に溶けるミルドラルの名を口にしたのを耳にした者はいないようだ。人ごみを掻《か》き分けて通り過ぎる群衆は、それぞれ自分の心配ごとで頭がいっぱいなのだろう。アル＝ソアはマットに顔を寄せ、かすれた声でささやいた。

「こんなに遠くまでこられたじゃないか。そうだろう？　まだおれたちはつかまってない。あきらめなければ、必ずタール・ヴァロンへたどりつける。おれは殺されるのを待つ羊みたいに、ここにじっとしてるなんてごめんだ！　それとも、おまえは飢え死にするまで、ここに立っているつもりか？　やつらにつまみあげられて、ずだ袋にほうりこまれてもいいのか？」

アル＝ソアはマットを放し、背を向けた。爪が食いこむほど拳を握りしめたが、それでも手が震えている。マットが下を向いたまま、いきなりアル＝ソアの横を歩きはじめた。アル＝ソアはほっとして長く息を吐いた。

「アル＝ソア、ごめんよ」マットがつぶやいた。

「気にするな」と、アル＝ソア。

　マットは通行人にぶつからないように少しだけ顔を上げ、生気のない声で言葉を絞り出した。

「二度と家に帰れないんじゃないかという気がしてならない。家に帰りたい。笑いたけりゃ笑え。おれは気にしない。もう母さんに心配かけたくないんだ。熱く焼けた重石《おもし》のように、そのことがおれを苦しめている。まわりは見知らぬ者ばかりだ。このなかに信用できる人物がいるとしても、どうやって見分ければいいんだ？　ああ……あ、トゥー・リバーズは全界の向こう端にあるかのように遠い存在になってしまった。おれたちは二人きりになっちまった。もう家には帰れないだろう。おれたちは死ぬんだよ、アル＝ソア」

　アル＝ソアは反論した。「いいや、まだだ。おれたちは死なない。人はみな、いずれ死ぬ。〈時の車輪《ホイール・オブ・タイム》〉が回転するからだ。でも、おれは縮こまって死ぬのを待ったりはしない」

「アル＝ヴィア村長みたいなことを言いやがる」マットはぼそっと言った。その声にはわずかに生気が感じられた。

「よし、その調子だ」と、アル＝ソア。光よ、どうか仲間たちをお守りください。おれたちを二人きりにしないでください。

　アル＝ソアは宿屋〈女王の祝福〉へ行く道をたずねはじめた。反応はさまざまだった。

とっとと失《う》せろと毒づく者や、肩をすくめる者が多かったが、無表情なことだけは全員に共通していた。二人をちらりと見ただけで、足早に立ち去る者もいた。

　顔幅の広い、ペリンと同じくらい大柄な男が、首をかしげて言った。

「〈女王の祝福〉だと？　おまえたちみたいな田舎者が女王のしもべだというのか？　おととい、きやがれ」

　その男はつばの広い帽子に白い花形記章をつけ、長い外套《がいとう》の袖に白い腕章をつけていた。男は大笑いしながら去っていった。アル＝ソアとマットは、あっけにとられたまま顔を見合わせた。アル＝ソアは肩をすくめた。シームリンには、今の大男のようにおかしな者が大勢いる。

　ひときわ目を引く人々もいた。肌の黒い人々や白い人々、奇妙なデザインのコートや色《いろ》鮮《あざ》やかなコートを着た人々、とんがり帽子や長い羽根飾りのついた帽子をかぶった人々。顔をベールでおおった女たちもいた。とてつもなく裾《すそ》を広くしたドレスを着た女たちや、これまでに出会ったどの給仕女よりも肌をあらわにした女たちもいる。ときおり派手な色で塗られた金箔張りの四輪馬車が、馬具に羽根飾りをつけた四頭ないし六頭の馬に引かれ、人で混み合う通りを掻き分けて通ってゆく。いたるところで駕籠《かご》が行き交い、かつぎ手はそしらぬ顔で、行く手を阻《はば》む通行人を相手かまわず突き飛ばして進んでいった。

そのようにして喧嘩《けんか》が始まる場面をアル＝ソアは目撃した。男たちの群れが拳を振りあげて喧嘩をする一方で、赤い縞模様の上着を着た色白の男が、横倒しになった駕籠から出てきた。たまたま通りかかっただらしない服装の二人の男が、その場を去ろうとした色白の男に飛びかかった。立ちどまって様子をながめていた野次馬はしだいに荒れはじめ、野次を飛ばしたり、拳を振りあげたりしはじめた。アル＝ソアはマットの袖を引っ張り、先を急いだ。マットは素直についてきた。二人が通りを進むあいだ、いつまでも怒号が聞こえていた。

それどころか、男たちがなんどか二人に近づいてきた。アル＝ソアたちの薄汚れた着衣が新参者の印《しるし》となり、このような男たちを磁石のように吸い寄せるのだろう。そのうさんくさい男たちは、偽の竜王ロゲインのマントの切れ端や剣のかけらを売りつけようとした。きょろきょろあたりを見まわし、いつでも逃げ出せるように身がまえていている。アル＝ソアが目算したところ、そのマントの切れ端や剣のかけらで、剣を二本とマントを五、六着は作れそうだ。マットは好奇心に目を輝かせたが、アル＝ソアはそっけなく断わった。すると男たちはちょこんと頭を下げ、「光よ、女王を讃えたまえ。じゃあな、旦那」と口早に言って立ち去った。ほとんどの店で、鎖につながれて女王の前でさらし者にされる偽の竜王を描いた飾り皿やカップが売られている。それに、あちこちの通りに白マントたちがいた。ベイロンと同じように、白マントが歩くと、自然に人ごみが分かれて道が空いた。

人目を引かないようにするのも楽ではないと、アル＝ソアは思った。マントで剣をおおい隠しているが、それだけでは不充分だ。長くは隠しとおせないだろう。遅かれ早かれ、何を隠しているのかと、不審に思う者が現われるにちがいない。「剣を手放せ」というバントの助言を聞き入れるつもりはなかった。いや、できなかった。父親タムとの絆《きずな》を断つわけにはいかない。

群衆のなかには剣を携帯している者が大勢いたが、アオサギの紋章のように目立つものは見あたらない。だが、シームリンのすべての男たちとよそ者の一部は、剣の鞘《さや》と柄《つか》に白い紐《ひも》のついた赤い布か、赤い紐のついた白い布を巻きつけている。あんな布を巻けば、剣にアオサギの紋章が百個ついていても隠せるし、誰も気づかないだろう。それに、地元民の真似をすれば、浮いて見えないはずだ。

たくさんの店が正面にテーブルを並べ、布と紐を陳列していた。アル＝ソアはそのうちの一軒に立ち寄った。赤い布のほうが白い布より少し値段が安いが、色以外には大した違いはないように見えた。もうカネがないとごねるマットをよそに、結局、赤い布と白い紐を買った。店主は唇を引き結び、二人を頭のてっぺんから爪先までじろじろながめまわしながら、アル＝ソアからカネを受け取った。アル＝ソアが「店内で布を巻きたいので場所を貸してほしい」と頼むと、店主は罵声《ばせい》を浴びせた。

アル＝ソアは辛抱強く言った。「おれたちはロゲインを見にきたんじゃないんです。シームリン見物にきただけです。全界一の大都市を見にきたんです」

バントの言葉を思い出し、最後にそう付け加えたが、店主のしかめっつらは変わらなかった。

「光よ、慈悲深きモーゲイズ女王をお讃えください」アル＝ソアは期待をこめて言った。

「おまえたちよそ者は、もめごとばかり起こしやがる」店主は辛辣《しんらつ》な口調で言った。「おれがひと声上げるだけで、たとえ近衛隊はこなくても、百人の男たちが駆けつけて、おまえたちを始末するだろうよ」店主は言葉を切り、唾《つば》を吐いた。あやうくアル＝ソアの足にかかるところだった。「さっさと出ていきやがれ」

アル＝ソアは、心のこもった別れの挨拶《あいさつ》をされたかのようにうなずき、マットを引っ張った。マットは人けのない路地に引きずりこまれるまで、ずっと肩ごしに店を振り返りながら悪態をつきつづけた。通行人に見られないよう二人は通りに背中を向け、アル＝ソアは剣を差しているベルトをはずし、鞘と柄に布を巻いた。

「おまえ、倍の値段をふっかけられたのかもしれないぞ。いや、三倍かもな」と、マット。

布と紐をゆるみなく巻くのは、意外に難しかった。

「みんながおれたちをだまそうとしてるんだよ、アル＝ソア。ほかの連中と同じように、おれたちも偽の竜王を見にきたと思われてるんだ。寝こみを襲われないだけでもありがたいと思わないとな。こんなところにはいられないよ。人が多すぎる。タール・ヴァロンへ発《た》とう。あるいは、イレイアンのある南へ向かおう。〈英雄蘇生《ヴァリーア》の角笛《つのぶえ》を探す旅〉に集まる人たちを見るのも悪くない。家に帰れないのなら、早くここを出て、どこかへ行こう」

アル＝ソアは答えた。「おれは残る。まだモイレイン様たちは到着していないとしても、そのうちに、きっとおれたちを捜してくれるはずだ」

みなと同じようにきちんと布を巻けたか心配だったが、鞘と柄に刻まれたアオサギの紋章は隠れているし、これなら大丈夫だろう。ふたたび通りへ戻ったときには、災難の種をひとつ取り除くことができたと確信した。マットは紐でつながれているかのように、アル＝ソアと並んで足を引きずって歩いた。

しだいに宿屋までの道順を具体的に聞き出すことができるようになった。はじめのうちは「どこかあっちの方角」……「この道の向こう」という似かよった曖昧《あいまい》な返事をもらうだけだったが、だんだんと指示が明確になり、ついには石造りの大きな建物の前までたどりつくことができた。扉の上で看板が風に揺れている。赤みがかった金髪に王冠をのせた女が、目の前にひれ伏す男の頭に片手を添《そ》えている絵が描かれていた。宿屋〈女王の祝福〉だ。

「この宿屋で間違いないのか？」マットがたずねた。

「ああ、もちろん」と、アル＝ソア。深く息を吸い、扉を押し開けた。

酒場は広く、壁は暗い色調の板壁で、ふたつの暖炉が店内を暖めている。一人の給仕女がきれいな床をほうきで掃き、もう一人の給仕女が隅《すみ》にある燭台《しょくだい》を磨いていた。二人は新しく入ってきたアル＝ソアたちにほほえみかけ、また仕事に戻った。
二、三のテーブルに客がいるだけだ。それでも、こんな早い時間に十人以上もの男たちが集まっている。アル＝ソアとマットを見ても、喜ぶ客はいなかったが、少なくとも男たちの身なりは清潔で、酔っ払いはいない。厨房《ちゅうぼう》から牛肉やパンを焼くにおいがただよってきて、アル＝ソアの食欲をそそった。
宿屋の主人は肥満体で、アル＝ソアの気分をなごませた。血色がよく、糊《のり》の効いた白いエプロンをつけている。白髪《しらが》まじりの髪を櫛《くし》でなでつけているが、禿《は》げ頭は隠せていない。鋭い視線を二人の頭のてっぺんから爪先まで走らせ、土埃まみれの着衣や、背中の包みや、擦《す》り切れたブーツを見た。それから即座に、にっこり笑った。主人の名はベイゼル・ギルだった。

「ご主人、友人にここにくるように言われたんです。吟遊詩人の――」アル＝ソアが言った。

ギルの顔から笑みが消えた。アル＝ソアはマットを見たが、マットは厨房からただよってくるにおいを嗅ぐのに忙しく、それどころではないようだ。

「どうかしたんですか？　吟遊詩人のメリリン先生をご存じなのですか？」

「トム・メリリンのことはよく知っています」

ギルはそっけなく答えた。アル＝ソアの脇の笛ケースに気を取られている。

「どうぞこちらへ」ギルは頭をぐいと動かして奥を示した。

アル＝ソアはマットを引っ張って歩かせ、どうなることかと不安に思いながらも、ギルのあとをついていった。

厨房で、ギルは立ちどまって女料理人と話をした。髪を頭の後ろでひとまとめにした女料理人は、体重もギルとそう変わらないと思われるほどによく肥え、ギルが話をするあいだじゅう鍋の中身をかき混ぜつづけた。そのおいしそうなにおいに、アル＝ソアの腹はグルル……と鳴った。二日間の空腹は、どんな料理でもおいしくしてしまうソースのようなものだ。しかも、ここはアル＝ヴィア夫人の厨房と同じいいにおいがする。マットは鼻を突き出すようにして鍋をのぞきこんだ。アル＝ソアに肘で小突《こづ》かれると、顎《あご》に垂れたよだれをあわてててぬぐった。

するとギルは急いで裏口から二人を外へ出した。馬小屋の庭に入ると、あたりを見まわし、近くに誰もいないことを確認してから二人に向きなおり、アル＝ソアに言った。

「ケースの中身はなんですか？」

「メリリン先生の笛です」

アル＝ソアはおもむろに答え、金銀の彫刻細工をほどこした笛に助けを求めるかのように、ケースを開けて、なかを見せた。マットは上着の下に片手を忍ばせた。

ギルはアル＝ソアから目を離さなかった。

「ああ、これなら見たことがあります。メリリンはよくこれを吹いていました。宮廷の外に、これと同じ品はふたつとないでしょう」さわやかな笑顔は消え、きびしい目が突然、ナイフのように鋭くなった。「どうやって、これを手に入れたのですか？　笛を手放すなんて、吟遊詩人にとっては腕を切断するのと同じことです」

「メリリン先生がくれたんです」アル＝ソアは丸めた吟遊詩人のマントを背中の包みから取り出して地面に置き、色のついた継ぎ布や竪琴《たてごと》を入れたケースの一部が見えるようにマントを少し広げた。「ご主人、メリリン先生は死にました。あなたの友人だったのなら、お気の毒です。メリリン先生はおれたちの友人でした」

「え、死んだのですか？　なぜ？」

「あ……ある男がおれたちを殺そうとしたとき、メリリン先生がおれたちを逃がしてくれたんです。そのときにこれを託されました」

マントのつぎはぎ細工が蝶のように風にはためいた。アル＝ソアは喉が詰まるのを感じ、メリリンのマントを丁寧《ていねい》に丸めなおした。

「メリリン先生がいなかったら、おれたちは死んでました。いっしょにシームリンにくる途中でした。ここへ……あなたの宿屋へ行くようにと、メリリン先生に言われたんです」

ギルはおもむろに言った。

「メリリンの死体を見るまでは、あの人が死んだとは信じられません」丸めたマントを爪先で突き、荒々しく咳払いをした。「いや、あなたが見たとおっしゃるなら、なんであれ本当に見たんだろうとは思いますが、メリリンが死んだとは信じられません。あなたたちが想像する以上にしぶとい男です。吟遊詩人のメリリンは簡単には死にません」

アル＝ソアはマットの肩に片手を置いた。「マット、大丈夫だよ。この人は味方だ」

ギルはマットをちらっと見て、ため息をついた。「そのつもりですがね」

マットはゆっくりと背筋を伸ばし、腕組みした。頬の筋肉を引きつらせ、まだギルのことを用心深く見つめている。

ギルは頭を振った。「シームリンにくる途中だったんですって？　おそらくタール・ヴアロンまで行くつもりだったんでしょう。それ以外にメリリンがこの街を訪れる理由はありえません」馬を連れた馬丁《ばてい》が通り過ぎるのを待ち、三人だけになったあとも声をひそめて言った。「あなたがたは異能者《アエズ・セダーイ》と何かあったんじゃないですか？」

「そうなんです」と、マットがつぶやいた。

同時にアル＝ソアがたずねた。「なぜそう思うのですか？」

ギルはそっけなく含み笑いを漏《も》らした。「わたしはメリリンのことをよく知っています。あの人は、その種のもめごとに首を突っこみたがるんです。特に、あなたたちのような若者が困っていると、助けずにはいられない……」

一瞬、その目に遠い記憶をたどるような表情が浮かんだ。ふたたび、ギルはけわしい顔つきになり、背中をぴんと伸ばした。

「いや、あなたたちを責めるつもりはありません。お気になさらないでください。ただ……その……あなたたちは二人とも……つまりわたしが言いたいのは……ええと……よかったら話していただけませんか？　あなたたちと異能者《アエズ・セダーイ》のあいだに、どんな問題があるのですか？」

アル＝ソアはその言葉の意味を知って、ぞっとした。ギルは絶対力のことを言っている。

「違う、違うんですよ。そんなんじゃないんです。本当です。おれたちを助けてくれた異能《アエズ・セダーイ》者がいるんです。モイレイン様は……」アル＝ソアは言おうとした言葉をのみこんだが、ギルの表情はまったく変わらなかった。

「それを聞いて安心しました。異能《アエズ・セダーイ》者そのものも恐ろしいが……異能《アエズ・セダーイ》者とのもめごとはもっと恐ろしいですからね」ギルはゆっくりと頭を振った。「ここにロゲインが連行されてきてから、そんな話が絶えないんです。気を悪くしないでください。悪気があって言ったのではありません。ただ……その、わたしも知っておくべきだと思っただけです」

「気を悪くなんてしていません」と、アル＝ソア。

マットは意味不明の言葉を発した。ギルはそれをアル＝ソアの言葉と同じ意味に受け取ったようだ。

「あなたたちはまともな人間のようですし、本当にメリリンの友人だったのでしょう。だが今は冷酷非情な時代です。宿泊代を払えるカネをお持ちですか？　いいや、持っていないはずです。なにしろ、物不足で物価は上がる一方です。ま、いいでしょう。あなたたちに寝台と食事を用意しましょう。最良の寝台とはいきませんが、乾いていて暖かい寝台です。わたしが約束できるのはそれだけです」

「感謝します。期待した以上です」アル＝ソアは問いかけるように、マットをちらっと見た。まともな人間とはどういう意味だ？　それに、なぜギルが寝台と食事以上のものを約束する必要があるのだ？

「メリリンは大切な友人です。長い付き合いなんです。気が短くて、いちばん言ってはならないことを、言ってはならない相手に対して口走る人ですがね。それでも、いい友人なんです。もしメリリンが現われなかったら……そのときはあらためてどうするか考えましょう。異能《アエズ・セダーイ》者に助けられたことは、誰にも話さないほうがいいですよ。わたしは慈悲深き女王のしもべですが、今のシームリンにはこういう話を好まない者が白マント以外にも大勢いますからね」

　マットはフンと鼻を鳴らした。「異能《アエズ・セダーイ》者なんか全員ワタリガラスにつかまって、シャヨル・グールに運ばれちまえばいいんだよ！」

　ギルがたしなめた。

「お言葉に気をつけてください。わたしは異能《アエズ・セダーイ》者を崇拝しているわけではありませんが、異能《アエズ・セダーイ》者が諸悪の根源だと考えるほど愚かでもありません。女王はエライダ・セダーイを支持していらっしゃるし、近衛隊という強い味方がついています。光は変化をもたらしますが、それほど悪い事態になることはありません。ともあれ近ごろは、国民が異能《アエズ・セダーイ》者の陰口をたたくのを耳にすると、自制心を失って手荒なことをする近衛兵もいます。光よ、感謝します——勤務中の近衛兵はそんなことをしません。それでも、やはりそうした問題が起こっていることに変わりはありません。非番の近衛兵が酒場に押し入って、あなたたちに訓戒をしたり、誰かが白マントにそそのかされて宿屋の扉に〈竜王の刻印〉を描いたり、そんなことをされるのはごめんです。わたしの助けがご入用なら、異能者《アエズ・セダーイ》のことは、いいことも悪いこともすべて胸のうちにしまっておいてください」

ギルは考えこみ、しばらく沈黙したあとで言葉をつづけた。

「吟遊詩人の名も口にしないほうがいいでしょう。わたし以外には聞かれないよう気をつけてください。物覚えのいい近衛兵もいます。女王も同じです。危険を冒《おか》してはいけません」

「吟遊詩人のメリリン先生が女王と何か問題を起こしたのですか？」

アル＝ソアが信じられないという表情でたずねると、宿屋の主人ギルは笑った。

「するとメリリンは、あなたがたにすべてを話したわけではないのですね。まあ話す理由もないでしょうけど。あなたたちが知ってはいけないということもないでしょうね。正確に言うと、秘密ではありません。あなたがたは、すべての吟遊詩人がメリリンのように自分の存在を大きく見せようとしていると思ってるのでしょう？　そう、吟遊詩人なんてみな、そんなもんです。わたしの目には、メリリンが必要以上の助けを借りて、つねに自分の存在を大きく見せているように見えました。メリリンははじめから旅の夜の大半を生垣《いけがき》の下で過ごし、村から村へ渡り歩く吟遊詩人だったわけではありません。このシームリンで宮廷詩人をしており、その名はティアからマラドンにいたるすべての宮廷で知られていました」

「あのメリリン先生が？」マットが問い返した。

アル＝ソアは、おもむろにうなずいた。女王の宮廷を威風堂々と歩くメリリンの姿が頭に浮かぶ。

ギルは言った。「そうです。タリンゲイル・ダモドレッドが亡くなってまもなく……メリリンの甥《おい》がもめごとに巻きこまれたんです。メリリンがモーゲイズ女王と親密すぎると言う者もいました。当時、モーゲイズ女王は若い未亡人で、メリリンは男盛りでしたし、女王が自分の望むとおりに行動しても、とがめられることはないはずです。ただ、女王はいつも短気でした。メリリンは甥がどんなもめごとに巻きこまれたのかを知ると、黙って宮殿を去りました。それが女王の気にさわったのでしょう。メリリンが異能者《アエズ・セダーイ》の問題に首を突っこんだこともお気に召さなかったようです。本当に甥のことが原因だったのか、わたしにはわかりません。とにかく、ふたたび宮殿に戻ってきたとき、メリリンは女王に対して絶対に言ってはならないことを口にしたのです。モーゲイズ女王のように意志の強い女性なら、怒って当然です。エライダ・セダーイは、甥の問題に干渉しようとしたとして、メリリンを敵視しました。女王の怒りと同時にエライダ・セダーイの恨みを買い、メリリンは首切り役人の斧にかからないまでも、牢屋へ入れられそうになりました。その寸前にシームリンを去ったのです。わたしの知るかぎりでは、この件はまだ時効になっていません」

「昔のことでしょう。もうみんなが忘れたんじゃないですか？」と、アル＝ソア。

ギルは首を横に振った。「ガレス・ブラインはアンドール王国軍の総大将です。メリリンが宮殿を去ったとき、女王は首に鎖をつけてでもメリリンを連れ戻すようガレス総大将に命じました。総大将は近衛隊をみずから指揮してメリリンを捜しましたが、つかまえることはできませんでした。手ぶらで帰ってきた総大将は、自分がいないあいだにメリリンがいちど宮殿に戻ってきたうえ、ふたたび姿を消したことを知ったのです。このことをガレス総大将が忘れるとは思えません。それに、女王は何ひとつ忘れません。女はみんな、そういうものでしょう？　モーゲイズ女王はずっと気にしつづけていました。そのあとの一カ月間、街全体がひっそりと足音も声もひそめていました。これは本当です。ガレス総大将のほかにも、このことを覚えている年配の近衛兵が大勢います。メリリンのことも、あなたたちのお知り合いの異能者《アエズ・セダーイ》のことも秘密になさってください。さあ、何か食事を用意させましょう。まるで胃袋が背中にくっついたようなお顔をされてますよ」

36 歴史模様の織り目

ベイゼル・ギルは、ランド・アル＝ソアとマットを酒場の隅《すみ》にあるテーブルに連れていき、給仕女の一人に料理を持ってこさせた。肉汁のかかった牛肉の薄切り数片と、少量の青野菜の辛子《からし》和《あ》え、それにジャガイモがふたつのった皿を見て、アル＝ソアは首を振った。落胆とあきらめの意思表示だ。怒ってはいない。ギルが言ったように、食料は不足している。何もかもが尽きてしまったら、いったいどうなるのだろう。ナイフとフォークを手に取りながら、アル＝ソアは不安になった。皿に半分しか盛られていない料理でも、すごいごちそうに見えてくる。背筋が凍りつく思いがした。

ギルは、どの客からも離れたテーブルを選んだ。部屋の角《かど》に背中をあててすわり、酒場の様子をうかがっている。ギルに見つからずに三人の会話を聞き取れる位置まで近づいてくるのは不可能だ。給仕女が去ると、ギルは声をひそめて言った。

「さて、どんなことでお困りなのか、話をうかがいましょう。あなたがたを助けるためには、これからわたしが何にかかわるかを知っておかなければなりません」

アル＝ソアはマットを見た。マットは怖い顔で皿をにらんでいる。まるで自分が食べようとしているジャガイモに腹を立てているかのようだ。

アル＝ソアは深呼吸をして話しはじめた。

「自分でも、よくわからないんです……」

簡潔に話を進めるようにつとめ、トロロークや闇に溶けるミルドラルのことにはふれなかった。援助を申し出てくれた人を前にして、寓話を話してもしかたがない。しかし、危険を過小評価するのは危険だ。どういう事態が起こりうるのか、何も知らせないまま他人を巻きこんではならない。アル＝ソアとマットも、ほかの仲間たちも、何者かに追われている。追手は、アル＝ソアたちが予期せぬ場所に現われた。追手は危険な男たちで、アル＝ソアや仲間たちを殺そうとしている。殺す以上にひどいことをされるかもしれない。モイレインは、そのうちの何人かは闇の信徒だと言った。吟遊詩人のメリリンは心の底からモイレインを信用しているわけではないが、甥《おい》を守れなかった代わりにアル＝ソアたちを守りたいと言って、アル＝ソアたちといっしょに旅をつづけた。一行はホワイトブリッジへ向かう途中で襲撃にあい、その間《かん》に離ればなれになった。そのあとまたホワイトブリッジで襲われたとき、メリリンはアル＝ソアたちを救おうとして死んだ。それ以降もなんどか殺されそうになった……。何カ所か話が抜け落ちていることはわかっていたが、ぼろを出さないためにはそれぐらいしか話せなかった。

「もともとは、とにかくシームリンにたどりつくことが目的だったんです。まずシームリンへ行き、それからタール・ヴァロンをめざす予定でした」

アル＝ソアは説明をつづけ、椅子にすわったまま落ち着きなく身じろぎした。長いあいだすべてを秘密にしていたせいで、この話を誰かにするのも、自分で口にするのも妙な感じだ。

「おれたちがこの経路を進むかぎり、いずれはほかの仲間が見つけてくれるはずです」

「みんなが生きていればの話だけどな」マットが皿に向かってつぶやいた。

アル＝ソアはマットをちらりとも見ずに付け加えた。「おれたちを助ければ、あなた自身に災難が降りかかるかもしれないんですよ」

ギルはまるまると肥えた手を振り、その言葉を退《しりぞ》けた。

「面倒に巻きこまれたくはありませんが、こういうことは以前にもありました。どんなに凶悪な闇の信徒が相手でも、わたしにはメリリンの友人を見捨てるような真似はできません。ところで、タール・ヴァロンからきたあなたがたのお仲間のことですが、その女性がシームリンへきたら、わたしの耳にも入るはずです。このあたりには、人の出入りを監視する者たちがいるので、噂はすぐに広まります」

アル＝ソアは少し迷ってからたずねた。「エライダ・セダーイのことをどう思いますか？」

ギルも躊躇《ちゅうちょ》し、やがて頭を振った。

「あなたがたがメリリンとなんの関係もないのでしたら、エライダ・セダーイに助けを求めることもできたでしょう。でもメリリンのことを探りあてられたら、お二人とも何をされるかわかりません。牢屋に入れられるかもしれませんし、もっとひどい目にあうかもしれません。エライダ・セダーイは、いろいろなことを感じ取れる人です。いま起こっていることや、これから起こることを感じ取れます。隠しごとをずばり見抜くこともできます。真偽のほどはわかりませんが、わたしには危険を冒《おか》すつもりはありません。メリリン以外のことでしたら、近衛隊に相談すればいい。近衛隊なら、どんな闇の信徒でもてきぱき処理してくれます。でも、たとえ近衛隊にメリリンのことを黙っていても、あなたが闇の信徒のことを口にしたとたんに、エライダ・セダーイのもとへ知らせが届くでしょう。そうなると、また振り出しへ戻ります」

「近衛隊には近づかないようにします」と、アル＝ソア。

マットも勢いよく、うなずいた。フォークで口いっぱいに牛肉を詰めこみ、顎《あご》に肉汁を滴《したた》らせている。

「問題は、あなたがたが政治に巻きこまれることです。政治は、ヘビがうようよしている霧深い沼地のようなものです」

「では、どうすれば――」

アル＝ソアが言ったとき、突然、ギルの表情がけわしくなった。ギルが背筋を伸ばしてすわりなおすと、巨体の下で椅子がきしんだ。

女料理人がエプロンで手をぬぐいながら厨房《ちゅうぼう》の戸口に立っていた。ギルの視線に気づくと、手招きで呼び寄せ、また厨房のなかへ消えた。

ギルはため息をついた。

「わたしはあの女料理人と結婚するべきかもしれません。わたしが異常に気づくより先に、彼女は修理が必要なものを見つけるんです。排水管や縦樋《たてどい》が詰まったか、ネズミが出たか……どちらかでしょう。もちろん、宿の衛生には気を配っていますが、街には大勢の人がいますから、どこにでもネズミが出ます。ネズミは人が集まるところに現われますからね。シームリンでは突然、ネズミが大発生しました。最近、天敵の猫がどれだけネズミをつかまえてくるか、その数を知ったら、きっと驚かれるでしょう。お二人の部屋は屋根裏にご用意しました。使用人たちには話をしておきましたから、誰かに声をかけていただければ、お部屋へご案内します。闇の信徒についてはご心配いりません。白マントが力になってくれるかどうかはわかりませんが、シームリンには近衛隊がいます。闇の信徒があえて、薄汚い顔を見せにくることはないでしょう」ギルは椅子を後ろへ引き、立ちあがった。またしても椅子がギシギシッと音を立てた。「また排水管が詰まったのでなければいいのですが」

アル＝ソアは食事を再開したが、マットは食べるのをやめた。

「腹が減っていたんじゃないのか？」と、アル＝ソア。

マットはじっと皿を見つめ、フォークに刺したジャガイモのひときれで皿の上に円を描いている。

「マット、ちゃんと食べなきゃだめだよ。タール・ヴァロンまで行きつくには体力をつけないと」

マットは低い苦《にが》笑いを漏《も》らした。

「タール・ヴァロンだって！　今まではずっとシームリンと言っていたよな！　シームリンに行けば、モイレイン様がおれたちを待っている……シームリンへ行けば、ペリンとエグウェーンに会える……シームリンへ行きさえすればすべてうまくゆくって言ってたくせに、シームリンにきたって、さっぱりうまくいかないじゃないか。モイレイン様も、ペリンも、誰もいやしない。こんどはタール・ヴァロンまで行けばすべてうまくゆくって言うのか?」

「おれたちは生きてる」アル=ソアは言った。意図した以上にきびしい口調になった。深呼吸して声の調子をやわらげた。「おれたちは生きてる。それだけはうまくいってるじゃないか。おれはこれからも生きつづける。なぜおれたちがそんなに重要なのか、そのわけを知りたいんだ。おれはあきらめないぞ」

「この大勢の人間のなかの誰が闇の信徒なのか、わかったもんじゃない。ギルはやけにあっさりと、おれたちを助けると約束した。異能者《アエズ・セダーイ》や闇の信徒を軽くあしらえる人間なんかいないのに。不自然だよ。まともな人間なら、おれたちに出ていけと言うか、それか、それか……なんとか言うはずだろう」

「食べろよ」アル=ソアは優しく言い、マットが牛肉を嚙《か》みしめるのを見つめた。

しばらくのあいだ、アル=ソアは皿の脇に置いた両手をテーブルに押しつけ、震えるのをこらえた。怖い。もちろんギルが怖いのではない。ほかに、たくさんの理由がある。この高い城壁でさえ、闇に溶けるミルドラルを止められないだろう。このこともギルに話すべきかもしれない。しかし、ギルが話を信じてくれたとしても、それでもまだおれたちを助けると言うだろうか。宿屋〈女王の祝福〉に闇に溶けるミルドラルが現われるかもしれないとわかっても……？

　それに、ネズミ。ネズミは人がたくさんいるところで盛んに繁殖する。アル＝ソアはベイロンで見た夢を思い出した。あれは夢ではない。ネズミは背骨を折られていた。ときどき闇王は、腐肉を食べる動物を自分の間諜《かんちょう》として利用すると、ランが言っていた。

　ワタリガラスやカラスやネズミを……。

　アル＝ソアは食べた。だが食事を終えたとき、ひと口も味を覚えていなかった。

　二人が宿屋に入ってきたときに燭台《しょくだい》を磨いていた給仕女が、屋根裏部屋へ案内してくれた。斜めに傾いた外壁から屋根窓が突き出ており、その両側にひとつずつ寝台が置かれている。扉の横には荷物をかける鉤《かぎ》がついていた。

　黒い目の若い給仕女は、アル＝ソアを見るたびにスカートをつまんで身体をひねり、くすくす笑った。きれいな娘だ。でも、声をかけても、バカを見るだけだろう。どうしておれはペリンのようにうまく女の子と話ができないんだろう？　給仕女を見て、アル＝ソアはつくづくそう思った。給仕女がいなくなると、ほっとした。

　マットが何か言うだろうと思った。ところが、給仕女が去ると、マットはマントもブーツも脱がずに、すぐさま寝台に身体を投げ出し、壁のほうに顔を向けた。アル＝ソアはマットの背中を見つめながら荷物を鉤にかけた。マットはまた上着の下に片手を忍ばせ、短剣を握っているのだろう。

「ここで床に伏せたまま、ただ隠れてるつもりか？」我慢できなくなって、アル＝ソアは言った。

「疲れてるんだ」マットがつぶやいた。

「ほかにもまだ、ギル親方に訊《き》かなきゃならないことがある。エグウェーンとペリンを捜す方法だって教えてくれるかもしれない。どうにか馬にしがみついてれば、あの二人はとっくにシームリンに着いてるはずだ」と、アル＝ソア。

「二人は死んだよ」マットは壁に向かって言った。

アル＝ソアは反論しようとしたが、あきらめて部屋を出て、扉を閉めた。マットが眠れるといいのだが。

階下のどこにも、ギルの姿はなかった。女料理人も血眼《ちまなこ》になってギルを捜しているようだ。アル＝ソアは、しばらく酒場にすわりつづけた。ふと気づくと、酒場に入ってくる客のひとりひとりを無意識に観察していた。この見知らぬ人たちは誰なのか、あるいは何者なのか？　マントを着た男が黒い影になって戸口に現われた瞬間はどきっとした。闇に溶けるミルドラルが酒場のなかへ入ってくれば、まさに鶏《にわとり》小屋に狐が入ってきたように大騒ぎになるだろう。

通りから、赤い制服を着た一人の近衛兵が入ってきて、扉の内側へ一歩だけ入って立ちどまった。いかにもよそ者とおぼしき客たちを、冷ややかな目で見まわしている。アル＝ソアは、近衛兵が自分に目をとめたとき、顔を伏せてテーブルを見つめた。また顔を上げたときには、近衛兵はもういなかった。

　黒い目の給仕女が、タオルを山ほど抱えて通りかかった。アル＝ソアのそばを通り過ぎるとき、給仕女は秘密を打ち明けるような口調で、「ときどき今のように近衛兵がやってくるんです。何も問題がないことを確かめにくるだけですから、ご心配はいりません。国民の生活を守るのも近衛兵の仕事です」と言い、くすくす笑った。

　アル＝ソアは頭を振った。何も心配することはない。アル＝ソアが吟遊詩人のメリリンを知っているかどうか聞き出すために、近衛兵がきたわけではないだろう。おれもマットと同じように頭がおかしくなってきたのか？　アル＝ソアは音を立てて椅子を後ろへ引いた。

　もう一人の給仕女が壁のランプの油を確かめにきた。

「ここ以外にどこか落ち着ける部屋はありませんか？」

　アル＝ソアは給仕女にたずねた。屋根裏部屋へは戻りたくない。陰気に自分の殻に引きこもるマットと二人きりで部屋に閉じこもりたくない。

「空《あ》いてる専用食堂はないですか？」

　給仕女が扉を指さした。

「読書室がありますわ。そこを出て右の廊下の突きあたりです。この時間でしたら、おそらく誰もいないでしょう」

「ありがとう。ご主人のギル親方を見つけたら、アル＝ソアが話をしたいと言ってたと伝えてください」

「お伝えしますわ。料理人もギルさんと話をしたがっています」給仕女はにっこり笑った。

　ギルは女料理人から逃げるために隠れているのかもしれない。給仕女と別れると同時に、アル＝ソアはそう思った。

　給仕女が教えてくれた読書室に足を踏み入れたとたん、アル＝ソアは立ちどまって数々の本に見入った。本棚には三百冊から四百冊ほどの本があった。いちどにこれだけ多くの本を見たのははじめてだ。布装の本や、背に金文字の入った革装の本の数々。木の表紙がついている本も何冊かある。お気に入りの本を探して、本の題名をむさぼるように読んでいった。『俊足の騎手ジェインの旅』……『マネキスのウィリムの随筆』……革装の『海《シー》・住民族《フォーク》との航海』を見つけ、アル＝ソアは息をのんだ。父親タムがいつも読みたがっていた本だ。

　この本を嬉々《きき》として手にするタムの姿を思い浮かべた。まず本を手のなかで裏返し、感触を確かめる。それからパイプを持って暖炉の前に腰をおろし、物語を読みふける……。アル＝ソアは剣の柄《つか》を固く握りしめた。喪失感とむなしさが、本を見て感じる喜びを消してしまった。

　背後で咳払いが聞こえ、アル＝ソアは自分一人ではないことに気づいた。無礼をわびようと振り返った。アル＝ソアがこれまでに出会った人々は、たいていは自分よりも背が低かったが、こんどばかりは、アル＝ソアの視線は上へ上へと移動した。アル＝ソアはぽかんと口を開《あ》けた。ようやく頭が見えた。もう少しで高さ三メートルの天井に届きそうだ。鼻は顔と同じくらいの幅があり、鼻というよりは鼻づらだ。尻尾のような眉が、茶碗くらい大きな青い目を縁《ふち》どって、垂れさがっている。たてがみのようなぼさぼさの黒い頭髪のなかから、先端に毛の房がついている耳が突き出ていた。

　トロロークだ！

アル＝ソアは叫び声を上げると同時に、剣を抜いて追い払おうとしたが、足がもつれて尻もちをついた。

「なぜ人間はそんなふうに、ぼくを怖がるんですか？」

　太鼓の音のような重々しい声を響かせて、その男は言った。毛房のついた耳が激しく動く。こんどは悲しげな声でつづけた。

「われわれのことを覚えている人間はもうほとんどいないのですね。これは、われわれの責任でもあります。〈秘路《ひろ》〉が闇に閉ざされて以来、人間と交流した者は少ないですから。もう……六世代になります。交流が途絶えたのは百年戦争の直後からです」ぼさぼさの頭を振り、ため息をついた。大柄な身体なので、しぐさも豪快だ。「とても長かった。長すぎました。旅に出て外界を見たのは、ほんのわずかな者たちだけです。一人もいなかったと言ったほうがいいかもしれません」

アル＝ソアはぽかんと口を開けたまま、その場にすわりこみ、唐突に現われた驚くべき存在を見あげた。男は、爪先の広い、膝までくるブーツをはき、襟《えり》もとからウエストまでボタンのついた紺色の上着を着ている。上着の裾《すそ》は膝のところで朝顔形に広がっており、だぶだぶのズボンの上にキルトをはいているように見えた。片手に本を持っている。三カ所に痕《あと》がつくほど太い指を差しこんでいた。手に持った本が小さく見える。

「てっきり、あんたは」アル＝ソアは切り出しかけ、思いとどまった。「そのう……トロロークかと……？」

どうもうまく言い表わせない。立ちあがり、おそるおそる片手を差し出した。

「おれの名前はランド・アル＝ソアです」

豚のもも肉のように大きな手がアル＝ソアの手を包み、相手はきちんと一礼した。

「ハランの息子のアレンの息子、ロイアルです。ランド・アル＝ソア、ぼくの耳にあなたのお名前が響きました」

格式ばった挨拶《あいさつ》だ。アル＝ソアも一礼を返した。

「ハランの息子の……ええと、アレンの息子ロイアル、おれの耳にも、あんたの名前が響きました」

信じられない出来事だ。ロイアルがなにものなのか、アル＝ソアにはわからなかった。ロイアルの太い指は、驚くほど優しくアル＝ソアの手を握っている。それでも、自分の手がこなごなに砕けなかったことにほっとした。

ロイアルは重々しく響く低い声で言った。「あなたがた人間はすぐ興奮する。もちろん、ぼくは人間に関する話をいろいろと聞いていますし、本もたくさん読みましたが、これほどとは思いませんでした。シームリンに着いた最初の日、信じられないような大騒ぎになりました。子供たちは泣き叫び、女性たちは悲鳴を上げ、暴徒と化した人々はぼくを街じゅう追いかけまわしました。棍棒《こんぼう》やナイフや松明《たいまつ》を振りかざして、〝トロロークだ！〟と大声で叫ぶのです。ぼくは気が動転しました。近衛隊の一団がきてくれなかったら、どうなっていたかわかりません」

「幸運でしたね」アル＝ソアはうわの空で応じた。

「まったくです。でも、近衛兵たちまでが、ほかの人間たちと同じように、ぼくを恐れていました。シームリンにきてからすでに四日目になるのに、いまだにこの宿屋から一歩も外へ出られません。ご主人のギルさんからは、宿屋の酒場に出入りすることも禁じられています」ロイアルの耳がぴくっと動いた。「誤解しないでください。ギルさんがぼくを冷遇しているのではありません。はじめの日に、ちょっとした騒ぎがあったせいです。ぼくを見た客がみな、いっせいに宿屋から逃げ出そうとして、悲鳴やどなり声を上げながら、同時に扉へ押し寄せたのです。何人か怪我《けが》をしたかもしれません」

アル＝ソアは、ぴくぴく動くロイアルの耳に目を奪われた。

「ぼくが〈安息の場〉を出たのは、人々を怖がらせるためではありません」と、ロイアル。

アル＝ソアは驚いた。

「あんたはオジールなんですね！　待てよ、六世代と言いましたよね？　百年戦争ですって？　いったいあんたは何歳なんですか？」

すぐに、失礼なことを言ったと気づいたが、ロイアルは気分を害した様子もなく、堅苦しく弁解する口調で言った。

「九十歳です。あと十年で、〈切り株会議〉における発言権を得ます。今回も、ぼくが外界に出ていいかどうかは〈切り株会議〉で審議されました。長老たちは、ぼくに発言を許しませんでした。長老たちは外界に出たいというオジールに対して神経質になっています。そのオジールが何歳であろうともです。あなたがた人間がせっかちで、気まぐれだからです」ロイアルはまばたきし、ちょこんと頭を下げた。「ごめんなさい。こんなことを言うべきではありませんでした。でも、人間は必要のないときに戦ってばかりいます」

「いや、かまいません」アル＝ソアは応じた。まだロイアルの年齢がのみこめない。セン・ブイ親方より年上なのに、それでもまだ……。アル＝ソアは高い背もたれのついた椅子に腰をおろした。ロイアルも別の椅子にすわった。二人掛け用の椅子がロイアル一人だけでいっぱいになった。すわっていても、立っている人間と同じ高さだ。

「でも結局、長老たちはあんたを外へ出してくれたんでしょう？」と、アル＝ソア。

　ロイアルは床を見つめ、皺《しわ》を寄せた鼻を太い指でこすった。

「まあ、それについては、なんといいますか……。普通は〈切り株会議〉の開催期間は短いんです。一年にも満たない期間です。でも、聞いたところによると、ぼくが許可なしで外界へ出られる年齢になるまで、長老たちの結論は出そうもありませんでした。長老たちは、ぼくが自分の実力を過大評価していると言うんです。それで……ぼくは黙って出てきてしまいました。ぼくがせっかちだと言う長老の言葉の正しさを証明してしまったのかもしれません。長老たちは、ぼくが出てきたことにまだ気づいていないでしょう。それでも、ぼくは、どうしても外界へ出たかったのです」

アル＝ソアは唇を噛み、笑いをこらえた。このロイアルがせっかちだというなら、ほかのオジールがどんなにのんびり屋かわかる。〈切り株会議〉の開催期間が短いだって？　一年もつづくのに？　アル＝ヴィア村長なら、きっと驚いて頭を振るだろう。男議会が半日もつづけば、村人は大騒ぎをする。ハラル・ルーハン親方だって、我慢しないだろう。急に故郷が恋しくなってきた。タム、エグウェーン、宿屋〈酒の泉〉、〈草広場〉で開かれた〈春祭り《ベル・タイン》〉などの幸せだった日々を思い出すと、息が詰まる。アル＝ソアは思い出を振り払った。

「よかったら教えてください」アル＝ソアは咳払いして言った。「どうしてそんなに……そのう、外界に出たかったんですか？　おれは故郷を離れなければよかったと思っています」

「もちろん、自分の目で見たかったからです」ロイアルは、これ以上に明白なことはないという口調で言った。「ぼくはたくさんの本や旅行記を読みました。そのうちに読むだけでは飽きたらなくなり、この目で見たいと思ったのです」ロイアルの青い目が輝き、耳がぴんと立った。「ぼくは可能なかぎり、あらゆる文献を調べました。旅のことや、〈秘路〉のことや、人間界の習慣のことなどの文献です。全界崩壊のあとでオジールが人間のために築いた数々の都市のことも調べました。知れば知るほど、外界へ出たいという思いが強くなりました。かつてオジールが訪れた場所へ行き、この目で木立を見たいと思いました」

アル＝ソアは目をぱちくりさせた。

「木立？」

「そう、木立です。樹木です。もちろん、ぼくが見たいのは、天高くそびえ、〈安息の場〉の思い出を鮮明に保つ〈巨木林〉です」

ロイアルは本を持ったまま、手ぶりを加え、前方へ身体をずらした。その重みで椅子がきしんだ。これまで以上に目を輝かせ、耳を震わせた。

「たいていの場合、街づくりにはその土地で育った木々を用います。その土地本来のあるべき姿に反する街づくりをしてはいけません。そんなことをしたら、街は長くは持ちません。土地が反抗するからです。あくまでも、その土地に合わせて街を築くことが大切です。また、街づくりに合わせて無理に土地を開発してもいけません。木立の木々は、どれも同じ場所で生長しつづけます。すべての木々が、それぞれほかの木々と釣り合うようたがいに補《おぎな》い合います。これが木々の生長にもっとも適した方法です。同時に、そのバランスは、われわれの目と心にも美しく響きます。木立のことを書いた本を読んだ長老たちは、泣き笑いしました。オジールの記憶に残る木立は永遠に緑のままなんです」

「都市はどうですか？」

アル＝ソアがたずねると、ロイアルは困惑の表情を浮かべた。

「オジールが築いた都市ですよ。たとえば、物語のなかではシームリンもオジールが築いたことになっています」と、アル＝ソア。

ロイアルは、がっしりした肩を豪快にすくめた。

「石で都市を築くこと……それを学んだのは、全界崩壊後の数年間です。われわれオジールが、〈安息の場〉をふたたび見つけようとしていた〈大放浪時代〉のときのことです。すばらしいことですが、オジール本来の仕事ではありません。文献を調べたところでは、数々の石の都市を築いたオジールたちは一生懸命に努力したようです。でも、石に生命を吹きこむのは無理です。現在でも石を使って仕事をしているオジールが何人かいます。人間が戦ってなんども建物を破壊するからです。たしか……今は……ケーリエンと呼ばれる都市を通ったとき、数人のオジールに会いました。幸い、そのオジールたちは別の〈安息の場〉からきた者だったので、ぼくを知りませんでした。ぼくのような若いオジールが一人だけで外界へ出てきたことを怪訝《けげん》に思ったようですけどね。そこに長居する理由がなかったので、好都合でした。いずれにせよ、木立の育成はオジールが心から望むものですが、石の都市を築くのは歴史模様に強制されたことを行なうのと同じです」

アル＝ソアは頭を振った。幼いころから聞いて育った物語の半分が今まさにくつがえされた。

「ロイアル、オジールが歴史模様の存在を信じているとは知りませんでした」

「もちろん、ぼくたちは歴史模様の存在を信じています。〈時の車輪《ホイール・オブ・タイム》〉は、あらゆる者の人生を糸として使い、歴史模様を織ります。自分の人生の糸がどのように歴史模様に織りこまれてゆくのかは、誰にもわかりません。ほかの人々の織り糸がどのように織られたのかも知ることはできません。全界崩壊、〈大放浪時代〉、石造りの都市、〈太古の郷愁〉――これらはすべて歴史模様によるものです。われわれが滅びる前に、ようやく〈安息の場〉を戻してくれたのも歴史模様でした。ときどきぼくは、あなたがた人間がせっかちで気まぐれなのは、人生の糸が短いからだと思います。模様のなかに織りこまれながら、跳ねまわっている。おお、またしても失礼なことを言ってしまった。人間は、自分の一生がどれほどはかないものかを思い知らされるのがいやなのだろうと、長老たちは言っています。あなたがお気を悪くなさらないといいのですが」

アル＝ソアは笑って首を横に振った。

「気にしてません。あんたたちみたいに長生きできたらさぞ楽しいだろうとは思うけど、あまり真剣に考えたことはありません。セン・ブイ親方の歳まで生きられれば誰にとっても充分だ、と思ってます」

「その人はかなりのお歳なんですか？」

アル＝ソアはうなずいただけで何も言わなかった。セン・ブイ親方はロイアルほど歳を取ってはいないが、そのことを説明しようとは思わなかった。

「なるほど。たしかに、人間の寿命は短い。でもその短い一生のあいだに、あなたがたはさまざまなことを経験します。いつもあちこちを飛びまわって、あわただしく動いています。しかも人間は全界じゅうで同じことを繰り返します。でも、オジールは〈安息の場〉に縛りつけられています」

「あんたは、こうして外界にいるじゃないですか」

「ちょっとのあいだだけです、アル＝ソア。いつかは戻らなければなりません。外界はあなたがたのものです。あなたがた人間のものです。〈安息の場〉はオジールのものですがね。外界では、ものごとが多すぎます。ぼくが読んだ本に書かれていたこととは、ずいぶんと様子が違います」

「たしかに、数年のあいだに大きく変わってしまうものもありますが、それはほんの一部です」と、アル＝ソア。

「ほんの一部？　本で読んだ都市の半数はもう存在していません。それに、残りの都市の大半は名前を変えています。たとえばケーリエンです。正しくはアル＝ケーリエナレン、つまり〝黄金の夜明けの丘〟という意味の名前です。国旗に描かれた朝日の意味を人々はもう忘れてしまったのでしょう。あの都市には木立がありました。トロローク戦争以降は手入れもされずに放置されています。いまや木立は普通の森のひとつでしかありません。人間は薪《たきぎ》を取る森だと思っているようです。〈巨木林〉はすべて消え、誰もそのことを覚えていません。このシームリンも変わりました。名前は現在もシームリンですが、人間は木立のあったところに街を造りました。今のぼくたちは、木立の中心から四百メートルしか離れていない場所にすわっています。木立の中心部の近くにね。もう一本の木も残っていません。ぼくはティアやイレイアンにも行きました。名前は変わり、記憶も残っていません。ティアでは木立があった場所が、馬が草を食《は》む牧草地になっていました。イレイアンでは狩猟園になっていて、国王の許可なしではなかに入ることが許されません。アル＝ソア、何もかも変わってしまったんです。どこへ行っても同じ結果なのではないかと、ぼくは恐れています。木立の記憶は消え、夢も死んでしまいました」

「決してあきらめてはだめですよ、ロイアル。もしあきらめたら、死んだのと同じになります」

アル＝ソアは可能なかぎり深く椅子にすわりなおした。顔が真っ赤になっている。オジールに笑われるだろうと覚悟したが、ロイアルは真顔でうなずいた。

「そうですね。それでこそ、人間です」

ロイアルの声音が変わった。何かを引用している。

「〝闇が消え去り、水が涸《か》れるまで、歯を剝《む》き出して闇に立ち向かう。死のまぎわまで抵抗の叫び声を上げ、〈最後の日〉に〈目をくらませる者〉の目に唾《つば》を吐く〟」

ロイアルはぼさぼさの頭を傾け、アル＝ソアの言葉を待ったが、アル＝ソアには、ロイアルが何を期待しているのかさっぱりわからなかった。

ロイアルは待った。一分、そしてまた一分。ロイアルは困惑の表情を浮かべ、長い眉毛が下がりはじめた。それでも、なおロイアルは待った。アル＝ソアにとっては気まずい沈黙がつづいた。

「〈巨木林〉というのは……〈生命の木《アヴェンデソーラ》〉のことですか？」

ようやくアル＝ソアは言葉を発した。なんとか沈黙を破りたかったのだ。

ロイアルは背筋を伸ばしてすわりなおした。椅子が大きな音を立ててきしんだ。椅子が壊れてしまいそうだ。

「あなたがたは、もっとよくご存じのはずです」

「おれが？　知ってるはずないじゃありませんか」

「ぼくをからかっているのですか？　ときどきアイール人は奇妙なことをおもしろがりますけど」

「なんですって？　おれはアイール人じゃありません！　トゥー・リバーズからきたんです。アイール人なんて見たこともありません！」

　ロイアルは頭を振った。耳の毛房がしおれて外側を向いた。

「ほらね、何もかも変わってしまった。ぼくが持つ知識の半分はもう役に立ちません。気を悪くしないでください。トゥー・リバーズはすばらしいところでしょうね」

「誰かが言ってました——トゥー・リバーズは昔、マネサレンと呼ばれてたって。おれは聞いたことないけど、あんたなら……」と、アル＝ソア。

　ロイアルの耳がうれしそうにぴんと立った。

「ええ。もちろん！　マネサレンには見事な木立がありました。アル＝ソア、あなたの痛みがぼくの心に響きます。オジールの到着がまにあえば、木立を守れたのに」耳の毛房がまた下がった。

　ロイアルはすわったまま、その場で頭を下げた。アル＝ソアも頭を下げた。同じようにしないとロイアルが傷つくと思ったからだ。それに、無礼な人間だと思われたくない。ロイアルは、アル＝ソアがオジールと同じ記憶を持つと思ったのだろう。アル＝ソアの喪失感を分かち合うかのように、ロイアルの口もとや目もとが下がった。マネサレンの滅亡は二千年前の出来事ではなく、つい最近の出来事だと思っているようだ。アル＝ソアはモイレインの話を聞いて知ったばかりなのに。

　しばらくしてロイアルはため息をついた。

「〈時の車輪〉は回転しつづけますが、その回転のしかたを知る者はいません。でも、あなたはぼくと同じくらい、家を離れて遠くまできました。今の世のなかでは、これは相当な距離です。もちろん、〈秘路〉が誰にでも開かれていた時代もありましたが、それはもうはるか昔のことです。教えてください――なぜこんな遠くまできたのですか？　おそらく、あなたにも何か見たいものがあるのですね？」

　アル＝ソアは口を開き、マットといっしょに偽の竜王を見にきたと言おうとしたが、言えなかった。九十歳のロイアルが、アル＝ソアと少しも歳が違わないかのようにふるまっているせいだ。オジールにとって九十歳は、アル＝ソアとたいして変わらない年齢なのかもしれない。アル＝ソアは口調を改めることにした。これまでの出来事を誰かとじっくり話したのは、もうだいぶ前のことだ。相手が闇の信徒ではないかという不安、あるいはアル＝ソアが闇の信徒と間違えられるのではないかという不安がいつもついてまわった。マットは完全に自分の殻に閉じこもっている。不安が猜疑心《さいぎしん》を助長したのだろう。あのような状態では話し合いは無理だ。ふと気づくと、アル＝ソアはロイアルに〈冬夜日《とうやび》〉のことを話していた。闇の信徒のことも曖昧《あいまい》にせず、真実を打ち明けた。トロロークが扉を破って侵入してきたこと……〈石切り場街道〉に現われた闇に溶けるミルドラルのこと……。

　アル＝ソアの心の一部分は、自分の行為を恐れていた。アル＝ソアのなかにふたつの人格があるかのように、片方が必死で口を封じようとする一方で、もう片方の自分はすべてを打ち明けたことに安堵《あんど》している。結局、とちったりつかえたり、話が前後したりしながら話しつづけた。シャダー・ロゴスのことや、闇のなかではぐれてしまった仲間たちの生死がわからないこと。ホワイトブリッジで闇に溶けるミルドラルが現われ、メリリンが身をていしてアル＝ソアたちを逃がしてくれたこと。ベイロンにいた闇に溶けるミルドラルのこと。その後も闇の信徒に襲われたこと。ホール・ゴードや、アル＝ソアとマットを怖がらせた青年のこと。マットを殺そうとした女のこと。宿屋〈鵞鳥《がちょう》と王冠〉の外で見かけた半人ミルドラルのこと……。

　闇王の夢のことを話しはじめると、話したがっていたはずのアル＝ソアの心の一部分までが、うなじの毛が逆立つのを感じた。アル＝ソアは舌を噛み、歯をくいしばって、鼻で荒々しく息をしながら用心深くロイアルを見た。悪夢を見たのだ、とロイアルが言ってくれるといいのだが。光よ、この話はすべて悪夢ではないのですか？　こんなに恐ろしい体験談なのだから、誰でも悪夢だと言ってくれるはずだ。もしかしたら、ロイアルはただアル＝ソアが正気を失っただけだと思うかもしれない。もしかしたら……。

「〈歴史の織り人《タ＝ヴィーレン》〉だ」と、ロイアル。

アル＝ソアは目をしばたたいた。「なんだって？」

ロイアルはピンと立った耳の後ろを太い指でこすり、わずかに肩をすくめた。

「〈歴史の織り人〉ですよ。ハマン長老はいつも、ぼくが他人の言うことを聞かないと言っていましたが、ぼくだって人の話に耳を傾けるときはあります。あなたは当然、歴史模様がどのようにして織られるのかはご存じでしょう？」

「まともに考えたことなんてなかったな。ただ織られるだけじゃないのか？」アル＝ソアはおもむろに応じた。

「まあ、そうです。正確に言うと、〈時の車輪〉は歴史模様を織るのです。糸となるのは人々の人生です。歴史模様はいつも同じものとはかぎらない。誰かが自分の人生の方向を変更しようとしたときでも、歴史模様にはそれを受け入れる余地がある。〈時の車輪〉はその変化を取りこんで織りつづける。小さな変化を受け入れる余裕はいつでもあるのですが、歴史模様はときどき大きな変化を受け付けない。そのときにはどんなに一生懸命に歴史模様を変えようと努力してもだめなんです。おわかりですか？」

　アル＝ソアはうなずいた。

「おれがエモンズ・フィールドに住むとか、農場で暮らすとか、そういうことは小さな変化だ。でも、もしおれが王様になろうとしても……」

　アル＝ソアは笑った。ロイアルは歯を見せて満面の笑みを浮かべた。歯が白く、鏨《たがね》のように大きい。

「そう、そのとおりです。でも、ときには変化が人を選ぶこともある。つまり、〈時の車輪〉があなたに変化をもたらすんです。ときどき、〈時の車輪〉は一人ないし数人の人生の糸を曲げる。すると、そのまわりにある糸はすべて曲げられた糸を中心にして渦を巻く。そこに、また、ほかの糸が巻きこまれ……というようにどんどん渦を巻いてゆく。〈歴史の織り人〉とは、渦を作るために最初に曲げられた糸のことです。歴史模様そのものが変化しないかぎり、これを変えることはできません。その〈運命の織り目《タ＝マラル＝アイレン》〉と呼ばれる織り目は何週間も、ときには何年もつづきます。町や、歴史模様全体が影響を受けることもある。鷹羽王アートゥルは〈歴史の織り人〉でした。その意味では親族殺しの竜王テラモンも同じです」

ロイアルは轟《とどろ》くような含み笑いを漏《も》らした。

「ハマン長老はぼくを誇りに思うでしょう。あのかたがくどくど説教するのを聞くより、旅の本を読むほうがおもしろいんですが、ときにはぼくも長老の説教に耳を傾けます」

「そこまではわかったけど、それがおれとどう関係があるんだ？　おれは羊飼いだ。第二の鷹羽王アートゥルじゃない。マットやペリンも違う。ちょっと……滑稽《こっけい》な話に思えるよ」と、アル＝ソア。

「あなたが第二の鷹羽王アートゥルだとは言ってませんが、あなたの話を聞いていると、歴史模様が渦を巻こうとしているのが感じられるんです。ぼくに与えられた能力では、それ以上はわかりません。でも、あなたは〈歴史の織り人〉に間違いない。あなたの仲間もそうかもしれない」

ロイアルはちょっと間《ま》を置き、考えこむ表情で広い鼻梁《びりょう》をこすった。やがて結論に達したという表情で、うなずいた。

「アル＝ソア、ぼくもいっしょに旅をさせてください」

しばしアル＝ソアはロイアルを見つめた。聞き間違えたのだろうか。

「おれと？」ようやくしゃべれるようになると、アル＝ソアは声を大きくして言った。

「おれの話を聞いただろう……？」

　ふとアル＝ソアは扉を見た。扉は固く閉じられている。充分な厚みがあるし、向こう側で盗み聞きしようとして木の扉に耳をくっつけても、聞こえないはずだ。それでもアル＝ソアは声を小さくしてつづけた。

「おれたちが誰に追われているのかわかっただろう？　そんなにオジールが育てた木立を見たいのかい？」

「タール・ヴァロンには、とてもすばらしい木立があります。異能者《アエズ・セダーイ》が手入れをしてくれています。それに、ぼくが見たいのは木立だけではありません。おそらく、あなたは第二の鷹羽王アートゥルではないでしょう。でも少なくとも、これから当分のあいだ、あなたのまわりで全界の一部が形づくられようとしています。今この瞬間にも、あなたを中心に全界の一部が形づくられているのかもしれません。ハマン長老もその様子を見たがるはずです」

　アル＝ソアはためらった。いっしょに旅をしてくれる仲間がいてくれることはありがたい。マットが今のような状態では、いっしょにいても一人でいるのと大差ない。ロイアルがいてくれれば心強い。オジールの年齢でいうと、ロイアルはまだ若いのに、アル＝ソアの父タムのように、岩のような冷静さを保っている。方々《ほうぼう》へ旅をして、いろんなことを知ってもいる。アル＝ソアは隣にすわるロイアルを見た。大きな顔は、辛抱強さを絵に描いたようだ。すわっていても、立っている人間よりも背が高い。三メートル近いロイアルをどうやって人目につかないようにすればいいんだ？　アル＝ソアはため息をつき、首を横に振った。

「ロイアル、それはいい考えとはいえないな。ここでモイレイン様がおれたちを見つけてくれたとしても、タール・ヴァロンへ行くあいだに、いろいろな危険が待ち受けている。もしモイレイン様が……」

　おれたちを見つけられなかったら、モイレイン様は死んだということだ。そしてほかの仲間たちも……。ああ、エグウェーン……アル＝ソアは身震いした。エグウェーンは生きている。モイレイン様は、きっとおれたちを見つけてくれる。

　ロイアルは同情してアル＝ソアを見つめ、アル＝ソアの肩に手をふれた。「きっと、みんな無事ですよ、アル＝ソア」

　アル＝ソアは、ありがとうと言う代わりにうなずいた。喉が詰まって声にならない。

「ときどき、ぼくの話し相手になってくれませんか？」ロイアルは低く重々しいため息をついた。「いっしょに石並べ遊びでもしましょう。このところ誰も話し相手がいないんです。ギルさんがいるけど、あの人はいつもお忙しい。女料理人さんがご主人のギルさんをこき使っているようです。この宿屋の実質的な経営者は、女料理人さんじゃないでしょうか?」

「もちろん、喜んでいっしょに旅をするよ」アル=ソアはしゃがれ声で答え、咳払いをして笑みを浮かべようとした。「タール・ヴァロンに着いたら、木立を見に連れていってほしいな」

みんな無事でいてくれ。光よ、みんなをお守りください。

37　長い追跡

　ナイニーヴは三頭の馬の手綱《たづな》を握り、暗闇に目を凝《こ》らして、異能者《アエズ・セダーイ》のモイレインと、その護衛士であるランの姿を捜した。周囲を取り囲む骸骨のような木々が、ほのかな月明かりのなかで真っ黒く輪郭を浮かびあがらせている。木々と暗闇が効果的な目隠しとなり、モイレインとランが何をしているのかまったくわからない。「馬を静かにさせておけ」と、ランが低い声で言っただけで、説明もなしに二人は行ってしまった。とり残されたナイニーヴは、馬丁《ばてい》になったような気分で立ちつくした。ちらりと馬たちを見ると、憤慨してため息をついた。

　マンダーブはランのマントと同じように闇に溶けこんでいる。戦闘訓練を受けたマンダーブが、ナイニーヴにここまで接近することを許したのは、ランみずからナイニーヴに手綱を渡したからだ。今のマンダーブはおとなしそうに見えるが、ランの許可を待たずに手綱に手を伸ばしたときのことを、ナイニーヴは忘れられなかった。あのとき、マンダーブは静かに唇をめくりあげてあとずさった。静かな抵抗だったが、それだけによけいに恐ろしく見えた。

　最後に用心深くマンダーブを見たあと、ぼんやりと自分の馬をなでながら、モイレインとランが消えた方角をのぞきこんだ。アルダイブが鼻づらを手の下にもぐりこませてきた。一瞬、ナイニーヴは跳びあがったが、アルダイブを軽く叩いてやった。

「あなたに八つあたりするつもりはないわ。ただ、あなたのご主人様はとっつきにくくて……」

　ナイニーヴはささやき、また暗闇に目を見張った。いったい、二人は何をしているのだろう？

　ホワイトブリッジを発《た》ってから、いくつもの村を馬で駆け抜けた。その村々の平常さが、現実のものとは思えなかった。市場を持つ普通の村々は、トロロークや、闇に溶けるミルドラルや、異能者《アエズ・セダーイ》のいる世界とはまったく無縁に思えた。三人はシームリン街道をたどった。モイレインは鞍《くら》にまたがったまま身を乗り出し、東の方角を見つめた。まるでシームリンまでの全行程を見通し、何キロも先で一行を待ち受けるものを見ているかのようだった。

やがてモイレインは長いため息をつき、鞍にすわりなおして、つぶやいた。

「〈時の車輪《ホイール・オブ・タイム》〉はその意思にしたがって歴史模様を織りあげますが、それが希望の終わりを織りなすとは信じられません。わたくしは確信を持てるものから先に対処しなければなりません。すべては〈時の車輪〉の織りなすようになるでしょう」

モイレインはアルダイブを北に向け、街道をそれて森へ入った。銀貨を持つエモンズ・フィールドの若者の一人が、この方角にいるようだ。ランがその後ろを追った。

ナイニーヴは最後に長いあいだ、シームリン街道を見つめた。街道には、ごく少数の人々がいるだけだ。数台の大きな車輪の馬車と、遠くに空《から》の荷馬車が一台と、ひと握りの旅人しかいない。みな、荷物を背負うか、手押し車に荷物を積んで歩いている。なかには偽の竜王を見にシームリンへ行くのだと認める者もいたが、大半の者は頑《がん》として否定した。とりわけ、ホワイトブリッジを通ってきた者は否定する。ナイニーヴは、ホワイトブリッジでモイレインを信じるようになった。まだ少しだけだが、とにかく以前よりはモイレインを信用している。だからといって、なんのなぐさめにもならないが。

ランとモイレインは、木々の向こうへ姿を消した。ナイニーヴは急いであとを追った。ランが手を振り、急げと促《うなが》している。しかしランはモイレインのそばを離れなかった。モイレインの目はじっと前方を見つめている。

街道をはずれた日の夕方、目に見えない痕跡が消えた。冷静沈着なモイレインは、突然、目を見開いて立ちあがった。かたわらで、火にかけたやかんの湯が沸騰している。

「銀貨の痕跡が消えました」モイレインが闇のなかでささやいた。

「消えたですって？　その人は……？」ナイニーヴは口ごもった。それが誰なのか、あたくしは知らないのよ！

「死んではいません。銀貨を手放しただけです」モイレインはゆっくりと言い、腰をおろした。穏やかな声だ。しっかりした手つきで、やかんを火からおろし、お茶を少し注いだ。

「明朝も今までどおりに進みましょう。もっと近づけば、銀貨がなくても見つけ出せます」

薪《たきぎ》が燃えつきて、熾《おき》になった。ランはマントのなかで身体を丸めて眠った。ナイニーヴは眠れず、モイレインを見つめつづけた。モイレインは目を閉じ、背筋を伸ばしてすわっている。眠ってはいない。ナイニーヴにはわかった。

熾き火が消えてから、かなりの時間がたった。モイレインは目を開《あ》け、ナイニーヴを見た。暗闇のなかでも、ナイニーヴはモイレインが笑みを浮かべているのを感じた。

「賢女ナイニーヴ、あなたのお仲間の一人がふたたび銀貨を取り戻しました。すべて順調にいくでしょう」

モイレインはため息をつき、毛布の上に横たわった。とたんに息が深くなり、眠りに落ちた。

ナイニーヴはモイレインといっしょにいるのが苦痛で、疲れを感じた。どんなにやめようとしても、悪いことばかりが頭に浮かぶ。すべて順調にいくって、本当かしら？　ホワイトブリッジでモイレインを信用するようになったが、この言葉だけは簡単に信じられない。

ナイニーヴは突然、腕をつかまれ、回想から暗闇に引き戻された。喉まで出かかった悲鳴を噛《か》み殺し、腰につけたナイフを手探りした。自分の腕をつかんでいるのがランの手だとわかるまで、ナイフの柄《え》を握りつづけた。

ランはフードをおろしていたが、カメレオンのように色が変わるマントは完全に闇に溶けこんでいるため、顔だけがぼんやりと宙に浮いて見えた。どこからともなく手が現われて、ナイニーヴの腕をつかんだような感じだ。

ナイニーヴは震える息を吸いこんだ。どうやって気配を消して近づいてきたのか？　ランの言葉を待つしかない。ところが、ランは何も言わず、鞍袋《くらぶくろ》のなかを探りはじめた。

「そなたの助けがいる」ランは膝をつき、馬の脚を縛りはじめた。

馬の脚を固定すると、ランは立ちあがり、ナイニーヴの手をつかんでふたたび闇のなかへと向かった。ランの黒髪はマントと同じように、闇に溶けこんでいる。ランの動きはナイニーヴよりも静かだ。くやしいけれど、暗闇のなかでは手をつかまれていないとついていけない。ナイニーヴは不本意ながら、それを認めた。手を引っこめたら、ランは放してくれるだろうか？　ランの手は力強かった。

丘と呼ぶには低いのぼり勾配《こうばい》に差しかかった。ランは片膝をつき、かたわらにナイニーヴをすわらせた。今まで気づかなかったモイレインの姿が見えた。黒いマントを着て、じっとしている。まるで影のようだ。ランは、丘の中腹の木々に囲まれた空《あ》き地を身ぶりで示した。ナイニーヴは月光のなかで目を凝《こ》らしていたが、急に笑みを浮かべた。ぼんやりと見える白いものが、整然と並ぶテントであることに気づいたのだ。

ランが小声で言った。「白マントだ。二百人、いや、もっといるかもしれぬ。この付近には、よい水場がある。われわれが捜す若者もここにいる」

「野営地に？」と、ナイニーヴ。闇のなかでランがうなずくのを感じた。

「中央のテントのなかだ。モイレイン様が指し示してくださった場所を見てきた。われわれが捜す若者は監視されている」

「捕虜にされたの？　なぜ？」と、ナイニーヴ。

「わからぬ。何か不審な行動を取らぬかぎり、田舎の若者が〈光の子〉に目をつけられるはずがない。白マントどもはなんでもかんでも疑ってかかるとはいえ、やはり心配だ」

「どうやって助けるの？」

そう言ってからナイニーヴはランに見つめられ、はじめて気づいた。ランなら、たとえ相手が二百人の部隊であっても、そのなかへ進み入り、必ず仲間を連れて戻ってくるはずた。だって、この人は護衛士ですもの。物語のいくつかは真実なんだわ。

ランに笑われるかと思ったが、ランの口調は冷静できびきびしていた。

「それがしが若者を連れ出す。そなたの仲間は隠密行動に不慣れのはずだ。それがしと若者が馬に二人乗りで逃げるのを見られたら、二百人の白マントがあとを追ってくるだろう。連中がほかの何かに気をとられないかぎりは。力を貸してくれぬか？」

「エモンズ・フィールドの人間を助けるためなら、もちろんよ！　何をすればいいの？」

ランはもういちどテントの向こうの闇を指さした。こんどは影のほかには何も見えない。

「馬たちが縄でつながれている。縄の数カ所に切りこみを入れてほしい。それがすんだら、モイレイン様が陽動作戦を開始なさる。そのときに縄が切れれば、白マントは自分たちの馬を追うのに忙しくなり、われわれを追うことができなくなる。野営地の向こう端に見張りが二人いる。馬がつながれているのは、その手前だ。そなたにそれがしの思う半分でも狩人としての才能があるなら、白マントには気づかれぬだろう」

ナイニーヴはごくりと唾《つば》を飲んだ。槍や剣を持った見張りが相手じゃ、ウサギにこっそり忍び寄るようなわけにはいかない。でもこんなことを頼むのは、ラン様があたくしの能力を認めているということよね。

「やるわ」

ランはうなずいた。そうナイニーヴが答えるのを予期していたかのようだ。

「もうひとつ……今夜は狼が出没しておる。すでに二頭を見かけた。ほかにもいるはずだ」

ランは少し間《ま》を置いた。口調は変わらないが、困惑の色がある。

「まるで狼がわれわれに会いたがっておるかのようだ。いずれにせよ、普通、狼は人間に近寄らぬものだ。気にすることはない」

「そう？　知らなかったわ。羊飼いに囲まれて育ったから」と、ナイニーヴ。声が優しくなっている。

ランが何やら不満げにつぶやいたので、ナイニーヴは闇にまぎれて笑みを浮かべた。

「では、行こう」と、ラン。

大勢の武装した男たちがいる野営地を見おろしたとたん、ナイニーヴの笑みが消えた。

槍や剣を持った男が二百人……。いつまでも、こんなことを考えていてもしかたがない。ナイニーヴはナイフをいつでも鞘《さや》から抜けるようにして、用心深く動きだした。モイレインが、ランと同じくらい力強くナイニーヴの腕をつかんだ。

「気をつけてください」と、モイレイン。ささやくような声だ。「縄を切ったら、すぐお戻りなさい。あなたも歴史模様の一部です。全界が危機に瀕していなければ、ほかのお仲間もあなたも危険にさらしたくありません」

　モイレインが手を放すと、ナイニーヴはひそかに腕をさすった。腕が痛むことをモイレインに知られたくない。しかし、すぐにモイレインはナイニーヴに背を向け、野営地を見おろした。いつのまにかランがいなくなっていることに気づき、ナイニーヴは驚いた。ランは物音ひとつ立てずに去った。なんて人なの！　ナイニーヴはすばやくたくしあげたスカートの裾《すそ》を結び、足さばきをよくした。そして、闇のなかを急いだ。

　地面に落ちた枝を踏み鳴らしながら全力疾走したあと、足取りをゆるめた。赤い顔を誰にも見られずにほっとした。足音を忍ばせなければならないと思いつつも、護衛士と張り合いたくなる。とんでもない話だ。

　ナイニーヴはそんな思いを振り払い、暗い森を進むことに心を集中させた。それ自体は難しいことではない。父の教えを受けたナイニーヴにとっては、欠けてゆく月のほのかな明かりがあれば充分だった。地面にはゆるやかな起伏があったが、骸骨のような木々は、はっきりと夜空に輪郭を浮かびあがらせ、これが子供の遊びではないことを絶えず思い出させた。肌を刺す風がトロロークの角笛《つのぶえ》のように唸《うな》る。暗闇のなかにただ一人でいるナイニーヴは思い出した――トゥー・リバーズでは、普段は人に近づかないはずの狼が、この冬は様子が違っていた……。

　馬のにおいを嗅いだとき、全身が温かくなるような安堵《あんど》感《かん》が押し寄せてきた。ナイニーヴは息を殺して、腹ばいになり、においのするほうへ移動した。

　あやうく見張りと鉢合わせするところだった。暗闇のなかから白マントたちが現われ、ナイニーヴのいるほうへ歩調を合わせて進んでくる。風にはためく白マントが、月光のなかで輝いている。あの人たち、松明《たいまつ》を持てばいいのに。松明を持っていてくれたら、その明かりでもっと早く気づいたのに。ナイニーヴは凍りつき、地面と一体になろうとした。目の前から十メートル足らずの場所で、白マントたちは足を踏み鳴らして立ちどまった。槍をかつぎ、たがいに顔を見合わせている。白マントたちのすぐ先に影がいくつか見えた。馬だ。馬小屋のにおいがする。馬と糞尿の強烈なにおいだ。

「すべて異常なし。光よ、われわれを讃《たた》えたまえ。闇より守りたまえ」白マントの一人が言った。

「すべて異常なし。光よ、われわれを讃えたまえ。闇より守りたまえ」もう一人が唱和した。

そのあと白マントたちは向きを変え、ふたたび闇のなかへ去っていった。

ナイニーヴは待った。白マントが二往復するあいだ、数を数えた。白マントは二回とも同じ数を数えたところで止まり、ひとことも違わず同じ文句を繰り返した。脇見ひとつせず、まっすぐ正面を向いて進んでゆく。ナイニーヴが立ちあがっても、見つからないだろう。

風にはためく白マントを三度目に闇がのみこむ前に、ナイニーヴは立ちあがり、身をかがめて馬のいる場所まで走った。馬を驚かさないよう、近づくにつれて足取りをゆるめた。見張りは鼻先を何かがかすめて通らないかぎり、この暗闇では何も見えないかもしれないが、急に馬たちがいなないたら確かめにくるはずだ。

馬たちをつないだ縄は一本だけではなかった。深い闇のなかでかろうじて見える。馬たちは頭を下げ、鼻を鳴らしたり、足を踏み鳴らしながら眠っている。薄暗い月明かりに目が慣れる前に、ナイニーヴは杭に結ばれた縄にたどりついた。縄に手を伸ばすと、いちばん手前にいる馬が頭を上げてナイニーヴを見た。ナイニーヴは動きを止めた。親指ぐらいの太さの縄が、大きな金属環に結ばれている。いちどでも馬にいなかれたら一巻の終わりだ。心臓が胸から飛び出すかと思うほど激しく鼓動した。見張りの耳に届きそうなくらい大きな音だ。

　ナイニーヴは馬に目を向けたまま、縄に切りこみを入れた。ナイフの手前に指をあて、切りこみの深さを確かめた。馬が頭をもたげたので、ナイニーヴの息は凍りついた。いちどでも馬にいななかれたら、一巻の終わり……。

　指の下には、二、三の細い子縄だけが残った。ゆっくりとナイニーヴは次の縄に移動した。馬が自分を見ているかどうかわからない。それでも、馬から目を離さなかった。息が荒くなった。こんな調子がつづいたら、最後までやりとげる自信はない。

　次の縄、また次の縄とつづけた。馬たちは眠っている。ナイニーヴは誤ってナイフで親指を切った。悲鳴をこらえて傷口を吸い、いまきた道を用心深く見た。風上にいるナイニーヴには、見張りがやり取りする声は聞こえないが、ナイニーヴが物音を立てれば、見張りに聞こえてしまう。見張りがなんの物音か確かめに近づいてきても、風が足音をかき消し、すぐそばにくるまでナイニーヴは気づかないだろう。もう行かなくちゃ。全部じゃなくても、たとえば五頭のうち四頭の馬が縄を離れて走りだせば、白マントたちはランたちを追っていけないはず。

　だがナイニーヴは動かなかった。自分の仕事ぶりを知ったときのランの表情が想像できる。そこに非難の色はないはずだ。ナイニーヴに、これ以上のことをランは期待してはいないだろう。ナイニーヴは賢女であって。完全に姿を隠せる無敵の護衛士ではないのだから。それでも、ナイニーヴは歯を食いしばり、最後の縄へ向かった。いちばん端につながれていたのはベラだった。

ぼさぼさの毛の、ずんぐりした姿はベラにちがいない。こんなところでベラに似た別の馬に出くわすはずがない。ふとナイニーヴは、いま揺り動かした最後の縄を切らなかったことにほっとした。腕と脚が震え、縄にふれるのが怖い。だが、心はワインスプリング川のように澄んでいた。この野営地に捕らえられているのがアル＝ソアなのかマットなのかペリンなのかわからないが、エグウェーンもいっしょにいることは間違いない。馬に二人乗りになって逃げたら、縄から離れた馬たちをどんなにうまく四散させても、〈光の子〉の何人かに追いかけられてつかまり、仲間の誰かが殺されるだろう。ナイニーヴは風の声を聞いたかのように確信した。どうやって確信したのかに気づくと、恐ろしくて胃がきりきりと痛んだ。これは、風の声を聞いて天気や穀物のできを予測したり、病気を治療したりする賢女の能力とは関係ない。なぜモイレイン様は、あたくしにも絶対力が使えるなんて言ったの？　どうして、ほっといてくれなかったの？

不思議なことに、その恐怖心のおかげで震えが止まった。自宅で薬草をすりつぶすときと同じように両手をしっかりとかまえ、ほかの縄と同じように切りこみを入れた。それからナイフを鞘におさめ、ベラの引き綱を解いた。ぼさぼさの毛をしたベラは、驚いて目を覚まし、頭を上げた。ナイニーヴは鼻づらをなで、そっとベラの耳に話しかけた。ベラは低くいななき、鼻を鳴らして喜んだ。同じ縄につながれていた別の馬も目を覚まし、ナイニーヴを見た。マンダーブのことを思い出し、おそるおそる引き綱に手を伸ばしたが、その馬は見慣れぬ手をなんの抵抗もなく受け入れた。それどころか、ベラがしてもらったように、鼻をなでてもらいたがった。ベラの手綱をしっかりと握り、もう一頭の手綱を手首に巻きつけた。そのあいだもずっと、そわそわと野営地に視線をはしらせつづけた。わずか三十メートルしか離れていない場所に、白テントが見える。そのあいだで動く男たちが見えた。白マントたちが馬の動きに気づいて、原因を調べにきたら……。

　どんな作戦であれ、自分の帰りを待たずに、モイレインが早く行動してくれることを必死に願った。モイレイン様、今すぐ、行動して……。

　突然、頭上で稲妻が闇を切り裂いた。激しい雷鳴が耳を打つ。膝の力が抜けそうだ。ぎざぎざに枝分かれした閃光《せんこう》が馬たちのすぐそばの地面に突き刺さり、土を撥《は》ね散らし、砕いた岩を噴水のように振りまいた。放射状に地面が割れたとき、雷撃と競うような爆音が轟《とどろ》いた。正気を失った馬はいななき、後ろ脚で立った。馬をつないでいた縄は、ナイニーヴが切りこみを入れた個所でぷつんと切れた。最初の残像が消えないうちに、また稲妻が闇を切り裂いた。

　ナイニーヴには喜ぶ暇もなかった。はじめの雷鳴で、ベラともう一頭の馬はナイニーヴと手綱でつながれたまま、それぞれ別々の方向に動こうとした。両腕が抜けそうだ。永遠とも思える一分間、ナイニーヴは両足が地面から離れた状態で、二頭の馬のあいだにぶらさがっていた。ナイニーヴの悲鳴は二度目の雷鳴にかき消された。つぎつぎに稲妻が走った。怒り狂った天から繰り返し轟音《ごうおん》が襲ってくる。二頭の馬が尻ごみして急にあとずさったので、ナイニーヴの身体がすとんと落ちた。ナイニーヴは地面にうずくまって肩の痛みをやわらげたいと思ったが、そんな時間はなかった。ベラと、もう一頭の馬がナイニーヴを翻弄した。興奮して白目を剝《む》き、今にもナイニーヴを倒して踏みつぶそうとしている。なんとかナイニーヴは両腕を上げ、ベラのたてがみをつかみ、後ろ脚で立ったベラの背中に乗った。手首に巻きつけたままのもう一頭の手綱が、肉に食いこんでいる。

　突然、長い灰色の影が唸り声を上げながら通り過ぎた。ナイニーヴはぽかんと口を開けた。その灰色の影はナイニーヴや二頭の馬を無視しているが、あらゆる方向へ突進する逆上した馬たちに向かって歯を嚙《か》み鳴らした。二番目の死の影がすぐ後ろにいる。叫びたいのに、まったく声が出ない。狼だわ！　光よ、助けてください！　モイレイン様は何をしているの？

ナイニーヴが横腹を蹴《け》るまでもなく、ベラは走りだした。もう一頭の馬が喜び勇んでついてくる。どこへでもかまわない。可能なかぎり走りつづけるだけだ。暗い空を引き裂く稲妻から逃《のが》れられるかぎりは……。

38　救　出

ペリンは後ろで手首を縛られた状態で、石があたらないように身体の位置をずらそうとしたが、あきらめてため息をついた。ひとつの小石をよけて身体を動かすと、こんどはほかの小石がふたつ身体にあたる。ぶざまな格好でペリンはマントを身体の上にかけなおした。白マントに捕らえられてから毎晩、夜の寒さは身を切るようにきびしく、体熱が地面に吸い取られてゆく。〈光の子〉は、捕虜――とりわけ、危険な闇の信徒――には毛布も小屋も必要ないと思っているのだろう。

エグウェーンは、縮こまってペリンの背中にくっついて身体を温め、疲れ果てて熟睡していた。ペリンが身体を動かしても、エグウェーンは文句も言わずに眠っている。太陽は何時間も前に地平線の向こうへ沈んだ。ペリンは首に巻かれた縄を白マントの一人に引っ張られながら、馬のあとについて一日じゅう歩かされた。頭の先から爪先までずきずきと痛むのに、なぜか眠くならない。

　白マントの縦隊の進みかたはあまり速くなかった。〈安息の場〉で狼たちに襲われて予備の馬の大半を失ったため、予定どおりの速度で南進できないからだ。白マントたちはペリンとエグウェーンが足手まといになっているのだと責めたてた。それでも、曲がりくねった二列縦隊は安定した速度で進んでいた。何がなんでも定刻にシームリンに到着するのだというボーンハルド主将卿の強い意思がうかがえる。ペリンはずっと怯《おび》えていた。おれが転んでも、おれの縄を持つ白マントはかまわずに馬を進めるだろう。そうなれば、縄で首が絞まり、おれの命はない。いくら主将卿ボーンハルドが、「本拠地アマドールの〈光の子〉の尋問団に引きわたすまで、こいつらを生かしておけ」と命じたとしても、だめだろう。

　白マントがペリンの両手を縛った縄をはずすのは、ペリンに食事を与え、掘りこみ便所へ行かせるときだけだ。首に縄を巻かれているせいで、ペリンは一歩一歩に細心の注意を払って歩いた。足もとに転がるどの石が自分の命を奪うことになるかわからない。全身の筋肉を緊張させ、じっと地面を見つめながら歩いた。不安でたまらない。エグウェーンに目をやると、エグウェーンも同じように、いつも、じっと地面を見つめて歩いている。ペリンと目があうと、エグウェーンは顔をひきつらせ、怯えた表情を浮かべた。二人とも、ほんの一瞬だけ目を上げるのが精いっぱいだった。片時でも地面から目を離すのが恐ろしい。

白マントが停止を命じた。いつもなら、即座にペリンは擦《す》り切れたぼろきれのように、へたへたとくずおれただろう。だが今夜は、心が動揺している。ここ何日かのあいだに恐怖心がますます増大した。恐ろしくてたまらない。目を閉じると、本拠地アマドールに着いたら尋問団の裁きがおまえたちを待っている、というバイアの言葉が脳裏に浮かんでくる。

エグウェーンはバイアが抑揚のない声で二人に話したことを、いまだに信じていない。もし信じていたら、どんなに疲れていても眠れるはずがない。最初はペリンもバイアの話を信じなかった。今でも信じたくない。他人にそんなむごい仕打ちをする人間がいるはずがない。だが、バイアがペリンたちを無意味に脅《おど》しているのでないことは、たしかだ。熱い焼きごてを押しあて、やっとこでつまみ、ナイフで皮膚を薄くそぎ、針で身体を突き刺す——そのことをバイアは、まるで一杯の水を飲むかのように平然と語った。ただの脅しとは思えない。バイアの目のなかに楽しむ表情はなかった。バイアは、ペリンたちが怖がろうと、拷問にかけられようと、いっこうに気にかけていない。ペリンたちが生きようが死のうが、バイアには関係ない。そう悟ると、ペリンの顔に冷や汗が吹き出てきた。バイアの言っていることはまぎれもない事実だ。

　かすかな月明かりを浴びて、見張りの二人の白いマントが灰色にきらめいた。ペリンには見張りたちの顔が識別できなかったが、自分たちを見ていることはわかっていた。こうやって手足を縛られているのに、いったい何ができるというんだ？　思えば、まだあたりがよく見えるぐらい明るかったころから、見張りたちは苦《にが》い顔をし、嫌悪に満ちた目でこちらを見ていた。まるで悪臭を放つ、おぞましい汚物まみれの怪物でも見るような目で。白マントはみな、同じ目つきでペリンたちを見た。つねに同じ目つきだ。なんてこった！　どうやったら、おれたちが闇の信徒じゃないってことを白マントに信じてもらえるんだ？　やつらは頭から、そう思いこんでいる。胃が痛い。おそらくおれは〈光の子〉の尋問団の拷問を受けたら、やっていないことまで認めてしまうだろう。

　誰かがやってきた。カンテラを下げた一人の白マントだ。その男が立ちどまって見張りと話をすると、見張りは丁重に答えた。何を言ったのかは聞こえないが、背の高い痩《や》せこけた人影を見て、ペリンにはそれが誰なのかわかった。

　カンテラが顔に近づけられたとき、ペリンは目を細めて、その男を見た。バイアだ。バイアが片手にカンテラ、もう片方の手にペリンの斧を持っている。ペリンの斧を勝手に自分の武器として使っているのだ。少なくとも、ペリンがバイアを見たときには、必ずペリンの斧を持っていた。

「起きろ」

顔色ひとつ変えずに、バイアはペリンのあばらを蹴《け》りあげた。ペリンは頭を起こしたままだから、眠っていないことは明らかなのに。

ペリンは歯をくいしばり「ウゥーッ」と、うめいた。なんどもブーツで蹴られた横腹は青あざだらけだ。

「起きろと言ったんだぞ」

バイアがまた足を後ろへ引いて蹴ろうとしたので、ペリンはすばやく声を出した。

「おれは起きてる」

バイアの言葉に反応を示さないと、何をされるかわからない。

バイアはカンテラを地面に置き、かがんでペリンを縛った縄を確認した。ペリンの手首を乱暴に引っ張り、ペリンの両腕を肩の付け根からねじる。以前と同じように縄が固く結ばれているとわかると、こんどはペリンの足首の縄を引いた。ペリンの身体は石ころだらけの地面の上をずるずると引きずられた。痩せこけて骸骨のように見えるバイアは、とても力があるようには見えないが、子供を引きずるように軽々とペリンを引きずった。これが、夜な夜な行なわれるお決まりの儀式だ。

バイアが立ちあがった。ペリンがエグウェーンに目をやると、まだ眠っている。

「起きろ！」ペリンは叫んだ。「エグウェーン！　起きろ！」

「な……な、なに？」と、エグウェーン。

怯え、眠そうにくぐもった声だ。エグウェーンは頭を起こし、カンテラの明かりに目をしばたたいた。

　エグウェーンを蹴り起こせなくても、バイアは落胆の色を見せなかった。そんなそぶりを見せたことはいちどもない。エグウェーンに対して暴力を振るう気はないようだ。ただエグウェーンのうめき声を無視して、さっきペリンにしたのと同じやりかたでエグウェーンの縄を引っ張っただけだ。いずれにしても、他人に痛みを与えることをなんとも思っていない。しかしペリンに対しては痛めつけかたが違う。ペリンは忘れていたが、バイアはペリンが二人の〈光の子〉を殺したと思いこんでいる。

「どうして闇の信徒が眠るのだ？」バイアが感情のこもらない声で言った。「おまえたち闇の信徒を見張るために、真っ当な人間が寝ずの番をしなければならぬのだぞ」

「もう百回ぐらい言ったけど……」うんざりしたようにエグウェーンが言った。「あたしたちは闇の信徒じゃないわ」

　ペリンは緊張した。バイアに反論すると「白状して悔い改めろ」と同じ内容のことを耳ざわりな声で説教される。そのあと〈光の子〉の尋問団の手にかかったらどうなるかを解説される。説教されたあとで蹴られることもある。だが意外にも、バイアはエグウェーンの言葉を無視した。

説教する代わりに、バイアは斧を膝の上に置いてペリンの前にうずくまった。げっそりやつれたバイアは、どこを見ても骨と皮ばかりだ。バイアのマントの左胸の刺繍《ししゅう》――金の太陽と、その真下のふたつの金の星――がカンテラの明かりで輝いている。バイアは兜《かぶと》を脱いでカンテラの脇に置いた。軽蔑と憎悪に満ちたいつもの表情に加え、測りがたいが、何かを決意した表情をしている。斧の柄《え》に両腕を置き、バイアは無言でペリンを見つめた。バイアのうつろな目で見据《みす》えられたペリンは、身動きしないようにつとめた。

「闇の信徒よ、おまえたちのせいで、われわれの進む速度が遅れている。おまえと、おまえの狼たちのせいでな。〈光の聖者の評議会〉は、報告を聞き、詳細を知りたがっている。そのため、おまえたちを本拠地アマドールへ連行し、尋問団に引きわたさねばならぬ。だが、おまえたちが足手まといになって、われわれは速く進めない。予備の馬がなくとも充分な速度で移動できると思っていたが、わたしが間違っていた」

バイアは黙りこみ、苦々《にがにが》しげにペリンたちを見つめた。

ペリンは待った。心が決まれば、バイアは自分から話しだすだろう。

「主将卿はジレンマにおちいっておられる」ついにバイアが口を開いた。「主将卿は狼たちのことで、おまえたちを〈光の聖者の評議会〉へ連行なさらねばならぬ。シームリンにも定刻に到着されねばならぬ。おまえたちを乗せる予備の馬はないが、このままおまえたちを歩かせれば、定刻にシームリンに着くのは無理だ。とにかく主将卿は任務を遂行することだけを考えておられる。〈光の聖者の評議会〉の前におまえたちを立たせるおつもりだ」

　エグウェーンが物音を立てた。バイアはペリンをじっと見つめている。ペリンはバイアを見つめ返した。恐ろしくて、まばたきもできない。

「意味がわからない」ペリンは、ゆっくりと言った。

「わかる必要はない」と、バイア。「ただ、ちょっとしたことを思いついただけだ。もしおまえたちが逃げれば、われわれには追跡してつかまえている時間がない。シームリンに定刻に着くためには、一刻たりとも無駄にはできぬからな。たとえば、おまえたちが尖った小石で縄をこすって切り、夜闇にまぎれて姿を消したとしたら、主将卿の問題も解決する」

　ペリンは、まじまじとバイアを見つめたが、バイアはペリンとは決して視線を合わせず、マントのなかから何かを取り出し、地面にほうり投げた。

　反射的にペリンの目はそれを追った。それが何かわかると、息が止まりそうになった。

石だ。割れて鋭くとがっている。

「ちょっとした思いつきだ」と、バイア。「今夜のおまえたちの見張りも、同じようなことを考えるだろう」

不意にペリンは喉がからからになるのを感じた。よく考えるんだ！　光よ、どうかお助けください！　よく考えて絶対にしくじるな！

こんなことがありうるだろうか？　白マントたちには、そこまでして早くシームリンへ行く必要があるのか？　闇の信徒の容疑者を逃がす？　なんのために？　ペリンには充分な情報がない。白マントで、おれたちに話しかけるのは主将卿ボーンハルドとバイアだけだが、二人ともなんでも教えてくれるわけではない。考えかたを変えてみよう。バイアがおれたちを逃がしたいのなら、ただ縄を切ってくれるだけでいいじゃないか？　バイアは本気で、おれたちを逃がしたいのか？　おれたちが闇の信徒だと骨の髄《ずい》まで信じこんでいるバイアが？　闇王よりも闇の信徒を嫌うバイアが？　白マントを二人も殺したおれを痛めつけるためなら、どんなことでも口実にするバイアが？　そのバイアがおれたちを逃がしたいだって？

さっきまで、ペリンは自分が動揺しているのに気づいていたが、いまや心は雪崩《なだれ》のようにすさまじく揺れ動いていた。寒いはずなのに、汗が小川のように顔を滴《したた》り落ちた。ペリンは見張りたちをちらりと見た。見張りたちの姿は薄灰色の影にしか見えないが、ペリンには見張りたちが身がまえ、自分たちを待ち受けているように思えた。おれたちが逃げようとして殺され、そこらに転がっている小石でおれたちの縄が切られていたら……。申し分なく、主将卿のジレンマは解決する。そしてバイアは望みどおりおれたちを殺せる……。

痩せこけたバイアは、カンテラの脇の兜を取って腰を上げた。

「待ってくれ」ペリンは、しゃがれ声で言った。くそ、なんて言えばいいんだ。ペリンは何か抜け道を探そうとあがいた。

「待ってくれ、話がある。おれは――」

〝助けがくる！〟

突然、ペリンの頭のなかに、ぱっとその思いが浮かんだ。まるで混沌のなかに、不意に澄みきった光が差しこんできたかのようだ。一瞬、ペリンは驚いて何がなんだかわからなくなった。自分がどこにいるのかさえわからない。まだら《ダプル》は生きている。エリアスは？

ペリンはダプルに思考を集中し、無言でエリアスの生死をたずねた。それに応《こた》えて、ひとつのイメージが送られてきた。エリアスが洞窟のなかの小さな焚《た》き火のそばで常緑樹の寝床に横たわり、脇腹の負傷を癒《い》やしている。ほんの一瞬のイメージだった。ペリンはぽかんと口を開《あ》けてバイアを見つめ、突然、にやっと笑った。エリアスは生きている。ダプルも生きている。必ず助けにくる。

腰を上げたバイアは動きを止め、トゥー・リバーズのペリンを見た。

「何か考えが浮かんだようだな、ペリン。なんなのか言え」

ダプルが送ってきたイメージのことか？　ペリンの顔に不安の色が広がったが、すぐに安堵《あんど》の表情に変わった。バイアにわかるはずがない。

ペリンの表情の変化を見たバイアは、地面にほうり投げた小石に目をやった。

バイアは小石のことを考えなおしているのだとペリンは悟った。もしバイアが、さっきまでの考えを変えたら……。それでも、おれたちを生かしておくだろうか？　発見される危険を覚悟のうえで、おれたちを殺してから縄を切ったっていい。ペリンはバイアの目をのぞきこんだ。眼窩《がんか》が窪《くぼ》んで影になっているので、バイアの目が暗い洞穴からペリンをじっと見ているように思えた。バイアはおれたちを殺すつもりだ。

バイアが口を開きかけた。ペリンは死刑が宣告されるのを覚悟した。そのとき、考えるまもなく事態は急転した。

突然、見張りの一人が消えたのだ。ぼんやりとふたつの人影が見えていたのに、次の瞬間にはそのうちの一人が夜の闇にのみこまれた。もう一人の見張りが振り返り、悲鳴を上げようとして唇を動かしはじめたが、ガチッと硬い音がして、見張りは声を上げるまもなく、伐採された木のようにどさっと倒れた。

バイアがぐるりと振り返った。毒ヘビが毒牙で食いつくようにすばやい。両手で握った斧を振りまわしている。夜の闇がカンテラの明かりのなかまで広がってきたように見えた。ペリンは大きく目を見開いた。叫ぼうとして口を開けたが、恐怖で喉が締めつけられて声が出ない。一瞬、バイアに殺されかかっていることも忘れた。バイアも同じ人間だ。夜闇が命を吹き返し、おれたち人間すべてに襲いかかってきている。

光に襲いかかっていた闇が、護衛士ランの姿になった。ランが動くと、灰色と黒い闇のなかでランのマントがきらめいた。バイアは手に握った斧ですぐさまランに襲いかかり……ランは身体を横にそらした。斧の刃がランの身体をかすめた。ランは斧が通り過ぎる風を感じたにちがいない。思いきり斧を振りおろしたバイアはバランスを失い、目を見開いた。そこへランが両手両足を使って、矢つぎばやに攻撃した。ランの攻撃のあまりのすばやさに、ペリンは自分の目で見たことを理解できなかった。ペリンにもわかったのは、バイアが糸の切れたあやつり人形のようにくずおれようとしていることだけだ。バイアが地面に倒れる前に、ランは両膝をついてカンテラの明かりを消した。

また真っ暗になった。ペリンは目を凝《こ》らして闇を見つめた。何も見えない。ランがまた姿を消してしまった。

「ほんとにあなたなの？」エグウェーンは声を殺して、すすり泣いた。「あたし、あなたが死んじゃったんだと思っていたわ。あなたたちがみんな死んじゃったんだと思ってた」

「まだ生きておる」ランが低い声でささやいた。おもしろがっている。

ランは両手でペリンの身体をさわり、ペリンを縛った縄を探りあてた。縄は短刀を軽く引いただけで切れ、ペリンの身体は自由になった。全身の筋肉がずきずきと痛み、なかなか立ちあがれない。手首をこすり合わせながら、ペリンは灰色の小山のように見えるバイアを見つめた。

「ラン様、バイアは……？」

「いや」暗闇のなかからランの静かな声がした。「それがしは殺す必要のない者は殺さぬ。この男は、しばらく誰のじゃまもせぬだけだ。いちいち訊《き》くのをやめて、やつらのマントを二枚持ってこい。時間がない」

ペリンはバイアが倒れている場所まで這《は》っていった。勇気を振りしぼってバイアに手を伸ばす。バイアの胸が上下するのを感じ、ぴくっと手を引っこめた。ペリンはおそるおそるバイアから白いマントを脱がせ、もぎ取った。ランから〝バイアはしばらく動かない〟と聞いたが、骸骨のような顔のバイアが突然むっくりと起きあがる姿がペリンの脳裏をかすめた。あわてて手探りし、自分の斧を見つけたペリンは別の見張りのほうへ這っていった。意識を失ったこの見張りには、なんのためらいもなくさわれる。なぜだ？　その理由がわかった。白マント全員がペリンを憎んでおり、少なくとも人間としての感情を持っている。だが、バイアはペリンに対して、憎しみはおろか、なんの感情も持っていないのに、ペリンが死ぬべきだということばかり考えていたからだ。

　マントを二枚、両腕に抱えて振り返ったとたんに、ペリンは恐怖に襲われた。暗闇のなかで不意に方向がわからなくなった。どうすればランと仲間たちのところへ戻れるんだ？　恐ろしくて動けなかった。足に根が生えたようだ。白いマントをはがしたので、バイアの姿も暗闇にまぎれて見えない。何を基準に方向を見定めればいいんだ？　どこへ向かっても野営地のなかへ出てしまいそうだ。

「ここだ」

　ランのささやき声がするほうへ向かって、ペリンはよろよろと歩いた。ランの両手がペリンの身体を押さえた。エグウェーンはおぼろげな影に、ランの顔はぼやけて見える——まるで顔しか存在しないかのようだ。ペリンは二人の視線を感じた。説明すべきだろうか。

「マントを着ろ」ランが静かに言った。「急げ。自分のマントは丸めろ。物音を立てるな。まだ安全ではない」

　ペリンはあわただしく一枚のマントをエグウェーンに渡した。怖がっていることを言わずにすんで、ほっとした。自分のマントは持ち運ぶために丸め、白いマントを背中にぐるりとまわして身につけた。肩のあたりに白マントがあると、棘《とげ》が刺さったような気がする。肩甲骨《けんこうこつ》のあいだに不安が突き刺さっているかのようだ。おれがまとっているのはバイアのマントだろうか？　マントから、あの痩せこけた男のにおいがするような気がした。

　ランは、ペリンとエグウェーンに手をつなぐよう指示した。ペリンは一方の手に自分の斧を握り、もう一方の手でエグウェーンの手を握った。護衛士ランが、すぐに脱出を始めてくれるといいのだが。そうすれば、想像がどんどん悪いほうへふくらんでいかずにすむ。だがペリンたち――白マントを身にまとったペリンとエグウェーン、そして気配は感じるが姿は見えないラン――は〈光の子〉のテントに囲まれて、しばらく同じ位置に立ちつくしていた。

「もうじきだ」ランがささやいた。「すぐだ」

　野営地の上に広がる夜の闇を稲妻が切り裂いた。ペリンたちのすぐ近くだ。大気に電光が満ち、ペリンの両腕の毛と頭髪が逆立った。テントのすぐ向こうの地面が爆風で吹き飛んだ。地面の爆発音と空の雷鳴が合体して、ものすごい音がする。稲光が消える直前に、ランはペリンたちを率いて前進した。

　最初の一歩を踏み出すと、ふたたび稲妻が闇を切り裂いた。稲妻が雨あられと降り注ぎ、夜の闇が明滅する。まるでぱっとひらめいた瞬間だけ暗闇に戻るかのようだ。雷鳴が激しくゴロゴロと鳴りわたる。轟音《ごうおん》がしたかと思うとまた轟《とどろ》き、さざ波のような音を立てた。恐怖に駆られた馬たちが鋭い声でいなないたが、轟音でかき消され、雷鳴が聞こえなくなった瞬間だけしか聞こえない。人々がテントから転がるように飛び出てきた。白マントを着ている者、着替え中の者、全速力であちこち走りまわる者、度肝《どぎも》を抜かれたように立ちつくす者……。

そのまっただなかを、ペリンたちはランを先頭に早足で進んだ。ペリンが最後尾だ。通り過ぎるペリンたちを見ている白マントどもの目は狂気に満ちていた。どなる者もいたが、叫び声は天空の轟音でかき消された。白マント姿のペリンたちを止めようとする者はいない。一行はテントのあいだを抜け、野営地を出て、夜の闇のなかへ入った。もう攻撃される恐れはない。

ペリンの踏みしめる大地は、でこぼこに変わった。みなについてゆくペリンの身体を、低木がぴしゃりと打った。ときどき思い出したように明滅する稲光が消えた。雷鳴が空に反響して轟いていたが、それもだんだん小さくなって消えていった。ペリンは肩ごしに振り返った。さっきまでいたテントのあいだで、ひと握りの大きさの炎が燃えている。テントに落雷したか、パニックになって誰かがカンテラをひっくり返したのだろう。人々は、まだ叫んでいた。秩序を取り戻し、何が起こったのかを把握しようとしている。だが、夜の静寂に包まれて、叫び声は小さく聞こえた。地面がのぼり坂になりはじめた。ペリンたち一行は、テントと火事と叫び声をあとにして進んだ。

　不意にランが立ちどまり、ペリンはあやうくエグウェーンの踵《かかと》を踏みつけそうになった。前方に月明かりを浴びて三頭の馬が立っている。

　ひとつの人影が動いて、モイレインのいらいらした低い声が聞こえた。

「ナイニーヴが戻ってきません。何か愚かなことをしているのではないでしょうか？」

きた道を引き返そうとして、ランが踵《きびす》を返したが、モイレインの鋭い一声に制止された。

「やめなさい！」

ランはモイレインを横目で見ながら立ちつくした。見えるのはランの顔と手だけだ——見えるとはいっても、ぼんやりした影しか見えない。モイレインは語調をやわらげたが、あいかわらず有無を言わせない口調だった。

「もっと重要なことがあります。わかっていますね」

ランは動かなかった。モイレインの声がいちだんときびしくなった。

「自分の誓いを思い出しなさい、〈七つの塔の王〉アル＝ラン・マンドラゴラン！　マルキアの〈戦士王《ダイ・シャン》〉の誓いは何？」

ペリンは目をぱちくりさせた。ランはそんなに身分が高いのか？　エグウェーンがぶつぶつ言っている。だが、ペリンの視線は目の前の劇的な場面に釘《くぎ》づけになった——ランがダプルの群れからきた狼のように立っている。小柄な異能者《アエズ・セダーイ》モイレインの前で窮地に追いこまれ、悲運から逃《のが》れる術《すべ》を探そうと悪あがきする狼のようだ。

森のなかで枝が折れる音がして、凍りついた場面は終わった。ランは大股で二歩進み、モイレインを守るようにモイレインと物音のあいだに立った。ランの剣の刃に、青白い月光が小さく波打つように輝いている。パキパキ、ポキッと下生えの灌木《かんぼく》が音を立て、木々のなかから不意に二頭の馬が現われた。一頭には乗り手がいる。

「ベラ！」エグウェーンが声を張りあげた。

同時にナイニーヴが毛むくじゃらの雌馬の背から声をかけた。「もう少しで、あなたたちを見つけそこねるところだったわ！　エグウェーン！　あなたが生きていることを光に感謝するわ！」

ナイニーヴはベラの背からすべりおり、ペリンとエグウェーンのほうへ歩いていこうとしたが、ランに腕をつかまれた。ナイニーヴは一瞬立ちどまって、下からランをにらみつけた。

「もう出発しなければなりませんよ、ラン」モイレインがふたたび穏やかな口調で言い、ランはナイニーヴの腕をつかんだ手をゆるめた。

ナイニーヴは腕をこすりながら、急いでエグウェーンに走り寄って抱きしめた。ペリンにはナイニーヴが小さく笑ったのが聞こえた。ペリンは、その笑い声が二人と再会できたうれしさによるものとは違う気がして、とまどいを感じた。

「アル＝ソアとマットはどこにいるんですか？」と、ペリン。

「どこかほかの場所です」と、モイレイン。

ナイニーヴが、とげとげしい口調で何やらつぶやいた。エグウェーンは驚いて息をのみ、ペリンは目をしばたたいた。ナイニーヴが荷馬車の御者《ぎょしゃ》のような悪態をついたからだ。

「光が二人を守ってくれます」モイレインはナイニーヴの悪態に気づかなかったかのように言葉をつづけた。

「もし白マントに見つかった場合には、われわれは無事ではすまぬ。マントを着替えて馬に乗れ」

ペリンは、ナイニーヴがベラの後ろに連れてきた馬に飛び乗った。鞍《くら》はないが、問題はない。故郷ではあまり馬に乗ることはなかったペリンだが、馬に乗るときは、どちらかと言えば裸馬に乗っていた。ペリンはまだ白いマントを持っていた。今は丸めて自分のベルトに結びつけている。ランがペリンに、〈光の子〉に見つかりそうな痕跡を残してはならぬ、と注意した。まだマントからバイアのにおいがする。

　背の高い雄の黒馬にまたがったランを先頭に、一行は出発した。またもやペリンは、ダプルが自分の心にふれるのを感じた。〝いつか、また〟。ダプルが送ってきたのは、言葉ではなく、感覚だった。あらかじめペリンと会う運命を定められている……これから起こることを予想し、甘受している――ダプルは、何層にも重なり合ったさまざまな思考を、ため息まじりに伝えてきた。急に怖くなったペリンはあわてて探りまわった。いつだ？　なぜなんだ？　だが、狼たちの痕跡はだんだんおぼろげになり、消えていった。ペリンが狂ったようにダプルに問いかけても、同じ重苦しい答えが返ってくるだけだ――〝いつか、また〟。狼たちの痕跡が消えてしまったことに気づいてからも、ずっと長いあいだ、その感覚がペリンの心に取りついて離れなかった。

　ランは、ゆっくりだが着実に南進した。荒野は夜の闇に包まれている。地面の勾配《こうばい》や下草は足もとにくるまでまったく見えない。そのうえ、木々が空に分厚い影を作っている。いずれにせよ、急いで進むことはできない。ランは二度、一行を離れ、銀色に輝く月へ向かって馬を進め、引き返していった。ランとマンダーブは、後ろに広がる夜の闇のなかで一体になって見える。戻ってきたランは二度とも、追跡されている形跡はないと報告した。

　エグウェーンはナイニーヴのすぐそばにいた。興奮して話す柔らかな声が、とぎれとぎれにペリンのところまで聞こえてくる。エグウェーンとナイニーヴは、故郷に帰ったかのように元気づいた。ペリンは小さな縦隊の末尾にいた。ときどき賢女ナイニーヴが鞍上《あんじょう》から振り返ってペリンを見た。そのつどペリンは、自分は大丈夫だと手を振って応え、みなのあとをついていった。ペリンには考えなければならないことが山ほどあるが、ひとつとして頭のなかできちんと筋道立てて考えることができない。これから何が起こるっていうんだ？　いったい何が？

ついにモイレインが停止を命じた。もうすぐ夜明けだとペリンは思った。ランが土手のひとつで溝を見つけた。ここなら窪みのなかに隠れて火をおこせる。

ランは一行に、脱いだ白マントを焚き火のそばに掘った穴へ埋《う》めるよう指示した。使っていた白マントをほうり投げようとしたペリンの目は胸の刺繍――金の太陽と、その真下の金の星々――をとらえた。ペリンは針で刺されたかのようにマントを穴に落として、その場から離れ、両手を上着にこすりつけながらすわった。

「それでは……」ランが泥を穴のなかへかきこみはじめると、エグウェーンは言った。

「アル＝ソアとマットがどこにいるのか、誰か教えてください」

「二人はシームリンにいるのだと思います」言葉を選ぶ口調でモイレインが言った。「そうでなければ、シームリンへ向かう途中でしょう」

ナイニーヴがさげすむように大声で不平を言ったが、モイレインは、ナイニーヴの言葉など聞かなかったように話しつづけた。

「そうでなくても、わたくしは二人を見つけることができます。お約束します」

一行はパンとチーズと温かいお茶で静かに食事した。あんなに興奮していたエグウェーンも、さすがに疲れたようだ。ナイニーヴは鞄《かばん》のなかからエグウェーンに塗る軟膏《なんこう》を取り出した。ひとつは縄で縛られていた手首のみみずばれに、もうひとつは別のあざに塗るためだ。ナイニーヴが火明かりの端にすわるペリンのところへきたが、ペリンは顔を上げなかった。

ナイニーヴは、無言でペリンを見つめて立ちつくした。それから自分の鞄を脇に置いてうずくまり、きびきびと言った。

「さ、上着とシャツを脱いで、ペリン。白マントの一人があなたを嫌っていたって聞いたわ」

ペリンは、のろのろとナイニーヴの指示にしたがった。まだダプルからのメッセージに心を奪われていたが、ナイニーヴの息をのむ声でハッとわれに返った。驚いたペリンは、ナイニーヴをまじまじと見つめ、剝《む》き出しになった自分の胸を見つめた。ペリンの胸にはさまざまな色がついていた。古い大きなあざの色が薄れて茶色と黄色の影のようになった上に、新しい大きな紫色のあざがかぶさっている。ルーハン親方の鍛冶場で何時間も働いて、筋肉が分厚い板のようについたおかげで、あばら骨が折れずにすんだ。ペリンは狼たちのことで頭をいっぱいにして、なんとか痛みを忘れようとしたが、無駄だった。ここぞとばかりに、また傷がうずきはじめた。ペリンは思わず深く息を吸い、唇を噛《か》んでうめき声をこらえた。

「どうしてその人は、これほどあなたを嫌ったのかしら？」と、ナイニーヴ。不思議そうな口調だ。

おれが二人の〈光の子〉を殺したせいだ。ペリンは声に出して「わからない」と答えた。ナイニーヴは鞄のなかをひっかきまわし、ペリンの打ち身にべとべとした軟膏を塗りはじめた。ペリンはたじろいだ。

「カキドウシとキジムシロ、それからサンバーストの根」と、ナイニーヴが説明した。

軟膏を塗ると、身体が火照《ほて》ると同時に冷たくなり、どっと汗がわいてくるのにさむけがした。だが、ペリンはひとことも文句を言わなかった。以前にナイニーヴの軟膏と湿布を使ったことがあるからだ。ナイニーヴの指がペリンの身体に混ぜ薬を優しく擦りこむにつれて、熱さと冷たさは消え、痛みもなくなった。紫色だったあざが薄らいで茶色になり、やがて茶色と薄い黄色になった。すっかり消えたものもある。ペリンは試しに深呼吸してみた。もうずきずきと痛まない。

「びっくりしてるみたいね」と、ナイニーヴ。ナイニーヴ自身も驚き、なぜか怯えている。

「次はあの女《ひと》のところへ行けばいいわ」

「別に驚いてはいない」なだめるような口調でペリンが言った。「うれしいだけです」

ナイニーヴの軟膏は、すぐに効くこともあれば、ゆっくり効くこともある。どちらにしてもよく効く。

「何が……アル＝ソアとマットに何があったんですか？」と、ペリン。

ナイニーヴは自分の水薬瓶と壺《つぼ》を、無理やり鞄に詰めこみはじめた。鞄の仕切りに薬を突き刺すかのように、ひとつずつ乱暴に突っこんでいる。

「あの女《ひと》はアル＝ソアとマットが大丈夫だって言っているわ。あの女の話では、あたくしたちは必ず二人を見つけられるんですって。シームリンに行けば見つかるってあの女は言ってるわ。それがどういう意味かはわからないけど、あの女の話では、あたくしたちが二人を見つけるのは重要なことなんですって。あの女って、本当にたくさんのことを教えてくれるのよね」

思わずペリンの口もとがゆるんだ。ほかの何が変わろうと、ナイニーヴはあいかわらずナイニーヴのままだし、ナイニーヴとモイレインは親友という関係にはほど遠い。

不意にナイニーヴが身体を硬直させ、ペリンの顔をのぞきこんだ。ナイニーヴは鞄を落として、ペリンの両頬と額《ひたい》に自分の手の甲を押しあてた。ペリンはナイニーヴの手を引きはがそうとしたが、ナイニーヴは両手でペリンの頭を押さえつけた。親指でペリンのまぶたを開《ひら》いて目をのぞきこみ、ひとりごとを言っている。小さな身体にもかかわらず、ナイニーヴはいとも簡単にペリンの顔を押さえつけた。ナイニーヴにその気がなければ、ナイニーヴからは決して逃れられない。

「わからないわ」とうとうナイニーヴは言い、ペリンを放してすわりこんだ。「もし黄眼《おうがん》熱《ねつ》なら、立てないはずだわ。でも熱はないし、白目は黄色くなっていない。虹彩《こうさい》が黄色くなっているだけ」

「黄色ですって?」モイレインの言葉に、ペリンとナイニーヴは二人ともすわったまま、びくっと跳びあがった。

モイレインは音を立てずに近づいてきた。ふとペリンがエグウェーンに目をやると、エグウェーンはマントを身体に巻きつけて火のそばで眠っていた。おれもまぶたを閉じて眠りたい……。

「なんでもありません」と、ペリン。

だが、モイレインは片手でペリンの顎《あご》を上げ、ナイニーヴがしたようにペリンの目をのぞきこんだ。ペリンは目を刺されたかのように、ぴくっと身を引いた。ナイニーヴもモイレインもペリンを子供のように扱う。

「なんでもないって言ったんです」ペリンはもういちど言った。

「このことは予言されていませんでした」自分自身に語りかけるかのようにモイレインが言った。ペリンのはるか向こうを見ている目だ。「何かがあらかじめ織りこまれていたのでしょうか？　それとも歴史模様が変わったのでしょうか？　もし変わったのだとすれば、誰が変えたのでしょうか？　〈時の車輪《ホイール・オブ・タイム》〉は、みずからの意思にしたがって歴史模様を織りあげるものです。間違いありません」

「これが何を意味しているかご存じなのですか？」ナイニーヴは口ごもりながら、しぶしぶモイレインに訊いた。「あなたはペリンのために何かできるのですか？　あなたの〈治療の技《わざ》〉を使って？」

ナイニーヴは、いやいや自分の無力さを認め、モイレインに助けを求めたようだ。

ペリンは二人の女をにらみつけた。「おれのことを話してるんだったら、おれに話してくれ。おれはここにいるんだから」

だが、二人ともペリンのほうを見なかった。

「〈治療の技〉ですって？」モイレインがほほえんだ。「これには〈治療の技〉を使っても効果はありません。病気ではありませんし、それに……」

モイレインは一瞬ためらった。ペリンをちらっと見ると、急にさまざまなことを後悔した目つきになった。だが、モイレインの目はペリンを見てはいない。やがてモイレインはナイニーヴに向きなおった。ペリンが不愉快そうに何やらつぶやいている。

「ペリンに害はないと言おうとしたのですが、最終的にどうなるかは誰にもわかりません。わたくしに言えるのは、ペリンには直接の害がないということだけです」と、モイレイン。

ナイニーヴは立ちあがって両膝の土埃《つちぼこり》を払い、モイレインの目をまともに見た。

「それでは充分とは言えません。もし何かあったら――」と、ナイニーヴ。

「何かが起ころうとしています。織られているものが、すでに変わってきています」不意にモイレインが顔をそむけた。「眠れるときに眠りましょう。明けがたには出発しなければなりません。闇王の支配力が強大になりすぎたら……。一刻も早くシームリンにたどりつかなければなりません」

ナイニーヴはむっとして鞄をつかむと、ペリンに口をはさむ暇を与えず、大股で歩き去った。怒ったペリンは悪態をつきはじめたが突然、ある考えが浮かんだ。強打されたようなショックを受け、その場にすわりこんだまま、そっと息をのんだ。モイレイン様は知っている。この異能者《アエズ・セダーイ》は狼たちのことを知っている。それにモイレイン様は闇王の仕業かもしれないと思っている。悪寒《おかん》が走った。ペリンはあわてて肩をすくめてシャツに袖を通し、シャツの裾《すそ》をズボンに押しこみ、上着とマントを着た。服を着ても、あまり効果はなかった。骨まで冷えきって、骨の髄が凍ったゼリーのようになった気がする。

ランがマントを後ろにほうり投げ、ペリンの前の地面にあぐらをかいた。こんなことは、はじめてだ。ペリンはうれしくなり、ランをじっと見た。

しばらくのあいだ、ペリンとランは見つめ合った。ランの岩のような顔からはなんの表情も読み取れないが、その目に何かを……見たような気がした。同情か？　好奇心か？　その両方か？

「知ってるんですか？」と、ペリン。

その言葉にランはうなずいた。「知っていることもある。すべてではない。ただ単に起こっただけのことなのか？　あるいは、そなたを指導してくれる媒介者に出会ったのか？」

「ある男《ひと》に出会いました」ペリンはおもむろに言った。ラン様は知っている。ラン様もモイレイン様と同じように考えているのか？　「その男はエリアスと名乗りました。エリアス・マチェーラです」

ランが深々と息を吸った。ペリンは射るような目でランを見た。

「エリアスを知っているんですか？」と、ペリン。

「うむ、知っていた。エリアスからは、いろいろと教わった。大荒廃地のことや、このことについてもな」ランは自分の剣の柄《つか》に手をふれた。「エリアスは護衛士だった……ことが起こる前だ。赤アジャが……」

　ランはモイレインをちらりと見た。モイレインは焚き火の前に横たわっている。

　ペリンが覚えているかぎり、頼りなさそうなランを見たのはこれがはじめてだ。シャダー・ロゴスでのランは強く、自信に満ち、闇に溶けるミルドラルやトロロークに敢然《かんぜん》と立ち向かった。今のランが何かを恐れているのではないことはたしかだが、よけいなことを言わないように言葉を選んでいるようだ。まるで自分の言葉が危険を招くとでもいうかのように。

「赤アジャについては聞いたことがあります」と、ペリン。

「そなたが聞いたことの大半は誤りであろう。覚えておかねばならぬのは……タール・ヴァロンには派閥があるということだ。闇王との戦いかたは、人によって違う。目的は同じだが、その違いで……その違いで人生が変わり、一生が終わる。人間の一生や、国の一生がな。エリアスは元気か？」

「元気だと思います。白マントはエリアスを殺したと言ってます。でも、ダプルは――」

ペリンは不安げにランをちらりと見た。「おれにはわかりません」

しぶしぶかもしれないが、ランがペリンの言葉を信じてくれたようなので、ペリンは先をつづける気になった。

「この……おれが狼たちと交感できるってことですが、モイレイン様はそのことを何か……闇王の仕業だと思っているみたいなんです。でも、違いますよね？」

ペリンには、エリアスが闇の信徒だとは思えなかった。

だがランはすぐには答えなかった。ペリンの顔に汗が吹き出しはじめた。冷や汗のしずくが、夜の冷気でさらに冷たく感じられた。やがてランが口を開いたとき、ペリンの頰を汗が流れ落ちた。

「それ自体は違う。そうだと信じる者もおるが、その考えかたは間違っておる――狼たちとの交感は古くからあった。だが闇王の存在が知られる前に失われてしまった。そなたは狼と交感できる。これは偶然のことなのか、鍛冶屋のペリン？　ときとして歴史模様は変わる。少なくともわれわれの目から見ればな。だが、そなたが狼との交感を指導できる男に出会い、そなたがその指導についていけたのは、果たして偶然なのか？　歴史模様は〈歴史の大模様〉を作る。これを〈時のレース模様〉と呼ぶ者もおる。そなたたちは、その中心におる。それがしは、そなたたちの人生に多くの偶然が起こるとは思わぬ。しからば、そなたたちは選ばれた者なのか？　もしそうならば、光によって選ばれたのか？　それとも闇によって選ばれたのか？」

「闇王は、こちらが真の名を呼ばないかぎり、接触してくることはできません」

即座にペリンはバ＝アルザモンの夢を思い出した。あれは単なる夢ではない。ペリンは顔の汗をぬぐった。

「闇王にはできないはずです」

「コチコチの石頭だな」と、ラン。実感のこもった口調だ。「その頑固さが、いつか、そなたを救うかもしれぬ。われわれが生きている時代をよく覚えておけ、鍛冶屋のペリン。モイレイン様が、そなたにおっしゃったことを覚えておくのだ。昨今の時代では、さまざまなものが崩壊しはじめている。古い境界が弱まり、古い防壁はもろくも消えうせた。今あるものと昔あったものの境界——今あることと、これから起こることとの境界——が弱まっておる」ランの声がいかめしくなった。「闇王の牢獄の壁が弱まっておる。これはひとつの時代の終わりかもしれぬ。われわれは死ぬ前に新しい時代の幕開けを目にするのかもしれぬ。これは時代の終焉《しゅうえん》で、時そのものの終焉なのかもしれぬ。全界の終焉かもしれぬな」

　ランの目が楽しげにきらめいた。絞首台を目の前にして笑っているかのようだ。

「だが、それはわれわれが心配することではないな、鍛冶屋のペリン？　われわれは命あるかぎり闇と戦う。たとえ壊滅させられても、噛みついてでも、引っ掻《か》いてでも戦うだろう。トゥー・リバーズの人間は強情だから、降伏をせぬ。自分の人生のなかで闇王が動きだしたことを気にもとめぬ。すでに、そなたは友のもとに戻ってきた。思い出せ――〈時の車輪〉がみずからの意思どおりに歴史模様を紡《つむ》ぐことを。闇王にも、これを変えることはできぬ。モイレイン様は、そなたを災《わざわ》いから守ってくださる。そなたの友人たちを早く捜したほうがいい」

「どういう意味です？」

「そなたの友人たちには、絶対力を使って守ってくれる異能者《アエズ・セダーイ》がおらぬ。鍛冶屋のペリン、闇王の牢獄の壁はかなり弱まっている。闇王自身が歴史模様にさわって、あやつれるのかもしれぬ。もちろん、誰にでも自由にふれられるわけではない。それならば、われわれがすでにさわっておる。闇王は織り糸に細工をしているのかもしれぬ。ひとつの角《かど》を曲がるべきときに偶然に別の角を曲がったり、偶然に人と出会ったり……発する言葉、あるいは偶然と思えることを闇王があやつれば……。そのような偶然を通して、知らぬまに闇王の支配下に入ってしまう。モイレイン様でももとに戻せぬほど深くな」

「早くアル＝ソアたちを見つけなきゃ」と、ペリン。

その言葉にランは笑いだした。

「今、それがしに言われて、やっと気づいたのか？　少し眠れ、鍛冶屋のペリン」

ランは立ちあがった。ランのマントが後ろへひるがえった。焚き火と月光のなかで、ランは頭上に広がる暗闇と一体になって見える。

「シームリンまで何日かつらい日々がつづく。一刻も早く友人たちを見つけられることを祈るがよい」

「でもモイレイン様は……モイレイン様は、どこにいてもアル＝ソアたちを見つけてくださるんでしょう？　モイレイン様は、それができるって言いました」

「だが、モイレイン様が見つけるのがまにあうかどうかが問題だ。闇王の力が強く、闇王自身が手を伸ばせるとしたら、まにあわぬ。シームリンで友人たちを見つけられることを祈るがよい、鍛冶屋のペリン。そうせぬと、われわれ全員が闇王の餌食《えじき》になる」

39　歴史模様を織る

　ランド・アル＝ソアは宿泊する宿屋〈女王の祝福〉の部屋の高窓から群衆を見おろした。群衆が叫び声を上げながら、同じ方向へ向かって街道を走っている。群衆は何千もの赤い三角形の長旗と幟《のぼり》を振った。赤地に、守護神のように立つ白いライオンを描いた幟だ。シームリンっ子とよそ者たちがいっしょに走っている。いつもとは違い、他人の頭をなぐりたがっているような人間は一人もいない。今日は派閥間の争いはないようだ。

　アル＝ソアは笑みを浮かべて、窓から顔をそらした。エグウェーンとペリンが無事にシームリン市内へ入り、これまで見てきたことをみなで笑い飛ばす日を心待ちにしていた。今日は、その次に楽しみにしていた日だ。

「おまえもくるか？」もういちどアル＝ソアはたずねた。

　寝台でボールのように丸まって寝ていたマットが、怖い顔をしてにらみつけた。

「おまえとやけに仲のいいあのトロロークを連れていけばいいだろ」

「おいおい！　マット、あの男はトロロークじゃない。そう言ってるだろ？　この頑固者。なんど同じことを言わせたら気がすむんだ？　まったくもう！　おまえはいちどもオジールのことを聞いたことがないのか？」

「オジールがトロロークに似てるなんて話は聞いたことがない」と、マット。枕に顔を押しつけ、さらにきつく身体を丸めた。

「頑固者！」と、アル＝ソア。「いつまでここに隠れてるつもりだ？　なんども階段をのぼりおりして、おまえのために食事を運んでるおれの身にもなってみろ。それに風呂にも入れ」

　マットは肩をすくめて身をよじり、布団のなかへさらに潜りこもうとした。ため息をついてアル＝ソアは扉へ向かった。

「これがいっしょに行く最後のチャンスだぞ、マット。おれはもう行く」と、アル＝ソア。

　マットが考えを変えるかもしれないと期待しながら、アル＝ソアはゆっくりと扉を閉めはじめたが、マットがぴくりとも動かないので、そのまま扉を閉めて出ていった。

　廊下に出て、アル＝ソアは戸枠にもたれかかった。宿屋の主人のギルの話では、通りをふたつ越えたところにグラブというばあさんがいるという。赤ん坊を取りあげ、病人の看護をし、運勢を占うほかに、薬草と湿布を売っているそうだ。賢女のようなものだろう。

マットはナイニーヴかモイレインの治療を受けなければならないが、今のマットが会えるのはグラブばあさんだけだ。グラブばあさんが宿屋〈女王の祝福〉にきてくれるとしても、それだけで、いやおうなしに人目を引くことになる。

シームリンでは、薬草を扱う者や三流の医者は卑《いや》しい身分だと思われている。どんな種類であろうと治療を行なったり、運勢を占ったりする者は悪い噂を招いた。そういう者の戸口には、毎晩、〈竜王の刻印〉がなぐり書きされる。ときには白昼に堂々と書かれることもあった。ひとたび闇の信徒だという噂が立つと、人々は誰が熱を下げ、歯痛の湿布をしてくれたのかを忘れてしまう。シームリンには、そういう傾向があった。

マットは実際に病気にかかっているわけではない。アル＝ソア以外の者からは何も受け取ろうとしないが、アル＝ソアが厨房《ちゅうぼう》から運びあげたものはなんでも食べるし、痛みや熱を訴えたこともない。部屋を出るのをいやがるだけだ。今日こそはマットを連れ出せるだろうとアル＝ソアは思っていたが、やはり無理だった。

アル＝ソアはマントを肩にはおると、剣をつけたベルトを脇へまわしてマントの下に隠した。これなら、剣とそれをおおう赤布が人目につかない。

階段のいちばん下で、宿屋の主人のギルに出くわした。ギルは階段をあがろうとしていた。

「この街であなたがたを捜している者がいるようです」パイプをくわえたギルが言った。途中で離ればなれになった仲間ではないかと、アル＝ソアは期待した。「あなたとご友人のことを名ざしで訊《き》きまわっています。間違いなく、あなたたちのことです。あなたを含む三人の若者を捜しているようです」

「誰がです？」と、アル＝ソア。期待が懸念に変わった。

そのあいだもアル＝ソアは入口の廊下を端から端まですばやく見て、誰か入ってこないかを確認した。アル＝ソアとギルのほかには誰もいなかった。あとは路地へ通じる出口から酒場の出入口まで、がらんとしている。

「名前はわかりません。そういう男がいると耳にしただけです。シームリンで起こることはすべて、わたしの耳に入ります。乞食だそうです」吐き捨てるようにギルが言った。

「頭が少しおかしいそうですが、そんな連中でも宮殿へ行けば、〈女王の下賜金《かしきん》〉をもらうことができます。祝祭日には、女王陛下みずから、下賜金をお渡しになりますし、ほどこしを拒否する者などいるはずがありません。だから、シームリンでは物乞いをする必要がないのです。お尋ね者でさえ、〈女王の下賜金〉をもらっているあいだは逮捕されませんから」

「その男は闇の信徒ですか？」と、アル＝ソア。

こんな質問はしたくないが、もし闇の信徒がおれたちの名前を知っているとしたら……。
「お若いかた、あなたの頭からは闇の信徒のことが離れないのですな。やつらはたしかに、うろうろしていますが、白マントがみなを煽《あお》り立ててるからといって、このシームリンが闇の信徒でいっぱいだというわけではありません。まぬけな白マントどもが今どんな噂を広めようとしているか知ってますか？　〝異形の者たち〟だそうです。信じられますか？　夜、異形の者がこっそりシームリンをうろついているんだそうです」ギルは腹を震わせて、くくっと笑った。

アル＝ソアは笑う気になれなかった。あの親切なハイアム・キンチも異形の者のことを話していた。そして、その周辺には、たしかに闇に溶けるミルドラルがいた。

「どんな姿をしているんですか？」

「どんな姿かですって？　わたしは知りません。とにかく、異形です。おそらくトロロークでしょう。影男ミルドラルかもしれません。竜王テラモンだって、再来するときは身長が十五メートルぐらいになります。妄想に取りつかれた連中が、いったいどんな姿を想像すると思いますか？　わたしたちの知ったことじゃありません」ギルは、しばらくアル＝ソアをじっと見つめた。「お出かけになるんでしょう？　わたしは今日も出かけたくありませんがね。でも、この宿屋には、わたしのほかには、ほとんど誰も残っていません。あなたのご友人は出かけないのですか？」

「マットはあまり気分がよくないんです。もしかしたら、あとからくるかもしれません」

「いずれにせよ、気をつけてくださいよ。今日も街は慈悲深き女王のしもべたちでごった返すでしょうからな。こんなことになるとは思いもよりませんでしたよ。なるべく路地を通って出たほうがいいでしょう。今も、性根の腐った売国奴が二人、通りの向こう側にすわって、この宿屋の正面玄関を見張っています。あの連中は、わたしが誰の味方か知ってるはずなのに。光の味方だってことを！」

　頭を突き出して左右を確認してから、アル＝ソアはそっと路地へ入った。路地の向こう端に、ギルが雇った巨漢の用心棒ラムギンが立っていた。槍にもたれかかり、走って通り過ぎる人々を興味のない様子で見つめている。無関心を装《よそお》っているだけだと、アル＝ソアは知っていた。ラムギンは腫《は》れぼったいまぶたの奥から、あらゆるものを見張り、雄牛のような巨体で猫のようにすばやく動く。この男も、モーゲイズ女王のことを光の化身だと信じている一人だ。宿屋〈女王の祝福〉の近辺には、ラムギンと同じ信念の持ち主が大勢いる。

　アル＝ソアが路地の入口にたどりつくと、ラムギンはうつろな目を通りに向けたまま、耳だけをぴくっと動かした。アル＝ソアが近づいてゆく足音が聞こえていることは、たしかだ。

「気をつけろよ、若いの」ラムギンが言った。鍋に入った砂利を揺り動かしたときみたいに、耳ざわりな声だ。「面倒なことが始まったとき、あんたがここにいてくれるとありがたいんだがな。背中にナイフを刺されちまうような物騒なところへ行かないでさ」

アル＝ソアは、がっしりしたラムギンをちらっと見た。それほど驚かなかった。アル＝ソアはつねに剣が人目につかないようにしているが、ギルの用心棒たちは、アル＝ソアが戦い慣れしていると決めこんでいた。ラムギンはアル＝ソアを振り返らなかった。ラムギンの仕事は宿屋を守ることだ。たしかに、その仕事に専念している。

マントの下に隠した剣をさらに奥へ押しこむと、アル＝ソアは人波にまぎれた。ギルが言っていた二人の男が見えた。通りをはさんだ宿屋の向かい側で、ひっくり返した樽《たる》の上に立ち、群衆の頭の上からすべてを見守っていた。アル＝ソアが路地から出てきたことには気づいていない。その二人の男は、自分たちが誰に忠誠を誓っているかを公然と見せていた。赤紐《あかひも》を結び合わせた白布で剣をおおい、白い腕章と白い花形の帽章をつけている。

アル＝ソアはシームリンにきてまもなく、剣をおおう赤布や、赤い腕章、または赤い花形の帽章がモーゲイズ女王支持を意味すると知った。白を身につけているのは反モーゲイズ派で、うまくいかないことはすべて女王と、女王が異能者《アエズ・セダーイ》とタール・ヴァロンにかかわり合っているせいだと思いこんでいる。不作も女王たちのせいだ。ことによると、偽の竜王も女王たちのせいだと思っているのかもしれない。

　アル＝ソアはシームリンの政治に巻きこまれたくなかったが、もう遅すぎた。現実の状況はアル＝ソアの願いどおりにはならなかった。偶然にではあったが、すでにシームリンの政治に巻きこまれている。現在のシームリンの状況では、誰ひとりとして中立の立場をとれない。よそ者でさえも花形の帽章と腕章をつけるか、剣をおおう。赤よりも白をつけている者のほうが多い。政治を意識していない者もいるかもしれないが、故郷を遠く離れている今は、シームリンの風潮にしたがうしかない。女王の支持者たちは身を守るため、外出するときは必ず集団で行動した。

　だが、今日は違っていた――少なくとも表面上は。今日のシームリンは、光が闇に勝利したことを祝っている。偽の竜王がシームリンに連行され、女王の前に引っ立てられる日だ。そのあと、偽の竜王は北方のタール・ヴァロンへ連行される。

　誰ひとり、そのあたりのことを語る者はいない。もちろん、実際に絶対力をあやつる男に対処できるのは異能者《アエズ・セダーイ》だけだが、誰もそのことを語りたがらない。光が闇を打ち破った。アンドール王国の兵士たちはその戦いの最前線にいる。今日重要なことは、それだけだ。今日にかぎっては、それ以外のことはすべて忘れてもいい。

　そんなことがありうるのだろうか？　アル＝ソアは訝《いぶか》った。群衆は歌を歌い、幟を振り、笑いながら走っている。だが、赤をつけている男たちは十人か二十人の集団になってかたまり、女子供とは別の行動をしていた。赤をつけて女王に忠誠を誓う者と、白をつけている者との比率は、一対十。いや、それ以上だ。白い布を買えばよかったと、アル＝ソアはなんども後悔した。白い布のほうが安ければ、白を買っていたはずだ。でも、もし白をつけていたら、ギルは助けてくれただろうか？

　ひどい混雑で、どうしても身体を押される。いつもはみなが白マントをさけるため、白マントのまわりには空間ができるが、今日は、その白マントも人ごみに揉《も》まれている。群衆の流れに身をまかせて旧市街へ運ばれてゆく途中、アル＝ソアは今日も対立が完全に抑えられているわけではないことを目《ま》のあたりにした。三人いた〈光の子〉のうちの一人が、体あたりされてあやうく倒れかけた。その白マントは怒りをあらわにして、自分にぶつかってきた男を罵倒《ばとう》しはじめた。するとその男がわざとその白マントに肩をぶつけ、よろめかせた。それ以上ひどい事態にならないうちに、仲間がその白マントを通りの端へ引っ張っていき、戸口に身を隠した。その三人の白マントは、いつものように人を疑い、ぎらぎらした目でにらみつけた。群衆は誰も気づいていないかのように勢いよく進んでいる。おそらく、本当に誰も気づいていないのだろう。

二日前なら、あえてそんなことをする者は一人もいなかった。しかも白マントに体あたりした二人の男たちは、帽子に白い花形の帽章をつけていた。白マントは女王と相談役の異能者《アエズ・セダーイ》に反対する者たち――白――を支持していると考えられているのに。だが、そんなことは問題ではなかった。人々は以前は考えもしなかった行動をしている。今日は白マントを突きとばす。明日は、女王を引きおろすかもしれない。赤をつけている者が近くにもう少しいてくれたら……。白い花形の帽章と白い腕章に身体を押され、不意にアル＝ソアはひどく孤独を感じた。

アル＝ソアの視線に気づいた白マントたちが、挑戦に応じるかのようににらみ返してきた。アル＝ソアは群衆の歌の渦のなかにまぎれこんだ。群衆といっしょに歌いながら、人の流れに身をまかせ、白マントたちから見えないところへ押し流されてゆく。

進め、ライオン、
進め、ライオン、
白いライオンの出陣だ。
闇に挑め、雄叫びを上げよ。
進め、ライオン、

　偽の竜王がシームリンへ連行される道筋は、よく知られていた。道筋になる街道は女王の近衛兵と赤マント姿の槍兵がぎっしりと並んで人を近づけない。だが、そのすぐ後ろには肩と肩がふれ合うほど人々が詰めかけ、窓も屋根も人でいっぱいだった。宮殿へ近づこう。アル＝ソアは人ごみを掻《か》き分けて旧市街へ向かった。偽の竜王ロゲインが女王の前に引っ立てられる姿をこの目で見てみたい。偽の竜王と女王の両方を見る……故郷にいたころは夢にも思わなかった光景だ。

　旧市街は丘陵地帯にある。オジールが築いたものは大半が残っていた。新市街の街道は乱雑に通っている。そのため、地面がパッチワークのように見えた。それに対し、ここ旧市街では丘陵の曲線に沿って整然と街道が通り、まるで街道がもともと大地の一部だったかのように見える。街道は起伏しながら延々とつづき、曲がるたびに目を見張るような風景が望めた。さまざまな角度から公園が見える。上から見ても公園内の遊歩道と記念碑の織りなす模様は目の保養になったが、ほとんど緑はない。突如、塔が姿を現わした。瓦葺《かわらぶ》きの城壁が日光を浴びて何百色にも色を変え、きらきらと輝いている。唐突に高台があった。そこから見渡すと、市全体が望める。その向こうに平野が起伏し、森林がつづいていた。群衆に急《せ》き立てられずに、じっくりとながめることができれば、そのすばらしい景色を堪能できるが、街道が絶えず曲がりくねっているせいで、あまり遠くまでは見渡せない。

人波に押されてアル＝ソアが角を曲がると、いきなり宮殿が姿を現わした。街道は、自然のままの陸地の輪郭に沿ってつづく。吟遊詩人の物語に出てくるような青白い尖塔、黄金の丸屋根、入り組んだ石造りの狭間《はざま》飾りの下を通り、螺旋《らせん》形を描いて延びている。どこでも目立つ場所にアンドール王国の幟が掲げられていた。どこをながめても、宮殿の尖塔や、丸屋根や、狭間飾りが眺望を彩《いろど》る中心になっている。宮殿は単なる建造物ではなく、芸術家が彫刻した作品のようだ。

　宮殿をひとめ見て、アル＝ソアはこれ以上は近寄れないと悟った。何人《なんぴと》たりとも宮殿に近寄ることを許されてはいない。赤い制服の近衛兵が、十人ずつ深紅色の列になって宮殿の門を守っている。白い城壁の最上部からのぞく高いバルコニーと塔では、さらに多くの近衛兵たちが直立不動で警備についていた。鎧《よろい》の胸あてを斜めに横切る形に、全員が弓を同じ角度で携《たずさ》えている。まさに、吟遊詩人の物語から抜け出てきた儀仗兵《ぎじょうへい》のようだ。だが、近衛兵たちは儀礼のためだけにいるわけではない。街道沿いにびっしりと並んで騒ぎ立てる群衆は剣を白布でおおい、白い腕章と白い花形の帽章をつけている。ほぼ白一色だ。赤をつけている集団で白い壁がとぎれているのは、ところどころだけだ。一面の白を前にした赤い制服姿の近衛兵たちは、いかにも貧弱な防壁に思えた。

　これ以上、宮殿に近寄るのは無理だ。アル＝ソアはあきらめた。どこかに、おれの長身が役立つ場所はないだろうか？　アル＝ソアほどの身長があれば、最前列にいなくても一部始終を見物できる。群衆はつねに移動しつづけた。アル＝ソアは少しでも前へ出ようと人々を押しのけ、よく見える場所へ急いで移動した。群衆にもまれているあいだに、ふと気づくと、街道の人払いされた部分にはアル＝ソアのほかには三人しかいなくなっていた。槍兵を含めて、みなアル＝ソアより背が低い。次の瞬間、ふたたび人々がアル＝ソアの周囲に押し寄せてきた。大勢の人間と押し合ったため、身体がじっとりと汗ばんだ。アル＝ソアの後ろの人々は「見えない」と文句を言い、なんとか前へすり抜けようとする。それでもアル＝ソアは自分の居場所で不動の壁になり、立ちつづけた。これでいい。これだけ近ければ、偽の竜王が通り過ぎるときに、はっきりと顔が見えるはずだ。

　身動きできないほど密集した群衆のなかを、ざわめきが伝わってきた。そのざわめきが街道を移動し、市街地の門へ向かってゆく。角のあたりで、人々が人波に逆らってあとずさりし、〝何か〟を通過させた。いつもなら、その空《あ》いた場所に白マントがやってくるのだが、今日は違った。そこにいた人々は〝何か〟をちらっと見ると驚いて身を引き、いっせいに嫌悪の表情を浮かべた。みな、その〝何か〟が通る場所から一刻も早く離れようと人波を押し分けて顔をそむけた。それでも〝何か〟が通り過ぎるのを目で追っている。

アル＝ソアの周囲の人々の目にも、不安の色が表われた。群衆の目は偽の竜王の到着を待ち、緊張した。今は待つしかない。人々はさまざまなことを言い合った——異能《アエズ・セダーイ》者のことや、偽の竜王ロゲインのことなど……。下品な言葉も聞こえる。男たちは下品な笑い声を上げ、女たちは軽蔑してフンと鼻を鳴らした。

ざわめきが群衆のなかを曲がりくねって移動し、だんだん門の前に近づいてきた。道を空けて〝何か〟を通過させると、そこへ群衆が押し寄せてゆく。うっかりすると、うってつけの見物場所を失ってしまう。それでもみな、ためらわずに道を空けた。ついに街道をはさんだアル＝ソアの真向かいで群衆が道を空けた。

赤マント姿の槍兵が群衆を懸命に押し戻そうとしたが、簡単に脇へ押しやられてしまった。空いたところへ、何者かが前かがみで足を引きずって歩いてくる。人間というよりは汚いぼろ布の山のような姿だ。アル＝ソアの周囲から嫌悪感をこめてぶつぶつ言う声が聞こえた。

ぼろ布をまとった男は、まだ遠い街道の端で立ちどまった。フードのついたマントは破れて泥がこびりついている。男のマントが前後に揺れた。何かを探しているのかもしれないし、何かに耳を傾けているのかもしれない。突然、男は声にならない叫びを上げ、汚い手を伸ばしてまっすぐにアル＝ソアを指さし、ゴキブリのようにすばやく街道を渡って近づいてきた。

ギルが言っていたあの乞食だ！

なんの因果で、あんな乞食に目をつけられたんだ？　あいつが闇の信徒であろうとなかろうと、あの乞食とは顔をあわせたくないと、アル＝ソアは思った。乞食の視線が、油のまじった水のように肌にまといついてきた。とりわけ今は何かあれば、暴力をふるいそうな人々に囲まれている。こんなときに、あの乞食に近寄られてはかなわない。アル＝ソアは人々を押しのけて群衆の後方へ進み、街道から離れた。さっきまで笑い合っていた人々が、今はアル＝ソアに罵声《ばせい》を浴びせている。

アル＝ソアは急いだ。隙間なく密集した群衆を押しのけ、人々のあいだをすり抜けた。この群衆も、あの汚い男には道を譲るだろう。人ごみのなかを必死に押し進んだ。不意に人ごみを抜けて身体の自由がきくようになった。その瞬間にアル＝ソアはよろめいて、あやうく転びかけた。両腕を竿《さお》のように振りまわしてバランスを取り、たどたどしかった足取りを駆け足に変えた。人々がアル＝ソアを指さしている。人ごみを前へ押さずに後ろへ押して逃げ出したのはアル＝ソアだけだったからだ。背後から人々の叫び声がアル＝ソアを追いかけてくる。マントがアル＝ソアの背中ではためき、赤い布でおおった剣が丸見えになった。それに気づくと、アル＝ソアは走る速度をさらに速めた。女王支持者が一人だけ逃げ出せば、白い花形の帽章の暴徒があとを追ってくるだろう――たとえそれが今日であってもだ。アル＝ソアは長い脚で石畳《いしだたみ》の上を突き進んだ。やっと叫び声が後方へ遠のいた。アル＝ソアは足を止め、あえぎながら崩れるように壁にもたれた。

　ここはどこだ？　自分がまだ旧市街にいるということしかわからない。何回、あの曲がりくねった街道を曲がったのだろう？　またしてもアル＝ソアは走りだそうと身がまえ、いまきた道を振り返った。街道で動いているのはたった一人――買い物かごを下げて静かに歩く女だけだ。シームリンのほぼ全員が偽の竜王をひとめでも見ようと、あそこに集まっていたのだ。あの乞食が、おれについてこられるわけがない。もう完全にあいつを振り払ったはずだ。

　でも、あの乞食はあきらめないだろう。なぜかはわからないが、そんな気がした。あのぼろぼろの姿なら、人ごみのほうでよけてくれるし、アル＝ソアを捜しやすいだろう。もしロゲインを見に戻れば、またあの乞食に出くわす危険を冒《おか》すことになる。一瞬、アル＝ソアは宿屋〈女王の祝福〉へ戻ることを考えたが、そうすれば女王を見るチャンスもなくなってしまう。偽の竜王を見るチャンスもなくなる。たとえあの汚い乞食が闇の信徒だとしても、あんなやつに追い立てられて身を隠すなんて、臆病すぎるんじゃないか？

アル＝ソアはあたりを見まわし、じっくりと考えた。旧市街の建物はすべて低く造られている。建物がない場所も多い。うまく場所を選べば、視野をさえぎるものはない。どこかに偽の竜王を連れた行列が見える場所があるはずだ。たとえ女王を見られなくても、ロゲインは見られる。そう確信したアル＝ソアは行動を開始した。一時間ほど探すと、何カ所か適当な場所が見つかった。だがどこも、すでに人々が詰めかけており、顔がくっつき合うほどぎゅうぎゅうづめになっている。行列の通る街道沿いの群衆にもみくちゃにされるのをさけてきた人たちらしい。人々は白い花形の帽章と白い腕章をつけていた。白一色だ。赤をつけている者は一人もいない。こんな群衆のなかで、おれの剣を見られたらどうなるだろう？　アル＝ソアは用心しながら、そっと足早に立ち去った。

　やがて、市街地から大歓声が上がった。叫び声、鳴り響くトランペット、勇ましい太鼓の音などが聞こえてくる。ロゲインとその護送隊がもうシームリンに入り、宮殿へ向かっているのだろう。

　意気消沈したアル＝ソアは、がらんとした街道をあてもなく歩きまわった。半分あきらめたが、まだ心のどこかでロゲインを見る方法があるのではないかと期待している。アル＝ソアは、いま歩いている街道の上にそびえる丘の斜面に視線を向けた。この斜面には建物がない。普通なら春になると、この斜面にも花々が咲き乱れ、草地が大きく広がるはずだが、今は丘の頂上に立つ高い城壁まで茶色一色だ。城壁の上から、木々の先端が顔を出している。

街道のこのあたりは、壮大な景観を造ることなど考えずに設計されたらしい。まっすぐ前方の城壁の屋根の向こうに、宮殿の尖塔がいくつか見えた。尖塔の頂上には〈白いライオン〉の幟が風にはためいている。街道は丘に沿って曲がり、その先は見えない。曲がったあとで、街道はどこへつづいてゆくのか？　そうだ、丘の頂上の城壁だ！　不意にアル＝ソアは名案を思いついた。

太鼓とトランペットの音が近づき、歓声が大きくなった。アル＝ソアは不安を胸にしながらも、斜面をよじ登った。登るというよりも、枯れ芝にブーツを突っこみ、葉のない低木をつかんで身体を引きあげると言ったほうがいい。なんとしても登りたいという思いで、あえぎながらも必死で登った。やがて斜面の残り数メートルをよじ登り、城壁の下にたどりついた。アル＝ソアの上にそびえ立つ城壁は、軽くアル＝ソアの身長の二倍以上の高さがある。周囲には太鼓を叩く音と、トランペットの音が響きわたった。

城壁の表面の岩は、大部分が自然のままの状態で残っていた。巨大なかたまりがぴったりとくっつき合い、つなぎ目がほとんど見えない。岩がでこぼこしており、本物の断崖絶壁のようだ。アル＝ソアはにやりとした。〈砂の丘〉のすぐ向こうにある絶壁はもっと高かったが、ペリンは登った。こんな絶壁を登るのは簡単だ。アル＝ソアは両手で岩のこぶをつかみ、隆起した岩にブーツをはいた両足をかけると、太鼓の音と競争して、全速力で登った。あの連中には負けたくない。あの連中が宮殿へ着く前に、おれは城壁の頂上にたどりついてやる。大急ぎで登ったせいで、両手のあちこちを岩で傷つけ、ズボンの上から膝を擦《す》り剝《む》いた。それでも両手を城壁の頂上へ伸ばし、勝利感を味わいながら、身体をずりあげた。

　大急ぎで身体をひねり、狭いが平らな城壁のてっぺんにすわった。木々がそびえ立ち、葉のついた枝々がアル＝ソアの頭上に突き出ているが、まったく気にならなかった。アル＝ソアは城壁の瓦屋根の向こうを見た。城壁の上から見ると、視界をさえぎるものが何もない。ほんの少し身を乗り出すと、宮殿の門が見えた。近衛隊が整列している。期待に胸を躍らせる群衆も見えた。太鼓とトランペットの割れるような音で叫び声をかき消されながらも、群衆はじっと待っている。アル＝ソアは笑みを浮かべた。おれの勝ちだ。

　アル＝ソアが見物場所に腰をおろしたとき、行列の先頭部分が宮殿の前の最後の角を曲がった。最初にやってきたのは、二十列のトランペット奏者たちだ。空気をつんざくトランペットの音が切れ目なく鳴り響き、勝利のファンファーレを高らかに奏《かな》でた。その後ろから同じ数の太鼓奏者が大音響とともに行進してくる。次に、シームリンの幟――赤地に白いライオン——を掲げた男たちが馬に乗って行進してきた。そのあとにシームリンの兵士たちがつづく——騎馬兵の列、列、列……。きらめく鎧兜《よろいかぶと》。堂々と掲げられた槍。はためく深紅の三角形の長旗。騎馬兵が、待機する近衛兵たちのあいだを通って宮殿の門をくぐりはじめると、横に三列に並んだ槍兵と、その側面をかためる弓の射手がぞくぞくとやってきた。

　最後の歩兵が角を曲がった。後ろから、一台の巨大な荷馬車がついてくる。それを十六頭の馬が四頭ずつ並んで引いていた。荷馬車の平台の中央に、鉄格子のついた大きな檻がある。平台の四《よ》隅《すみ》に女が二人ずつすわり、一心に檻を見つめている。まるで行列も群衆も存在しないとでもいうかのような表情だ。異能者《アエズ・セダーイ》にちがいないと、アル＝ソアは思った。荷馬車と歩兵たちのあいだ、そして荷馬車の両脇には、馬に乗った護衛士が十二人いた。護衛士たちのマントがひるがえり、見ていると目がまわる。異能者《アエズ・セダーイ》が群衆を無視していても、護衛士たちは異能者《アエズ・セダーイ》を守るのは自分たちだけだと言わんばかりに、群衆に目を光らせている。

　特にアル＝ソアの目を釘《くぎ》づけにしたのは檻のなかの男だった。はじめアル＝ソアのいる場所からは、偽の竜王ロゲインの顔が見えなかった。やがて不意にロゲインの姿が見えてきた。長身の男だ。長い黒髪が広い肩まで垂れさがって波打っている。片手で頭上の鉄格子をつかみ、荷馬車の揺れに逆らって、背中をぴんと伸ばしていた。服装は、いたって普通だ。マント、上着、ズボン――どれをとっても、どの農村でも、とやかく言われるものではない。問題は服の着こなしかただ。それと、このしゃんとした姿勢だ。ロゲインは頭のてっぺんから爪先まで王だった。まるで檻など存在しないかのようだ。ロゲインはまっすぐに立ち、頭を高く掲げ、まるで自分に敬意を表するために群衆がきているかのように群衆を見やった。ロゲインが視線を投げかけると、そこにいた人々は黙りこみ、畏敬の目で見つめ返した。ロゲインが視線をそらすと、人々は黙りこんだことを埋《う》め合わせるかのように、ますます激昂《げきこう》して金切り声を上げた。だが、あいかわらずロゲインはまっすぐに立ち、ロゲインが通り過ぎるにつれて、人々は静まり返った。荷馬車に運ばれて宮殿の門をくぐりながら、ロゲインは振り返り、集まった群衆に目をやった。人々は怒り狂い、ロゲインにどなり声――言葉を超えて、激しく高まった動物的な憎悪と恐怖の声――を浴びせている。ふたたびロゲインは顔を前に向けると、高らかに笑いながら宮殿にのみこまれていった。

　荷馬車の後ろに別の兵士たちがつづいた。偽の竜王との戦いに勝利した者たちだ。ひときわ多くの幟を立ててやってくる。〈金色のミツバチ〉を描いたイレイアン国の旗、〈三つの三日月〉を描いたティア国の旗、〈昇る太陽〉を描いたケーリエン国の旗、そのほか、たくさんの国や市、英雄たちの幟がつづく。英雄たちは専属のトランペット奏者や太鼓奏者をしたがえ自分の威光を鳴り響かせた。だが、ロゲインのあとでは、行列の勢いは尻つぼみになった。

檻のなかの偽の竜王ロゲインを最後にひとめ見ようと、アル＝ソアは身を乗り出した。あの男が負けたのか？　そのとおりだ。負けたからこそ、あのいまいましい檻のなかにいるんだ。

そのときアル＝ソアはバランスを失ってすべり、城壁のてっぺんをつかんだ。少し安全な位置まで身体を引き戻した。ロゲインが行ってしまうと、急に両手が焼けるように痛みだした。手のひらと指が岩で擦り切れている。それでもアル＝ソアは、さっき頭に浮かんだイメージを振り払うことができなかった。檻と異能者《アエズ・セダーイ》。ロゲインは負けたのではない。たとえ檻に入れられていても、あれは戦いに敗れた男の姿ではなかった。さむけがして、アル＝ソアはずきずきする両手を太腿《ふともも》にこすりつけた。

「どうして異能者《アエズ・セダーイ》がやつを見張ってるんだろう？」アル＝ソアは自分の疑問を大声で口にした。

「あの男が万物源にさわらないように見張っているのですわ、おバカさん」

若い女の声だ。

アル＝ソアはその声がしたほうへ、ぐいっと顔を上げた。すると突然、今まですわっていた不安定な席がなくなった。後ろ向きに落ちると思った瞬間、何かにガツンと頭をぶつけた。ロゲインの笑い声が高らかに響くなか、アル＝ソアは渦巻く暗闇へと落ちていった。

40　織りあがってゆく歴史模様

ランド・アル＝ソアは、偽の竜王ロゲインとモイレインとともに、テーブルについていた。ロゲインとモイレインはたがいの存在に気づかないかのように、無言でアル＝ソアを見つめている。アル＝ソアがふと気づくと、みるみる部屋の壁がぼやけ、薄闇に消えはじめた。アル＝ソアはあわてた。壁だけではなく、室内のあらゆるものがつぎつぎと消えてゆく。テーブルに目を戻すと、モイレインとロゲインも消えていた。代わりにすわっていたのはバ＝アルザモンだった。アル＝ソアは動揺し、全身を震わせた。頭のなかでブンブンという唸《うな》りが聞こえ、やがて、血が脈動する音に変わった……。

……アル＝ソアは跳ね起きるなり、うめき声を上げて頭を抱えこみ、身もだえした。頭が割れそうに痛い。髪をまさぐる左手がねばねばしたものにふれた――血だ。アル＝ソアは緑の草が生えた地面にぼんやりとすわりこみ、とほうに暮れた。ひどいめまいに襲われて、周囲のものがすべて揺らいで見える。めまいが治まるまで横になっているしかなさそうだ。ほかには何も考えられなかった。

おや？　こいつは城壁だ！　そうだ、若い女の声がしたんだ！

アル＝ソアは草のなかに片手をついて身体を支え、ゆっくりとあたりを見まわした。すばやく頭を動かしたら、めまいがいっそうひどくなるだけだ。アル＝ソアは庭か公園のようなところにいた。二十メートルと離れていない場所に、花の咲いた植えこみを縫《ぬ》って石《いし》畳《だたみ》の遊歩道がある。遊歩道の脇に石造りの白い長椅子がひとつあり、葉でおおわれたあずまやが影を落としていた。おれは城壁の内側に落ちてしまったらしい。若い女はどこにいるのだろう？

すぐ背後に木があり、若い女がその木をつたっておりてきた。女は地面におり立つと、アル＝ソアに向きなおった。アル＝ソアは目をしばたたき、またしても、うめき声を上げた。女は薄い色の毛皮で縁《ふち》どられた真っ青なビロードのマントをはおっており、腰まで届くたっぷりしたフードの先端には銀の鈴が束になってついていた。女が動くと鈴がかわいらしい音を立てた。赤みがかった金色の長い巻き毛を押さえる飾り輪は銀線細工しあげで、耳にも銀色の華奢《きゃしゃ》なリング状のイヤリングが光っている。エメラルドらしき緑色の石を下げたネックレスは、重量感のある金だ。木に登っていたので、水色のドレスには樹液のしみがついていたが、そのドレスが絹であることは明らかだった。しかも、驚くほど繊細な刺繍《ししゅう》がほどこされている。濃いクリーム色のプリーツが入ったスカートと、銀糸を織りこんだ幅広いベルト。長いスカートの裾《すそ》からのぞくビロードのサンダル。

　アル＝ソアは、こんな立派な身なりの女を二人しか知らなかった。一人はモイレイン。もう一人は、マットとアル＝ソアを殺そうとした闇の信徒の女。木登りをするにはふさわしくない服装だが、身分の高い女であることは、その表情からもわかった。庭に見知らぬ男がいるというのに、少しも動じていない。賢女ナイニーヴや異能者《アエズ・セダーイ》モイレインにも劣らぬ冷静さだ。

　アル＝ソアは不安になった。おれは何か面倒なことに巻きこまれてしまったのではないか？　もしかしたら、この女がひと声上げれば、近衛隊はどんなに忙しくても、駆けつけてくるのではないか？　さまざまな思いが交錯し、アル＝ソアが自分の勘違いに気づくまで少し時間がかかった。目の前にいるのは、女というよりも少女だった。ぜいたくなドレスと落ち着いた物腰は大人びているが、顔立ちはまだあどけない。アル＝ソアよりふたつみっつ年下のようだ。女性にしては長身で、おまけに美しい。完璧な卵形の顔を金褐色の豊かな巻き毛が縁どっている。唇はふっくらとして赤く、瞳はどこまでも深い青だ。エグウェーンとは顔も身体つきも違うが、どこから見ても美しさではひけを取らない。アル＝ソアは少女に見とれている自分に気づいて、エグウェーンにすまないと思った。だが、目の前の現実を否定したところで、エグウェーンが少しでも早くシームリンに着くわけではない。

　そのとき、上から木をひっかく音が聞こえ、樹皮のかけらがぽろぽろと落ちてきたかと思うと、一人の少年が少女の背後に軽やかにおり立った。背丈は少女よりも頭ひとつ分だけ高く、歳も上のようだが、顔立ちや髪の色は少女とよく似ており、二人が兄妹だとすぐにわかった。兄の上着とマントは赤、白、金の錦織りで、刺繍がほどこされていた。妹の衣服よりも華やかだ。アル＝ソアの不安はますますつのった。普通の男なら、めかしこむのは祝祭日だけだし、これほどの気品があるはずがない。それに、ここは公共の公園ではなく、宮殿の庭園だ。近衛隊は偽の竜王さわぎで忙しく、闖入者《ちんにゅうしゃ》の取り締まりにまで手がまわらないのかもしれない。

　少年は妹の肩ごしにアル＝ソアを見つめ、腰の短剣に手をかけた。本気で短剣を抜こうとしているというよりも、自分ではどうしようもない癖なのかもしれない。きっとそうだ。兄も妹と同じく冷静で、二人とも難問を解決しようとするかのような目でアル＝ソアを見ている。少女があまりにもじろじろ見るので、アル＝ソアは妙な気分になった。少女のまなざしは真剣そのものだ。アル＝ソアのブーツの傷《いた》み具合からマントの破れにいたるまで、ひとつひとつを調べあげて目録でも作ろうとしているかのようだ。

「エレイン、もう宮殿へ戻ろう。母上に知れたら大変だ」少年はだしぬけに言った。「母上は部屋にいなさいとおっしゃったのに、おまえがどうしても偽の竜王を見たいと言うから、しかたなくここへきたのだ。どういうことか、わかっているのか？」

「静かにして、ガーウィンお兄様」

妹は兄に向かって服従を迫るような言いかたをした。兄は何か言いたげに口を開いたが、何も言わなかった。アル＝ソアは兄が怒りを我慢したことに驚いた。

「大丈夫ですか？」

不意にエレインが言った。

その言葉が自分に向けられたものだと気づくまで、たっぷり一分はかかった。アル＝ソアはよろよろと立ちあがり、ようやく言葉を返した。

「平気です。すぐに出てゆきますから――」

ふらつく足を踏みしめたとたん、尻もちをついた。まだめまいが治まらない。

「この壁を越えて、すぐに出てゆきます」

そう言ってふたたび立ちあがろうとしたが、エレインがアル＝ソアの肩に手をかけて押しとどめた。少女の細腕にも抵抗できないほど、アル＝ソアのめまいはひどかった。

「お怪我《けが》をなさっているではありませんか」

　エレインは優美なしぐさでアル＝ソアのそばに膝をつき、血まみれになったアル＝ソアの髪をそっとかき分けた。左の側頭部が切れている。

「さっき落ちたときに、木の枝にぶつけたのでしょうね。切り傷だけですんだのは幸いですわ。あなたは壁登りの名人かもしれないけど、おりるほうは苦手でいらっしゃるのね」

「手が血で汚れてしまいますよ」アル＝ソアは身を引いた。

　エレインはアル＝ソアの頭を自分の手もとへ引き寄せた。

「じっとして」きつい言いかたではないが、相手が自分の言葉にしたがうのは当然だと思っているようだ。「たいしたことはなさそうですね。光に感謝しなければなりません」

　エレインはマントの内ポケットを探り、いくつかのガラスの小瓶と、油紙の束と、丸めたガーゼを取り出した。

　アル＝ソアはその品々を見て目を丸くした。それは賢女がつねに持ち歩いているもので、絹のドレスをまとった少女には似つかわしくない。エレインは血に染まった自分の指を見ても、眉ひとつ動かさなかった。

「ガーウィンお兄様、水筒を貸してくださる？　傷を洗いたいの」

　ガーウィンと呼ばれた少年は、ベルトにつけた革紐《かわひも》をほどいて水筒をエレインに渡すと、アル＝ソアの足もとにゆったりとしゃがみ、立てた膝の上で両腕を組んだ。エレインは水筒の水を使って手ぎわよく傷を洗った。アル＝ソアは傷にしみる水の冷たさをこらえたが、エレインは、アル＝ソアを逃がすまいとして、片手でしっかりとアル＝ソアの頭を押さえつづけた。やがて、小瓶に入った膏薬《こうやく》を手にとると、洗いおえた傷に塗りつけた。痛みがすっと引いた。アル＝ソアは、賢女ナイニーヴもこんな薬を持っていたことを思い出した。

　ガーウィンはエレインの手あてを受けるアル＝ソアに穏やかな笑みを向けた。アル＝ソアが逃げないように、なだめているつもりなのだろう。

「妹はよく迷子の猫や羽の折れた小鳥を見つけては世話をするんだ。きみは妹の手あてを受けるはじめての人間ということになるね」ガーウィンは少し躊躇《ちゅうちょ》してから、こう付け加えた。「どうか気を悪くしないでほしい。きみが迷子だと言いたいわけじゃないんだ」詫びというよりも、単に事実を述べたとしか思えない、淡々とした口ぶりだった。

「別に気にしていません」アル＝ソアはぎごちなく言葉を返した。臆病な馬を扱うような二人の態度に閉口している。

「妹は自分のするべきことをわきまえているよ」と、ガーウィン。「最高の先生がついているから、腕はたしかだ。心配無用だよ」

　エレインはアル＝ソアのこめかみにガーゼを押しあて、自分のベルトにはさんでいた絹のスカーフを抜き取った。青とクリーム色と金色の三色で染められたスカーフは、エモンズ・フィールドの少女たちにとっては、祝祭日のために取っておく晴れ着だ。エレインはなんのためらいもなく、スカーフをガーゼの上から巻きつけた。

「もったいないですよ」アル＝ソアは言った。

エレインは手を止めず、「動かないでと申しあげましたでしょう」と、落ち着いて言った。

アル＝ソアはガーウィンを見た。

「妹さんはいつもこんなふうなんですか？　誰でも自分の言うなりになると思っているんですか？」

一瞬、ガーウィンは驚きの表情を見せたかと思うと、すぐに口を一文字に引き結んだ。今にも笑いだしそうだ。

「きみの言うとおりだよ。それに、まわりの者も妹の言うことにはしたがうんだ」

「こちらの端をお持ちになって。結びおわるまで、そのまま持っていて――」エレインはアル＝ソアの両手を見ると、声を荒らげた。「あんな落ちかたをなさるから怪我をするのです。登るべきではないところに登ったからと言うべきかもしれません」

スカーフを手早く結びおえたエレインは、アル＝ソアの両方の手のひらを上に向け、水が足りないなどと小声でつぶやきながら、水で洗った。手のひらの擦《す》り傷に水がしみたが、エレインのさわりかたは優しかった。

「こんどこそ絶対に動かないで」

　エレインはふたたび膏薬を取り出し、アル＝ソアの手のひらに薄く塗り伸ばした。アル＝ソアが痛がらないように――エレインの意識はその一点に集中しているようだ。ひやりとした感触がアル＝ソアの両手に広がり、傷そのものがこすり取られてゆくような気がした。

「誰もが妹の言いなりなんだよ」ガーウィンは優しい笑みを浮かべてエレインを見おろしながら、言葉をつづけた。「でも、母だけは別だ。それに、母の相談役として仕えている異能者《アエズ・セダーイ》のエライダと、乳母のリニも、妹にはしたがわないな。エレインは小さいころ、イチジクの実をこっそり取ろうとしてリニに見つかって、鞭《むち》でぶたれたんだ。それ以来、リニには頭が上がらないんだよ。大きくなってからだって、鞭でぶたれたらそりゃあ懲《こ》りるよね」

　エレインが頭を上げ、兄をにらみつけた。ガーウィンは咳払いし、笑顔を消してから言葉をついだ。

「それから、もちろんガレス総大将も妹の言いなりにはならない。妹でなくても、ガレス総大将に命令できる人間はいないんだ」

「お母様だって、総大将には命令なさらないわ」エレインはもういちどアル＝ソアの両手に顔を近づけながら言った。「お母様は提案なさるだけですもの。ガレス総大将はいつもお母様の提案どおりに動くけれど、お母様があのかたに命令なさるのを、聞いたことがないわ」

エレインは頭を振った。

「驚くほどのことではないよ」と、ガーウィン。「おまえはガレス総大将に提案しようとさえしないじゃないか。あのかたは三人の女王に総大将として仕えてきたし、〈剣《つるぎ》の第一大公〉の後見役も二回つとめた。母上よりもガレス総大将のほうがアンドール王国のシンボルにふさわしいという声もあるくらいだ」

「お母様はガレス総大将と結婚なされればいいのよ」エレインはアル＝ソアの両手を見つめたまま、うわの空で言った。「お母様はそれを望んでいらっしゃるわ。いくら隠そうとなさっても、わたくしにはわかります。それに、結婚が実現すれば、たくさんの問題が解決するわ」

ガーウィンは首を横に振った。

「お二人のどちらかが先に折れなければ、無理だろうな。母上は立場上、人に頭を下げるわけにはいかないし、ガレス総大将も同じだ」

「お母様が命令なされば……」

「総大将はしたがうと思う。でも、母上は命令などなさらない。それはおまえにもよくわかっているはずだ」

ガーウィンとエレインは急にアル＝ソアの存在を思い出したかのように、アル＝ソアを見つめた。

「お母様って……？」アル＝ソアは言葉を切り、乾いた唇をなめた。「お母様って、どなたですか？」

エレインは目を丸くした。ガーウィンはあいかわらず淡々とした口調で答えた。それがかえってアル＝ソアの衝撃を強めた。

「モーゲイズ——光の恩寵《おんちょう》を受けし者、アンドール王国の女王、同国の防御者、人民の庇《ひ》護《ご》者、トラカンド家の当主」

「女王様ですか……」

アル＝ソアはつぶやいた。しびれが波のように全身を走り、ふたたびめまいを起こしそうになった。人目を引かないように気をつけたつもりが、宮殿の庭園に落ちたうえに、王位継承者を三流の治療師みたいにこき使って、怪我の手あてをさせていたとは……。アル＝ソアは思わず笑いたくなった。人は混乱の淵に立たされると、笑いがこみあげてくるものらしい。

　アル＝ソアは深いため息をつき、急いで立ちあがった。すぐこの場から逃げ出したい衝動を、ぐっと抑えこんだ。だが、ほかの誰かに見つかる前に姿を消さなければならないという思いは、打ち消すことができなかった。

　エレイン王女とガーウィン王子は平然とこちらを見つめている。アル＝ソアが腰を上げたとき、二人は少しもあわてることなく、優雅なしぐさで立ちあがった。アル＝ソアが頭に巻かれたスカーフをほどこうとして手を伸ばすと、エレイン王女に肘をつかまれた。

「いけません。また血が出ます」と、エレイン王女。穏やかだが、有無を言わさぬ口調だ。

「もう行かなくては」と、アル＝ソア。「この壁を越えて、出てゆきます」

「あなたは本当にご存じなかったのね」エレイン王女ははじめて驚きの表情を見せた。「あなたは偽の竜王をごらんになりたくて、ここが宮殿だとご存じないまま、壁に登られた――本当に、それだけなのですか？　宮殿の外の通りからのほうが、ずっとよく見えたでしょうに」

「おれ……いや、わたしは、その……人ごみが苦手で……」アル＝ソアは口ごもりながら、エレイン王女とガーウィン王子に頭を下げた。「たいへん失礼いたしました……王女様」

　アル＝ソアが読んだ物語によれば、ここでは伯爵とか伯爵夫人とか、殿下とか陛下とか、そんなふうにおたがいを呼び合っているはずだ。だが、アル＝ソアは王位継承者の正式な呼びかたを聞いたことがあったとしても思い出せないし、今はこの場から立ち去らなければならないということしか考えられなかった。「お許しください……。どうかお見《み》逃《のが》しください。あの……これを……ありがとうございました」アル＝ソアは頭のスカーフに手をやった。「大変お世話になりました」

「名前を聞かせてはもらえないのかな？」ガーウィン王子が言った。「妹があれほど一生懸命に手あてをしたのに、名前も聞けずじまいとは……。それに、ぼくはきみにちょっと興味があってね。アンドール人とお見受けするが、シームリンに住んでいるのではないね。そうでしょう？　ぼくが思うに、きみは……いや、それはともかく、きみはぼくたちの名前を知ったのだから、きみも名乗るのが礼儀じゃないかな？」

　アル＝ソアは早く逃げたい一心で城壁を見あげて、うっかり本当の名を告げ、さらに何も考えずに付け加えた。

「トゥー・リバーズのエモンズ・フィールドという村からきました」

「西のほうか」ガーウィン王子はつぶやいた。「しかも、いちばん奥だ」

　アル＝ソアは鋭い目でガーウィン王子の顔を見つめた。若い王子の言葉には驚きがこもっていたし、顔色も変わっている。だが、次の瞬間には穏やかな笑顔が戻っていて、アル

＝ソアは自分が見た王子の表情が気のせいではないかと思えたほどだった。

「トゥー・リバーズの特産物は、葉タバコと羊毛だったね」と、ガーウィン王子。「ぼくは各地方の特産物を知っていなければならないんだ。もちろん国内ばかりでなく、外国についてもだけどね。これも〈剣の第一大公〉になるためには必要なのさ。各地方の特産物や工芸品、それから、人々の髪や目の色、生活習慣、長所と短所……。トゥー・リバーズの人々は頑固だと言われているね。頑固な人々を統率してゆくためには、統治者が立派な人間でなければならない。一方的に権力を押しつけるばかりでは、人々を動かすことはできないから。妹はトゥー・リバーズ出身の男性を夫に選んだほうがいいかもしれない。石のような確固たる志を持った男性でなければ、妹の尻に敷かれてしまうからね」

アル＝ソアとエレイン王女は、ガーウィン王子を見つめた。ガーウィン王子は感情を抑えているように見えて、よけいなことをよくしゃべる。なぜだろう？

「これはどういうことだ？」

三人はだしぬけに聞こえてきた声に跳びあがり、声の主《ぬし》を振り返った。

アル＝ソアが見たこともないほど美しい青年が立っていた。女みたいにきれいな顔立ちだが、すらりとした長身で、颯爽《さっそう》とした身のこなしは、みなぎる力と確かな自信を感じさせた。髪と目は黒く、身にまとった衣服は赤と白の二色使いで、ガーウィン王子のものよりもあっさりしている。服装にはこだわりがないのかもしれない。男は片手を剣にかけ、アル＝ソアをにらみつけた。

「エレイン、その男から離れたまえ」男は言った。「ガーウィン、きみもだ」

　エレイン王女は前へ進み出て、アル＝ソアをかばうように立ちはだかった。頭を高々と上げ、毅然《きぜん》とした態度だ。

「ガラドお兄様、このかたは女王に忠誠を誓った愛国の士です。お怪我をなさっていたので、わたくしが手あてしてさしあげました」

　アル＝ソアは農夫のハイアム・キンチから聞いた話を思い出そうとした。同じことを宿屋の主人のギルからも聞いたはずだ。ガラディドリッド・ダモドレッドは、エレイン王女と半分しか血がつながっていない――いや、ガーウィン王子もそうだったか――アル＝ソアの記憶に間違いがなければ、三人とも父親は同じだったはずだ。キンチ親方は、この兄妹の父であるタリンゲイル・ダモドレッドを好ましく思っていなかったのかもしれない（もっとも、キンチはそれ以外の人物のことも決してよく言わなかったが）。ただ、街の噂によれば、息子のガラド公は、赤い服の者たちにも白い服の者たちにも評判がいいようだ。

「きみが迷子の猫に優しいことは知っているよ、エレイン」ガラド公はいかにも分別のあるロぶりで言った。「だが、剣を持ったうさんくさい男を宮殿内に入れるとは、不用心もいいところだ。近ごろは国内に不穏な動きが多いから、気をゆるめてはならない。だいたい、愛国の士が自分の持ち場を離れて、ここで何をしているのだ？　エレイン、考えてもみろ。この男は宮殿に忍びこむために、剣を包む布を白から赤に替えたのかもしれないぞ」

「ガラドお兄様。このかたはわたくしのお客様ですわ。わたくしが保証します。お兄様はいつから、わたくしの乳母になったのですか？　わたくしがいつ誰と話すかを決める権限などないはずですわ」

　エレイン王女は軽蔑の念をこめて言ったが、ガラド公は動じなかった。「きみの行動をとやかく言うつもりはない。ただ、この……客人は、少々風変わりなところがおありだから、用心にこしたことはないと思ったまでだ。きみもわかっているだろう。ガーウィン、きみからもよく言い聞かせてくれ。母上がお聞きになったら、どうお思いになるか――」

「もうけっこう！」エレイン王女はぴしゃりと言った。「たしかにお兄様はわたくしの行動をとやかくおっしゃらないわ。だとしたら、わたくしの行動の善悪を判断なさる権利も、お兄様にはないはずです。さあ、お話はすみました。ごきげんよう、お兄様！」

　ガラド公は悲しげな表情でガーウィン王子を見た。エレイン王女がどうしようもない頑固者だとわかっていながら、助け船を求めているようにも見えた。エレイン王女はむっとした表情で口を開きかけたが、ガラド公は猫のようにしなやかな動作で、慇懃《いんぎん》に会釈《えしゃく》して退《しりぞ》いた。石畳の遊歩道を闊歩《かっぽ》するガラド公の背中は、たちまちあずまやの向こうへ消えた。

「ガラドお兄様なんて、大嫌いよ」エレイン王女はため息まじりに言った。「心が冷たくて、嫉妬《しっと》心のかたまりなんですもの」

「エレイン、それは言いすぎだよ」と、ガーウィン王子。「兄上は嫉妬がどういう意味かすらご存じないかただ。ぼくは兄上に二度も命を助けていただいた。そのとき、ぼくたちのまわりには誰もいなかった。もし兄上がぼくの手を放していたら、兄上がぼくの代わりにおまえの〈剣の第一大公〉になられるだろう」

「それはありえませんわ、ガーウィンお兄様。わたくしが別のかたを〈剣の第一大公〉に任じますから。ガラドお兄様以外だったら、身分の低い馬丁《ばてい》でもよろしくてよ」エレイン王女は急に笑みを浮かべ、わざとらしいしかめっつらを兄に向けた。

「お兄様は、わたくしが人に命令するのが好きだとおっしゃったわね。では、お兄様にご命令申しあげます。どうか身辺にお気をつけになって。わたくしが女王になったとき――できれば、そんな日が永遠にこなければいいけど――ガーウィン王子お兄様を必ず〈剣の第一大公〉に任じ、アンドール王国軍を率いていただきますわ。そのような名誉を帯びることは、ガラドお兄様にとっては夢のまた夢というわけよ」

「御意にございます、王女様」ガーウィン王子は笑い、ガラド公の真似をして深々と頭を下げた。

エレイン王女は考えこむ表情でアル＝ソアを見た。

「早くここから逃げてください」

「兄はいつも正しいことをする」と、ガーウィン王子。「少し融通をきかせてほしいと思うこともあるくらいだよ。庭園で怪しい者を見つけたら、間違いなく近衛隊に知らせるだろう。今まさに、正しいことを実行しようとしているはずだ」

「では、今すぐこの壁を登らなければいけませんね」と、アル＝ソア。

人目につかないように宿屋へ戻るには、まったく都合のいい日だよ！　こんなに派手なスカーフまで頭に巻いて……。

アル＝ソアは壁に向きなおったが、エレイン王女に腕をつかまれた。

「怪我をしていらっしゃるのだから、無理はなさらないで。そんな手で壁を登ろうとしたら、また落ちそうになって擦り傷を増やすだけです。みじめな思いをすることになっても知りませんわよ。庭の奥に小さな門があります。伸びほうだいの草で隠れていて、存在すら忘れられているような門です」

突然、石畳の遊歩道を走るブーツの足音が聞こえてきた。

「遅かったか」ガーウィン王子がつぶやいた。「兄上はぼくたちの目の届かないところへ行ってから、走ったのだな」

エレイン王女が口汚く悪態をついたので、アル＝ソアは驚いた。宿屋〈女王の祝福〉の馬丁が同じ言葉を口にしていたが、あのときもびっくりした。だが、次の瞬間、エレイン王女は冷静さを取り戻していた。

ガーウィン王子とエレイン王女はその場を動く気はないようだが、女王の近衛隊が現われるのだと思うと、アル＝ソアはいても立ってもいられず、もういちど壁に近づこうとした。半分も登らないうちに近衛隊が到着することはわかっていても、じっとしていられなかったのだ。

アル＝ソアが三歩と進まないうちに、赤い軍服姿の兵士たちが視界に飛びこんできた。鎧《よろい》の胸あてを光らせながら、遊歩道を駆けてくる。深紅の軍服と輝く鋼《はがね》が、砕け散る波のように四方から押し寄せてきた。アル＝ソアたちは完全に取り囲まれた。剣を引き抜いて身がまえる者、ブーツの足を止め、羽根のついた矢をつがえた弓を掲げる者。兜《かぶと》の面頬《めんぽお》ごしにのぞく目はどれもけわしく、矢はアル＝ソアにぴたりと狙いを定めていた。

エレイン王女とガーウィン王子は同時にさっと動き、矢をつがえた兵士たちの前に立ちはだかった。アル＝ソアをかばおうとして両腕を広げている。アル＝ソアは剣を抜くこともできず、両手を上げたまま立ちつくした。

ブーツの足音や弓を引く音がいっせいに響くなか、金の肩章をつけた将校らしき男が叫んだ。

「王女様、王子様、すぐにお下がりください！」

エレイン王女は腕を広げたまま堂々としていた。

「わたくしの前でよくも剣を抜くことができるものですね、タランバー！　こんなことがガレス・ブライン総大将の耳に入ったら、あなたはいちばん癖の悪い馬のいる馬小屋の掃除をさせられるでしょうね。それでも、命が助かるだけましですけど！」

兵士たちは困惑して、目くばせし合った。かまえた弓を、とまどいながらおろす者もいる。エレイン王女が腕を下げただけで、兵士たちは命じられたように警戒態勢を解いた。ガーウィン王子は躊躇しながら、エレイン王女にならって腕を下げた。まだこちらを向いている矢は数えるばかりになった。それでもアル＝ソアは、矢がほんの十五メートル先でこちらを狙っているのを見て、胃が硬直するのを覚えた。

将校の肩章をつけた男は、当惑しきった表情を浮かべた。

「王女様、たいへん失礼いたしました。ですが、ガラド公からお知らせをいただきましたもので——刃物を持った薄汚い農民ふぜいの者が庭園に忍びこみ、王女様と王子様の身に危険が及んでいると」将校はアル＝ソアを見据《みす》えたまま、ものものしい声で言った。「よろしければ、お二人ともそこをおどきになっていただきたく存じます——この者をただちに引っとらえますので。近ごろは市中に怪しげな者が多く、われわれも警戒を強めているところでございます」

「ガラドお兄様がそのようなことをおっしゃるとは、信じられません」と、エレイン王女。「ガラドお兄様は嘘をつくかたではありませんけど」

「たまには嘘をついてほしいぐらいだけどね」ガーウィン王子はアル＝ソアに向かって小声で言った。「たったいちどでいい。そうすれば、兄も、もっと楽に生きられるのに」

「このかたはわたくしのお客様です」エレイン王女は言った。「お怪我をなさっていたので、手あてをしてさしあげたのです。さがりなさい、タランバー」

「恐れながら、さがるわけにはまいりません。王女様もご存じでしょうが、女王陛下——王女様の母君が、陛下のお許しを受けずに宮殿内へ立ち入った者を処罰するご命令をくだされました。この者を不法侵入者として、ただちに御前へ差し出さねばなりません」

　タランバーの声には並々ならぬ満足感がこもっていた。おそらくこの将校は今まで、エレイン王女が繰り出す無理難題をしかたなくのまされてきたのだろう。だが、こんどばかりは王女の言いなりになるつもりはないようだ。女王陛下の命令という格好な後ろ盾があるのだから。

タランバーを見返すエレイン王女の顔に、さすがにとまどいの色がうかがえた。

アル＝ソアはガーウィン王子に目で疑問を投げかけた――処罰とは、どんな？　ガーウィン王子は小声でそれに答えた。

「牢屋行きでしょうね」

アル＝ソアが顔色を変えたのを見て、ガーウィン王子は急いで付け加えた。

「ほんの二、三日だよ。それに、きみに危害を加えることはないよ。ガレス・ブライン総大将と一対一で尋問を受けるだけさ。きみに悪意がないとわかれば、すぐに放免されるだろう」考えこむ表情で言葉を切った。「きみが嘘をついていなければいいのだがね、トゥー・リバーズのランド・アル＝ソア」

「わたくしたち三人を母の御前へ連れていきなさい」

エレイン王女の声が唐突に響くと、ガーウィン王子はにやりと笑った。

タランバーが兜の面頬ごしに驚きの色を浮かべた。

「王女様、わたしは何も――」

「わたくしたちを牢屋へ連れていってもいいのですよ」と、エレイン王女。「わたくしたちは決して離れません。それでもあなたは、わたくしのお客様に剣を向けよと、部下たちに命じるつもりですか？」

エレイン王女は勝ち誇った笑みを浮かべた。タランバーは救いを求めるようにあたりを見まわしたが、エレインの勝ちを認めたようだ。

アル＝ソアは内心で首をかしげた。何に、どうやって勝ったというのか？

「母はロゲインと対面しているところです」ガーウィン王子はアル＝ソアの心を見透かしたかのように、小声で言った。「たとえ母が忙しくないとしても、タランバーはまさか、ぼくとエレインを連行したりはしないでしょう。そんなことをしたら母の怒りを買うだけです。母は短気ですからね」

アル＝ソアは宿屋の主人ギルの話を思い返した。モーゲイズ女王が短気だなんて言ってたかな。

そのとき、赤い軍服姿の一人の兵士が遊歩道を駆けてきて、タランバーの前へすべりこみ、胸の前に腕を上げて敬礼をすると、タランバーにそっと耳打ちした。タランバーは満足げな表情に戻った。

「女王陛下の命により、この者をただちに御前へ連行いたします。陛下は、エレイン王女様とガーウィン王子様もご同席されるようにと仰せです」

ガーウィン王子は縮みあがった。エレイン王女は固唾《かたず》をのんだが、すぐに平然とした表情を作って、ドレスについたしみをこすりはじめた。樹皮のかけらが取れただけで、しみは取れなかった。

「よろしいですか、王女様？」タランバーはうやうやしく言った。「王子様？」

近衛隊はアル＝ソアたちを囲んで四角い隊列を組み、タランバーを先頭にして遊歩道を進みはじめた。ガーウィン王子とエレイン王女はアル＝ソアの両脇についた。二人とも不愉快そうに物思いに沈んでいる。兵士たちはすでに剣を鞘《さや》におさめ、矢を矢筒に戻していたが、あいかわらずアル＝ソアから目を離そうとしない。アル＝ソアが今にも剣を抜き、逃げ出すのではないかと警戒しているのだろう。

おれが何をするって言うんだ？　おれにはどうしようもない。こっそり逃げ出すなんてできるはずがない！　笑わせるな！

アル＝ソアは自分を見つめる兵士たちを見返しながら、ふと、ひとつのことに気づいた。壁から落ちて頭を打ったアル＝ソアを襲っためまいは、もう消えていた。つぎつぎにいろいろなことが起こり、そのたびに新しい衝撃が訪れて、アル＝ソアはめまいのことを忘れていたし、逃げ出したい一心で城壁しか見ていなかった。今は庭園内の草木がはっきりと目に映る。緑だ！　緑の草木に緑色の影が無数に落ち、木々は青々とした葉を茂らせ、たわわに実をつけている。遊歩道のあずまやは、ブドウの蔓《つる》でびっしりとおおわれていた。いたるところで花々が咲き乱れ、庭園に彩《いろど》りを添《そ》えていた。アル＝ソアの知っている花もある。輝くような金色のヒマワリ、小さなピンク色のタローエンド、深紅のスターブレイズ、紫色のエモンズ・グローリー、そして、純白から深い赤まで、色とりどりに咲きそろったバラ。そのなかに、こんな花が本当にあったのかと思うような、ひときわ風変わりな花があった。

「緑色の花だ」アル＝ソアはつぶやいた。「緑だ」

兵士たちも口々に同じつぶやきを口にした。タランバーが振り向いてにらむと、兵士たちは口を閉ざした。

「エライダ・セダーイの仕業だな」ガーウィン王子はぼんやりと言った。

「こんな贅沢は許されませんわ」と、エレイン王女。「エライダ・セダーイは言いましたの――〝王女様がお庭を飾られるときは、わたくしと同じようになさったらよろしいのに〟って。このあたりの農園はどこも不作で、三度の食事もままならない人々が多いというのに、わたくしたちが花を愛《め》でている場合ではありません」

エレイン王女は大きく息を吸い、ふたたび冷静な態度に戻った。

「申しあげておきますが」エレイン王女はアル＝ソアに向かってきっぱりと言った。「質問をお受けになったら、はっきりとお答えになってください。それ以外は何もおっしゃらないで。あとはわたくしに合わせてください。そうすれば、きっとうまくいきます」

アル＝ソアは、エレイン王女の度胸を分けてほしいと思った。せめてガーウィン王子のように、表面だけでも冷静を装《よそお》っていられたら、最悪の事態はまぬがれるかもしれない。

タランバーのあとについて宮殿のなかへ向かう途中、アル＝ソアは庭を振り返った。一面の緑のなかで女王の目を楽しませるために異能《アエズ・セダーイ》者の手で緑色に染められた花が、いちだんと濃い色を放っている。アル＝ソアは緑色の水をたたえた深い海を泳いでいるような気がした。どこまで泳いでも、岸へはたどりつけそうもない。

宮殿の廊下は赤いお仕着せ姿の召使たちでいっぱいだった。襟《えり》と袖口だけが白く、上着の左胸に白いライオンが刺繍されている。よくわからないが、忙しげに駆けずりまわっている。エレイン王女とガーウィン王子とアル＝ソアを連れた兵士たちがぞろぞろと通りかかると、召使たちはぽかんと口を開《あ》けて隊列を見つめた。

呆然《ぼうぜん》とする召使たちのあいだをすり抜けて、灰色の縞のある雄猫が悠然《ゆうぜん》と廊下を歩きまわっていた。アル＝ソアはその猫を見て不思議に思った。ベイロンではどんな場末の店でも、店内のあちこちに猫がいたのに、宮殿のなかで猫を見かけたのははじめてだ。

「ここにはネズミがいないんですか？」

アル＝ソアは信じられないという口調でたずねた。ネズミはどこにだっているはずだ。

「エライダ・セダーイはネズミが嫌いなのだ」ガーウィン王子はうわの空でつぶやいた。廊下の先を不安げに見て、眉をひそめている。女王との対面に身がまえているのだろう。「だから、ここにネズミはいない」

「お二人ともお静かに」と、エレイン王女。口調は鋭いが、やはりうわの空だ。「いま、わたくしは考えごとをしております」

アル＝ソアは肩ごしに猫を見つめつづけた。やがて、廊下の角を曲がると、猫は見えなくなった。猫がもっとたくさんいれば、たとえネズミが出ようが、宮殿は特別な場所ではないと思って安心できたかもしれないのに。

タランバーが隊列を率いてなんども角を曲がるので、アル＝ソアは方向がわからなくなった。タランバーは両開きの大きな扉の前でようやく足を止めた。黒い木製の扉は豊かな光沢を放ち、取り立てて派手ではないが、ライオンの姿が扉いっぱいに彫りこまれ、細部まで手がこんでいる。扉の両側には、赤いお仕着せ姿の召使が一人ずつ立っていた。

「少なくともここは〈大広間〉ではない」ガーウィン王子は頼りなげに笑った。「母がここで処刑の命令をくだしたことは、いちどもなかったはずだ」

ガーウィン王子の口調には、その前例がくつがえるかもしれないという懸念がこもっていた。

タランバーはアル＝ソアの剣に手を伸ばしたが、エレイン王女に阻《はば》まれた。

「このかたはわたくしのお客様です。慣例および法により、王家のお客様は母の御前で武器を持つことを許されるはずです。それとも、あなたはわたくしの言葉を受け入れないというのですか？」

タランバーは躊躇しつつも、エレイン王女の目を見てうなずいた。

「失礼いたしました、王女様」

タランバーは引き下がり、エレイン王女はアル＝ソアに笑顔を向けた。次の瞬間、その笑顔は消えた。

「将校だけ、わたしに同行せよ」タランバーは近衛兵たちに命じてから、守衛にこう告げた。「女王陛下に申し伝えよ。エレイン王女とガーウィン王子をお連れした。近衛隊副長タランバーが、女王陛下の命により不法侵入者を護送した、とな」

エレイン王女はタランバーをにらみつけたが、すでに扉が開きはじめ、朗々《ろうろう》とした声が響きわたって、一行の到着を告げた。

エレイン王女は堂々となかへ足を踏み入れた。自分のすぐ後ろにつくようアル＝ソアに向かって小さく身ぶりしたが、それがエレイン王女の威厳を大きくそこなうことはなかった。ガーウィン王子は肩を怒らせ、エレイン王女の横を大股で進んだ。エレイン王女と同じく、落ち着いた足取りだ。アル＝ソアは、エレイン王女をはさんでガーウィン王子の反対側を歩いた。平静を保つのが精いっぱいだ。タランバーがその麾下《きか》の十人の兵士を引き連れ、アル＝ソアにぴったりついている。全員が部屋に入ると、扉が静かに閉じられた。

不意にエレイン王女がひざまずき、深々と腰を折った。スカートがふわりと床に広がった。アル＝ソアはあわててガーウィン王子や近衛兵たちの真似をしたが、とっさのことで、格好がつかない。右膝をついて頭を下げ、前かがみになって、右の拳《こぶし》を大理石の床に押しあてる。左手は剣の柄《つか》に置く。ガーウィン王子は長剣を持っていないので、短剣の柄に手をかけた。

アル＝ソアは正しい姿勢ができた自分を褒《ほ》めてやりたいと思った。そのあとで、タランバーが頭を下げたままこちらをにらんでいるのに気づいた。おれにこれ以上何をしろって言うんだよ？　まったく教わっていないことをやれというのは、無理な話だ。アル＝ソアは怒りがこみあげてくるのを感じた。近衛兵なんか、ちっとも怖くない。恐れなければならないようなことは何もしていないのだから。もちろん、アル＝ソアの不安感はタランバーのせいではなかったが、無性に腹が立った。

誰も身じろぎひとつしない。春の雪解けを待つように、じっと凍りついたままだ。みな何を待っているのかわからないが、せっかく宮殿へ連れてこられたのだから、じっくり室内を観察することにした。頭を下げたまま、目だけを動かして周囲を見まわした。タランバーがますます表情をけわしくしたが、アル＝ソアは無視した。

正方形の部屋は、宿屋〈女王の祝福〉の酒場と同じくらいの広さで、純白の石壁には、猛々《たけだけ》しい狩猟の光景が浮き彫りにされている。ところどころに飾られたタペストリーは色《いろ》鮮《あざ》やかな花々と美しい羽を広げたハチドリの穏やかな図柄だが、部屋のいちばん奥の二枚だけは別で、アンドール王国の象徴である〈白いライオン〉が織りこまれていた。その図柄は、赤い絨緞《じゅうたん》の上にいる人間たちよりも大きい。二枚のタペストリーにはさまれた台座の上に、彫刻をほどこされた黄金の玉座があって、女王はそこに座していた。

女王の右側に、武骨な感じのがっしりした男が立っていた。兜はかぶっていないが、アンドール王国軍の赤い軍服を身にまとっている。マントの肩に金色の飾り結びが四つもついていて、白い袖口に幅の広い金色の腕輪を巻いていた。豊かな髪の毛はこめかみのあたりが灰色になっているが、その姿は岩のように屈強で、揺るぎない意志を感じさせた。この男がガレス・ブライン総大将にちがいない。

玉座の左側の陰に、濃緑色の絹のドレスを着た女が低い椅子に腰かけて、黒い毛糸を編んでいた。アル＝ソアは、編みものをしているのだから年寄りだろうと思ったが、よく見るとそうでもなかった。若いのか年寄りなのか、年齢がよくわからない。女は一心に編みものをつづけた。手の届くところに女王がいることを忘れているかのようだ。美しい女が編みものをしている光景は、いかにも穏やかだが、女の集中力はすさまじかった。誰も物音ひとつ立てず、女が編み針を動かす、かすかな音だけが響いた。

アル＝ソアは部屋全体を観察するつもりだったが、バラを巧みにかたどった冠を戴《いただ》いた女王に、どうしても目がいく。あれがアンドール王国の〈バラの宝冠〉か。赤の地に白いライオンがいっぱいに編みこまれた長いストールを膝にかけ、その下から白いプリーツの入った赤い絹のドレスをのぞかせている。ガレス総大将の腕にふれた女王の左手に、ヘビが自分の尾をくわえた形の〈大いなるヘビ〉の指輪が光った。だが、アル＝ソアの目を引いたのは壮麗なドレスや装飾品ではなく、それを身につけている女王自身だった。

モーゲイズ女王は娘のエレイン王女と同じように美しく、娘よりも成熟した魅力を備えていた。容貌や姿かたちだけでなく、存在そのものが光り輝き、エレイン王女と編みものをしている女がかすんで見えるほどだ。こんな未亡人がエモンズ・フィールドにいたら、たとえトゥー・リバーズじゅうでいちばん料理が下手《へた》で不精な女であっても、求婚者が家の前に列を作るだろう。そのとき、アル＝ソアは女王と目があい、自分の考えを見抜かれたような気がして、あわてて頭を下げた。光よ！　おれは女王を村の女たちと同じように思ってしまいました！　どうかお笑いください！

「みなの者、面《おもて》を上げよ」

モーゲイズ女王は張りのある温かい声で言った。きっとエレイン王女はこのような母の声を何回となく耳にして、人を服従させるすべを身につけたのだろう。

アル＝ソアはみなにしたがって立ちあがった。

「お母様――」

エレイン王女が口を開いたが、女王はさえぎった。

「エレイン、木登りをしていましたね」

エレイン王女はドレスに残っていた樹皮のかけらをつまみ取ったものの、それを置く場所がないことに気づき、手のなかで握りしめた。

「本当は」女王は穏やかに言葉をつづけた。「わたくしの言いつけにそむいて、偽の竜王を見ていたのでしょう。ガーウィン、あなたを見そこなっていました。エレインの言いなりになるばかりでなく、まんがいちのことを考えて、反対意見を述べることも必要です」

女王は左側のガレス総大将をちらりと見て、すぐに視線を戻した。ガレス総大将はまったく顔色を変えない。女王の視線に気づかなかったのだろうか？　そんなことはあるまい。ガレス総大将は気づいているはずだ。

「ガーウィン、それこそが、アンドール王国軍を率いる〈剣の第一大公〉としての大事なつとめなのですよ。あなたの修業がますます忙しくなれば、エレインのせいでもめごとに巻きこまれる暇はなくなるでしょう。北方へ旅するときに、あなたが修業を怠っていないかどうか、ガレス総大将に監督してもらうつもりです」

　ガーウィン王子は母の言葉に抵抗するかのように、足を踏み替えたが、結局、うやうやしく頭を下げた。

「御意にございます、母上」

　エレイン王女は顔をしかめた。

「お母様、ガーウィンお兄様がわたくしのそばにいるのは、わたくしをもめごとから遠ざけようとするためです。だから、こっそり部屋を抜け出したのです。それに、ロゲインを見物することとぐらい、なんの問題もなかったはずです。街じゅうの人々がわたくしたちよりもずっと近くで見物していたのですから」

「街の人々は王位継承者ではありません」女王はきびしく告げた。「わたくしはロゲインをまぢかで見ました。檻に入れられ、異能者《アエズ・セダーイ》に四六時中監視されていてもなお、狼のように危険な雰囲気をただよわせています。あのような男をシームリンに連れてくるべきではありませんでした」

「ロゲインはタール・ヴァロンで始末されることになるでしょう」編みものをしていた女が顔も上げずに言った。「偽の竜王などものの数ではございません、女王様。大事なことは、光がふたたび闇を制し、女王様が光の勝利に助力なさったと、民に知らしめることです」

モーゲイズ女王はその言葉を否定するように、片手をひらひらと振った。

「ロゲインをシームリンに近づけなければよかったと思います。エレイン、あなたの本心はわかっていますよ」

「お母様、わたくしはお母様の言いつけにしたがうつもりです。どうか信じてください」

「本当に？」女王は驚いたふりをし、くすくす笑った。「そうね。あなたの努力は認めます。あなたはただ、どこまでなら許されるか、試してみたいのでしょう？　昔はわたくしも同じことをしたものです。そのような精神は、あなたが王位に就《つ》いたとき大いに役立ちますが、それはまだ先のことです。あなたはわたくしの言いつけにそむき、ロゲインを見にいった。冒険はそれだけで充分です。タール・ヴァロンへ向かう旅のあいだは、ロゲインから八十メートル以上は離れていなさい。あなたもガーウィンもそれ以上近づいてはなりません。わたくしはタール・ヴァロンでの修業のきびしさをよく知っていますが、そうでなければ、乳母のリニを同行させて、あなたを監視したいところです」

エレイン王女は不機嫌そうに頭を垂れた。

玉座の陰にすわっている女は、編み目を数えることに夢中になっているように見えたが、不意に言った。

「王女様がタール・ヴァロンへいらしたら、一週間で、お母様のもとへ帰りたいとおっしゃるでしょう。一ヵ月後には、放浪民とともに逃げ出したいと思うようになるでしょう。わたくしの姉妹たちが目を光らせているかぎり、あの不信心者は王女様に近づけないはずです。けれども、そうしたことをしていては王女様のためになりません」

いきなり女は椅子にすわったままエレイン王女に向きなおり、じっと見つめた。エレイン王女は先ほどまでの落ち着きが嘘のようにうろたえた。「王女様が、アンドール王国史上、千年に一人出るか出ないかの偉大な女王となられるためには、不信心者との接触も必要なことです。それほどの強さをお持ちなら、王女様は間違いなく偉大な女王となられます」

アル＝ソアは女を見つめた。この女が異能《アエズ・セダーイ》者のエライダなのだろう。何色のアジャだか知らないが、この女に救いを求めなくてよかった。モイレインをはるかにしのぐ厳格さをただよわせた女だ。モイレインがビロードで包まれた鋼なら、この女は剝《む》き出しの鋼だ。

「もうけっこうよ、エライダ」モーゲイズ女王は不愉快そうに顔をしかめて言った。「その話はエレインもなんども聞いているはずです。〝〈時の車輪《ホイール・オブ・タイム》〉はみずからの意思にしたがって歴史模様を織りあげる〟ということでしょう？」女王はしばらく口を閉ざして、エレイン王女を見つめた。「次は、この若者のことですが」女王はエレイン王女を見つめたまま、アル＝ソアを手で示した。「問題は、この者がどうやって、なんのために宮殿へ忍びこんだのか、そして、なぜあなたはこの者が正当な訪問客だとガラドに言い張ったのかということです」

「説明させてください、お母様」

　モーゲイズ女王がうなずくと、エレイン王女はことのしだいをかいつまんで説明した。話は、エレイン王女が城壁をよじ登るアル＝ソアを見かけたところから始まった。アル＝ソアは、エレイン王女が〝このかたには、なんの他意もなかったのです〟と、はっきり宣言して話を終わらせてくれればいいと思ったが、現実のエレイン王女はこう話を結んだ。

「お母様は〝身分の高低を問わず、国民のことを知らなければならない〟と、わたくしによくおっしゃいます。でも、わたくしが民と謁見するときは、まわりに侍従たちがたくさんいます。そんななかで、この世の現実やものごとの本質を知ることができるでしょうか？　わたくしはこのかたとお話をして、トゥー・リバーズの人々の様子を、本で読むよりもずっとよく知ることができました。このかたがはるか遠くから、赤い布を身につけてここへいらしたのは何かの縁《えん》です。シームリンを訪れるかたはみな、赤を恐れて、白い布を身につけているというのに。お母様、お願いです。このかたにきびしい罰をお与えにならないでください。このかたはお母様に忠誠を誓う愛国の士です。わたくしにアンドール国民のことを教えてくださったのです」

「トゥー・リバーズからきた愛国の士ですか……」女王はため息をついた。「エレイン、トゥー・リバーズについて書かれた本をもっと注意深く読んでごらんなさい。トゥー・リバーズには六代前の女王の時代から、収税官が足を踏み入れてはいないし、近衛兵の巡回は七代前から途絶えているのですよ。トゥー・リバーズの人々は、自分たちがアンドール王国の一部であることを忘れています」

アル＝ソアはきまり悪げに肩をすくめた。トゥー・リバーズがアンドール王国の領土だと聞かされたときの衝撃がよみがえった。

モーゲイズ女王はアル＝ソアを見て、エレイン王女に苦笑を投げかけた。

「わかりましたか、エレイン？」

エライダ・セダーイはすでに編みものを膝に置き、アル＝ソアをじろじろ見ていた。やがて椅子から立ちあがり、ゆっくりとアル＝ソアに近づいてきた。

「トゥー・リバーズですって？」エライダ・セダーイはアル＝ソアの頭に手を伸ばした。

アル＝ソアは頭を下げたが、エライダの手をよけそこなった。「赤毛に灰色の目……。トゥー・リバーズの人間は黒い髪に黒い目をしているし、こんなに大柄でもないわ」エライダがアル＝ソアの上着の袖を押しあげると、日に焼けていない薄い色の肌があらわになった。「それに、この肌の色……」

　アル＝ソアは拳を振りあげたくなるのをこらえ、むっとして言った。

「わたしはエモンズ・フィールドで生まれました。母はトゥー・リバーズの生まれではありません。この目の色は母譲りです。父はタム・アル＝ソアという名前で、羊を飼い、農場を持っています。わたしも父とともに羊の世話をしています」

　エライダはアル＝ソアの顔から目を離さず、ゆっくりとうなずいた。アル＝ソアの心のなかに不快感が広がった。アル＝ソアは内心の思いとは裏腹に、冷静にエライダと目をあわせた。エライダはアル＝ソアの揺るぎない表情に気づいているようだ。じっとこちらを見たまま、ふたたびゆっくりと手を伸ばしてきた。こんどはアル＝ソアも怯《ひる》まなかった。

　エライダがふれたのはアル＝ソアの剣だった。柄の先端で手がぴくりと止まり、エライダは大きく目を見開いた。

「トゥー・リバーズからきた羊飼いが……」エライダは誰にともなくつぶやいた。「アオサギの紋章が入った剣を持っているとは……」

その言葉は、まるで闇王の登場を告げるかのように重々しく響いた。アル＝ソアの背後で革と金属がきしむ音を立て、ブーツが大理石の床を擦る音がした。タランバーとその部下たちが、アル＝ソアのほうを向いたまま、あとずさり、剣を抜き、弓をかまえた。どの顔も必死の形相だ。ガレス総大将は二歩で玉座へ歩み寄り、女王の前に立ちはだかった。ガーウィン王子はエレイン王女をかばうように立ち、暗い表情で短剣に手をかけている。エレイン王女は、今はじめて会ったかのような表情でアル＝ソアを見た。モーゲイズ女王は表情を変えなかったが、玉座の肘掛けに置いた手をこわばらせた。

まったく緊張しなかったのは、エライダだけだ。とんでもないことを口走ったという後悔の色は微塵《みじん》もない。エライダは、兵士たちの緊張の原因となったアル＝ソアの剣から手を離したが、じっと何かを考えるような視線ははずさなかった。

モーゲイズ女王は落ち着いた声で言った。

「どう見ても、この若者はアオサギの剣を持つには若すぎます。ガーウィンよりも年下でしょうね」

「この者は間違いなくアオサギの剣の持ち主です」ガレス総大将は言った。

女王は驚きの色を浮かべてガレス総大将を見た。

「根拠があるのですか？」

「根拠というほどのものはございません」ガレス総大将はおもむろに言った。「この者はたしかに若いが、剣の持ち主であることは明らかです。目といい、立ち姿といい、アオサギの剣とよく調和しております。剣はこの若者のものに相違ございません」

　ガレス総大将が口を閉ざすと、エライダが言った。

「トゥー・リバーズのランド・アル＝ソアよ、この剣をどうやって手に入れたのですか？」

　アル＝ソアの名前も出身地も疑っているような口ぶりだ。

「父から譲り受けました」アル＝ソアは答えた。「これは父が持っていたものです。父は、わたしが世のなかへ出るにあたって、剣が必要だと考え、これをくれたのです」

「アオサギの剣を手にしたことのある羊飼いが、トゥー・リバーズにもう一人いるわけですね」と、エライダ。

　エライダの笑みを見ていると、アル＝ソアは口のなかが乾いてしかたなかった。

「シームリンに着いたのはいつですか？」

　エライダ・セダーイにこれ以上の真実を話すのはやめようと、アル＝ソアは思った。この女は闇の信徒と同じだ。警戒したほうがいい。さあ、嘘つきの始まりだ。

「今日です」と、アル＝ソア。「今朝、着いたばかりです」

「偽の竜王を見るにはちょうどよかったですね。宿はどこですか？　まだ宿を見つけてないとは言わせません。あなたは小汚いなりをしていますが、着替える時間は充分にあったはずです。宿はどこですか？」

「〈王冠と獅子〉です」アル＝ソアは、〈女王の祝福〉を探す途中で見かけた宿屋の名前を言った。〈王冠と獅子〉は、〈女王の祝福〉から見ると、市街地の真裏にあった。「その屋根裏部屋に泊まっています」

アル＝ソアはエライダに嘘を見抜かれているような気がしたが、エライダは黙ってうなずいた。

「なんというめぐり合わせの妙かしら！」と、エライダ。「今日はあの不信心者がシームリンへ連れてこられました。その男は二日のうちに北のタール・ヴァロンへ連れてゆかれるでしょう。タール・ヴァロンこそは、アンドール王国の王位継承者エレイン王女様が修業を受けられる場所です。そして、王女様のご出発を前にして、庭園にこの若者が現われ、トゥー・リバーズからきた忠実な愛国の士と称するとは……」

「わたしは本当にトゥー・リバーズからきたのです」と、アル＝ソア。

周囲の視線を浴びたが、その言葉は黙殺された。タランバー以下の近衛兵たちだけが、目を皿のようにしてアル＝ソアを見つめている。

「……しかもこの若者は、エレイン王女様に巧みにとりいったうえに、アオサギの剣まで持っています。それに、女王様に対する忠誠を示す腕輪も、帽章もつけず、剣を人目にさらさないようマントを身につけています。なんというめぐり合わせでしょうか、女王様！」

女王は手ぶりでガレス総大将をわきへよけさせ、不安げな目でアル＝ソアを見た。だが、女王が話しかけた相手はエライダだった。

「この者の正体はなんですか？　闇の信徒？　それとも偽の竜王の支持者ですか？」

「闇王はシャヨル・グールでうごめいています」エライダは答えた。「闇は歴史模様をおおいつくします。未来は針の先で均衡を保っています。これは大変に危険な兆候です」

不意にエレイン王女が玉座の前へ駆け寄り、膝をついた。

「お母様、お願いです。どうかこのかたを痛い目にあわせないで！　このかたは庭園をすぐに出ていこうとなさっていました。それを無理にお引き止めしたのは、このわたくしです。それに、わたくしにはこのかたが闇の信徒だとはとうてい思えません！」

モーゲイズ女王は娘をなだめるようなしぐさをしながら、目をアル＝ソアに据えた。

「エライダ、それはあなたの〈予言〉ですか？　歴史模様を読み取ったのですか？　あなたは、何かの予兆が訪れるとき、それを自分で察しているときもあるし、まったく唐突に降って湧くこともあると言ったわよね。あなたがいま言ったことが〈予言の技《わざ》〉によるものなら、もっとわかりやすく噛《か》み砕いて話しなさい。これは命令です。〃イエス〃か〃ノー〃かわからないような謎めいた言いかたで、聞いている者を煙《けむ》に巻くのはやめなさい。さあ、はっきり言いなさい。あなたには何が見えるの？」

「〈予言〉を申しあげます」エライダは言った。「わたくしは光に誓って、歴史模様から読み取ったとおりのことをお話しいたします。今日よりアンドール王国は苦難と分裂に向かって進むでしょう。闇は際限なくその濃さを増しますが、そのあと、光がふたたび訪れるかどうかはわかりません。全界が一粒の涙を落とした場所で、おびただしい数の人々が涙を流すでしょう。これがわたくしの〈予言〉です」

　部屋じゅうに沈黙の帳《とばり》がおりた。モーゲイズ女王はまるで自分の最期を宣告されたかのように重いため息をつき、その音だけが沈黙を破った。

　エライダはアル＝ソアの目をじっと見つめながら、ほとんど唇を動かさずに話した。手の届くところにいても聞こえるか聞こえないかという小さな声だ。

「もうひとつの〈予言〉を申しあげます。苦難と分裂は全界に及び、この男がその中心に立つでしょう。わたくしは女王様のご命令にしたがって、すべてをはっきりと申しあげました」

アル＝ソアは大理石の床に根をおろしたように動けなくなった。大理石の硬さと冷たさが足もとから這《は》いあがってくるようで、背筋が寒くなった。エライダの言葉はアル＝ソア以外の誰にも聞こえなかったのではないか？　だが、エライダはまだこちらを見ているし、アル＝ソアはエライダの言葉をはっきりと覚えていた。

「おれは羊飼いだ！」アル＝ソアは部屋全体に響きわたる大声を張りあげた。「トゥー・リバーズからきた羊飼いだ！」

「〈時の車輪〉はみずからの意思にしたがって歴史模様を織りあげます」

エライダも大きな声で言った。その言葉に侮蔑の響きがあるかどうか、アル＝ソアにはわからなかった。

「ガレス総大将」モーゲイズ女王が言った。「あなたの意見を聞かせていただきたいわ」

がっしりした身体つきのガレス総大将はうなずいた。

「エライダ・セダーイはこの若者が危険人物だとおっしゃっています。もしエライダ・セダーイがそれ以上のことをおっしゃるなら、首切り役人に出頭を命じましょう。しかし、この若者についての〈予言〉は、わたしたちが目で見てわかることばかりです。自分にとって都合の悪いことを隠しておけるような小賢《こざか》しい農夫は、トゥー・リバーズあたりにはいないでしょう。それは〈予言〉がなくともわかることです。わたし自身は、この若者が女王陛下の御前へ連れてこられたのは、ただの偶然だと思います。この若者にとっては災難以外のなにものでもありませんが。女王陛下、ここは大事をとって、この若者を牢屋へ入れ、エレイン王女様とガーウィン王子様が無事にご出発なされてから放免するのがよろしいかと存じます。さて、エライダ・セダーイ、この若者について、ほかに〈予言〉がありますか？」

「歴史模様から読み取れることはすべて申しあげました」

エライダはそう言ってから、アル＝ソアに冷たい笑みを投げた。唇の両端をほんの少し上げただけのかすかな笑みだが、エライダの真意を見抜くことができないアル＝ソアへの軽蔑がこめられていた。

「この若さなら、二、三週間、牢屋へ入れておいても耐えられるでしょう。そのあいだに、わたくしはこの若者についていろいろと調べてみます」

エライダの飢えた目が光り、アル＝ソアはぞっとした。

「新たな〈予言〉が訪れるかもしれません」と、エライダ。

モーゲイズ女王は玉座の肘掛けに肘をついて、しばらく考えこんだ。アル＝ソアは、女王の威圧するようなまなざしには慣れたが、エライダに視線を向けられると凍りついたように動けなくなった。やがて、女王が口を開いた。

「シームリンの街は猜疑《さいぎ》心《しん》で満ちあふれています。シームリンだけでなく、アンドール王国全体が恐怖心と暗い猜疑心とに包まれています。女性たちは近隣の者を闇の信徒だと告発し、男性たちは昔からの知り合いにもかかわらず、その家の玄関に〈竜王の刻印〉を書きなぐっています。わたくしはそのような見苦しい真似はしたくありません」

「女王様——」

エライダが言いかけたが、女王はさえぎった。

「そのような真似はしたくないのです。わたくしは王位に就いたとき、身分の高低にかかわらず、つねに公正な裁きをすると誓いました。〝公正〟という言葉の意味を、王国の誰もが忘れ去ったとしても、このわたくしだけは忘れません。アル＝ソア、アオサギの剣はトゥー・リバーズで羊飼いをしている父親から譲り受けたものだと、光に誓うことができますか？」

アル＝ソアは唇をなめてから「誓います」と言い、あわてて付け加えた。「……女王様」

ガレス総大将が濃い眉を上げたが、モーゲイズ女王は無視した。

「そなたが城壁に登ったのは、偽の竜王をよく見たかったから——それだけの理由ですね？」

「おっしゃるとおりです、女王様」

「アンドール王国の君主であるわたくしや、娘や息子の命を狙うつもりですか？」

女王が〝娘〟、〝息子〟と言うときの口調は深刻で、二人のことが女王のいちばんの気がかりだということがよくわかった。

「わたしはどなたのお命も狙おうとは思っておりません、女王様」

「アル＝ソア、判決を申しわたします。第一に、わたくしはエライダやガレス総大将よりも先に、トゥー・リバーズのことは幼いころから聞かされていました。そなたは、たしかにトゥー・リバーズの者らしく見えません。しかし、おぼろげな記憶をたどってみますと、そなたの言葉にはトゥー・リバーズ特有の訛《なま》りがあります。第二に、そなたのような髪と目を持つ者は、本当にトゥー・リバーズ生まれの羊飼いだからこそ、そのように主張するのです。それに、そなたが父親からアオサギの剣を譲り受けたというのも、あまりにも非常識すぎて嘘には聞こえません。第三に、最高の嘘というのは、あまりにもバカバカしすぎて嘘だとも思われないものだ……というささやきが、わたくしの頭のなかで聞こえます。もっとも、これは証明することはできませんけれどね。わたくしは、わたくし自身の手で制定した法律を守ります。アル＝ソア、そなたを放免します。しかし、こんどからは気をつけなさい。そなたがふたたび宮殿内で捕らえられることがあれば、ことは簡単にすみませんよ」

「ありがとうございます、女王様」

アル＝ソアはかすれた声で言った。エライダ・セダーイの不満が熱波のように押し寄せてきた。

「タランバー」モーゲイズ女王は言った。「この者……いえ、娘のお客様を玄関までお送りしなさい。充分に礼儀をつくすのですよ。タランバー以下の者たち全員もです。いいえ、エライダ・セダーイ。あなたはここに残って。ガレス総大将も、よろしければここへ残っていただきます。市内の白マントたちの処遇について結論を出さなければなりません」

タランバーたちはしかたなく、いちど抜いた剣を鞘に戻し、いざというときには、また引き抜ける姿勢をとった。ふたたび近衛兵に連れ出されたアル＝ソアは、うれしい気持ちでいっぱいだった。エライダはうわの空で女王の言葉を聞いていた。アル＝ソアは背中にエライダの視線を感じた。モーゲイズ女王がエライダを止めてくれなかったら、どうなっていただろう？　そう思うと、アル＝ソアの足は自然に速まった。

驚いたことに、エレイン王女とガーウィン王子が扉の外に出てから二、三、言葉を交わし、アル＝ソアの両脇に寄ってきた。タランバーもあっけに取られ、扉が閉まってから呆然と三人の背中を見つめた。

エレイン王女は言った。

「母が言ったでしょう。礼儀をつくして、このかたを玄関までお送りしなさいと。あなたは何を待っているのですか？」

タランバーは両開きの扉をにらんだ。扉の向こうでは、女王が二人の相談役を相手に話し合いをつづけている。

「いいえ、何も待ってはおりません」

タランバーは苦々《にがにが》しげに言い、不本意ながらアル＝ソアを送る命令を近衛兵たちにくだした。

宮殿では次から次へと驚くことが起こり、アル＝ソアの目の前を駆け抜けていった。取りとめのない思いがアル＝ソアの頭のなかをぐるぐるとまわっている。〝そなたはたしかにトゥー・リバーズの者らしく見えません〟……〝この男は全界の中心に立つでしょう〟……。

近衛隊が急に足を止めた。アル＝ソアは目をしばたたいた。宮殿の前庭で、大きな金色の門が太陽の光を受けて輝いている。この門がたった一人の男のために開けられることはないだろう。たとえ王位継承者が自分の客人だとかばってくれたとしても、侵入者として捕らえられた者が通るべき門ではないはずだ。タランバーは無言で、正門の横にある通用門のかんぬきをはずした。

「これはわたくしたちの習慣ですが」エレイン王女は言った。「お見送りは、お客様が門を出る前までと決まっております。わたくしたちのことをどうぞお忘れにならないで、またお会いすることを楽しみにしています。いまお別れすることが悲しくてしかたありません」

「ありがとうございました、王女様」アル＝ソアは頭に巻いたスカーフに手をふれながら言った。「何から何まで、お世話になりました。トゥー・リバーズの習慣では、客が手土産を持ってくることになっていますが、残念ながらわたしは何も持っていません」アル＝ソアはさりげなく付け足した。「でも、王女様にはトゥー・リバーズの話がお土産代わりになったかと思います」

「もしわたくしが、あなたのことを素敵な男性だと母に話したら、母はあなたを牢屋に閉じこめたかもしれませんね」エレイン王女はアル＝ソアにまぶしい笑みを見せた。「ごきげんよう、アル＝ソア」

アル＝ソアは呆然とエレイン王女を見送った。美と威厳をたたえた王女の姿はモーゲイズ女王に生き写しだ。

「妹にはつまらない議論をしかけないほうがいいよ」ガーウィン王子は笑った。「妹が必ず勝つに決まっているんだから」

アル＝ソアはうわの空でうなずいた。素敵な男性！　王位継承者がこのおれを〝素敵な男性〟と言ったぞ！　アル＝ソアはぼんやりした頭を激しく左右に振った。

ガーウィン王子は何か言いたげだった。アル＝ソアはしばらくガーウィン王子を見つめた。

「王子様、わたしがトゥー・リバーズからきたと申しあげたとき、王子様は驚いておられました。それに、ほかのかたがたも――女王様も、ガレス総大将、エライダ・セダーイも同じでした」アル＝ソアの背筋に冷たいものが走った。「みなさんはどなたも……」

アル＝ソアは終わりまで言えなかった。どうしてこんなことを言ったのか、自分でもよくわからない。たとえトゥー・リバーズの生まれでなかったとしても、おれはタムアル＝ソアの息子だ。

ガーウィン王子はこの言葉を待っていたとばかりにうなずいたが、すぐには口を開かなかった。アル＝ソアが今まで言えなかった疑問を口にしようとしたとき、ガーウィン王子は言った。

「そんなふうに頭をスカーフで包んでいると、きみはアイール人そっくりなんだよ。よくわからないけど、母はきみの言葉づかいからトゥー・リバーズ人だと判断したようだ。いつかぼくたちが本当にわかり合える日がくるといいね。さようなら、アル＝ソア」

おれが、アイール人……？

アル＝ソアは宮殿へ戻ってゆくガーウィン王子の後ろ姿をぼんやりと見送った。急にタランバーのじれったげな咳払いが耳に入って、アル＝ソアはわれに返った。頭をかがめて通用門をくぐると、踵《かかと》が外へ出たか出ないかのうちに、タランバーはさっと門を閉めた。かんぬきをかける音がひときわ大きく聞こえた。

宮殿前の卵形の広場にはもう人影がなかった。兵士も、群衆も、トランペットも、太鼓も、すべてが姿を消し、静寂が訪れていた。偽の竜王を取り巻いていたあの興奮は過去のものとなった。舗道には、風に舞う紙くずと、仕事のために急ぎ足で通り過ぎる人の姿がちらほらとあるだけだ。アル＝ソアにはその人たちが赤と白のどちらなのか、わからなかった。

アイール人。

アル＝ソアはハッとした。ここはまだ宮殿の前だ。エライダはアル＝ソアを捜そうと思えば簡単に見つけられるし、女王をそそのかして、アル＝ソアの命を奪うこともできる。アル＝ソアはマントの前をかき合わせて駆けだした。広場を横切り、旧市街を通り抜けながら、振り返って、誰かがあとをつけていないかどうか確かめた。だが、道は曲がりくねっていて、見通すことができない。アル＝ソアはエライダの目をはっきりと思い出した。その目がこちらをじっと見ているような気がする。アル＝ソアは新市街の門に着くまで、一心に走りつづけた。

41　再会と新たな脅威

　ようやく宿屋〈女王の祝福〉に帰りつくと、ランド・アル＝ソアは玄関の扉の枠に寄りかかって、荒い息をついた。ずっと走りどおしだった。剣を赤い布で包んでいることも、走れば誰かの目につくことも忘れていた。闇に溶けるミルドラルに追われていることさえ、忘れ去っていた。

　扉のそばの長椅子に用心棒のラムギンがすわって、三毛猫を抱いていた。アル＝ソアが走ってきたので、ラムギンは立ちあがって、なにごとかと周囲を見まわした。猫を抱いたまま、猫の耳の後ろをなでている。何も変わったものが見えないので、ラムギンはまたそっと腰をおろした。

「この前、バカな連中が猫を盗もうとした」ラムギンは言い、自分の指関節をながめてから、また猫をなではじめた。「近ごろは猫がいい値で売れるらしいな」

「ギル親方はどこにいますか？」アル＝ソアはたずねた。

「読書室だよ」と、ラムギン。猫が喉を鳴らしはじめると、にやりと笑って付け加えた。

「猫は、いやなこともすぐ忘れてしまう。袋のなかへ押しこまれそうになったことも、すぐ忘れる」

アル＝ソアは急いで宿屋のなかへ入り、酒場を抜けた。酒場には赤い布をつけた常連客が集まって、ビールを片手に、話に花を咲かせていた。偽の竜王の話や、ロゲインが北へ護送されるときに白マントどもがもめごとを起こすのではないかといった話が聞こえた。ロゲインのことを心配しているわけではない。王位継承者のエレイン王女と、兄のガーウィン王子が護送隊に加わることが、人々の不安をかきたてるのだろう。

宿屋の主人ギルは、読書室でロイアルと石並べ遊びをしていた。テーブルの上に太った雌のトラ猫がすわって、格子模様の盤上を動く二人の手をきょろきょろと見つめている。ロイアルが太い指に似合わぬ優雅な動きで、新たな石を盤上に置いた。ギルは首を横に振り、ちょうどいいところにきたというように、テーブルからアル＝ソアに視線を移した。このゲームでは、いつもロイアルが勝つらしい。

「どこへ行かれたのかと、心配していたところです。白い布をつけた裏切り者と面倒を起こしたか、あの乞食に出くわしたのかと」と、ギル。

一瞬、アル＝ソアはぽかんとしてその場に棒立ちになった。ぼろ布をまとった男のことなど、きれいに忘れていた。ようやく口がきけるようになると言った。

「その男なら見かけましたが、たいしたことじゃありません。女王様にも会いました。エライダ・セダーイにも。問題はそっちのほうです」

ギルは鼻で笑った。「へえ、女王陛下にですか？ それはそれは。一時間ばかり前に、ここの酒場にアンドール王国軍のガレス総大将がきて、〈光の子〉の大主将卿と腕相撲をしたという冗談のほうが、まだましですよ。女王様とはまた……どでかいご冗談をおっしゃいますね」

「なんてこった。今日は一日じゅう、嘘つき呼ばわりされている」

アル＝ソアは椅子の背にマントを投げかけ、別の椅子にどさりと腰をおろした。落ち着いてすわっていられない気分だ。椅子の前端に浅く腰をのせ、ハンカチで汗をぬぐった。

「おれは、あの乞食の姿を見ましたし、向こうもおれを見ました。おれの感じでは……いや、それはどうでもいいことです。おれは、ロゲインが連れてこられる宮殿前の広場をよく見ようと思って、庭園のそばの城壁に登ったんです。そして、内側へ落ちました」

「冗談ではないのですか？」ギルは、ゆっくりと言った。

「さすがは〈歴史の織り人《タ＝ヴィーレン》〉だ」ロイアルがつぶやいた。

「冗談じゃなく、本当にあったことなんです」と、アル＝ソア。「光よ、お助けください。

本当の話なんです」

アル＝ソアが話をつづけるうちに、ギルの冗談気分は消え、心配そうな表情に変わった。だんだん椅子から身を乗り出し、ついにはアル＝ソアと同じように椅子の前端に腰をのせる格好になった。ロイアルは冷静な表情で耳を傾けながらも、ときどき幅の広い鼻をこすったり、ふさふさした毛でおおわれた両耳をぴくぴく動かしたりした。

アル＝ソアは、起こったことをありのままに語った。ただ、エライダ・セダーイの言葉と、ガーウィン王子に、〝アイール人に似ている〟と言われたことは、話さなかった。エライダ・セダーイの言葉は思い出したくない。王子の言葉は、現在の事態にはなんの関係もない。おれはタム・アル＝ソアの息子だ。トゥー・リバーズの外で生まれたかもしれないが、トゥー・リバーズの血を引いている！　タムがおれの父だ。

ふとアル＝ソアは自分が話すのをやめ、物思いにふけっていたことに気づいた。ギルとロイアルがアル＝ソアを見ていた。アル＝ソアは一瞬、何かよけいなことを口にしたのではないかと不安になった。

「そういうことなら、もうお仲間を待っている場合ではありません」ギルが言った。「急いでこの街を出たほうがいい。今日か明日にでも。それまでに、マットさんが立てるようになりますかな？　グラブばあさんに様子を見てもらいましょうか？」

アル＝ソアは当惑した表情でギルを見返した。「今日か明日にでも？」

「エライダ・セダーイはモーゲイズ女王の相談役で、ガレス総大将につぐ側近です。いや、総大将よりも上の人です。エライダ・セダーイが近衛隊を使ってあなたを捜しはじめたら、どうなると思いますか？　ほかの任務のさまたげにならないかぎり、ガレス卿は反対しないでしょう。近衛隊は、シームリンじゅうの宿屋を二日間で捜索できます。運悪く、最初にここへこないともかぎりません。街の反対側にある宿屋〈王冠と獅子〉から手をつけてくれれば、少しは時間の余裕がありますがね、ぐずぐずしてはいられません」

アル＝ソアはおもむろにうなずいた。「マットが回復していないなら、グラブばあさんを呼んでもらいます。まだ、そのくらいのカネはあります」

「料金は心配しないでください。わたしが負担します」と、ギル。ぶっきらぼうな口調だ。「馬を二頭、貸してあげましょう。タール・ヴァロンまで歩くとなると、途中でブーツが擦《す》り切れてしまいますよ」

「親方は本当にいいかたですね」と、アル＝ソア。「ご迷惑ばかりかけたおれたちを、まだ助けてくださるなんて。本当にご親切に」

ギルは照れて肩をすくめ、咳払いして下を向いた。だが、石並べの盤が目に入り、あわててもういちど顔を上げた。盤面は、どう見てもロイアルに有利だった。

「まあ、その、吟遊詩人のメリリンはいい友達でしたから。あの男が、あなたたちにつくす気になったのですから、わたしも多少はお役に立ちたいと思います」

急にロイアルが口をはさんだ。

「アル＝ソア、きみたちが発《た》つときには、ぼくもいっしょに行きます」

「そのことは、もう話がついたはずだ、ロイアル」アル＝ソアは口ごもった。ギルには詳しい話をしていない。ギルの前で、自分たちが闇王に狙われていることを持ち出すわけにはいかない。「おれやマットといっしょに旅をするのがどんなに危険なことか、わかっているよな」

「闇の信徒に追われているんでしょう」と、ロイアル。低く轟《とどろ》く静かな声だ。「異能者《アエズ・セダーイ》にもつきまとわれている。ほかにも追ってくる者がいるかもしれないが、光だけがご存じです。闇王も追ってくる。きみはタール・ヴァロンへ行くんでしょう？　あそこには、いい木立があるんです。異能者《アエズ・セダーイ》が手入れをしているそうだから。木立以外にも見たいものが、全界じゅうにあります。きみは本当に〈歴史の織り人〉なんですよ、アル＝ソア。きみのまわりに歴史模様が織られます。きみがその中心にいるんです」

〝この男がその中心に立つでしょう〟——エライダ・セダーイの言葉を思い出して、アル＝ソアは身震いした。

「おれは中心になんかいるものか。中心人物でもなんでもない」思わず声を荒らげて言い返した。

　ギルは目をぱちくりさせた。ロイアルも、アル＝ソアの剣幕にたじたじとなっている。ギルとロイアルは顔を見合わせて、うつむいた。アル＝ソアは表情をやわらげようとつとめ、深呼吸を繰り返した。不思議なことに、久しぶりに無心になり、気持ちが落ち着いてきた。この二人に怒りをぶつけるなんて、お門違いもいいとこだ。

「ロイアル、よかったら、おれたちといっしょにきてくれ」アル＝ソアは言った。「あんたがなぜいっしょに旅をしたがるのか、おれにはわからないけど、仲間ができるのはうれしい。そのう……マットの状態は知っているよね？」

「もちろんです」と、ロイアル。「ぼくが通りへ出れば、人々は〝トロロークだ！〟と叫ぶ。マットは口では同じことを言うけど、ぼくを殺そうとは思っていません」

「あたり前だよ。マットはそんなことをしない」そこまではしないはずだ、マットは。

　ノックの音がして、給仕女のジルダが顔をのぞかせた。口もとをこわばらせ、心配そうな目をしている。「だんな様、大変です。酒場に白マントがきています」

　ギルは悪態をついて跳びあがった。テーブルの上にいた猫が飛び降りて、尾をぴんと立て、機嫌をそこねた様子で読書室から出ていった。

「すぐ行く。戻って、主人はすぐくると伝えてくれ。伝えたら、目につかないところに引っこんでいろ。わかったか？　絶対に連中に近寄るな」と、ギル。

ジルダはせわしなく、なんどもうなずき、姿を消した。

ギルはロイアルに向かって言った。「あなたは、ここにいてください」

ロイアルは鼻息を漏《も》らした。シーツを引き裂くような音だ。

「〈光の子〉とは二度と会いたくありません」

ギルはゲーム盤に目を落とした。形勢不利なゲームを中断できるので、気持ちが軽くなったようだ。

「あとで、はじめから対戦しなおしましょう」

「その必要はありません」ロイアルは片腕を伸ばして、棚から本を一冊とった。ロイアルの大きな手にのると、革で装幀《そうてい》した分厚い本が小さく見えた。「この盤面から始めましょう。こんどは、あなたの手番です」

ギルは顔をしかめた。「ああ言えばこう言う……」ぶつぶつ言いながら、急いで読書室を出ていった。

アル＝ソアもあとについて出たが、急がなかった。ロイアル以上に、〈光の子〉にはうんざりしている。またしても、エライダ・セダーイの言葉を思い出した。アル＝ソアは酒場の入口で足を止めた。ここなら、なかから気づかれずに様子をうかがえる。

　酒場は静まり返っていた。部屋のまんなかに五人の白マントが立っている。周囲のテーブルについている人々は、五人と目をあわさないようにしていた。白マントの一人は、マントの胸の金色の太陽の下に、下級将校であることを示す銀の稲光をつけている。正面入口のそばの壁にラムギンがもたれて、熱心に木切れで爪を掃除していた。ギルに雇われたほかの四人の用心棒が、同じ壁を背に間隔を空《あ》けて立ち、白マントから巧妙に目をそらしている。〈光の子〉の五人はそのような様子に気づいているとしても、そんなそぶりは見せなかった。多少とも感情をあらわにしたのは将校だけだ。鋼《はがね》の籠手《こて》を手のひらに叩きつけ、いらいらしながらギルを待っている。

　ギルは急いで室内を横切って、五人に近づいた。落ち着いた表情を浮かべ、好意も反感も表わしていない。

「あなたがたとわれらが慈悲深きモーゲイズ女王陛下に、光のお恵みがありますように」ギルはそう言って一礼した。頭の下げかたは深すぎもせず、無礼になるほど浅くもない。

「どのようなご用で――」

「おまえのたわごとに取りあっている暇はない、ご主人」将校がぴしゃりと言った。「今日はもう豚小屋みたいな宿屋を二十軒もまわった。日没までに、さらに二十軒まわらなければならない。わたしは闇の信徒を捜している。トゥー・リバーズからきた若造だ――」

聞いているうちに、ギルの表情が曇りはじめた。今にも破裂しそうなほど頬をふくらませている。ついに怒りが爆発し、将校の言葉を途中でさえぎって言った。

「この宿屋には闇の信徒など一人もおりません！　一人残らず、女王の忠実なしもべです！」

「そうだろう。モーゲイズ女王の立場は、ここにいる全員が知っている」将校は嘲笑《あざわら》うように、顔をゆがめて女王の名を口にした。「あのタール・ヴァロンの魔女の立場もな。そうだろう？」

椅子のきしる音が大きく響いた。室内の全員が立ちあがった。そのまま彫像のように静止し、一人残らず険悪な目で白マントの五人を見つめている。将校は気づかないふりをしたが、後ろの四人は不安げにあたりを見まわした。

「協力してくれたら、悪いようにはせん、ご主人」と、将校。「時代の流れは、闇の信徒をかくまう者に対してきびしくなっている。入口に〈竜王の刻印〉がある宿屋には、客があまり寄りつかなくなるだろう。ここの入口にそんなものを描かれるよりは、火事でも出すほうがましかもしれない」

「今すぐ出ていってください」ギルは静かな声で言った。「さもなければ、近衛隊を呼んで、荷車でゴミ箱まで運んでもらいますよ」

ラムギンが鞘《さや》から剣を引き抜いた。つづいて、同じように鋼鉄と革がすれ合う音がつぎつぎと上がり、あちこちで剣や短剣が抜かれた。給仕女たちはあわてて戸口へ向かった。

将校は信じられないといった表情で、軽蔑をこめた目であたりを見まわした。

「〈竜王の刻印〉は――」

「五つ数えるあいだ、待ちましょう」ギルが将校の言葉をさえぎった。握りしめた拳《こぶし》を上げ、人さし指を立てて、「ひとつ」と言った。

「頭がおかしいのか？　〈光の子〉を脅《おど》すとは」

「あなたがたの命令などシームリンでは通用しません。ふたつ」

「このままですむと思っているのか？」

「三つ」

「またくる」

将校はぴしゃりと言い捨て、急いで部下にまわれ右をさせた。自分の意思で整然と退却するように見せたかったようだが、部下の態度はそれを裏切った。四人とも走りこそしなかったものの、まっしぐらに出口をめざした。

剣を手にしたラムギンが戸口に立ちふさがったが、ギルが激しく手で合図するのを見て、わきへよけた。白マントたちが出てゆくと、ギルはどさりと椅子に腰をおろした。大げさに片手で額《ひたい》をこすり、これみよがしに手を見つめた。汗などまったく出ていない。室内の人々はもとどおり腰をおろして、笑い声を上げた。ギルのそばへ寄って肩を叩く者もいた。

アル＝ソアの姿が目に入ると、ギルはよろよろと立ちあがって近づいてきた。

「わたしに英雄の素質があるなんて、誰も考えなかったでしょうね」と、ギル。自分でも不思議そうな声だ。「光よ、お恵みを」不意にギルは全身を震わせ、普通の声に戻って言った。「街を出る準備が整うまで、人目につかないようにしたほうがいいですよ」

ギルは酒場の内部を振り返って、アル＝ソアを外の廊下へ押し戻した。

「やつらはまたきます。やつらでなければ、とりあえず赤い布をつけたまわし者がきます。わたしに派手に追い出されたあとですから、あなたたちがここにいるかどうかを、本気で探る気はないでしょう。それでも連中は、あなたたちがここにいたことにするでしょうがね」

「そんなバカな」抗議しかけたアル＝ソアは、ギルに制止されて声を落とした。「おれには白マントに追われる覚えはありません」

「わたしには理由はわかりません。しかし連中は間違いなく、あなたとマットさんを追っています。いったい何をしたのですか？　エライダ・セダーイだけでなく、白マントにも追われているなんて」

　アル＝ソアは両手を上げて抗議しかけたが、あきらめて手をおろした。わけはわからないが、白マントの噂は聞いている。

「ギル親方はどうなんです？　白マントがおれたちを見つけなくても、やっかいごとに巻きこまれますよ」

「そのことは心配なさらないでください。近衛隊が法の番人であることに変わりはありません。裏切り者どもがそこらでいばりちらしたり、白い布を見せびらかしたりするのを放置していますけどね。夜のあいだは……まあ、ラムギンやほかの用心棒たちは、あまり眠る暇がなくなるかもしれません。ここの扉に〈竜王の刻印〉を描こうとするやつは、気の毒なことになるでしょうな」

　給仕女のジルダがギルのわきに現われ、膝を曲げて一礼した。

「だんな様、あの……貴婦人のお客様が見えています。厨房《ちゅうぼう》に」貴婦人と厨房という組み合わせに驚いているようだ。「アル＝ソア様とマット様にご用だそうです。お名ざしで、そうおっしゃいました」

　アル＝ソアは当惑して、ギルと顔を見合わせた。

「まさか、エレイン王女があなたと会うために宮殿を抜け出してきたんじゃないでしょうね。だとしたら、わたしたちはみな死刑になりますぞ」

王女の名が出ると、ジルダはキャッと声を上げ、目を丸くしてアル＝ソアを見つめた。

「もう行ってよろしい」ギルはきびしい口調でジルダに言った。「それから、耳にしたことは誰にも話すなよ。誰にも関係のないことなんだから」

ジルダはせわしなくうなずき、ちらりとアル＝ソアを振り返って、廊下を走り去った。

ギルはため息をついた。

「五分もたてば、ほかの女たちはみな、あなたがお忍びの王子様だと思いこむでしょうな。夜までには、新市街一帯に噂が広まるはずです」

「ギル親方、おれはエレイン王女にマットのことを話してないんです。だから、絶対に――」

アル＝ソアは急に満面の笑みを浮かべ、厨房へ向かって駆け出した。

「待って！」ギルが後ろから叫んだ。「その貴婦人が誰かを確かめるまで待ってください！」

アル＝ソアは勢いよく厨房の扉を開《あ》けた。離ればなれになっていた仲間たちの姿が目に入った。モイレインは驚いた様子もなく、静かな目でアル＝ソアを見かえしている。ナイニーヴとエグウェーンは歓喜の声を上げてアル＝ソアに走り寄り、抱きついた。そこへペリンが加わり、夢や幻覚ではないことを確かめるかのようにアル＝ソアの肩を叩いた。馬小屋の前へつづく出口にランが立ち、厨房のなかと外の庭に目を光らせている。

アル＝ソアはいちどにナイニーヴとエグウェーンを抱きしめ、ペリンと握手した。腕がもつれ合い、笑い声が飛び交った。ナイニーヴが、熱はないかとアル＝ソアの顔に手をふれようとしたので、ますます混乱した。みな、少しやつれて見える。ペリンは顔に傷跡ができ、伏し目がちだった。前には見られなかった癖だ。だが、みな、生きていて、またいっしょになれた。アル＝ソアは胸がいっぱいになり、なかなか声が出なかった。

「心配したよ。もしかしたら、みんな……」と、アル＝ソア。

「あたしは、あなたが生きてると思ってたわ」エグウェーンがアル＝ソアの胸に顔をうずめたまま言った。「絶対に生きてると思ってたわ。いつだって」

「あたくしは、わからなかったわ」と、ナイニーヴ。声は鋭いが、アル＝ソアの顔を見あげて微笑し、口調をやわらげた。「元気そうね、アル＝ソア。ちょっと痩《や》せたようだけど、ありがたいことに、具合は悪くなさそうね」

「すると、このかたたちはあなたの知り合いなんですね」アル＝ソアの背後でギルの声がした。「あなたがはぐれたというお仲間たちですか？」

アル＝ソアはうなずいた。「ええ、おれの仲間です」アル＝ソアはそう言って、全員を紹介した。ランとモイレインを本名で紹介するのは、妙な感じだ。二人とも、アル＝ソアの口から自分の名が出ると、鋭い視線を向けてきた。

　ギルはひとりひとりに、気さくな笑みを浮かべて挨拶《あいさつ》したが、護衛士や異能《アエズ・セダーイ》者との対面には特に感銘を受けたようだ。モイレインが紹介されると、ギルは息をのんだ。アル＝ソアたちが異能《アエズ・セダーイ》者に助けられた事実を知っていても、自分の宿屋の厨房で本人と対面するとなれば、やはり緊張するのだろう。ギルは深々とモイレインに一礼して言った。

「〈女王の祝福〉へようこそおいでくださいました、モイレイン様。宮殿のエライダ・セダーイのもとにご滞在なさるのかもしれませんし、あるいは、偽の竜王を護送されるかたがたとごいっしょなさるのかもしれませんが」

　ギルはもういちど頭を下げてから、困ったような目をアル＝ソアに向けた。異能《アエズ・セダーイ》者を敵視しているわけではないが、自分の宿屋に異能《アエズ・セダーイ》者を泊めることには迷いがあるのだろう。

　アル＝ソアは励ますようにうなずき、小声で、「大丈夫ですよ」と言った。

　モイレイン様はエライダ・セダーイとは違う。まなざしや言葉に脅しを秘めて人に接する異能《アエズ・セダーイ》者ではない。いや、本当にそうだろうか？　今でも、そう断言できるか？

「こちらに泊めていただけますか？」モイレインが言った。「シームリンには長くは滞在いたしません。もちろん、宿泊料はお支払いします」

三毛猫が一匹、廊下から入ってきて、ギルの足もとにまといついた。とたんにテーブルの下から灰色の猫が飛び出し、背を弓なりに曲げてシャーッと威嚇《いかく》の声を上げた。三毛猫が低い唸《うな》り声を上げて身をかがめると、灰色の猫はたちまちランのそばをすり抜けて、外へ飛び出していった。

ギルが猫のことを謝罪しはじめた。同時に、モイレインをこの宿の宿泊客として扱うことはできないと言った。もちろん、宮殿より手前どもを選んでくださるのは、大変に光栄ではございますが、料金をいただくような真似はいたしかねます……最上の部屋を提供いたします……ぜひとも手前どもの贈りものとして、お受けいただきたいと存じますが……。

ギルの緊張と混乱を、モイレインは気にとめていない様子で、かがみこんで三毛猫をなではじめた。猫は主人の足もとを離れ、モイレインに擦り寄っていたのだ。

「ここで、ほかに四匹も猫を見かけました」と、モイレイン。「ネズミが出るのですか?」

「さようでございます、モイレイン様」ギルはため息をついた。「やっかいなことです。もちろん、厨房が不潔になることはございませんが、問題はお客様がたです。ネズミは街じゅうどこにでもおりますし、人間も街じゅうにあふれております。わたしの猫は、ネズミと人間の摩擦《まさつ》を解消しようとしております。決して、お客様にご迷惑をおかけするようなことはございません」

アル＝ソアはすばやくペリンと視線を交わした。ペリンはすぐにまた目を伏せた。ペリンの目は、どこか奇妙だ。おまけに、ずいぶん無口になった。もともと口の重いほうだが、しばらくぶりで再会したのに、ほとんど何も言わない。

「問題は客のほうかもしれませんね」アル＝ソアは言った。

「ご主人」モイレインは驚いた様子もなく言葉をつづけた。「お許しをいただければ、この界隈《かいわい》からネズミを一掃してさしあげます。運がよければ、ネズミたちは自分が追い払われたことにも気づかないでしょう」

ギルはこの言葉に眉をひそめたが、一礼してモイレインの申し出を受けた。

「ありがとうございます。本当にこちらにお泊まりくださるのでしたら……」

不意にナイニーヴが言った。「マットはどこ？　モイレイン様の話では、マットもここにいるということだったわ」

「部屋にいます」と、アル＝ソア。「マットは……具合がよくないんです」

ナイニーヴはアル＝ソアの顔を見あげた。「病気なの？　じゃ、ネズミはモイレイン様にまかせて、あたくしはマットの様子を見ましょう。部屋へ案内してちょうだい、アル＝

ソア」

「みなさん、先に部屋へ行ってください」と、モイレイン。「わたくしもすぐにまいります。厨房に集まっていてはご迷惑です。しばらく、どこか静かなところにいたほうがいいでしょう」

その声には、人目につかないところに身を隠したほうがいいという含みがあった。

「じゃあ行こう」アル＝ソアは言った。「裏の階段をのぼるんだ」

エモンズ・フィールドの住人たちは、モイレインとランとギルを厨房に残し、アル＝ソアのあとに群がって階段へ向かった。アル＝ソアは、まるで故郷の村へ帰ったような気がした。顔がゆるみっぱなしだ。アル＝ソアの安堵《あんど》と喜びは、ほかの者にも伝わったようだ。四人は小さな笑い声を上げては、手を伸ばしてアル＝ソアの腕をつかんだ。ペリンは声を抑え、あいかわらず伏し目がちだったが、階段をのぼりながら話しはじめた。

「モイレイン様がおまえとマットを見つけ出せると言っていたのは、本当だったな。この街へ入ったとき、おれたちはあちこちながめてばかりいた。もちろん、モイレイン様とラン様は別だよ。でも、おれたちには、人も建物も、何もかもがめずらしかった」信じられないといった表情で、縮れ毛の頭を振った。「ものすごく広いんだな。人が大勢いる。おれたちをじろじろ見て、〝赤か、白か？〟と叫ぶ人もいた。どういう意味かわからなかったけど」

　エグウェーンが、アル＝ソアの剣を包む赤い布にさわってたずねた。

「これ、どういう意味なの？」

「なんでもない」と、アル＝ソア。「たいしたことじゃないよ。おれたちはタール・ヴァロンへ向けて出発するんだろう？」

　エグウェーンはアル＝ソアの顔を見あげ、剣から手を離して、ペリンの話を引きついだ。

「モイレイン様もラン様も、あたりを見まわしたりなさらなかったわ。モイレイン様は先頭に立って、あちこちの通りをなんども行ったりきたりなさったのよ。においを追う猟犬みたいだったわ。あたし、あなたはこの街にはいないとあきらめてたわ。そうしたら、急に、モイレイン様がこの通りへ入ったの。気がついたら、あたしたちも、馬を馬《ば》丁《てい》にまかせて厨房へ入りこんでいたのよ。モイレイン様は、あなたがここにいるかどうかと、おたずねにもならなかったわ。ケーキ生《き》地《じ》を混ぜていた女の人に、いきなり〝ランド・アル＝ソアとマット・コーソンに面会人がきたと伝えてください〟っておっしゃったの。そうしたら、あなたが出てきたんですもの……」エグウェーンは満面の笑みを浮かべて、言葉をつづけた。「いつのまにか、吟遊詩人の手に玉がのっているみたいにね」

「メリリン先生は？」と、ペリン。「いっしょかい？」

アル＝ソアは急に胃が重くなるのを感じた。仲間に囲まれているうれしさも薄れた。

「メリリン先生は死んだ。おれはそう思う。闇に溶けるミルドラルが現われて……」アル＝ソアは言葉をつづけられなくなった。

ナイニーヴが悲しげに頭を振り、何やらつぶやいた。小さな笑い声も消え、一同は重苦しい沈黙に包まれた。喜びも消えかけたとき、階段の上に着いた。

「マットは本当は病気じゃないんだ」アル＝ソアは言った。「ただ……見ればわかるよ」

二人の部屋の扉を勢いよくあけ、なかへ向かって言った。「マット、誰がきたと思う？」

マットはアル＝ソアが部屋を出たときと同じ格好のまま、寝台の上で丸くなっていた。アル＝ソアの声を聞いて、頭を起こして一同を見つめた。

「見た目どおりの人間かどうか、わかるもんか」しゃがれた声が漏れた。顔は紅潮し、汗まみれになっている。「おまえたちが見た目どおりの人間だと、どうしてわかる？」

「〝病気じゃない〟ですって？」

ナイニーヴは、アル＝ソアに軽蔑のまなざしを向けると、アル＝ソアを押しのけ、肩にかけていた鞄《かばん》をすばやくおろした。

「みんな変わるんだ」マットは耳ざわりな声で言った。「誰が何者か、わかるもんか。ペリン、おまえか？　変わったよな」咳きこむような笑い声を上げた。「そうとも、おまえは変わった」

驚いたことに、ペリンは両手で頭を抱えて、空いているアル＝ソアの寝台の端にかがみこんだ。目を伏せている。マットの突き刺すような笑い声が響いた。

ナイニーヴはマットの寝台のそばにひざまずき、マットの額を冷やしていた布を取りのけ、額に手をあてた。マットはさっと身を引き、冷たい目でナイニーヴを見返した。目がぎらぎらしている。

「熱が高いわ。でも、この種の熱病でこんなに汗をかくはずはないのよ」と、ナイニーヴ。とまどいを隠しきれない口調だ。「アル＝ソア、ペリンといっしょに、清潔な布と、持てるだけの冷たい水を持ってきて。マット、まず熱を下げなければいけないわ。それから――」

「きれいなナイニーヴ」マットが吐き捨てるような口調で言った。「賢女は、自分を女だとは思ってないんだろ？　自分は美人だなんて思っちゃいけないんだ。でも、あんたはそう思うようになった。そうだろ？　自分がきれいな女であることを意識しないではいられなくなった。それで、あんたは怯《おび》えている。みんな変わってしまうんだ」

ナイニーヴの顔が蒼白になった。怒りのためか、あるいは、何かほかの感情のためかもしれない。

マットは陰険な笑い声を漏らして、ぎらぎらした目をエグウェーンへ向けた。

「きれいなエグウェーン。ナイニーヴと同じくらい、きれいだ。ほかにも、ナイニーヴと似たところがあるだろ？　同じ夢を見るようになったのか？　今はどんな夢を見てるんだい？」

エグウェーンは一歩あとずさりした。

戸口でモイレインの声がした。「これで当分、闇王のスパイの目から逃《のが》れられます」

ランをしたがえて入ってきたモイレインは、マットの姿に目をとめると、熱いストーブにさわったかのように激しく息をのんだ。

「マットから離れなさい！」

ナイニーヴは驚いてモイレインを振り返ったが、寝台のそばを動かなかった。モイレインは大股でナイニーヴに近づくと、両肩をつかんで床から引きあげ、寝台から引き離した。ナイニーヴはもがいて抵抗した。ナイニーヴが充分に寝台から離れると、ようやくモイレインは手を放した。ナイニーヴは衣服を整えながら、腹立たしげに抗議したが、その声はモイレインの耳には入らなかった。モイレインは、ほかには何も目に入らないかのように、マットを見つめている。毒ヘビでも見るような目つきだ。

「みんな、マットに近づかないで、静かにしていてください」モイレインが言った。

マットはモイレインをにらみかえした。無言で威嚇するように歯を剝《む》き出し、ますます身体を丸めた。そのあいだもモイレインから目を離さなかった。モイレインはゆっくりと手を伸ばし、マットが胸に引き寄せた膝の片方にふれた。一瞬、マットの全身が細《こま》かく痙《けい》攣《れん》した。突然、マットが片手を出し、柄《つか》にルビーのついた短剣をモイレインの顔めがけて振りおろした。

次の瞬間、戸口にいたランが目にもとまらぬ速さで人波を駆けぬけ、寝台のわきへ走り寄った。ランに手首をつかまれ、マットの手は石にあたったかのように途中で止まった。身体を丸めてじっとしたまま、ランにつかまれた片手だけを動かそうとしている。憎悪に燃える目をモイレインに向けたままだ。

モイレインもじっと動かなかった。マットの手が振りおろされても、短剣の刃が顔から三センチ足らずのところに迫っていても、ひるまなかった。

「どうやって、この短剣を持ってきたのですか？」きびしい声が響いた。「シャダー・ロゴスにいたとき、わたくしは、モーデスから何かもらわなかったかとたずねたはずです。理由を説明して警告しました。あなたがたは何ももらわなかったと答えました」

「もらったんじゃないんです」と、アル＝ソア。「あの……マットは自分で宝の山から、これを取ってきたんです」

　モイレインがアル＝ソアを見た。その目は、マットの目と同じようにぎらぎらしていた。思わずアル＝ソアがあとずさりしかけると、モイレインはマットに視線を戻した。アル＝ソアは言葉をつづけた。

「みんなと離ればなれになるまで、マットがこんなものを持ってきたことを知りませんでした。おれの知らないうちに持ってきてたんです」

「知らなかったというのですか」

　モイレインはマットを凝視した。マットはまだ両膝を胸につけて横たわり、無言でモイレインを威嚇している。ランに握られている手首には、モイレインめがけて短剣を振りおろそうとする力がこもっていた。

「これを持ったまま、こんなに遠くまでこられたのが不思議なくらいです」と、モイレイン。「マットを見たとたんに邪悪な気配を感じました。マシャダーの毒気です。闇に溶けるミルドラルは、かなり遠くからでも、この気配を感じとります。正確な位置まではわからないでしょうが、近くにあることは感じます。ミルドラルの意識が、マシャダーに引きつけられるのです。闇の軍勢を――〈闇の軍師〉たちやミルドラルやトロロークを――のみこんだ悪霊の記憶が、ミルドラルの体内に深くしみこんでいるのでしょう。闇の信徒のなかにも、マシャダーの存在を感じとれる者がいるようです。本当に闇王に魂を売りわたした者たちは、周囲の空気に刺激されたかのように、突然、マシャダーの気配を感じとり、訝《いぶか》しく思いはじめます。いったん感じとると、気配のもとを探し求めます。磁石に引きつけられる鉄粉のように、闇の信徒たちはマシャダーに引きつけられます」

「そういえば、闇の信徒にもなんどか出くわしました」アル＝ソアは言った。「でも、振りきりました。闇に溶けるミルドラルの姿も、シームリンに着く前の夜に見ましたが、向こうはおれたちに気づきませんでした」咳払いして付け加えた。「夜、街の外に妙なものが現われるという噂があります。トロロークかもしれません」

「もちろん、トロロークだ、羊飼いのアル＝ソア」ランが顔をしかめて言った。「トロロークがいるところには、必ず闇に溶けるミルドラルもおる」マットの手首を押さえているため、手の甲に血管が浮き出ているが、声はあいかわらず平静だ。「連中は自分たちの痕跡を隠そうとしたらしいが、それがしには二日前から見えるようになった。街の外の農夫や村人たちのあいだにも、夜うろつくものの噂が流れている。なぜか、トゥー・リバーズでは、軍勢が集結する気配も見せずに急襲してきた。だが、そのあと、連中はしだいに兵力のある地域へ近づいてきた。羊飼いのアル＝ソア、連中も、もう途中でやめるわけにはいかぬのだ」

「でも、ここはシームリンですよ」と、エグウェーン。「ミルドラルだって、あたしたちを見つけることはできないんでしょう？　あたしたちが――」

「できぬだと？　とんでもない」と、ラン。「城壁の外の田園地帯では、ミルドラルの数が増えておる。痕跡を見ても明らかだ。連中の痕跡は見えにくいが、その気で捜せばわかる。すでに、街から出る道を見張るだけにしては多すぎる数のトロロークが、このあたりまできておる。少なくとも千五百体はおるだろう。考えられる理由はただひとつ――闇に溶けるミルドラルの数がそろったら、連中は、そなたたちを追ってこの街へ入りこむつもりなのだ。そうなれば、南部の国々は、軍勢の半数を境界地域へ出陣させるかもしれぬ。向こうも、そのくらいの危険は覚悟のうえだろう。そなたたち三人は、連中を長いあいだ引きまわしすぎた。羊飼いのアル＝ソア、そなたたちは、シームリンを新たなトロローク戦争に引きこみかねぬ存在なのだぞ」

　エグウェーンは嗚咽《おえつ》のような音を立てて息をのみ、ペリンはランの言葉を否定するように頭を振った。シームリンの街路にトロロークの姿があふれるのかと思うと、アル＝ソアは気分が悪くなった。街の人々は、城壁の外に迫る本当の危険には気づかず、二派に分かれて争っている。街のまんなかに突然、トロロークや闇に溶けるミルドラルが現われて殺《さつ》戮《りく》を始めたら、どうするだろう？　アル＝ソアの目に、トロロークが襲撃する光景が浮かんだ。塔が燃えあがり、炎で丸屋根が割れ、市街地の曲線を描く通りや見通しのいい並木道で、略奪が行なわれる……宮殿も燃えあがる。エレイン王女もガーウィン王子も、モーゲイズ女王も……死ぬ。

「まだ大丈夫です」と、モイレイン。マットに注意を向けたままで、どこかぼんやりとした口調だ。「わたくしたちがシームリンから出れば、半人ミルドラルはこの街へはきません。ただし、ここから出る道が見つかればの話ですが。あくまでも仮定の話です」

「おれたちはきっと死んだほうがいいんだ」いきなりペリンが言った。ちょうど同じことを考えていたアル＝ソアは跳びあがった。ペリンはまだすわりこんだまま、床に目を向け、にらみつけている。苦々《にがにが》しげな口調で、ペリンは言葉をつづけた。「おれたちは、どこへ行くにも恐怖と苦痛を引きずっている。おれたちが死んだほうが、誰も不幸にしないですむ」

　ナイニーヴが恐怖と懸念の色を浮かべながらも、憤然と食ってかかろうとした。だが、モイレインのほうが早かった。

「死ぬことで、あなた自身やほかの人にどんな利益があるのですか？」静かだが、きびしい声だ。「わたくしが恐れているとおりに、闇王が自由に歴史模様にふれられるようになったら、闇王はあなたがたを殺してでも自分のものにしようとするでしょう。そのほうが、生きているあなたがたをつかまえるよりもずっと簡単だからです。死んでも誰のためにもなりません。あなたがたを助けてくれた人々にも、トゥー・リバーズにいるお友達やご家族にも、なんの役にも立ちません。闇が全界をおおい、誰にも全界の死滅を止められなくなります」

ペリンは顔を上げてモイレインを見た。アル＝ソアはハッとした。ペリンの目の色が薄くなり、黄色に近くなっている。縮れ毛と緊張したまなざしが何かを連想させる……だが、何に似ているのか、はっきりとはわからなかった。

「でも、おれたちが生きていても、それを阻止できるわけじゃないんですよね？」と、ペリン。抑揚に乏しい静かな声だが、大声で叫ぶよりも重みがあった。

「そのことは、あとで話し合いましょう。今はマットの治療をしなければなりません」

モイレインは一歩わきへ寄って、一同にマットの姿を見せた。

マットはあいかわらず怒りに燃える目でモイレインをにらみつけている。身動きもせず、姿勢ももとのままだ。顔に汗が浮かび、歯を剝き出したままの唇から血の気が失《う》せている。全力を振りしぼって短剣を振りおろそうとしているが、ランの手はゆるがなかった。

「忘れたわけではないでしょう？」モイレインの声が響いた。

ペリンはばつが悪そうに肩をすくめ、無言で両手を広げた。

「マットはどうしたんですか？」と、エグウェーン。

ナイニーヴもうなずいて、問いかけた。「伝染病ですか？　でしたら、あたくしが治します。なんの病気だろうと、あたくしにはうつらないようですから」

「たしかに伝染する病気です。ですが、あなたの……防御力では、あなたの身が危険にさらされます」

　モイレインは、柄にルビーのついた短剣を指さした。指が短剣にふれないよう注意している。マットが力をこめ、短剣はかすかに震えた。

「これはシャダー・ロゴスにあったものです。あの都市にあるものは、小石ひとつにいたるまで悪霊に穢《けが》されていて、外へ持ち出せば危険です。この短剣は小石よりもはるかに危険です。シャダー・ロゴスを死滅させた悪霊が宿っていて、今ではそれがマットのなかにも入りこんでいます。猜疑《さいぎ》心《しん》と憎悪の念が非常に強くなり、身近な人までが敵に見えてきます。骨の髄《ずい》まで冒《おか》され、ついには相手を殺すことしか考えなくなります。マットは、この短剣をシャダー・ロゴスの外へ持ち出すことによって、悪霊を……悪霊の種《たね》をあの廃墟から解放したのです。悪霊は、マットのなかで満ち欠けを繰り返していたのでしょう。マットの心はマシャダーの害毒に抵抗しました。今、その戦いが終わりかけています。このままではマットが負けて、マット自身は死ななくても、行く先々で疫病のように害毒をまき散らすことになります。この短剣で引っかき傷をつけられただけで、害毒が感染し、心身の崩壊がはじまります。二、三分でもマットといっしょにいると、その人の命にかかわります」

ナイニーヴは真っ青になった。「あなたには治療できるんですか？」かすれた声でモイレインにたずねた。

「できると思います」モイレインはため息をついた。「全界の運命がかかっています。しかし、手遅れではないと思います」モイレインはそう言って、腰につけた小袋のなかを探り、絹の布で包んだアングリアルを取り出した。「みなさん、この部屋から出てください。どこか人目につかないところを探して、全員がいっしょにいてください。でも、この部屋からは出てください。できるだけのことをしてみます」

42　夢の記憶

　黙りこくった一行を率いてランド・アル＝ソアはふたたび階段をおりた。誰もアル＝ソアに言葉をかけようとせず、たがいに口をきこうともしない。アル＝ソアも話したい気分ではなかった。

　太陽は空のかなたへ沈み、階段の吹き抜けは薄闇に包まれたが、明かりはまだ灯《とも》されていない。陽光と影が階段に縞模様を描いている。ペリンも、ほかの者たちと同じように、浮かぬ顔をしていた。だが、ほかのみなが眉に皺《しわ》を寄せているのに、ペリンは違った。これはあきらめの表情だろうか？　なぜだろう？　アル＝ソアは首をかしげた。ペリンの目は階段の影の部分を通り過ぎるたびに、そこにあるかすかな光を掻《か》き集めて、磨きあげた琥珀《こはく》のようにきらりと光った。

　アル＝ソアは身震いして、周囲のものに注意を向けようとした。クルミ材の壁……樫《かし》材の手すり……何もかも見慣れたものばかりだ。なんども上着で両手を拭《ふ》いたが、そのたびに新しい汗が手のひらににじみ出てきた。

もう何もかも大丈夫のはずだ。おれたちはふたたびいっしょになった。そして……ああ、マットも。

アル＝ソアは酒場をさけ、厨房《ちゅうぼう》の横を抜ける裏の通路を通って、一行を読書室へ連れていった。この読書室を利用する旅人は少ない。本を読める者たちは旧市街の高級な宿に泊まる。主人のギルが読書室を設けたのは、ときおり本を読みにくる少数客のためでなく、自分が楽しむためだ。

なぜモイレイン様が自分たちを人目につかせたがらないのか、アル＝ソアは考えたくなかった。ただ、「またくる」と言った白マントの下級将校のことや、「宿はどこですか？」とたずねたエライダ・セダーイの目が忘れられない。それだけで理由は充分だ。モイレイン様が何を考えているのかは知らないが……。

読書室のなかへ五歩ほど足を踏み入れてからアル＝ソアは、ほかの全員が立ちどまっていることに気づいた。みな戸口にかたまり、ぽかんと口を開《あ》け、目を丸くしている。

読書室では暖炉の火がパチパチとはじけ、ロイアルが長椅子に寝そべって本を読んでいた。その腹の上で、足だけ白い小さな黒猫が丸くなってうたた寝している。

アル＝ソアたちが入ってゆくと、ロイアルは大きな指を栞《しおり》代わりに本にはさみ、猫をそっと床におろしてから立ちあがって、きちんと一礼した。

半獣人オジールを見慣れていたアル＝ソアは、仲間が呆然《ぼうぜん》とロイアルを見つめていることにはじめて気づいた。

「紹介しよう。おれの待ってた友人たちだ、ロイアル」アル＝ソアは言った。「わが村の賢女ナイニーヴと、ペリン。こちらはエグウェーン」

「ああ、知ってます」ロイアルは大きな声で言った。「エグウェーンですね。いつもアル＝ソアから話は聞いてます。ぼくはロイアルです」

「ロイアルはオジールだ」

アル＝ソアが言うと、仲間たちはあらためて驚いた。本物のトロロークや、闇に溶けるミルドラルを見たことがあるとはいえ、伝説の半獣人オジールを目《ま》のあたりにすれば驚いて当然だ。アル＝ソアは苦笑した――おれだって最初は驚いた。あのときの驚きようは、こんなものじゃなかった。

呆然とする人間たちをロイアルはまったく気にしなかった。「トロロークだ！」と叫ぶ群衆に比べれば、気にするほどのことではないのだろう、とアル＝ソアは思った。

「異能者《アエズ・セダーイ》はどこです、アル＝ソア？」ロイアルが訊《き》いた。

「マットといっしょに上にいる」と、アル＝ソア。

ロイアルは考えこむ表情で、ふさふさした眉を吊《つ》りあげた。「やはりマットは病気なのですか。ひとまずすわりましょう。異能者《アエズ・セダーイ》も、ここへくるんでしょう？　それなら待つしかありません」

　腰をおろすと、若者たちは、いくらか落ち着いたようだ。暖炉にあたりながら上等な椅子にすわり、かたわらには猫が丸くなっている――そんな環境が心をなごませたのだろう。ほっとしたとたんに、若者たちはロイアルを質問攻めにした。意外にも、真っ先に口を開いたのはペリンだった。

「〈安息の場〉のことだが、ロイアル。話に聞くように、それは本当に聖域なのかい？」

　よほど訊きたかったのか、熱心な口調だ。

　ロイアルは喜んで話しはじめた。〈安息の場〉のこと、宿屋〈女王の祝福〉へやってきた経緯《いきさつ》、旅のあいだに目にしたさまざまなもの。すぐにアル＝ソアは椅子の背にもたれかかった。ロイアルの話はほとんど聴いていない。すでに詳しく聞いた話だからだ。

　話好きのロイアルは、少しでもチャンスがあれば長々と話をした。ひとつの話を理解してもらうには、その前の二、三百年間の背景を説明しなければならない。ロイアルの時間感覚は、とても変わっていた。三百年間分の話をしないと、全部はわかってもらえないと思っている。いつもロイアルは、ほんの数カ月前の出来事のように、〈安息の場〉を離れた日のことを話すが、実はそれも三年以上も前の話なのだ。

いつしかアル＝ソアはマットのことを考えていた。呪われた短剣を持ってるせいで、マットは死ぬかもしれない。光よ、これ以上の危険を冒《おか》させないでください。モイレイン様の力でマットが元気になったら、おれたちは行かなければ……いや、故郷へは戻れない、絶対に。どこか遠くへ……異能者《アエズ・セダーイ》の噂も、闇王の噂も届かぬ土地へ行こう。

扉が開き、アル＝ソアは一瞬、目を疑った。マットが目をぱちくりさせて立っていた。上着のボタンを全部とめ、額《ひたい》には黒いマフラーを目深《まぶか》に巻いている。モイレインはマットの肩に手を置き、その後ろにランがいた。モイレインは、病みあがりの者を気遣うような目をマットに向けた。ランはあいかわらず何も見ていないような顔で、周囲に注意を払っている。

一日じゅう床《とこ》についていたとは思えないほど、マットは元気そうだった。マットがおずおずと微笑すると、ようやくみなの顔にも笑みが広がった。だがロイアルを見ると、マットは呆然と目を見開いた。ロイアルと会ったのはこれがはじめてではないのに。

肩をすくめ、首を横に振り、マットはもういちど友人たちを見た。

「おれは……つまり……」そして、大きく息を吸いこみ、「あのう……なんていうか……妙な真似をしちまったらしいな。よく覚えてないんだが」そう言うと、モイレインの顔色をうかがった。モイレインが自信に満ちた笑みを返すと、マットは言葉をつづけた。「ホワイトブリッジを過ぎてからのことは、ぼんやりとしか覚えてないんだ。メリリン先生と、それから……」身震いし、あわてて言葉をつないだ。「ホワイトブリッジを離れるほど、記憶があやふやになる。シームリンに着いてからのことは、ほとんど覚えてない」マットは横目でロイアルを見た。「本当だ。上でモイレイン様に話を聞いたが、おれは……ええと……」にやりと笑うと、もう、いつものマットだった。「でも、頭がイカれてたんだから、しかたがないよな？」

「おまえは、いつだってイカれてたよ」ようやくペリンも友人らしい言葉をかけた。

ナイニーヴは目に涙を光らせてほほえんだ。「ええ、そうよ。誰もあなたを責めたりしないわ」

そのとたん、アル＝ソアとエグウェーンも口を開いた。

「元気になってよかった」とマットに言い、マットが邪悪な悪霊に打ち勝って元気になったことをどれほど喜んでいるか、からかいの言葉をまじえて伝えた。

マットはそのひやかしに応《こた》えて、大いばりで椅子にふんぞり返った。にやにやしながら腰をおろしたマットの手が、ふと上着にふれた。ベルトの下に隠してあるものを確かめている。アル＝ソアは息をのんだ。

「そうです」モイレインがそっと言った。「マットはまだ短剣を持っています」

　ほかの者たちはあいかわらず話に興じているが、モイレインだけは、アル＝ソアが急に顔色を変えたことに気づいたのだ。そして、その理由にも。

　モイレインはアル＝ソアがすわっている椅子に近づいた。これだけ近づけば、声を落としても聞き取れるはずだ。

「短剣を取りあげれば、マットは死にます。あまりにも長いあいだ持っていたために、もう手放せなくなったのです。タール・ヴァロンに行けば、手放させることができます。アングリアルを使っても、わたくし一人の力では無理でした」

「マットはこんなに元気そうなのに」アル＝ソアはモイレインを見あげた。「マットが短剣を持ってるかぎり、ミルドラルはおれたちの居場所を見つけます。闇の信徒のなかにも、捜しあてる者がいるでしょう。あなたはそう言いましたよね」

「たしかに言いました。でも、闇の使いがそこまで近づいているのなら、どちらにしても見つかってしまいます。アル＝ソア、わたくしはマットの穢《けが》れを取り除きました。もう当分、取りつかれることはないでしょう。しかしタール・ヴァロンで治療を受けなければ、いつかまた取りつかれます」

「やはり、タール・ヴァロンへ行かなければならないのですね？」あきらめに聞こえるかもしれないと、アル＝ソアは思った。できればタール・ヴァロンへは行きたくないというのが本心だ。それを感じて、モイレインは鋭い視線をアル＝ソアに向けたが、すぐに目をそらした。

　そのときロイアルが立ちあがり、モイレインに一礼した。

「ぼくはロイアル。ハランの息子のアレンの息子です、異能者《アエズ・セダーイ》。〈安息の場〉が〈光のしもべ〉たちを守ってくれます」

「ありがとう、アレンの息子ロイアル」モイレインはそっけなく応じた。「しかし、わたくしがあなただったら、そのような挨拶《あいさつ》はしないでしょう。現在、シームリンには二十人の異能者《アエズ・セダーイ》がいるはずです。しかも、わたくしを除けば、全員が赤アジャです」

　いかにも、その意味を理解したかのように、ロイアルはうなずいた。

　アル＝ソアは困惑のあまり、頭を振った。本当にロイアルは赤アジャの意味を知っているのだろうか。

「ここで、あなたに会うとは思いませんでした」モイレインはつづけた。「最近は、〈安息の場〉を離れるオジールはほとんどいませんから」

「古い言い伝えに興味を惹《ひ》かれたのです、異能者《アエズ・セダーイ》。古い書物を読んだおかげで、今まで知らなかったことをたくさん知りました。ぼくは木立を――そして、仲間が築いた街を、この目で見たかったのです。木立も街もほとんど残っていないようですが、たとえ粗末でも木立と同様に〈安息の場〉の記憶を留《とど》める建物があるのなら、見る価値はあります。オジールの長老たちは、旅に出たいというぼくを変わり者扱いします。いつものことですけどね。〈安息の場〉の外には見るべきものはないと、仲間は思いこんでいます。でも、ぼくが旅から戻り、何を見たか話せば、きっと考えを変えるでしょう。いつかわかってくれるはずです」

「そうだといいですね」モイレインはさらりと言った。「ところでロイアル、わたくしにはもう時間がないのです。せっかちなのは人間の悪いところだとわかってはいますが、これから急いで旅の予定を立てなければなりません。そろそろ失礼させていただきたいのですが」

　こんどはロイアルが困惑の表情を浮かべた。アル＝ソアは助け船を出した。

「ロイアルもいっしょに行きます。おれが同行を認めました」

　モイレインは何も聞こえなかったかのように、ロイアルを見つめていたが、やがてうなずき、こうささやいた。「〈時の車輪《ホイール・オブ・タイム》〉は、みずからの意思にしたがって歴史模様を織りあげます。ラン、怪しい者がいないか、外を見てきなさい」

　扉の閉まる音だけを残して、護衛士ランは部屋から姿を消した。

ランがいなくなると、会話がぴたりとやんだ。モイレインは炉辺《ろばた》に移り、振り向いて部屋を見まわした。全員がモイレインを見つめている。華奢《きやしや》な身体つきだが、モイレインには圧倒的な存在感があった。

「シームリンには長くはいられません。この〈女王の祝福〉にしても、安全とは言えません。闇王の目は、すでにこの街に向けられています。まだわたくしたちの居場所には気づいていません。あるいはまだ捜しはじめていないのかもしれません。そうだとすれば、わたくしたちは有利な立場にあるということです。闇王の目が近づけないように、監視霊を置いてあります。スパイの入りこむ隙もない場所があると、闇王に気づかれないうちに、この街を出ましょう。監視霊は人間を寄せつけませんが、ミルドラルにとっては願ってもない目印になります。しかも、この街にはペリンとエグウェーンを追う〈光の子〉がいます」

そのときアル＝ソアの漏《も》らした声に、モイレインは片眉を上げた。

「やつらは、マットとこのおれを追ってるんだと思ってました」

それを聞いて、こんどはモイレインの両眉が吊りあがった。

「白マントがあなたがたを追っている？　なぜ、そう思うのです？」

「白マントの一人が、トゥー・リバーズからきた闇の信徒を捜していると言ったのを、耳にしたからです。だって、ほかに何が考えられますか？　今までの出来事を考えると、おれは運がよかったとしか言いようがありません」

「たしかに信じられないことばかりでしたね、アル＝ソア」ロイアルが口をはさんだ。「だが、きみには、はっきりわかってるはずです。〈光の子〉は異能《アエズ・セダーイ》者を目の仇《かたき》にしている。エライダ・セダーイだって――」

「エライダですって？」モイレインが聞きとがめた。「こんどのことがエライダ・セダーイとなんの関係があるというのですか？」

モイレインは、アル＝ソアがのけぞりそうなほど鋭い視線を向けてきた。

「エライダ・セダーイは、おれを牢屋にぶちこもうとしたんです」アル＝ソアはおもむろに言った。「おれは偽の竜王ロゲインをひとめ見たかっただけです。エレイン王女やガーウィン王子といっしょに宮殿の庭にいたのも、ただの偶然です。それなのに、エライダ・セダーイは信じようとしませんでした」

ロイアルを除く全員がアル＝ソアを凝視している――アル＝ソアの顔に穴が開きそうなほど。

「でもモーゲイズ女王はお赦《ゆる》しくださいました。〝あなたが罪を犯したという証拠は何もありません。エライダはあなたを疑っていますが、わたくしは法律を守ります〟そうおっしゃって」

　アル＝ソアは首を横に振った。まばゆいばかりのモーゲイズ女王を思い出すと、一瞬、仲間に見つめられていることを忘れた。

「おれが女王陛下にお目にかかったなんて、想像できますか？　おとぎ話の女王様のように美しいおかたでした。エレイン王女もです。ガーウィン王子だって……おまえもきっとガーウィン王子を好きになるよ、ペリン。なあ、ペリン？　マット？」

　ペリンもマットも、まだアル＝ソアを見つめている。

「ちくしょう、おれは偽の竜王が見たくて城壁をのぼっただけなんだ。悪いことは何もしてない」

「そりゃ、いつものおれのセリフだ」と、マット。口ぶりはそっけないが、その顔に笑みが広がった。

　わざとらしいほど感情のこもらない声でエグウェーンが訊いた。「エレイン王女って、誰？」

　モイレインは不機嫌そうに何やらつぶやいた。

「女王様か」ペリンは頭を振った。「まったく、すごい冒険をしたもんだな。おれたちが出会ったのは、トゥアサ＝アン族の〈鋳《い》かけ屋〉か、白マントだけだってのに」

アル＝ソアは、ペリンがモイレインを見ないようにしていることに気づいた。ペリンは頬の傷に手をふれた。

「でも、〈鋳かけ屋〉と歌ってるほうが、白マントを相手にするよりは楽しかったよな」

「放浪民は歌を生き甲斐にしています」ロイアルは言った。「しかも、ありとあらゆる歌をです。とにかく、歌を探し求めて生きる人々です。ぼくも数年前、トゥアサ＝アン族に出会いましたが、木々に捧げるオジールの歌を教えてほしいと頼まれました。本当は、この先、あまりたくさんの歌を木々に聴かせることはないでしょうし、歌を知ってるオジールも少ない。ぼくは少しばかり〈木の歌〉の才能があって、アレン長老に歌を覚えさせられました。ぼくはトゥアサ＝アン族が覚えられそうな歌を教えましたが、木々が人間たちの歌に耳を傾けるはずがありません。結局、放浪民にとって、〈木の歌〉はただの歌であり、探していた歌ではなかったのです。こうして歌を探し求めるからこそ、トゥアサ＝アン族は一団の統率者を〝求道者《マーディ》〟と呼ぶのでしょう。トゥアサ＝アン族はときどき〈安息の場〉シャンタイにやってきます。人間がくるのは、本当にめずらしいんです」

「ロイアル、もう、そのくらいにしてください」と、モイレイン。

しかしロイアルは急に咳払いをすると、モイレインに止められないよう、すぐさま低く響く声でつづけた。

「今、思い出しました、異能者《アエズ・セダーイ》。いつか異能者《アエズ・セダーイ》に会ったら、ぜひ訊いてみたいと思ってたんです。異能者《アエズ・セダーイ》はとても物知りで、タール・ヴァロンには大きな文書館《もんじょやかた》がいくつもある。だから、もちろん……訊いていいでしょう？」

「では、手短に」モイレインはそっけなく言った。

「手短？」ロイアルは空惚《そらとぼ》けた。「ああ、わかりました。手短にですね。今から少し前、一人の男が〈安息の場〉シャンタイにやってきました。当時は、それ自体はめずらしいことではありませんでした。人間の言う、いわゆるアイール戦争を逃《のが》れて、〈全界の背骨〉へやってくる難民がとても多かったからです」

アル＝ソアはにやりとした。〝今から少し前〟だと？　二十年も昔のことなのに。

「男は今にも死にそうでしたが、見たところ、怪我《けが》もありません。オジールの長老たちは、異能者《アエズ・セダーイ》の仕業にちがいないと考えました」ロイアルは申しわけなさそうにモイレインを見た。「その証拠に、〈安息の場〉に入ると、たちまち男は元気になったのです。それも、ほんの数カ月で。ある晩、月が沈むと同時に、男は誰にも言わずに、こっそりシャンタイを出ていきました」

ロイアルはモイレインを見ると、もういちど咳払いをした。

「はいはい、手短に、ですね。男はシャンタイを去る前に、タール・ヴァロンに伝えるつもりだという不思議な話をしました。闇王が〈全界の眼《アイ・オブ・ザ・ワールド》〉を潰《つぶ》し、〈大いなるヘビ〉を殺し、時の流れそのものを止めようとしている、というのです。長老たちの話では、男は心身ともに異常はなかったのに、そんな妙な言葉を口にしたそうです。教えてください、異能者《アエズ・セダーイ》、闇王にそんな力があるのですか？　時の流れそのものを止める？　〈全界の眼〉を闇に閉じこめる？　〈大いなるヘビ〉を殺す？　いったい、どういうことですか？」

　おれの知らないことをモイレイン様の口から聞けるのではないかと、アル＝ソアは期待したが、モイレインは答えなかった。こんどは「時間がない」とも言わなかった。射抜くような視線をロイアルに向けたまま、顔をしかめて考えこんでいる。

「おれたちも〈鋳かけ屋〉から同じ話を聞きました」と、ペリン。

「ええ、アイール人の物語です」と、エグウェーン。

　モイレインがゆっくりと顔だけを向けた。

「どんな物語ですか？」

　モイレインの顔にはなんの感情もうかがえなかったが、ペリンは思わず、大きく息を吸いこんだ。ようやく、いつもの落ち着きを取り戻すと、ペリンは言った。

「アイール荒地を通り過ぎようとしたトゥアサ＝アン族が――トゥアサ＝アン族はアイー

ル人の攻撃を受けることはないんです——トロロークと戦って瀕死の状態のアイール人たちを見つけました。全員が女性だったようですが、最後に生き残った一人が死ぬまぎわに、いまロイアルが話したのと同じ言葉を口にしたそうです。闇王が——アイール人は〈目をくらませる者〉と言ったそうですが——〈全界の眼〉を潰《つぶ》そうとしているって。二十年も前どころか、ほんの三年前のことです。この言葉には何か意味があるのですか？」

「おそらく、あらゆる意味がこめられています」

モイレインの表情は穏やかだが、アル＝ソアはその黒い目の奥にいらだちを感じ取った。

「バ＝アルザモンだ」

ペリンがその名を口にした瞬間、部屋は静まり返った。誰もが息をひそめるようにしている。ペリンはアル＝ソアに視線を向け、次にマットを見た。ペリンの目は不思議に穏やかで、これまでになく黄色かった。

「〈全界の眼〉……どこかで聞いた名だと思ったが、やっと思い出した。おまえたちも思い出しただろ？」と、ペリン。

「おれは何も思い出したくない」マットは硬い声で言った。

「モイレイン様に話したほうがいい」ペリンはつづけた。「大事なことだ。もう隠してはおけない。そうだろ、アル＝ソア？」

「なんの話です?」と、モイレイン。

けわしい声だ。アル＝ソアの次のひとことに身がまえているようだ。その目はアル＝ソアを見据《みす》えていた。

アル＝ソアは答えたくなかった。思い出したくないという気持ちは、マット以上に強いが、どうしても忘れられない。やはりペリンの言うとおり、すべてを話すべきだ。

「おれは……」アル＝ソアは、マットとペリンの表情をうかがった。マットはしぶしぶうなずき、ペリンは強い決意をこめてうなずいた。とにかくモイレイン様に話していいと、二人の許しが出た。おれは一人じゃない。「おれたちは……夢を見ました」

指先をさすりながら、アル＝ソアは思い出した――あのとき目覚めたら、棘《とげ》の刺さったこの指から血が出ていた。闇王に焼かれた顔の熱さも忘れられない。

「いや、あれは、ただの夢じゃない。バ＝アルザモンが夢のなかに入りこんできたんです」

ペリンがなぜ、〝バ＝アルザモン〟という名を使ったのか、アル＝ソアにはわかった。〝闇王が夢に現われ、頭のなかに入りこんだ〟と言うよりも、〝バ＝アルザモン〟のほうが言いやすかった。

「やつは……こんなことも言いました――〝〈全界の眼〉は、おまえを救ってはくれぬ〟

って」と、アル＝ソア。口のなかが乾ききっている。

「おれも同じことを聞きました」と、ペリン。

マットは重々しいため息をつき、それから、うなずいた。ようやく口のなかに唾《つば》がわくのを、アル＝ソアは感じた。

「おれたちに腹を立てているのですか？」ペリンは驚いたように言った。

アル＝ソアには、モイレインが腹を立てているとは思えなかった。モイレインは三人を見つめたが、少なくとも、その目は穏やかに澄みきっていた。

「むしろ、自分自身に腹が立ちます。でも、たしかにわたくしは言いましたよね――奇妙な夢を見たら話してくださいと。最初にそうお願いしたはずです」

モイレインの声は冷静さを失っていないものの、一瞬、その目に怒りの色がひらめいた。

「そのような夢を見たときに、すぐ話してくださったら、手の打ちようもあったでしょうに……。一千年ほど前から、〈夢見《ゆめみ》の技《わざ》〉を使う異能者《アエズ・セダーイ》は存在していませんが、わたくしが試すことはできたはずです。でも、もう遅すぎます。闇王にふれられるたびに、ますます、その手から逃れることができなくなります。わたくしがそばにいれば、少しは守ってさしあげられると思いますが……。かつて闇王と戦っていた強い力を持つ者たちが、闇セダーイによって囚《とら》われの身となった話を覚えていますか？　あれは本当のことです。しかも、闇セダーイは、闇王の十分の一にも満たない力しか持っていませんでした。アギノールもランフィアも、バルサメルもデマンドレッドも、そして、〈希望を裏切りし者〉イシャミール自身でさえ」

ナイニーヴとエグウェーンが、自分を――自分とマットとペリンを――見ていることに、アル＝ソアは気づいた。二人とも、青ざめた顔に恐怖と不安の入りまじった表情を浮かべている。おれたちを心配してるのか？　それとも、怖がってるのか？

「おれたちはどうすればいいんです？　何か方法があるはずです」と、アル＝ソア。

「わたくしのそばを離れないことです」と、モイレイン。「わたくしが万物源にふれていれば、周囲の人を守る力が少しはあります。でも、いつも、わたくしの近くにいるわけにもいかないでしょう。あなたがた自身がそれだけの力を持てば、自分で身を守ることができます。ただし、その力を見出し、自分のものにする必要があります。わたくしがその力をあなたがたに与えることはできません」

「おれは自分を守ってくれるものをもう見つけたみたいです」ペリンは言った。喜んでいるというよりは、むしろ、あきらめの口調だ。

「ええ、そのようですね」と、モイレイン。

モイレインが視線を向けると、ペリンは目を伏せた。それでも、モイレインはじっと考えこんだ。やがて、ようやく視線をほかの者たちへ移した。

「あなたがたを支配する闇王の力には限界があります。ただし、たとえ一瞬でも闇王の言いなりになれば、心臓にあやつり糸をくりつけられてしまいます。断ち切ることのできない糸を。屈服したら、あなたがたはもう闇王のものです。しかし服従を拒《こば》めば、闇王は力を振るうことができません。容易ではありませんが、必ずできるはずです。それでもなお、闇王は半人ミルドラルやトロロークやドラフカーを差し向けてくるでしょう。ですが、あなたがたがしたがわないかぎり、闇王はあなたがたを自分のものにすることができません」

「闇に溶けるミルドラルだけで、たくさんです」と、ペリン。

「闇王が夢に現われるなんて、まっぴらです」マットは低くつぶやいた。「闇王を近づけない方法はないんですか？」

　モイレインは首を横に振った。

「ロイアルやエグウェーンやナイニーヴは、闇王を恐れる必要はありません。数えきれない人間がいるなかで、闇王は、本当に偶然に、たった一人の人間に目をつけます。たとえ、その人が望まなくてもです。しかし今のところ、歴史模様の中心にいるのは、あなたがた三人です。織りあげられるはずの〈運命の織り目《タ＝マラル＝アィレン》〉の糸はすべて、あなたがたへまっすぐ向かっています。闇王はほかに何か言いましたか？」

「よく覚えてないんですが」と、ペリン。「おれたちのなかの一人が選ばれたとか……そんなようなことを言ってました。嘲笑《あざわら》うような声が耳に残っています」ペリンは力なく締めくくった。「やつはこう言いました――〝余に服従しろ。さもなくば、おまえたちは死ぬ。今にきっと服従させてやる〟」

「アミルリン位がおれたちを利用しようとするだろう、とも言いました」と、マット。

その声はしだいに小さくなった。目の前に異能者《アエズ・セダーイ》がいることを思い出したからだ。マットは唾を飲みこんで、言葉をつづけた。

「過去にも利用された者たちがいると言って、いくつか名前をあげました。たしか、ダヴィアンとか。このことも、よく覚えてません」

「それに、ラオリン・ダークスベインだ」ペリンが言った。

「そのとおりだ」アル＝ソアは顔をしかめた。あんな悪夢のことは何もかも忘れてしまいたい。思い出すのは、つらかった。「ユリアン・ストーンボウ……それから、ガイア・アマラサン」アル＝ソアはとっさに口をつぐんだ。どうして急に黙ったのか、モイレイン様が気づいていなければいいのだが。「知らない名前ばかりです」

だが、記憶の底に埋《う》もれていた名前をいくつか思い出した今、知っている名がひとつだけあることはわかっていた。あやうく口をついて出そうになった名——ロゲイン。偽の竜王だ。なんてこった！　どの名前も口にしては危険だと、メリリン先生は言っていた。バ＝アルザモンもそれが言いたかったのか？　モイレイン様は、おれたちの一人を偽の竜王として利用するつもりなのか？　異能者《アエズ・セダーイ》が偽の竜王を追いつめることはあっても、利用することはない。そうだろう？　光よ、おれを助けてください。

　モイレインがアル＝ソアを見ているが、アル＝ソアにはその表情が読めなかった。

「いま言った名前をあなたは知ってるのですか？」と、アル＝ソア。「何か意味のある名前なのですか？」

「〈虚言の祖〉とはよく言ったものです」と、モイレイン。「ところかまわず、疑念を植えつけるのが、闇王のやりかたでしたから。疑いの思いは、潰瘍《かいよう》のように人の心を食いつくします。闇王の言葉を信じたとき、それが服従への第一歩となります。忘れないでください——闇王にひれ伏したら最後だということを」

　異能者《アエズ・セダーイ》は嘘を言わないが、異能者《アエズ・セダーイ》の口にする真実は、おまえの信じる真実と違うこともある——そう父さんは言った。第一、モイレイン様は、おれの問いにちゃんと答えてない。アル＝ソアは無表情のまま、膝を両手で抱えた。そうでもしていないと、ズボンの下からしみ出てくる汗をぬぐってしまいそうだった。

エグウェーンが静かに泣いている。その肩を抱くナイニーヴも、今にも泣きだしそうだ。泣きたいのはこっちのほうだと、アル＝ソアは思った。

「三人とも〈歴史の織り人《タ＝ヴィーレン》〉というわけですか」ロイアルが不意に口をはさんだ。期待に顔を輝かせている。歴史模様が織りあげられるのをまぢかで見られると思うと、うれしいのだろう。アル＝ソアが怪訝《けげん》な目を向けると、ロイアルはきまりわるそうに肩をすくめたが、たかぶる思いは隠しきれなかった。

「そうです」モイレインは言った。「思いがけず、〈歴史の織り人〉が三人も現われました。何もかも、わたくしの予期せぬ出来事ばかりです。闇王が〈全界の眼〉を潰そうとしているとわかったことで、状況が大きく変わりました」モイレインは顔をしかめ、言葉を切った。「しばらくは、ロイアルの言ったとおり、歴史模様はあなたがた三人を中心に渦巻くことになりそうです。その渦は小さくなるどころか、ますます大きくなるでしょう。〈歴史の織り人〉であるということは、歴史模様には抗《あらが》えないということでもあります。歴史模様は織りかたもさまざまですが、なかには不幸をもたらすものもあります。あなたがたにとっても、全界にとっても。

　このままシームリンに留《とど》まることはできません。だからといって、どこへ逃げても、二十キロと行かぬうちにミルドラルやトロロークに見つかってしまいます。しかも、たった今、〈全界の眼〉に危険が迫っていると聞いたばかりです。それも、一人の口から聞かされたのではなく、三人がそれぞれに同じことを口にしました。わたくしたちの行くべき道を決めるのは歴史模様です。そして、その中心にいるのが、あなたがた三人なのです。誰が縦糸を張り、誰が杼《ひ》（織機の付属具。横糸を通す操作に使う）をあやつるのか？　そこまで支配できるほど、闇の封印は弱まっているのでしょうか？」

「そんな話をする必要はないわ！」ナイニーヴがぴしゃりと言った。「あなたは三人を怖がらせてるだけよ」

「では、あなたは怖くないのですか？」と、モイレイン。「わたくしは怖いです。たしかに、あなたの言うとおりかもしれません。でも、怖いからといって、進むべき道を変えるわけにはいきません。これは罠《わな》か、それとも、タイミングのいい警告なのか――いずれにしても、わたくしたちは義務を果たすだけです。一刻も早く〈全界の眼〉へ行き、危険が迫っていることを〈緑の男〉に知らせるのです」

　アル＝ソアはハッとした。〈緑の男〉だって？　ほかの者たちも目を見張った。ロイアルだけが、がっしりした顔に不安の色をのぞかせている。

「もはや、タール・ヴァロンに救いを求めている場合ではありません」モイレインは言葉をつづけた。「時間がないのです。無事にこの街を出られたとしても、大荒廃地にたどりつくまでに何週間か、〈全界の眼〉にはさらに何週間もかかります。救いを求めている暇はありません」

「大荒廃地！」アル＝ソアが言うと、つづいて、いっせいに驚きの声が上がった。

だが、モイレインはそれを無視して言った。「歴史模様は危機を招きますが、同時に、それを切り抜ける方法を教えてくれるものでもあります。とにかく乗り越えられると信じれば、創世主は手を差しのべてくださるはずです。ひとつだけ方法があります」モイレインは謎めいた微笑を浮かべ、ロイアルに向きなおった。「かつてシームリンには、オジールの木立と〈秘路《ひろ》〉の出入口がありました。新市街は、木立のあった場所に重なるように広がっています。とすれば、〈秘路〉の出入口もどこかにあるはずです。今となっては、その通路を知るオジールはほとんどいません。でも、〈木の歌〉の能力を持ち、古《いにしえ》の〈育《はぐく》みの歌〉を知る者であれば、〈秘路〉のことを知りたいと思うはずです。知ったところで、役に立たないとわかっていても。あなたは〈秘路〉のことを知ってますか、ロイアル？」

「知ってます、異能者《アエズ・セダーイ》。でも――」ロイアルはそわそわと足を踏み替えた。

「〈秘路〉を進めば、ファル・ダーラにたどりつけますか？」

「ファル・ダーラなんて聞いたこともありません」ロイアルはほっとしたように言った。

「トロローク戦争の時代に、マファル・ダドアラネルと呼ばれた地です。それなら知ってるでしょう?」と、モイレイン。

「知ってます。でも——」

「では、案内してください。これも何かの縁です。ありきたりの手段では、留まることも逃げ出すこともできないときに、〈全界の眼〉に危険が迫っていることを知らされるとは。わたくしたちをそこへ急がせるのは、創世主か、闇王か、運命か——それはわかりませんが、これも歴史模様の定めた道です」

「だめです!」突然、ロイアルの声が雷鳴のように轟《とどろ》いた。みながいっせいに目を向けると、ロイアルは目をぱちくりさせたが、迷わず、こう言った。「〈秘路〉に入ったら、みんな死んでしまう——そうでなくても、闇にのみこまれてしまいます」

43　決心と幻影

　ロイアルの言う意味はわかったようだが、モイレインは何も言わなかった。ロイアルは足もとを見つめ、感情的になったことを恥じるように、太い指で鼻の下をこすっている。誰も口をきこうとはしなかった。

「なぜだ？」ようやくランド・アル＝ソアが口を開いた。「なぜ死んでしまうんだ？　その〈秘路《ひろ》〉とは、いったいなんだ？」

　ロイアルはモイレインをちらりと見た。モイレインは暖炉に歩みより、その前の椅子に腰をおろした。小さな猫が暖炉の灰受け石に爪を立てて、伸びをすると、ものうげに歩きだし、モイレインの足首に顔をこすりつけた。モイレインは、猫の耳の後ろを人差し指でなでてやった。ゴロゴロいう猫の声が、モイレインの冷静な声を不思議にきわだたせた。

「あなたにもわかっているはずです、ロイアル。闇王の目をあざむき、無事にこの街を出るには、〈秘路〉をたどるしかありません。それなのに、なぜ、そのようなことを言うのですか？」

ロイアルは納得する様子もなく、ぎごちなく椅子にすわりなおすと言った。

「〈狂気の季節〉に入っても、全界は崩壊をつづけました。大地の変動にともない、人類は風に運ばれる塵《ちり》のように各地へ散らばり、われわれオジールも〈安息の場〉を追われて、〈長い流浪の旅〉がつづく〈大放浪時代〉に入りました。もういちど〈安息の場〉に戻りたいという〈太古の郷愁〉が胸に刻まれたのは、そのときです」

ロイアルはふたたび横目でモイレインを見ると、困惑した顔で長い眉を下げた。

「手短に話そうとは思いますが、こればかりは、そう簡単に説明できるものではありません。なにしろ、混乱の時代に〈安息の場〉に踏みとどまった数少ないオジールと、異能者《アエズ・セダーイ》——」こんどはモイレインのほうを見なかった。「——つまり、狂気により全界を壊滅させ、みずからも死を迎える運命にあった男性の異能者《アエズ・セダーイ》たちの話なのですから。

われわれオジールはまず、なんとか狂気をまぬがれていた異能者《アエズ・セダーイ》を〈安息の場〉にかくまおうとしました。その申し出を受け、多くの異能者《アエズ・セダーイ》が〈安息の場〉へやってきました。そこにいれば、闇王の穢《けが》れから身を守ることができたからです。しかし同時に、万物源から切り離されることになりました。もう絶対力をあやつることも、万物源にふれることもできません。もはや万物源の存在すら感じることができませんでした。結局、それに耐えきれず、一人また一人と〈安息の場〉を去りました——闇王の穢れが消えていることを祈りながら。しかし、穢れは消えていませんでした」

　モイレインが静かに言った。

「タール・ヴァロンの異能者《アエズ・セダーイ》のなかには、〝〈安息の場〉がなければ、あれほど全界崩壊が長引くことはなかった〟と言う者もいます。しかし、〝狂気をまぬがれていた男性の異能者《アエズ・セダーイ》がいたからこそ、全界は滅亡から救われた〟と言う者もいます。わたくしは青アジャの異能者《アエズ・セダーイ》です。赤アジャと違って、わたくしたちは後者の考えを支持します。〈安息の場〉は、助かる可能性のある者に手を差しのべたはずです。ごめんなさい、どうぞ、つづけてください」

　ロイアルはうれしそうにうなずいた。やっと落ち着いたようだなと、アル＝ソアは思った。

「いま、お話ししたように」ロイアルはつづけた。「男性の異能者《アエズ・セダーイ》は〈安息の場〉を去りました。そのとき、かくまってもらったお礼にと贈られたのが、〈秘路〉です。〈秘路〉をたどれば、百五十キロ以上……場合によっては八百キロも離れた場所へ一日で行きつくことができます。〈秘路〉のなかでは時間も距離も形を変えます。選んだ経路や橋によって、たどりつく先も所要時間も違ってきます。まさに驚くべき通路で、あのような時代につくられたことはまさに驚異的です。なにしろ、〈秘路〉のなかだけは、まったくの別世界なのですから。

　全界崩壊のあとも、人間たちは生きるために死闘を繰り広げました。その全界を通らずに、〈安息の場〉から〈安息の場〉へ移動できるのは、われわれにとって、たしかにありがたいことでした。しかも、〈秘路〉のなかでは全界崩壊も起こりませんでした。ふたつの〈安息の場〉にはさまれた地は、ときにはまっぷたつに割れて峡谷となり、あるいは隆起して山脈となりました。しかし、〈秘路〉のなかではなんの変化もありませんでした。最後に〈安息の場〉をあとにした異能者《アエズ・セダーイ》は、長老たちに鍵をくれました。成長を促《うなが》す〝お守り〟のようなものです。〈秘路〉もその出入口も、ある意味では生き物なのです。それがどういうことなのか、ぼくにはわかりません。今では、その理由を知るオジールも異能者《アエズ・セダーイ》もいないという話です。

　長い年月をへて、われわれの〈大放浪時代〉は終わりました。〈長い放浪の旅〉から戻ったオジールは〈安息の場〉を見つけ、異能者《アエズ・セダーイ》から贈られた〈秘路〉をそこまで延ばしてゆきました。そして、旅のあいだに覚えた石細工の技術を使って、人間のために街を築きました。木々を植えたのは、街を築いたオジールたちの心をなぐさめるためです。そうすれば、もう〈太古の郷愁〉を感じないですみますから。〈秘路〉は木立に向かって、さらに延びてゆきました。マファル・ダドアラネルにも、木立と〈秘路〉の出入口がありましたが、街はトロローク戦争のあいだに壊滅状態となりました。建物は跡形もなくなり、木立は切り倒され、トロロークの火で焼かれました」

これ以上の罪はないと、ロイアルの表情が言い切っている。

「〈秘路〉の出入口を破壊することは、わたくしたちにも不可能です」モイレインは言った。「ましてや、普通の人間に壊せるはずがありません。ファル・ダーラには今も人々が暮らしています。オジールの築いたような大都市ではありませんが、〈秘路〉の出入口は残っています」

「男性の異能者《アエズ・セダーイ》たちは、どうやって、そんなものを造ったの？」エグウェーンは不思議そうにモイレインとロイアルを見た。「〈安息の場〉では絶対力をあやつれなかったとしたら、どうして〈秘路〉を造ることができたの？　それとも、本当は絶対力をあやつることができたの？　男性源《サイディン》は穢れてた。いいえ、今も穢れたままよ。あたしには、まだよくわからないわ——異能者《アエズ・セダーイ》には、いったい、どれだけの力があるのかしら？　バカなことを訊《き》くようだけど」

ロイアルは言った。「〈安息の場〉の境界には必ず〈秘路〉の出入口があります。でも、それがあるのは境界の外なのです。いいことを訊いてくださいました。なぜ、いまではわれわれオジールが〈秘路〉を使わないのか、説明しましょう。ぼくが生まれてから、すべての〈安息の場〉のすべての長老たちの命令により、人間もオジールも使用を禁じられてきました。

〈秘路〉は、闇王によって穢された絶対力をあやつる人間が造ったものです。約一千年前、いわゆる百年戦争の時代に、〈秘路〉に変化が現われはじめました。はじめは誰の目にもわからぬほどゆっくりと湿り気を帯び、薄暗くなってきました。やがて、闇は橋づたいに広がりました。通路に入ったきり、二度と戻らない者もいました。〈秘路〉を旅した者たちは暗闇のなかで視線を感じたと口々に言いました。行方不明者は増えつづけ、戻ってきた者も正気を失っていました。〈秘路〉のなかでマキン・シンと呼ばれる〈黒い風〉を浴びたせいです。異能者《アエズ・セダーイ》の治療により何人かは正気を取り戻しましたが、それでも治らず、わが身に起こったことすら思い出せない者もいました。まるで骨の髄《ずい》まで闇におかされてしまったみたいにです。その連中は二度と笑い声を上げることもなく、風の音に怯《おび》えてばかりいました」

一瞬、部屋は静まり返った。聞こえるのは、モイレインの足もとにいる猫が喉を鳴らす音と、パチパチはじける暖炉の音だけだ。

そのとき、ナイニーヴの怒りが爆発した。

「それなのに、あなたは、そんなところへあたくしたちを連れてゆくというの？　頭がどうかしてるわ！」

「では、どうしろというのです？」モイレインは穏やかに問い返した。「シームリンでは白マントが、その外ではトロロークが狙っているのですよ。申しあげたはずです――わたくしがそばにいれば、闇王の魔の手から少しは守ってさしあげられます」

ナイニーヴはいらだたしげに息をつき、椅子にもたれかかった。

「なぜ、長老たちの命令にそむいてまで行かなければならないのか、説明してください」と、ロイアル。「とにかく、〈秘路〉を使うのは絶対にいやです。たしかに人間の造った道路はぬかるむことが多い。でも〈安息の場〉シャンタイを離れてから、そういうことにも慣れました」

「人間もオジールも、命あるものすべてが闇王と戦っています」と、モイレイン。「しかし、大半がその事実を知りません。知っていても、単なる小競《こぜ》り合いを本当の戦いと勘違いしている者がほとんどです。現実に目を向けなければ、全界は闇王に支配されてしまいます。〈全界の眼《アイ・オブ・ザ・ワールド》〉には、闇の封印を解く力があります。闇王が〈全界の眼〉をおとしいれ、全界を支配するようなことになれば……」

明かりを灯《とも》してほしいと、アル＝ソアは思った。シームリンに夜が忍び寄り、もはや暖炉の火だけでは暗すぎる。今は暗闇が何より怖い。

マットがわめいた。「おれたちに何ができるんです？　そんな力が、おれたちにあるんですか？　なぜ、大荒廃地へ行かなきゃならないんです？　大荒廃地なんかに！」

モイレインは声を荒らげなかったが、そのひとことはみなを圧倒した。暖炉の前のモイレインが今は〝女王〟に見える。あのモーゲイズ女王でさえたじたじとなりそうな迫力だ。

「わたくしたちにできることは、ただひとつ。立ち向かうだけです。偶然だと思うことはたいてい歴史模様の仕業です。あなたがたはひとつに縒《よ》り合わされた三本の糸です。そのあなたがたが三人とも、〈全界の眼〉に危険が迫っていると口にしました。これは偶然ではありません。歴史模様の定めた運命です。あなたがた三人が運命を選んだのではなく、歴史模様があなたがたを選んだのです。だからこそ、あなたがたは危険を知らされて、ここへやってきました。全界を破滅から救えるのは、あなたがたしかいません。どこへ逃げ隠れしようとも、歴史模様の定めた運命から逃《のが》れることはできません。いいえ、立ち向かわなければならないのです。あなたがた三人は歴史模様の中心にいる〈歴史の織り人《タ＝ヴィーレン》〉です。危険の迫る〈全界の眼〉へ行くことが、あなたがたの使命です。あなたがたが中心となって歴史模様を織りあげれば、闇王の手から全界を守ることができます。問題は、あなたがたの意思です。わたくしが強制することはできません」

「おれは行く」アル＝ソアが断固とした声を響かせた。

父さん……わが家……牧場の羊……何も考えまいとしても、懐かしい故郷が次々と脳裏に浮かんでは消えてゆく――幸せだったあのころ――何もかもが満ち足りていた。

「おれたちも行く」というペリンとマットの言葉に、ふとアル＝ソアは救われた気がした。二人ともアル＝ソアに劣らず、緊張した声だ。

「エグウェーンとあたくしにも選択の余地はないみたいね」ナイニーヴが言った。

モイレインはうなずいた。

「あなたがたも、ある意味では歴史模様の一部です。〈歴史の織り人〉ではなさそうですが、強い力を持っていることはたしかです。ベイロンに着いたときから、わたくしにはわかっていました。闇に溶けるミルドラルも気づいているはずです――もちろんバ＝アルザモンも。しかし、選択の余地がないわけではありません。ひとまず、ここに残り、わたくしたちの出発を待ってタール・ヴァロンへ向かうこともできます」

「ここに残る!?」エグウェーンが叫んだ。「あたしたちだけ、ここに隠れてろというの？そんなのいや！」

モイレインと目があうと、エグウェーンは一歩、身を引いたが、あきらめたわけではなく、まだぶつぶつ言っている。「絶対にいやよ」

「つまり、あたくしたちも大荒廃地へ同行するというわけね」ナイニーヴはあきらめたように言うと、目をぎらぎらさせ、こう付け加えた。「あたくしの薬草がないと、あなたが困るでしょう、モイレイン様。突然、あたくしの知らない力を身につけた——なんてことがないかぎりは」

なぜ、そんなに挑戦的な口をきくのか、アル＝ソアにはわからなかった。しかしモイレインはうなずいただけで、ロイアルに向きなおった。

「ハランの息子のアレンの息子ロイアル、あなたは？」

ロイアルはためらいがちに口を開き、毛むくじゃらの耳をぴくぴく動かした。

「そうですね。〈緑の男〉のことも〈全界の眼〉のことも、もちろん本には書いてありましたが、それを実際に目にしたオジールは長いあいだいないはずです……。それでも、どうしても〈秘路〉を使うとおっしゃるのですか？」

モイレインがうなずくと、ロイアルの長い眉が頬にふれるほど垂れさがった。

「それならしかたがない。案内します。〝どうして、おまえはそう軽はずみなんだ？〟と、ハマン長老に叱られそうですが」

モイレインは言った。

「では、これで決まりですね。とすれば、次は何をどうすればいいのか話し合わなければなりません」

話し合いは夜までつづいた。〈秘路〉をよく知るロイアルに助言を求めながら、モイレインが取りしきったが、みなの質問と提案に耳を傾けることも忘れなかった。あたりが闇に包まれたころ、ランも加わり、ゆっくりとした重々しい口調で意見を述べた。ナイニーヴは必要な物資をすべて書き出した。小さくつぶやきながら、落ち着いてペンを走らせている。

おれもナイニーヴのように冷静でいられたらいいのにと、アル＝ソアは思った。だが、あふれるエネルギーをもてあましているかのように、室内をうろうろせずにはいられない。アル＝ソアの心はすでに決まっていた。自分にできることはひとつしかないとわかっていても、気がすすまない。大荒廃地。大荒廃地のどこかにシャヨル・グールがある。〈呪われた大地〉の向こうに。

マットも不安そうな表情で、血の気がなくなるほど固く両手を組み合わせて短剣を握っている。できるものなら、代わりに、あのシャダー・ロゴスの短剣を握っていてやりたいとアル＝ソアは思った。

ペリンの顔には不安の色がない。あるのはあきらめという仮面だけだ。戦いをあきらめ、あとはとどめを刺されるのを待つだけ——まさに、そんな顔だ。だが、ときどき……。
「おれたちは使命を果たすだけだ、アル＝ソア。大荒廃地へ……」ペリンは一瞬、黄色い目をきらりと光らせ、疲れきった顔に意欲をみなぎらせた。もはや鍛冶屋の見習いのペリンとは思えない。「きっと、うまくいくさ」そうささやくと、ペリンは自分の言葉に驚いたように身震いし、やがて、もとのあきらめ顔になった。

もう一人、エグウェーンがいた。アル＝ソアはエグウェーンを暖炉のそばから連れ出した。ほかの仲間はテーブルを囲んで話し合いをつづけている。話を聞かれる心配はない。

「エグウェーン、おれは……」

暗い湖面のようなエグウェーンの目に見つめられ、アル＝ソアは言葉をのんだ。

「闇王はおれを——いや、おれとマットとペリンを狙っている。モイレイン様がなんと言おうと、かまうものか。朝になったら、家へ帰るなり、タール・ヴァロンへ向かうなり、好きなところへ行くんだ。誰も止めないよ。おれたちといっしょでなければ、トロロークや闇に溶けるミルドラルに襲われることもない。家へ帰れよ、エグウェーン。それがいやなら、タール・ヴァロンへ行ってくれ。とにかく、この街を出るんだ」

アル＝ソアはエグウェーンの言葉を待った——〝どこへ行こうと、あたしの勝手でしょ？　あなたに命令する権利はないわ〟——そう言うにちがいない。だが意外にも、エグウェーンは笑みを浮かべると、アル＝ソアの頬にそっと手をふれた。

「ありがとう、アル＝ソア」エグウェーンは優しく言った。アル＝ソアは目をぱちくりさせ、エグウェーンが言葉をつづけると、口を閉じた。「でも、そんなことできるはずないでしょ？　ベイロンでミンが何を見たのか、モイレイン様から聞いたわ。どうして、ミンのことを話してくれなかったの？　あたしは、てっきり……。とにかくミンが言うには、あたしもナイニーヴも重要な役割を担《にな》ってるらしいの。〈歴史の織り人〉ではないようだけど。それでも……歴史模様は、あたしを〈全界の眼〉へ導こうとしてる。あなたについていけって」

「でも、エグウェーン――」

「ねえ、エレインって、誰？」

アル＝ソアは一瞬、エグウェーンを見つめると、ただひとこと、こう言った。

「アンドール王国の王位継承者だ」

エグウェーンの目が怒りに燃えた。「まだ本当のことを言わないつもり、アル＝ソア？　いいわ、もう口をきかない」

　信じられない思いでアル＝ソアは、離れてゆくエグウェーンのこわばった背中を見つめた。エグウェーンはテーブルに着くと、モイレインの隣で肘をつき、ランの言葉に耳を傾けた。

ペリンに相談するしかないと、アル＝ソアは思った。あいつなら、女の扱いかたを知ってるはずだ。

主人のギルもなんどか読書室へ顔を出した。明かりを灯しにきたあと、みずから料理を持って現われ、さらにまた外の様子を伝えにきた。白マントが通りに沿って両側から宿屋の様子をうかがっていること。都心の入口で暴動が起こり、白い花形の帽章をつけた者たちと、赤い花形の帽章をつけた者たちの両方が、女王の近衛隊に捕らえられたこと。宿屋の玄関に〈竜王の刻印〉を描こうとした者を、ラムギンが蹴《け》り飛ばしたこと……。ロイアルがいっしょにいるのを目にしても、ギルは訝《いぶか》る様子を見せなかった。モイレインの問いにも、なんの詮索《せんさく》もせずに答えた。自分が宿の主人であるにもかかわらず、読書室を訪れるたびに扉をノックし、ランが開《あ》けるまで入ろうとはしなかった。最後にモイレインは、ナイニーヴが羊皮紙に書き出した必要品の一覧をギルに渡した。

「もう夜遅い時間ですから、どうですかな」ギルは一覧に目を通すと、頭を振った。「でも、なんとかそろえてみましょう」

モイレインはもうひとつ、チャリンと音のする小さな柔らかい革の巾着《きんちゃく》を渡した。

「頼みましたよ。なんとか夜明け前に出発できるようにとりはからってください。その時間帯なら、敵の監視も手薄になるはずです」

「連中には空箱《からばこ》の番でもさせておきますよ、モイレイン様」ギルはにやりと笑った。

アル＝ソアはあくびをしながら、足を引きずるように読書室を出た。早く風呂に入って眠りたい。

タオルと大きな黄色い石鹸《せっけん》を手に身体を洗っていたアル＝ソアは、ふと、マットの盥《たらい》のそばに置かれた腰かけに目をとめた。丁寧《ていねい》にたたまれたマットの上着の端から、金色の鞘《さや》がのぞいている。例の短剣だ。ランもちらちらと視線を走らせている。

アル＝ソアは不安になった。こんなものをそばに置いて、モイレイン様の言うように本当に大丈夫なのか？

「親父のやつ、きっと驚くぞ」柄《え》の長いブラシで背中をこすりながら、マットは笑った。

「おれが全界を救うだと？　妹たちも、笑っていいのか、泣いていいのか、わからないだろな」

いつものマットだ。あの短剣さえ、なかったら——アル＝ソアは思った。

ようやくアル＝ソアとマットが軒下沿いに部屋へ戻ったとき、星は雲に隠れ、あたりは真っ暗だった。マットは久しぶりに服を脱いで寝台に入り、さりげなく短剣を枕の下に押しこんだ。

アル＝ソアはろうそくを吹き消し、寝台に潜りこんだ。マットの寝台から何か邪悪な気配がただよってくる。枕の下だ。不安に駆られながらも、いつしかアル＝ソアは眠りに落ちた。

アル＝ソアにははじめからわかっていた――これは夢だ。だが、ただの夢ではない。アル＝ソアは立ちすくんだまま、木製の扉を見つめた。割れて、ささくれだった黒い扉……。空気はじめじめと冷たく、いやなにおいが立ちこめている。遠くで滴《したた》り落ちる水が、石の廊下に鈍い音を響かせた。

服従を拒《こば》め。〝いやだ〟と言え。そうすれば、やつは力を振るえない。

アル＝ソアは目を閉じ、意識を集中させた。ここは宿屋〈女王の祝福〉だ。おれはその寝台で眠ってる。目を開けると、扉はやはり、そこにあった。水滴の音が心臓の鼓動と重なり合う。父親タムに教わったとおりに〝炎と無心〟を思い出すと、気持ちは落ち着いたが、目の前には依然として扉がある。アル＝ソアはゆっくりと扉を押し開けた。

何もかもが記憶にあるとおりのその部屋は、自然のままの岩をくり抜いたように見えた。背の高いアーチ形の窓の外に、手すりのないバルコニーがあり、その向こうを厚い雲の層が怒濤《どとう》のように流れてゆく。まぶしい光を放つ黒い金属製のランプが、銀色にきらめいた。火は燃えさかっているが、炉辺《ろばた》は不思議に熱くなかった。暖炉を形づくる石のひとつひとつが苦痛にゆがんだ顔のように見えた。

だが、ひとつだけ、いつもと違うところがあった。光沢のあるテーブルの上に、人間の形をした小さなものが三つ置いてある。その輪郭のはっきりしない姿は、まるで作りかけの粘土細工のようだ。そのなかの〝一人〟は狼をしたがえていた。人形《ひとがた》は粗雑だが、狼だけは細部まで、はっきり狼とわかるものだ。もう一人は小さな短剣を握っていた。柄《つか》に埋《う》めこまれた何かが赤く輝いている。

最後の一人は剣を持っていた。アル＝ソアはすばやく近づくと、その刀身に刻まれたアオサギの紋章に目を凝《こ》らした。

アル＝ソアはハッと顔を上げ、鏡に映る姿を見つめた。やはり、ぼんやりとしか見えないが、今までとは少し違っていた。自分がどんな顔をしているのか、もう少しではっきりしそうだ。こうして目を細めていれば、見えてきそうな気がする。

「やっと見つけたぞ」

その声に振り向いたアル＝ソアは、息をのんだ。いつのまにか、窓を背にしてバ＝アルザモンが立っていた。バ＝アルザモンが口を開いた瞬間、その目と口から炎が噴き出した。

「久しぶりだな。いや、それほどでもないか」

「きさまには服従しない」アル＝ソアは、かすれた声で言った。「脅《おど》しなんかに負けるものか。消えろ！」

　炎のなかに朗々《ろうろう》とした声を響かせて、バ＝アルザモンは笑った。「そう簡単にゆくと思うのか？　だが、いつも、そうだった。こうして相見《あいまみ》えるたびに、なんどもなんども、おまえは立ち向かってこようとした」

「〝なんども〟とは、どういうことだ？　消えうせろ！」

「また、そんなことを言う。そもそも最初から、そうだった。おまえと余は、過去にも数かぎりなく戦ってきた。時代が変わるごとに、おまえの顔も名前も変わったが、おまえであることに変わりはない」

「きさまの言いなりにはならない」アル＝ソアは必死につぶやいた。

「そんなちっぽけな力で立ち向かってきても、結局は、負けを思い知らされるだけだぞ。やはり、余の前にひざまずくしかない。いや、ひざまずく力が残っているだけでも、ましなのだ。この愚か者めが、余に勝てると思っているのか？」

「嘘だ！　きさまは〈虚言の祖〉だ。それで悪けりゃ、〈愚か者の祖〉だ。〈伝説の時代〉に、人間はきさまを見つけ出し、あらためて封印したはずだ」

　バ＝アルザモンはふたたび笑い声を響かせた。延々とつづく轟《とどろ》くような笑い声は、無心であろうとなかろうと、耳をふさぎたくなるほど不快だった。アル＝ソアは固く両耳を押さえつけた。ようやく笑い声がおさまったとき、アル＝ソアの手は震えていた。

「この虫けらめ、おまえは何も知らないだけだ。岩の下にいるとも知らないで、潰《つぶ》されてしまうカブトムシのようなものだ。この戦いは天地創造の瞬間からつづいている。人間はそれを新たな戦いと思っているようだが、つづいていたこの戦いにあらためて気づいただけのことだ。ようやく今、時は風向きを変えた。風向きが変わったのだ。こんどこそ、吹き戻すことはない。あの高慢ちきな異能者《アエズ・セダーイ》たちは、おまえを余に立ち向かわせようとしている。あんなやつらは鎖でがんじがらめにして、素っ裸のまま使い走りをさせてやる。それとも、〈運命の落とし穴〉にほうりこまれて、永遠に泣き叫びつづけたいか？　だが、すでに服従を誓った異能者《アエズ・セダーイ》は別だ。やつらは余に歯向かうことはない。おまえも、やつらに同《どう》じていいのだぞ。そうすれば、全界はおまえの足もとにひれ伏す。もういちどだけ言おう。これが最後だ。おまえは、やつら以上の権力を持てる。ただし、余を超えない範囲でな。これまでも、決断をくだす機会はなんどもあったはずだ。自分の力を知るに充分なほど、生きながらえたことがあったはずだ」

　言いなりになるな！　アル＝ソアは拳《こぶし》に力をこめた。

「異能者《アエズ・セダーイ》が、きさまにしたがうはずがない。それも嘘だ！」

「やつらがそう言ったのか？　約二千年前、余はトロロークをしたがえて全界じゅうをまわり、異能者《アエズ・セダーイ》のなかにもあきらめのいい者がいることを知った。シェイ＝タンには逆らえないと、連中にはちゃんとわかっていたのだ。それから二千年のあいだ、黒アジャの異能者《アエズ・セダーイ》は、ほかの異能者《アエズ・セダーイ》にまぎれて闇に身を隠してきた。おまえに力を貸すという異能者《アエズ・セダーイ》も信用できないぞ」

アル＝ソアは湧きあがる疑念を振り払おうと、頭を振った。これはまさに、モイレインに対して抱きつづけてきた疑いだ。なぜモイレインは、おれにつきまとうのか？　なぜ、あんな計画を持ちかけたのか？

「何が望みだ？」アル＝ソアは叫んだ。言いなりになるな！　光よ、おれを助けてください！

「ひざまずけ！」バ＝アルザモンは足もとを指さした。「ひざまずけ！　そして服従を誓え！　もう逃げられないぞ。おまえは余のしもべになるのだ。さもなくば……死ぬ」

〝死ぬ〟という言葉は、こだまのように響きわたり、何倍にも大きくなってアル＝ソアを襲った。アル＝ソアは身を守るように腕を振りあげ、よろよろとテーブルまで戻ると、耳に残るその言葉をかき消そうとして叫んだ。

「やめろぉぉぉぉぉぉぉぉ！」

叫びながら身をひるがえし、あの人間の形をしたものを床に払い落とした。何かが手に刺さったが、それもかまわず、粘土細工を踏みつけ、形がなくなるまで床になすりつけた。しかし、あの声はまだ耳に鳴り響いていた。しかも、ますます大きくなってゆく。

　死ぬ、死ぬ、死ぬ、死ぬ、死ぬ、死ぬ……。

　声は渦となって、アル＝ソアを引きずりこんだ。もう何も考えられない。あたりは薄暗くなり、アル＝ソアの狭まった視界には、わずかな光のなかに立つバ＝アルザモンだけが映っていた。その姿が手のひらほどに……さらには爪ほどに小さくなり、ついに消えた。渦巻くように鳴り響く声も、闇のなかへ消えていった。

　アル＝ソアは寝台からどさりと床に落ち、目を覚ました。闇から抜け出ようと、まだ手足をばたつかせている。部屋は暗いが、あの闇に比べればましだ。アル＝ソアは思い浮かべた炎を必死に見つめ、不安を取り除こうとした。しかし、無心になることはできない。とうとう腕と脚が震えてきた。それでも、鼓動が耳に響かなくなるまで炎を思い描きつづけた。

　マットがうなされながら、寝台の上でのたうちまわっている。

「おまえの言いなりにはならない。消えろ。消えろ。消えうせろ……」

　しだいに、その声は聞き取れないほど小さくなった。

　アル＝ソアが手を伸ばして揺り起こすと、マットはうめき声を上げて起きあがった。そして、しばらく取り乱した表情であたりを見つめ、息を震わせて両手に顔をうずめた。すると、突然、身をよじり、枕の下を探って、ルビーを埋めこんだ短剣をふたたび胸に抱えこんだ。マットはアル＝ソアに向きなおった。暗くてマットの表情はわからない。

「また、やつが現われた、アル＝ソア」

「ああ、知ってる」

　マットはうなずいた。「人の形をしたものが三つあった……」

「おれも見た」

「やつは、おれが誰なのか知ってるんだ、アル＝ソア。おれが短剣を持った人形《ひとがた》を手にしたら、やつはこう言った――〝それは、おまえだ〟。もういちど、よく見たら、たしかにおれの顔だった。おれの顔だぞ、アル＝ソア！　まるで本物のおれのようだった。それに、あの生々しい感触……。なんてこった！　人形《ひとがた》をつかみながら、おれは自分の身体がつかまれてるような気がした」

　アル＝ソアはしばらく言葉を出せなかった。

「とにかく今は服従を拒むしかないぞ、マット」

「拒んださ。そうしたら、やつは笑った。永遠の戦いがどうのこうのと、そればかり言ってた。まるで過去に何千回も会ったことのあるような口ぶりだった……ああ、アル＝ソア、闇王はおれを知ってる」

「おれも同じことを聞いた。だが、やつが、おまえを知ってるはずはない」アル＝ソアは、ゆっくりと付け加えた。「知ってるはずがない、おれたちのなかの……」

おれたちのなかの〝誰〟を、知ってるはずがないって？

身を起こしたとき、アル＝ソアの手に痛みが走った。テーブルのほうへ行き、やっとのことでろうそくに火をつけると、アル＝ソアは手のひらを広げてみた。黒くて太い棘《とげ》が刺さっている。片面はなめらかで、光沢があった。息を詰めて、それを見つめたアル＝ソアは、突然、あえぎながら、あわてて棘を引き抜こうとした。

「どうかしたのか？」マットが訊いた。

「なんでもない」

勢いよく引っ張ると、ついに棘は抜けた。うめき声とともにアル＝ソアは棘を落とした。その声が凍りついた。手を離れたとたんに、棘が跡形もなく消えたからだ。しかし手のひらにはたしかに傷があり血も出ている。アル＝ソアは陶器の水差しに入っていた水を盥《たらい》に移したが、手が震え、テーブルに水しぶきがかかった。急いで手を洗い、血を絞り出すように手のひらを揉んで、もういちど手を洗った。まだ皮膚のなかに小さな棘が入っているかもしれない。

「くそっ」と、マット。「おれも自分が穢れちまった気がする」マットは横になったまま、まだ短剣を両手で握りしめていた。

「ああ」と、アル＝ソア。「穢れちまった」

アル＝ソアは盥《たらい》のそばの棚からタオルを探りあてた。

そのとき、扉をノックする音がして。アル＝ソアは跳びあがった。ふたたびノックの音。

「どうぞ」と、アル＝ソア。

モイレインが扉の隙間から顔をのぞかせた。

「起きていましたか？　よかった。急いで着替えをして、集まってください。夜が明ける前にここを出なければなりません」

「もう？」マットは不満そうに言った。「まだ一時間しか眠ってないのに」

「一時間？　四時間は眠ったはずです。さあ急いで。時間がありません」と、モイレイン。

アル＝ソアとマットは困惑した顔を見合わせた。あの夢のすべてが生々しくアル＝ソアの脳裏によみがえった。目を閉じてから、ほんの数分のあいだに見た夢が……。

アル＝ソアとマットの様子に何かを察したらしく、モイレインは見透かすような目を向けると、部屋のなかへ入ってきた。

「何かあったのですか？　また夢を見たのですか？」

「あいつは、おれを知ってます」マットは言った。「闇王がおれの顔を知ってるんです」

アル＝ソアは無言のまま手を上げ、手のひらをモイレインに見せた。ろうそくの薄明かりでも、はっきりと血が見て取れた。

モイレインは前へ進み出ると、アル＝ソアの手をつかみ、親指で手のひらの傷をおおった。冷たい感触が体の芯までしみ通った。痙攣《けいれん》する指を、アル＝ソアは懸命に開きつづけた。モイレインの手が離れると同時に、その冷たさも消えた。

アル＝ソアは手のひらを自分のほうに向けると、呆然《ぼうぜん》とした表情で、うっすらと残る血のしみをこすり落とした。傷はもうどこにもなかった。ゆっくりと目を上げ、アル＝ソアはモイレインを見た。

「急いでください」モイレインはそっと言った。「時間がありません」

それが、〝出発までの時間がない〟という意味ではないことをアル＝ソアは知っていた。

44 闇のなかをたどって

夜明け前の闇のなかをモイレインに導かれて、ランド・アル＝ソアは裏玄関へ向かった。宿屋の主人ギルと仲間たちが、そこで待っていた。ロイアルとナイニーヴとエグウェーンは不安そうだが、ペリンと護衛士ランは落ち着いた様子だ。一人になるのが怖いのか、マットはぴったりとアル＝ソアの後ろをついてきた。

一行は無言のまま厨房《ちゅうぼう》に足を踏み入れた。料理人と見習いたちが、仕事の手を止めて見つめている。すでに明かりの灯《とも》された厨房は朝食の準備中で、むせかえるように暑い。宿泊客がこんなに朝早く起き出してくるのはめずらしいのだろう。ギルになだめられると、料理人はフンと鼻を鳴らし、パン生地《きじ》を激しく叩きつけた。ほかの者たちもふたたび鉄板の手入れをしたり、パン生地をこねたりしはじめた。

ほどなく、アル＝ソアは馬小屋の前庭へ通じる扉にたどりついた。

外はまだ真っ暗だ。こんなに暗くては人影すら見分けがつかない。アル＝ソアは何も見えぬまま、ひたすらギルとランのあとを追った。馬小屋をよく知っているギルと、勘の鋭いランだけを頼りに、誰も怪我《けが》しないことを祈りながら進むしかない。ロイアルがなんども、つまずいた。

「明かりのひとつぐらい、あってもいいのに」ロイアルはぼやいた。「こんな暗闇を歩きまわるなんて、〈安息の場〉じゃありえない。ぼくはオジールで、猫じゃないんです」

アル＝ソアは、ふさふさした耳をいらだたしげに動かすロイアルの姿が目に見えるような気がした。

暗闇のなかに、突然、馬小屋が大きく浮かびあがった。やがて、きしみながら扉が開き、細い隙間から光が漏《も》れ出た。ギルは、一人がやっと通れる幅だけ扉を開《あ》け、最後のペリンが通り抜けると、大急ぎで閉めた。急に明るい場所に飛びこんだアル＝ソアは、目をしばたたいた。

一行の姿を見ても、料理人と違って、馬丁《ばてい》たちは驚かなかった。すでに鞍《くら》づけされた馬たちが待っていた。マンダーブはラン以外の者には目もくれず、アルダイブはモイレインの手に親しげに鼻をすりつけた。柳細工のかごをいくつも背負った荷馬《にうま》が一頭いる。そして、マンダーブより背が高く、蹴爪《けづめ》（馬の脚の後方にある、退化した足指）に毛が生えた巨大な生き物もいた。ロイアルのために用意した馬だ。干し草を満載した荷馬車でも引っ張れるほど大きな馬だが、ロイアルと並ぶと小馬にしか見えない。

　ロイアルはその馬を見ると、不安げにつぶやいた。「自分の足で歩いたほうがまだましです」

　ギルがアル＝ソアを手招きした。馬を貸してくれるという。アル＝ソアの髪に似た鹿毛《かげ》（赤茶色の毛）で背が高く、胸板の厚い雄馬だが、クラウドのような荒々しい歩きかたはしないので、アル＝ソアはほっとした。レッドという名前だと、ギルは言った。

　エグウェーンはまっすぐベラのもとへ、ナイニーヴは脚の長い雌馬のもとへ向かった。

　マットは月毛（灰褐色の毛）の馬を連れてアル＝ソアに近づくと、つぶやいた。「ペリンのことが心配だ」アル＝ソアはマットをじろりと見た。「あいつ、どうも様子がおかしい。おまえも、そう思うだろ？　絶対におれの思い過ごしじゃない。いや、それとも……」

　アル＝ソアはうなずいた。光よ、二度とマットがあの短剣に穢《けが》されませんように。

「たしかに、あいつは妙だよ、マット。だが、気にするな。モイレイン様が、ちゃんと……なんでも知ってるから。ペリンは大丈夫だ」

　そう信じられたら、どんなにいいだろう。とりあえずマットも少しは納得したようだ。

「もちろんさ」マットはあわてて言った。まだ横目でペリンをじろじろ見ている。「大丈夫に決まってる」

ギルは馬丁頭《ばていがしら》のラメイと話をした。革のように肌ががさがさした馬づらのラメイは、「合点《がってん》だ」とばかりに拳《こぶし》で額《ひたい》を叩くと、馬小屋の奥へ駆けこんだ。ギルは丸い顔に満足そうな笑みを浮かべ、モイレインに向きなおった。

「ラメイが言うには、いまなら人に見られずに出られるそうです、モイレイン様」

頑丈そうな馬小屋の奥の壁には、道具棚がずらりと並んでいた。ラメイと、もう一人の馬丁は熊手やシャベルを片づけると、棚の後ろに手をまわして、掛け金をはずした。いきなり、蝶番《ちょうつがい》を軸にして、壁の一部がぐるりと内側へ回転した。これほど見事な隠し扉なら、たとえ開けっぱなしになっていても気づかないだろうと、アル＝ソアは思った。馬小屋から明かりが漏れ、ほんの数メートル離れたところにある煉瓦《れんが》の壁を照らし出した。

「建物のあいだには細い路地があります」ギルは言った。「でも、そんな路地があることは、馬丁以外には誰も知りません。白マントにも白い花形の帽章をつけた者にも気づかれる心配はないはずです」

モイレインはうなずいた。「覚えておいてください、ご主人。こんどのことで何か面倒に巻きこまれそうになったら、タール・ヴァロンにいる青アジャの異能者《アエズ・セダーイ》に手紙で伝えてください。きっと力になってくれるはずです。力を貸してくださったかたたちに、わたくしたち異能者《アエズ・セダーイ》はご迷惑をおかけしたくないのです」

　ギルは笑った。まったく心配している様子はない。

「モイレイン様、この〈女王の祝福〉はシームリンでたった一軒、ネズミのいない宿屋になりました。みんな、あなた様のおかげです。これ以上、何を望めというのです？　ただでさえ、お客が倍に増えるというのに」ギルは笑みを消し、真顔になった。「あなた様が何をなさろうと、女王はタール・ヴァロンを信じておいでだし、わたしも女王のお考えに賛成です。だから、それでいいじゃありませんか。あなた様には光の祝福がありますよ、モイレイン・セダーイ。いいえ、あなたがたみなさんにね」

「あなたにも、きっと光の祝福があることでしょう、ご主人」モイレインは深々と頭を下げ、「でも、わたくしたちに光の祝福があるとしても、急がなければなりません」と言い、勢いよくロイアルに向きなおった。「準備はいいですか？」

　ロイアルは慎重な面持ちで手綱《たづな》を取ると、それをゆるめることなく、馬小屋の裏口へ馬を進めた。すぐにでも扉を閉めようと、ラメイが落ち着きなくかまえている。ロイアルはしばらく立ちどまり、頬にふれる風を確かめるように首をかしげると、「こっちです」と、狭い路地へ向かった。

　ロイアルのすぐあとにモイレインがつき、そのあとにアル＝ソアとマットがしたがった。最初はアル＝ソアが荷馬を引く役だ。次にナイニーヴとエグウェーンがつづき、その次はペリンで、ランがしんがりをつとめた。最後のマンダーブが馬小屋を出るとすぐに、隠し扉は閉じられた。掛け金をかけるカチャカチャという音が、アル＝ソアの耳に妙に大きく響いた。

ギルの言ったとおり、路地は狭く、あろうことか馬小屋の庭より暗かった。窓のない煉瓦や木の壁が両側にそびえ立ち、頭上に暗い空がわずかにのぞいている。大きなかごをいくつもぶら下げた荷馬は、壁すれすれに進んだ。大きくふくらんだ背負いかごの中身は、ほとんどが油を入れた陶製の壺《つぼ》だった。馬の背中に竿《さお》が束にしてくくりつけてあり、竿の一本ずつの先に吊《つ》り下げられたカンテラが揺れている。〈秘路《ひろ》〉のなかは夜の闇よりも暗いと、ロイアルは言う。

燃料を半分ほど入れたカンテラが、馬の動きにつれてチャプチャプと揺れ、たがいにぶつかり合って、鈍い金属音を立てた。さして大きな音ではないが、夜明け前の静寂のなかでは、二キロ先からでも聞こえるように思える。

路地から広い通りへ出ると、ロイアルは迷うことなく、行き先を選んだ。進むにつれて、めざす方向がはっきりしてきたようだ。ロイアルがどうやって〈秘路〉の出入口を見つけるのか、アル＝ソアにはわからなかった。ロイアルもうまく説明できなかった。呼吸するのと同じで、本能的なものなので、説明するのは難しいのだという。

通りを急ぎながら、アル＝ソアは宿屋〈女王の祝福〉のある一角を振り返った。ラムギンによると、あの近くにまだ数人の白マントがいる。今は宿屋を集中的に見張っているが、物音に気づけば、追ってくるにちがいない。よほどの理由がないかぎり、こんな時間に出歩く者はいないからだ。馬蹄《ばてい》の音が石畳《いしだたみ》の通りに呼び鈴《りん》のように響き、荷馬の動きに合わせてカンテラがカタカタと音を立てた。次の角《かど》を曲がると、もうアル＝ソアは後ろを見なかった。ほかの者たちの口からも、ようやく安堵《あんど》のため息が漏れた。

　ロイアルはまっすぐに〈秘路〉の入口へ向かっているようだ。広い通りを早足で進めば、闇のなかをうろついている犬に出くわし、狭い路地を不用意に急げば、ぐちゃっと何かを踏みつける。ひどいにおいにナイニーヴが小声でぶつくさ言ったが、足取りをゆるめようとする者は一人もいなかった。

　空が白みはじめ、東の屋根の上がうっすらと真珠色に染まった。朝の空気は冷たく、通りを行くわずかな人々はみな、分厚く服を着こみ、夢のつづきに浸《ひた》るようにうなだれている。周囲に注意を向ける者はほとんどいない。多くの者が目もくれないなか、ロイアルを先頭にした一行をまともに見た者が一人だけいた。

　そのたった一人の男は、ほかの通行人と同じように、一行をちらっと見ると、ふたたび物思いにふけりはじめたが、もういちどよく見ようとして振り向いたとたんに、あやうく転びそうになった。あたりは、やっと人影が確認できるほどの明るさだったが、それで充分だった。遠目には、巨大な馬に乗ったロイアルは、それなりにバランスよく見えただろう。しかし、後ろにつづく隊列と比べると、ロイアルはどう見ても大きく、身長は普通の人間の一倍半はある。男はもういちど一行に目を向けると、押し殺したような叫び声を上げ、あわてて逃げ出した。

そろそろ、通りは人でいっぱいになる。もうすぐだ。アル＝ソアは、通りの向こうを足早に行きすぎる一人の女を見つめた。女は何も目に入らぬ様子で足もとだけを見ている。人通りが増えてくれば、一行に目をとめる者も出てくるだろう。東の空が明るくなってきた。

「あそこです」ついにロイアルは言い、「あの下です」と、一軒の店を指さした。

夜明け前なので、店の扉は固く閉ざされたままだ。店の前に並んだテーブルの上には何もなく、日よけもきちんとたたまれている。店主の暮らす階上の部屋の窓も暗かった。

「あの下に？」マットが信じられないというように叫んだ。「いったい、どうやって、あのなかに――？」

モイレインは手を上げてマットの言葉をさえぎると、先に立ち、自分についてくるよう身ぶりで示した。店の横には路地があり、人も馬もいっしょになって、その入口の近くに押し寄せた。ふたつの建物にはさまれた路地は、表通りより暗く、夜に逆戻りしたかと思うほどだ。

「地下室の扉があるはずです」モイレインはつぶやいた。「ああ、ありました」

突然、光がひらめいた。冷たい光を放つ拳大《こぶしだい》の玉が、モイレインの手のひらの上に浮かび、その手の動きに合わせて動いている。もう誰も驚かなかった。あまりにも不思議なことをいくつも経験してきたせいだろうと、アル＝ソアは思った。モイレインはその光る玉を扉に近づけた。扉は大きく傾いていた。数本のボルトで固定された掛け金がかかっており、アル＝ソアの手より大きな錆《さび》だらけの錠がついている。

ロイアルは錠を強く引っ張った。「掛け金も全部はずせそうです。でも、そんなことをしたら、物音で近所の人たちが目を覚ましてしまいます」

「できれば、この店のものには傷をつけないで」モイレインはしばらく錠を見つめていた。いきなり、手に持った杖で軽く叩くと、錆《さ》びついた錠は簡単に開いた。

ロイアルは手早く錠をはずして扉を開け、つっかい棒を立てた。

モイレインは光る玉で前を照らしながら、扉の向こうに現われた傾斜路を進み、アルダイブもおそるおそる、あとにつづいた。

「カンテラを灯して、おりてきてください」モイレインは静かに言った。「広いから大丈夫です。急いで。もうじき夜が明けます」

アル＝ソアは急いで、荷馬の背負った竿の先からカンテラをはずしたが、まだ明かりを灯していないのにマットの顔が見えることに気づいた。もうすぐ通りには人があふれ出し、店主も店を開けるために外へ出てくるだろう。そうなったら、なぜ、こんな路地に馬がひしめいているのか、みんな不思議に思うにちがいない。馬を連れてこんなところに入るのかと、マットがいらだたしげに言った。しかしアル＝ソアがかまわずに、自分の馬を連れて傾斜路をおりると、マットもぶつぶつ言いながら、あわててあとを追ってきた。

アル＝ソアのカンテラが竿の先で大きく揺れ、気をつけないと、天井にぶつかってしまいそうだ。それに、レッドも荷馬も傾斜路が苦手なようだ。やがてアル＝ソアは傾斜路をおりきって、マットに先を譲った。モイレインは光る玉を消したが、ほかの者たちがカンテラを持って集まると、たちまち広い空間が照らしだされた。

地下室は幅も長さも、地上部分の建物と同じだった。その空間のほとんどを煉瓦の柱が占めている。上に向かうほど太くなる柱は、天井部分では土台の五倍もの太さがあった。まるでアーチ形の門が連なっているような部屋だ。これほどの広さがありながら、アル＝ソアは、やはり窮屈な気がしてしかたがなかった。現に、ロイアルの頭は天井につかえそうだ。錆びついた錠を見て察しがついたように、長いあいだ使われていない部屋であることはたしかだ。床には、がらくたでいっぱいの壊れた樽《たる》が数個と、分厚く積もった埃《ほこり》があるだけだ。アル＝ソアたちの踏み散らした塵《ちり》が、カンテラの明かりにきらめいている。

　最後に傾斜路へ入ったランは、マンダーブを先に行かせると、すぐにまた扉を閉めるために引き返していった。

　マットはうめいた。「いったい、なんだって、こんなところに入口をつくったんだ？」

「昔から、こうだったわけじゃありません」ロイアルの声が轟《とどろ》いた。「昔はこうじゃありませんでした。こんなんじゃなかった！」ロイアルが腹を立てていることに、アル＝ソアは驚いた。「昔は、ここに木立がありました。いろいろな木がここに育ち、われわれオジールの心をなぐさめてくれるはずでした。高さ百六十メートルの〈巨木林〉があったのです。枝は日よけとなり、涼しいそよ風は葉と花の香りを運び、われわれを〈安息の場〉の平和な記憶に浸らせてくれました。それが全部、こんなもののために台なしになってしまった！」ロイアルは拳で柱をなぐりつけた。

　柱が揺らぎ、アル＝ソアの耳に煉瓦の割れる音がはっきり聞こえた。次の瞬間、乾いた漆喰《しっくい》が滝のように柱をすべり落ちた。

「織りあげられた歴史模様をほどくことはできません」モイレインは優しく言った。「建物を壊しても、ふたたび、ここに木々が育つことはないでしょう」

ロイアルの眉が垂れさがった。これ以上はないというほど恥ずかしそうな顔だ。

「ロイアル、あなたが力を貸してくだされば、残された木立を闇の手から守ることができます。こうして探していた場所へたどりつけたのも、あなたのおかげです」と、モイレイン。

モイレインはひとつの壁の前に立った。アル＝ソアは、それがほかの壁とどこか違うことに気づいた。どれも普通の煉瓦壁だが、この壁だけは手のこんだ細工をほどこした石でできている。複雑に渦を巻く葉と蔓《つる》が精密に刻まれ、分厚い埃でおおわれながらも、石は青白く見えた。煉瓦も漆喰も古いものだが、その石は、煉瓦が焼かれるよりずっと以前から存在していたような感じがした。はじめからあった石が後世の人々の手によって壁のひとつとされ、さらに時をへて、地下室の一部に作り替えられたのかもしれない。

葉と蔓が描かれた壁のちょうどまんなかに、きわだって精巧に刻まれた部分があった。ほかの部分にも手のこんだ細工がほどこしてあるが、これと比べれば、ただの模造品でしかない。硬い石板の上だというのに、そこに刻まれた葉は柔らかそうで、今にも風にそよぎそうだ。にもかかわらず、その葉は年代を感じさせた。この石板はただでさえ煉瓦より古いが、なかでもこの部分は、さらに古い――ずっとずっと古い――のだろう。ロイアルはわれを忘れて葉に見入った。

「これが〈生命の木《アヴェンデソーラ》〉です」モイレインはつぶやき、石に彫られた三つ葉に手を置いた。

アル＝ソアはまじまじと、その葉を見つめた。似たような葉は、ほかに見あたらなかった。

「〈生命の木《アヴェンデソーラ》〉の葉が、門を開ける鍵なのです」

モイレインがそう言うと、三つ葉は石を離れ、モイレインの手におさまった。

アル＝ソアは目をしばたたいた。後ろにいた仲間たちも思わず息をのんだ。その三つ葉も壁の一部にすぎないはずなのに、モイレインはそれを、いとも簡単に二十センチほど下の模様にはめこんだ。三つ葉はぴたりとそこにおさまり、その瞬間、中心の石細工全体が息づいた。

風もないのに木の葉が揺れるのを、アル＝ソアはたしかに見た。埃の下には今も青々とした葉が茂っていたのかと思わずにはいられない。目の前にあるのは、まさに新緑の春を描いたタペストリーだ。目に見えないほどゆっくりと石板のまんなかが裂けはじめた。裂け目が広がり、二枚に分かれた石板が手前に向かって開きはじめ、やがて、直立した状態のまま止まった。石の裏側にも、たくさんの葉や蔓が生き生きと描かれている。壁の向こうに現われるのは、どうせ埃か隣の建物の地下室だろうと思ったが、そこには、まるで鏡のように自分たちの姿がぼんやりと映っていた。

「そういえば、聞いたことがあります」と、ロイアル。悲しげな、それでいて不安そうな口調だ。「昔、〈秘路〉の出入口は鏡のように輝いていた、と。昔と言っても、〈秘路〉がまだ太陽の光に満ちていたころのことです。もう遠い昔です」

「さあ、こうしてはいられません」と、モイレイン。

ランはカンテラを吊りさげた竿を手に持ち、マンダーブとともに、モイレインの前を通り過ぎた。入口に向かうと、ぼんやりと〝鏡〟に映ったランの姿が馬をともなって、同じように近づいてきた。ランと、鏡に映る姿は、たがいに吸い寄せられるように歩み寄り、ついに消えた。マンダーブは手綱を固定されたかのように、しばらく、その場を動かなかったが、やがて手綱がぴんと張ると、マンダーブの姿も鏡のなかへ消えた。

全員が固唾《かたず》をのんで、入口を見つめた。

「急いでください」モイレインは言った。「わたくしが最後に行きます。この門を開けっぱなしにして、人目にふれることがあってはなりません。だから、急いで」

重いため息とともにロイアルが、鏡のなかへ大きく足を踏み入れた。ロイアルの馬は頭をもたげ、必死に抵抗したが、とうとう引きずりこまれ、ロイアルも馬も完全に姿を消した。

アル＝ソアはおずおずと、入口に向かってカンテラを突き出した。カンテラは鏡のなかへ溶けこみ、消えた。少しずつのみこまれてゆく竿を見つめながら、アル＝ソアは懸命に前へ進み、とうとう鏡のなかへ入りこんだ。アル＝ソアの口がぽかんと開いた。何か冷たいものが肌をすべってゆく。冷たい滝に打たれている感じだ。スローモーションのように、ゆっくりと髪の一本一本にまでしみわたった冷たさは、ついには全身を震わせた。

突然、その冷たさが泡のようにはじけ、アル＝ソアはハッと息をのんだ。そこはもう〈秘路〉のなかだった。前方で、それぞれの馬を連れたランとロイアルが待っている。あたりは、永遠につづくかのような闇に包まれていた。カンテラの明かりも、闇にのみこまれたように、アル＝ソアたちのまわりを小さく照らすばかりだ。

ふと不安に駆られたアル＝ソアが強く手綱を引くと、レッドと荷馬が躍りこんできた。アル＝ソアを蹴《け》り倒しそうな勢いだ。アル＝ソアはなんとか体勢を保ち、興奮気味の馬を引っ張りながら、ランとロイアルの近くへ急いだ。馬たちが、かすかにいないた。ようやく仲間の馬がきて、マンダーブまでがほっとした様子だ。

「入口を通り抜けるのは簡単です、アル＝ソア」と、ロイアル。「問題は……入口を抜けたとたんに何もかも変わってしまうことです。ほら」

アル＝ソアはロイアルの指さしたほうを振り向いた。また、あの鈍くきらめく鏡が目に入るはずだった。しかし闇のなかに見えたのは、巨大な曇りガラスごしの地下室だった。その周囲の暗さが闇の深さを物語っている。暗闇のなかにぽっかり開いた窓みたいだと、アル＝ソアは言い、声を震わせて笑ったが、ロイアルはその言葉を冗談とは受け取らなかった。

「あの窓の向こうへまわりこむこともできます。でも、向こう側からは何も見えないはずです。まあ、やめといたほうがいいですね。あの向こうに何があるのか、本にははっきり書いてなかったけど、道に迷うか、出口を見失うだけでしょう」

アル＝ソアは頭を振り、〝窓の向こうにあるもの〟ではなく、その窓だけを一心に見つめたが、かえって不安になっただけだった。闇のなかに見えるのは、あの窓だけだ。ほかに何かあれば、目に入らないはずがない。曇りガラスのような窓の向こうに、なんとかモイレインたちの姿が見えた。夢のなかをさまようような、妙な動きをしている。まばたきまでが大げさな動作に思えた。透きとおったゼリーのなかを歩くように脚を泳がせて、マットが入口に近づいてきた。

「〈秘路〉のなかでは、〈時の車輪《ホイール・オブ・タイム》〉の回転が速くなります」ロイアルは周囲の闇を見て、うなだれた。「今、この世に存在しているのは、〈秘路〉のことを断片的にしか知らない者ばかり。このぼくだって何も知らない。それが怖いんです、アル＝ソア」

ランが言った。「危険を冒《おか》さずに闇王を倒すことはできぬ。しかし現にわれわれが、こうして生きている以上、無事に戻ってこられる可能性もあるはずだ。あきらめるのはまだ早いぞ、ロイアル」

「あなたは〈秘路〉に入ったことがないから、そんなことが言えるんです」いつもは大きな声を轟かせるロイアルが声をひそめ、暗闇に見入った。「ぼくだって入ったことはないけど、〈秘路〉から戻ってきたオジールを知っています。あの姿を見れば、あなたもそんなことは言えないはずです」

　入口を通り抜けると、マットは普通の動きに戻った。一瞬、果てしなくつづく闇を見つめたが、やがて竿の先のカンテラを揺らしながら、アル＝ソアたちの近くへ急いだ。そのあとを追って、猛烈な勢いでマットの馬が転がりこみ、つづいてペリン、エグウェーン、そしてナイニーヴ、と一人ずつ入口を通り抜けてきた。三人とも同じように、一瞬、呆然《ぼうぜん》とし、それから駆けだした。みんながカンテラを持って集まると、その明かりが大きく周囲を照らした。本当はもっと明るくてもいいはずなのに、カンテラの数が増えれば増えるほど、光に対抗して闇が深まってゆく。

　なぜかアル＝ソアは仲間についていきたくなかった。闇の正体もわからぬまま、ここにいるだけでも恐ろしい。その思いは誰しも同じようだ。マットも、いつものような皮肉な口はきかないし、エグウェーンも「こなきゃよかった」という顔をしている。誰もが押し黙ったまま、入口——もとの世界へ通じるたったひとつの窓——を見つめていた。

とうとう地下室にはモイレイン一人が残された。カンテラの明かりがあたりをぼんやりと照らしている。夢のなかをさまようように這《は》わせていたモイレインの手が〈生命の木《アヴェンデソーラ》〉の葉を探りあてた。アル＝ソアから見ると、それは石細工の下のほうにあった。さっき門の向こう側からモイレインがはめこんだ場所だ。モイレインは葉を引き剝《は》がし、もとの場所に戻した。向こう側にある葉ももとの場所に戻ったのだろうかと、不意にアル＝ソアは不思議な思いにとらわれた。

アルダイブをともなってモイレインが通り抜けると、石の門はゆっくりと閉じはじめた。仲間のもとへ向かうモイレインのカンテラが、今にも閉じようとする門を照らし出している。門は完全に閉じられ、わずかなカンテラの明かりを残して、あたりは闇に包まれた。

もはや、この世にはカンテラの明かりしか存在しないような気がした。アル＝ソアは、ペリンとエグウェーンにはさまれていることに気づいた。エグウェーンは見開いた目でアル＝ソアを見つめると、ますます身体を押しつけてきた。ペリンもアル＝ソアが身動きできないほど、ぴったり寄り添っている。まわりが闇にのみこまれた今、誰かにふれていないと不安でたまらなかった。馬たちも、締めつけてくるような闇におののいている。

モイレインとランは、なんの不安も見せずに馬に飛び乗った。モイレインは前かがみになり、鞍の前橋《ぜんきょう》に渡しかけた杖に両腕をのせた。

「先を急がなければなりません、ロイアル」

ロイアルははじかれたようにうなずき、「ああ、そうでした、モイレイン・セダーイ。おっしゃるとおりです。一分も無駄にはできません」と言うと、足もとを走る白い線のようなものを指さした。アル＝ソアは思わず飛びのいた。かつてはなめらかだったはずの床が、今はあばたでもできたように、でこぼこだらけだ。しかも、白い線はところどころとぎれている。

「これをたどれば、最初の〈道しるべ〉が見つかります。そこから……」ロイアルは不安げにあたりを見まわすと、こんどはなんのためらいもなく馬に乗った。馬につけた鞍は、ラメイがやっと見つけた最大級のものだが、それでも、ロイアルの身体は前橋から鞍尾《あんび》までいっぱいになり、ぶら下げた両足が馬の膝まで届きそうだ。

「一分も無駄にはできません」

ロイアルがつぶやくと、ほかの者たちもしぶしぶ馬にまたがった。

モイレインとランがロイアルをはさむ形で、闇のなかの白い線をたどり、その後ろにアル＝ソアたちの一団がかたまりになってつづいた。それぞれの頭の上でカンテラが揺れている。これだけカンテラがあれば、充分すぎるほど明るいはずなのに、光は数メートル以上先へはどうしても届かなかった。壁にぶちあたったように闇にさえぎられる。鞍のきしむ音も、床を蹴る蹄《ひづめ》の音も、その壁に跳ね返されそうだ。

　アル＝ソアは剣を手探りしつづけた。剣で太刀《たち》打ちできる何かがそこにあると思ったわけではない。むしろ、何もないように思えた。カンテラの淡い光が照らし出すのは、石の壁で囲まれた、出口のない洞窟だけだろう。何か変化があれば、馬たちは踏み車をまわすように必死に脚を動かしたはずだ。アル＝ソアは柄《つか》を握りしめた。こうしていれば、身体にのしかかってくる闇をはねのけられそうな気がした。剣にふれていると、父親タムに教わったことが脳裏によみがえり、しばし無心になれた。だが、なおも闇が重くのしかかると、無心は消え去った。はじめから、やりなおしだ。アル＝ソアはタムの教えを思い出そうと、ふたたび剣に手をかけた。

　ようやく周囲の景色が変わり、アル＝ソアはほっとした。前方の闇のなかから現われたのは、背の高い石板だった。足もとの白い線はその石板の土台部分でとぎれている。大きな石の表面にはめこまれた金属板には、葉と蔓を思わせる優美な曲線が描かれていた。石板にも金属板にも同じように、色褪《いろあ》せた穴がぽつぽつとあいている。

「これが〈道しるべ〉です」ロイアルは鞍から身を乗りだすと、金属板に描かれた曲線を見て顔をしかめた。

「オジール文字ですね」と、モイレイン。「でも、傷《いた》みがひどくて判読できません」

「ぼくにも読めませんが、この方角へ向かえばいいことだけはたしかです」ロイアルは馬の向きを変え、先へ進もうとした。

カンテラの光がまた別の石造物をとらえた。弓なりの石橋が闇のなかへ向かい、手すりも何もないゆるやかな傾斜路がその橋につながっている。落下防止のためか、橋の部分には胸の高さほどの欄干《らんかん》があった。欄干はごく普通の白い石でできており、単純な曲線や円の重なりが複雑な形を作り出していた。アル＝ソアには見覚えのあるもののように思えたが、それがただの幻想だということはわかっている。はじめてきたこの場所に見覚えのあるものを求めているだけだ。

ロイアルは橋のたもとで足を止め、そこに立てられた石柱の文字を読んだ。うなずくと、橋をのぼりはじめ、「これがひとつめの橋です」と肩ごしに言った。

何が橋を支えているのか、アル＝ソアは不思議に思った。馬が歩を進めるたびに、蹄が石を踏み砕くような音を立てる。目に映るものはどれもこれも、浅い穴におおわれていた。小さな刺し跡のようなものや、歩幅ほどもある縁《ふち》のぎざぎざした窪《くぼ》みもある。まるで酸の雨を浴びたか、それとも、石そのものが腐食したかのようだ。欄干にも穴やひびがいくつもあった。なかには大きく一メートル半ほど裂けた個所もある。橋全体が硬い石でできているとわかっていても、渡りおえるまでは橋が崩れ落ちませんようにと、祈らずにはいられなかった。

橋がどこまでつづいているのかはわからないが。

一行はようやく橋を渡りおえたが、あたりはもとの場所と何ひとつ違わないように見えた。わずかな明かりのなかでも、広い場所だということがアル＝ソアにはわかった。橋と傾斜路を残して、台地状に盛りあがっている感じだ。ロイアルはこれを〈島〉と呼んでいる。アル＝ソアが〈島〉の中央で、文字を刻んだ〈道しるべ〉をもうひとつ見つけたが、こんなもので進む方向が本当にわかるのか、アル＝ソアには知る術《すべ》もなかった。ロイアルは文字に目を通すと、一行を引き連れて、くねくねとつづく傾斜路をあがった。

果てしなくつづく傾斜路をあがってゆくうちに、一行はまた別の〈島〉に降り立った。さっきの〈島〉とちょうど同じような〈島〉だ。傾斜路をどんなふうにたどってきたのか、アル＝ソアは想像しようとしたが、考えるのはすぐにやめた。どちらにしろ、この〈島〉がさっきの〈島〉の真上にあるはずがない。絶対に。

ロイアルは、オジール文字が刻まれた〈道しるべ〉をさらにひとつ調べ、また別の橋へ導く〈道しるべ〉を見つけた。どこへたどりつくのか、アル＝ソアには見当もつかない。

かすかな光のなかに見える橋はみな、よく似ていた。違うのは、欄干にひびが入っているかどうかという点だけだ。あれから何時間たったのだろう？　いくつの橋と傾斜路を通り過ぎてきたのだろう? だが、ランなら、時間を把握しているはずだ。アル＝ソアがはじめて空腹を感じたとき、折りよくランが、もう昼どきだと静かに告げた。そろそろ荷馬からパンやチーズや干し肉をおろしてもいい。そのころにはペリンが荷馬を引いていた。一行は〈島〉のひとつに着き、ロイアルだけが忙しそうに〈道しるべ〉の示す方向を解読した。

マットが馬からおりようとすると、モイレインが言った。

「こんなところで時間を無駄にするわけにはいきません。もはや一刻の猶予もありません。立ちどまるのは眠るときだけです」

ランはすでにマンダーブの背中に戻っていた。

ここで眠るのかと思うと、アル＝ソアは食事どころではなくなった。いくら、ここが万年の〝夜〟でも、とても眠れそうにない。アル＝ソアもほかの者と同じように、馬を歩かせながら食事をしたが、どうにも手もとが危なっかしい。食べものとカンテラの竿と手綱を、いっしょにつかもうとしているせいだ。しかし、あまり食べられそうにないと思ったわりには、パンもチーズも最後のひとかけらまで、ぺろりと平らげ、食べ足りない気さえした。どうやら〈秘路〉も、恐れるほどのものではなさそうだ。少なくともロイアルが警告したほど、ひどくはない。誰もが嵐を待ち受けるような重苦しい気持ちでやってきたはずなのに、変わったことは何もない。拍子抜けするほど、何も起こらなかった。

その静寂がロイアルのうめき声で打ち破られた。

アル＝ソアは鐙《あぶみ》の上に立ちあがり、目を凝《こ》らしたとたん、息をのんだ。アル＝ソアたちは橋のまんなかにいた。そして、ロイアルの数メートル先には、ぎざぎざした裂け目が大きく口を開けていた。

45　闇のなかの追跡者

カンテラを精いっぱい前に差し出すと、ようやく裂け目の向こう端が見えた。ぎざぎざした縁《ふち》が、闇のなかに鋭く突き出している。興奮したロイアルの馬が地面を蹴《け》り、石ころが暗い裂け目のなかへ落ちていった。その石が底にあたる音は、ランド・アル＝ソアの耳には聞こえなかった。

アル＝ソアは注意深く、レッドを裂け目の縁《へり》まで進ませ、できるだけカンテラを近づけたが、何も見えなかった。光を切り取ったかのように、眼下には闇だけが広がっている。この裂け目に底があるとしても、数百メートルのかなただろう。いや、ひょっとしたら、底などないのかもしれない。向こう端を見たアル＝ソアは、何が橋を支えているのか、ようやく悟った。何もない。橋の厚さは一メートル半ほどで、それを支えるものは何もなかった。

急にアル＝ソアは、薄い紙の上に立っているような気がしてきた。底なしの裂け目が、アル＝ソアをのみこもうと口を開《あ》けている。カンテラと竿《さお》が妙に重く、鞍《くら》から引きずりおろされそうだ。めまいを覚えながら、アル＝ソアはふたたび注意深くレッドを後退させた。

「あなたは、こんなところへあたくしたちを連れてきたかったのですか、モイレイン様？」ナイニーヴは言った。「結局、このままシームリンに戻らなきゃならないってことでしょう？」

「戻る必要はありません」と、モイレイン。「シームリンには戻りません。経路はほかにもあります。少し引き返して、ロイアルにファル・ダーラへ通じる別の経路を探してもらいましょう。ロイアル？　ロイアル！」

　裂け目を一心に見つめていたロイアルは、やっと目を引き離した。「なんですか？　ああ、モイレイン様。大丈夫、経路はほかにもあります。それにしても……」ふと裂け目に視線を戻し、耳をぴくぴくさせた。「まさか、ここまで腐食が進んでいるとは思いませんでした。橋がこのまま保《も》たなければ、別の経路を見つけられないかもしれません。いや、引き返すこともできないかもしれません。こうしているうちにも、橋は足もとから崩れ落ちそうです」

「何か方法があるはずだ」と、ペリン。なんの感情もこもらない声だ。その目が光をかき集めるかのように、金色にきらめいた。

アル＝ソアはハッとした。まるで追いつめられた狼のような目だ。

「とにかく歴史模様にしたがうだけです」モイレインは言った。「でも、今すぐ、この橋が崩れ落ちるとは思えません。足もとをごらんなさい、ロイアル。これが古い亀裂だということは、わたくしにもわかります」

「ええ」ロイアルはおずおずと答えた。「そのとおりです、モイレイン様。ここには雨も風もないとはいえ、この橋は亀裂が入った状態で持ちこたえてきたのです」ロイアルは安《あん》堵《ど》の笑みを浮かべてうなずいた。ほっとしたとたんに、今までの心配が消し飛んだのだろう。だが、あたりを見まわすと、ロイアルは不安げに肩をすくめた。「めざすのがファル・ダーラでなければ、もっと簡単に経路を見つけられるのですが。たとえば、タール・ヴァロンとか、〈安息の場〉シャンタイとか……。橋を三つ渡れば、シャンタイにたどりつきます。もうそろそろ、長老たちがわたしと話をしたがっているはずです」

「いいえ、めざすのはファル・ダーラです、ロイアル」モイレインは断固とした口調で言った。「どうしても、その向こうにある〈全界の眼《アイ・オブ・ザ・ワールド》〉へ行かなければなりません」

「わかりました、ファル・ダーラですね」ロイアルはしぶしぶ答えた。

〈島〉を背にしたロイアルは、石板に刻まれた文字を目で追いながら、眉を垂れさげ、何かつぶやいた。すぐにそのオジール文字の意味を理解すると、はっきりと口に出して読みあげた。オジール語の響きは、声の低い鳥のさえずりに似ている。これほど音楽的な言語を持つ民族がいるのかと、アル＝ソアは驚いた。

ようやくロイアルはうなずき、一行を率いて次の橋へ向かったが、途中で向きを変え、別の橋のそばにあった〈道しるべ〉をのぞきこみ、あきらめの表情を浮かべた。

「橋を三つ渡れば、シャンタイにたどりつけるのに」

ロイアルはため息をつきながらも、立ちどまらずに、向こうに見える三つめの橋をめざした。橋を渡りはじめると、ロイアルは名《な》残《ごり》惜しげに振り返った。故郷へつづく橋はすでに闇のなかだ。

アル＝ソアはロイアルの横に馬をつけた。「この旅が終わったら、あんたの〈安息の場〉に案内してくれ、ロイアル。おれもエモンズ・フィールドに案内しよう。ただし、〈秘《ひ》路《ろ》〉は使わずにね。たとえ夏じゅうかかっても、徒歩か馬で行くんだ」

「この旅が終わる？　そんな日がくると思いますか、アル＝ソア？」

アル＝ソアは顔をしかめて、ロイアルを見た。「あんたは〈秘路〉を通れば、ファル・ダーラまで二日で行けると言ったじゃないか」

「このまま〈秘路〉から無事に出られないかもしれないんですよ、アル＝ソア」

ロイアルは肩ごしにモイレインを振り返った。モイレインとランは並んで馬を歩かせながら、小声で話しこんでいる。

「どうして、この旅が終わるときがくると信じられるんですか？」と、ロイアル。

　橋と傾斜路はのぼりおりしながらつづいた。ときどき、〈道しるべ〉を起点とした一本の白い線が、闇のなかへ導くように足もとを走っていた。シームリンの入口からつづいていたのと同じ線だ。アル＝ソアはその線を、なぜか離れがたい思いで見つめた。そう感じているのはアル＝ソアだけではないようだ。ナイニーヴもペリンもマットもエグウェーンも、なかなか線から離れようとしなかった。白い線をたどってゆけば、空も太陽も風もあるもとの世界へ戻れる。今は風までが恋しい。しかしモイレインににらまれ、一行は泣く泣くその場をあとにした。もとの世界へつながる〈島〉と〈道しるべ〉と白い線が闇にのみこまれても、アル＝ソアたちは振り返らずにはいられなかった。

　アル＝ソアが眠気をもよおしはじめたころ、モイレインの指示により、一行は〈島〉のひとつで睡眠をとることになった。マットはあたりの闇を見て、くすくす笑いだしたが、みなと同じようにすばやく馬をおりた。ランとほかの男たちが馬の鞍をはずし、足かせをはめる一方で、ナイニーヴとエグウェーンが小さなコンロを用意して、お茶を沸かした。コンロはカンテラの土台部分に似た形をしている。ランの話では、薪《たきぎ》を燃やすのが危険な大荒廃地で、護衛士が使うものだという。ランは荷馬《にうま》からおろしたかごから三脚を取り出し、その上にカンテラを吊《つ》りさげた竿をぐるりと並べた。

　ロイアルはしばし〈道しるべ〉を調べてから、あぐらをかいてすわりこみ、その穴だらけの薄汚れた石板を手でこすった。

「昔は、〈島〉にはいろんな植物が生い茂っていました」と、ロイアル。悲しげな口調だ。「どの本を見ても、そう書いてあります。羽根のように柔らかい緑の草は寝台代わりになったし、果樹は旅人の食事に味を添《そ》えてくれました。季節を問わず、いつでも甘くて新鮮なリンゴや梨やベルフルーツを食べることができました」

「獲物は何もないな」低い唸《うな》り声を漏《も》らしたペリンは、自分の言葉に驚いた。

　ロイアルは、エグウェーンからお茶を受け取った。口もつけぬまま、そこに果樹を探すかのような表情でカップのなかを見つめている。

「監視霊を置かなくていいのですか？」ナイニーヴはモイレインに訊《き》いた。「こんな場所には、ネズミより、ずっとたちの悪いものがいるはずです。目には見えないけど、何か感じます」

　モイレインは汚いものでもついているかのように、指を手のひらにこすりつけた。「あなたの感じているのは穢《けが》れです。そもそも、〈秘路〉は闇王によって穢された絶対力によって造られました。必要がないかぎり、わたくしは、ここで絶対力を使いません。何かしようとしても、失敗するだけです。それほどに穢れは強いのです」

その言葉に、ロイアルをはじめ、全員が押し黙った。ランは地面にすわりこむと、黙々と食べはじめた。ランにとって、食事はエネルギー補給の意味しか持たないようだ。モイレインも、おいしそうに食べている。きちんと居住まいを正した姿は、剝《む》き出しの石の上にすわっているとは、とても思えない。

アル＝ソアは食が進まなかった。コンロの炎は小さく、湯を沸かすのがやっとだ。それでも、少しでも身体を温めようと、そちらへ這《は》ってゆき、マットとペリンのあいだに割りこんだ。三人で身を寄せ合ってコンロを囲んだ。マットはパンと肉とチーズを手に持ったまま、口をつけず、ペリンも少し食べただけで皿を置いた。重苦しい雰囲気がただよいはじめ、誰もが闇から目をそむけてうつむいた。

モイレインは食事をしながら、みなの様子を見つめている。食べおわると、皿をわきへ置き、ナプキンで口もとをぬぐった。「元気が出るように、いいことを教えてあげましょう。わたくしが思うには、吟遊詩人トム・メリリンは死んでいません」

アル＝ソアは鋭い目でモイレインを見た。「でも……闇に溶けるミルドラルが……」

「ホワイトブリッジでのことは、マットから聞きました」と、モイレイン。「街の人々は吟遊詩人のことを話題にしましたが、死んだとはひとことも言いませんでした。本当に殺されたのなら、そう言ったはずです。ホワイトブリッジはそれほど大きな街ではありませんから、吟遊詩人のことが噂にならないわけがありません。それに、メリリンはあなたがた三人を中心とする歴史模様の一部です。なくてはならない存在だと、わたくしは信じています」

アル＝ソアは思った――〝なくてはならない存在〟だって？　どうして、モイレイン様にそれがわかるんだ？

「ミンがそう言ったんですか？　メリリン先生のことで、ミンは何か見えたんですか？」

と、アル＝ソア。

「ミンは、さまざまなイメージを目にしました」モイレインは顔をしかめた。「あなたがた全員のイメージを見ました。ミンの目に映るものが何を意味するのか、半分でも、わたくしに理解できればいいのですが、それはミン自身にもわからないようです。古い防壁は弱まっています。ミンの能力がいつ目覚めたものであるにせよ、ミンの目が真実を映していることはたしかです。あなたがたはひとつになる運命にあります。もちろん、メリリンも」

ナイニーヴは、バカバカしいというように鼻を鳴らすと、お茶をもう一杯注いだ。

「ミンにおれたちのことがなんでも見えたなんて、信じられないな」マットはにやりと笑った。「だってミンは、ずっとアル＝ソアのことばかり見てたんだぜ」

エグウェーンが片方の眉を上げた。「あら？　あたしはそんなこと聞いてませんけど、モイレイン様？」

アル＝ソアはエグウェーンをちらっと見た。エグウェーンはアル＝ソアを見ていないが、今の声は不自然に感情を押し殺していた。

「ミンとはいちど話をしただけだ。ミンは男みたいな服を着てる。髪だって、おれと同じくらい短い」と、アル＝ソア。

「へえ、話をしたの？　それも、いちどだけ？」エグウェーンは、ゆっくりうなずくと、アル＝ソアには目もくれずに、カップを口へ運んだ。

「ミンはベイロンの宿屋の雇われ人だ。それだけさ」と、ペリン。「アラムとは違うよ」

エグウェーンはお茶にむせて、つぶやいた。「熱《あつ》っ」

「アラムって誰だ？」アル＝ソアが訊くと、ペリンは以前のマットのようないたずらっぽい笑みを浮かべ、カップで口もとを隠した。

「放浪民よ」と、エグウェーン。さりげない口調だが、頬が赤く染まっている。

「そうそう、ただの放浪民だ」ペリンはそっけなく言った。「鳥みたいに踊る。あんたがそう言ったんだよな、エグウェーン？　鳥といっしょに飛んでるみたいだって」

エグウェーンはいらだたしげにカップを置いた。「みんな疲れてないの？　悪いけど、あたし、先に寝るわ」

エグウェーンが毛布にくるまると、ペリンは手を伸ばし、アル＝ソアをつついて片目をつぶってみせた。アル＝ソアは思わず笑い返した。やれやれ、どうして、おれはいつも、こうなんだ？　ペリンみたいに、少しは女のことを勉強しなきゃな。

マットが茶目っけたっぷりに言った。「アル＝ソア、おまえ、エグウェーンに話したほうがいいぞ。グリンウェルの娘のエルスのことだよ」

エグウェーンは顔を上げ、じろりとマットを見ると、次にアル＝ソアをにらみつけた。アル＝ソアはあわてて立ちあがり、自分の毛布を取りにいった。「ああ、おれも眠くなってきた」

マットとロイアルも、それぞれ毛布を捜しはじめた。モイレインとランだけがすわって、お茶を飲んでいる。ランは、眠るつもりなどないし、眠る必要もないという顔をしていた。

横になっても、誰もたがいに離れようとしなかった。コンロを囲み、ぴったりと身体を寄せ合ったまま、毛布をかぶっている。

「なあ、アル＝ソア」マットがささやいた。「おまえ、ミンと何かあったのか？　ちらっと見ただけだが、たしかに美しい娘だった。歳はナイニーヴと変わらないみたいだけど」

「エルスは？」ペリンが横から口を出した。「かわいい娘か？」

「いいかげんにしてくれよ」と、アル＝ソア。「おれは女の子と話もさせてもらえないのか？　おまえたちまで、エグウェーンみたいなことを言いやがって」

「ナイニーヴなら、きっと、こう言うぞ」マットは、からかうように言った。「言葉に気をつけなさい！　ってな。いいよ。おまえが言いたくないのなら、おれは寝る」

「ああ、それがいい。おまえにしては、めずらしく殊勝な態度だ」と、アル＝ソア。

だが、そう簡単には寝つけなかった。穴ぼこだらけの硬い石の地面が、毛布ごしにも身体に感じられる。この〈秘路〉が、全界を破滅に導いた男たちによって造られ、闇王によって穢されたものであることを、まざまざと思い知らされた。何も支えるもののない、今にも崩れそうな橋が、アル＝ソアの頭から離れなかった。

　寝返りを打つと、マットがこちらを見ていた。アル＝ソアを見ているというより、その向こうの闇を見ているのかもしれない。不気味な闇のなかでは、もうアル＝ソアをからかう気にもなれないようだ。アル＝ソアが反対側へ寝返りを打つと、ペリンも目を開けていた。マットほど不安そうではないが、両手を胸に置き、落ち着きなく親指で拍子を取っている。

　モイレインは、それぞれの枕もとにひざまずき、一人ずつ声をかけてまわった。ペリンにどんな言葉をかけたのか、アル＝ソアには聞き取れなかったが、ペリンは親指を動かすのをやめた。次にモイレインは、顔がふれそうなほど低く、アル＝ソアの上にかがみこみ、優しくささやいた。

「ここにいても、あなたは運命に守られています。たとえ闇王といえども、歴史模様を完全に変える力はありません。わたくしがそばにいるかぎり闇王はあなたに手出しできません。安心して、夢をごらんなさい。今は大丈夫ですから」

モイレインがマットのほうへ行くと、アル＝ソアは内心で首をかしげた。本当にそんなに簡単なことなのか？　大丈夫だと言えば、おれが信じるだろうと、モイレイン様は本気で思っているのか？　だが、アル＝ソアは不思議な安心感を覚えた。モイレインの言葉は多少なりとも効果があったようだ。そんなことを考えながら、いつしか眠りに落ちた。夢は見なかった。

みなを起こしたのはランだった。ランは眠らなかったのだろうかと、アル＝ソアは驚いた。ランの表情に疲れは見えない。硬い石の上ではあったが、それでも何時間か眠ったアル＝ソアたちが疲れを癒《い》やしきれていないというのに。モイレインは、出発の前にお茶を飲む時間をくれた。ただし、一杯だけだ。ロイアルとランを先頭にした一行は、馬上で朝食をとった。またパンと肉とチーズだ。そろそろこの食事にも飽きてきそうだと、アル＝

ソアは思った。

ランは指についた食べかすをなめおわるとすぐに、小声で言った。「誰かが追ってきている。いや、〝何かが〟というべきか」

一行は橋のまんなかにいた。前も後ろも闇のなかだ。

マットがいきなり矢を抜き、背後の闇に向かって放った。あまりにも突然で、誰ひとり止める間《ま》もなかった。

「やっぱり、こなきゃよかった」ロイアルがつぶやいた。「異能者《アエズ・セダーイ》とかかわるのは、〈安息の場〉でだけにするべきだった」

もういちど矢を放とうとしたマットは、ランに弓を押さえられた。

ランは言った。「やめろ、世間知らずの愚か者。そんなことをしたところで、相手の正体はあばけぬ」

「安全な場所なんて、結局、〈安息の場〉だけなんだ」まだロイアルは一人でぶつぶつ言っている。

「こんな場所にくるなんて、邪悪なやつに決まってます」マットは頑《がん》として言った。

「長老たちの助言に耳を貸すべきだった」と、ロイアル。

「現にわれわれも、こうして、ここにいるではないか」ランは冷然と言い放った。

「ただの旅人かもしれないわ」エグウェーンが期待をこめた口調で言った。「きっとオジールよ」

「〈秘路〉を使うような分別のないオジールなどいません」ロイアルは声を轟《とどろ》かせた。「このぼく以外には。まったく、ハマン長老がいつも言ってたとおりです」

「何を感じますか、ラン？」と、モイレイン。「闇王のまわし者？」

ランはゆっくりと首を横に振った。「わかりませぬ」自分の言葉に驚いたような様子だ。「まったくわかりませぬ。それがしは、この穢れた〈秘路〉によからぬものを感じておるのでしょう。相手の正体はわかりませぬが、われわれに追いつこうとはしておりませぬ。さきほどの〈島〉で追いつきそうになり、あわてて橋を引き返してゆきました。それがしがひとまずここに残り、不意打ちすれば、正体がわかるかもしれませぬ」

「あなた一人が残るですって、ラン様？」ロイアルが強い口調で言った。「そんなことをしたら、ここで命を落とすことになりますよ。仮にオジール語が読めるとしても、オジールの案内もなしに、人間が一人で先へ進めると思っておられるのですか？　そんな話は聞いたことがありません。そもそも、あなたはオジール語が読めるのですか？」

　ランがふたたび首を振ると、モイレインは言った。「向こうが襲ってこないかぎり、こちらも手出しをするつもりはありません。もう時間がありません。急ぎましょう」

次の〈島〉へ向かう橋を進みながら、ロイアルは言った。「さっき見た〈道しるべ〉をぼくが正確に記憶しているとしたら、ここからタール・ヴァロンへ向かう経路があるはずです。半日あれば、たどりつけます。マファル・ダドアラネルよりは近い。だとしたら、そのほうが――」

カンテラの明かりが次の〈道しるべ〉を照らし出すと、ロイアルは言葉をのんだ。石板の上部が深くえぐられ、鋭く角張った線が刻まれている。ランは突然、警戒心をあらわにした。いつもと変わりなく鞍にまたがっているようでも、全身の神経を研《と》ぎ澄まし、仲間たちの息づかいまでも感じているのだと、アル＝ソアにはわかった。ランはマンダーブに石板のまわりを歩かせはじめた。渦巻きを描き、少しずつその円を広げてゆく。いつ攻撃されてもいいように、いや、いつ攻撃をしかけてもいいように、隙のないかまえだ。

モイレインは、そっと言った。「これを見て、わかりました。恐ろしいことになるかもしれません。わたくしが迂《う》闊《かつ》でした。これほど穢れきった通路だというのに、どうして気づかなかったのでしょう？」

「何に気づかなかったのですか？」ナイニーヴが語気を鋭く問いつめた。

と同時にロイアルが言った。「これはなんだ？　誰がこんなことを？　こんなもの、見たことも聞いたこともありません」

　モイレインは冷静に応じた。「トロロークの仕業です」いっせいに息をのむ声がしたが、モイレインはかまわずにつづけた。「あるいは、闇に溶けるミルドラルかもしれません。あれはトロローク文字です。トロロークは〈秘路〉に入る方法を知ったのです。だから、マネサレンにあった〈秘路〉の入口を抜けて、誰にも見つからずにトゥー・リバーズに現われることができたのでしょう。大荒廃地にも、〈秘路〉の出入口が少なくともひとつはあります」モイレインは言葉をつづける前に、ランのほうをちらっと見た。ランが持っているカンテラの光が遠くにぼんやりと見える。「マネサレンは滅ぼされましたが、〈秘路〉の出入口を壊すことはできません。だからこそ、ミルドラルは〈秘路〉を使って小軍隊を集め、シームリンを取り囲むことができたのです。しかも、大荒廃地とアンドール王国とのあいだの国々に気づかれずに」モイレインは言葉を切り、考えこむ表情で唇に手をふれた。「でも、連中もすべての経路を知っているわけではありません。知っていれば、わたくしたちが使った出入口から、シームリンになだれこんでいたはずです。そうでしょう？」

　アル＝ソアは身震いした。〈秘路〉の先でトロロークが待ち受けているというのか？何百体、何千体という獣めいた顔のトロロークが、牙を剝き出し、巨体をよじらせて、襲いかかってくるのか？　いや、それだけではすまないかもしれない。

「連中も、ひどい目にあったようだ」ランの声がした。ランのカンテラは、〈道しるべ〉から三十メートルと離れていないとは思えないほど、ぼんやりと薄暗く見えた。

　モイレインが先頭になってランに近づいていった。ランの見つけたものを目にしたとき、アル＝ソアは食事などしなければよかったと心から後悔した。

　橋のたもとに、後ろ脚で立つ何体ものトロロークの姿が見えた。鉤《かぎ》状に曲がった斧と大鎌のような剣を振りかざしたまま、死んでいる。その巨体は足もとの石に同化したかのように灰色で、穴だらけだ。しかも、泡のようにふくれあがった石の表面に、半身がめりこんでいる。泡がはじけると、さらにまた、鼻づらの突き出たトロロークの顔がつぎつぎに現われた。その顔は恐怖にゆがんだままだ。

　アル＝ソアの背後で誰かが吐く音がした。それが誰かはわからなかったが、アル＝ソアも懸命に吐き気をこらえた。いくらトロロークでも、あまりにむごい死にかただ。

　トロロークの死体のある場所から数メートル先で橋は終わり、こなごなになった石板が散らばっていた。

　ロイアルはおそるおそる馬をおり、生き返ってきやしないかと、トロロークを見つめた。それから、〈道しるべ〉の無事に残った部分を急いで読むと、石板にはめこまれた金属板を引き剝《は》がし、ふたたび馬にまたがった。「これがタール・ヴァロンへ通じる最初の橋だったんです」

マットは死体から顔をそむけたまま、手の甲で口もとをぬぐった。エグウェーンは両手で顔をおおった。アル＝ソアは自分の馬をベラに近づけ、エグウェーンの肩にそっと手を置いた。エグウェーンは振り向きざまアル＝ソアにしがみついた。エグウェーンの身体が震えている。おれまで震えてきそうだと、アル＝ソアは思った。エグウェーンに抱きつかれていなければ、とうに震えだしていただろう。

「いいえ、やはりタール・ヴァロンへは行きません」と、モイレイン。

ナイニーヴはモイレインに食ってかかった。「どうして、そんなに冷静でいられるの？　あたくしたちもトロロークと同じ目にあうかもしれないのよ！」

「ええ、そうなるかもしれません」

モイレインが静かに言うと、ナイニーヴは歯ぎしりした。アル＝ソアの耳にも、はっきり聞こえるほど大きな音だ。

「でも、おそらくこれは」モイレインは穏やかにつづけた。「この〈秘路〉を造った男性の異能《アエズ・セダーイ》者たちが、闇王の手下から身を守ろうとして、罠《わな》をしかけたのでしょう。そのころはまだ半人ミルドラルもトロロークも大荒廃地に追いこまれていませんでした。だから、その存在は男性異能《アエズ・セダーイ》者たちにとって脅威であったにちがいありません。とにかく、ここに留《とど》まるわけにはいきません。進むにしろ、引き返すにしろ、トロロークのように罠にかかる可能性があります。ロイアル、次の橋はどこかわかりますか？」

「はいはい、わかりますとも。ありがたいことに、やつらは〈道しるべ〉の肝心な部分だけは残しておいてくれました」はじめてロイアルは、進むという意思を積極的に示した。その証拠に、言いおわらないうちにもう馬を進ませていた。

　エグウェーンはアル＝ソアの腕にしがみついたままだった。橋をふたつ渡りおえると、ようやく「ごめんなさい」とささやいて手を放し、わざとらしく笑った。もう少し抱きついていてくれてもよかったのに、とアル＝ソアは残念に思った。それがうれしかったからではない。頼りにされていると思えば、勇気を奮い立たせることができたからだ。

　罠がしかけられていると、モイレインが本気で信じていたわけではないかもしれないが、〝急がなければならない〟と言ったわりには、ゆっくりと進んでいる。モイレインは橋や〈島〉の前では必ず馬を止め、片手を前へ伸ばして、雰囲気を探った。大丈夫とわかるまでは、ロイアルやランでさえ先には行かせなかった。

　罠がないとモイレインが感じたなら、その判断を信じるしかないが、それでもアル＝ソアは二、三メートル先に何かが見えるかのように、周囲の闇に目を凝《こ》らし、耳をそばだてた。トロロークが〈秘路〉を使える以上、何者かが追ってきているとしたら、そいつも闇王のまわし者にちがいない。それに、追手が一人とはかぎらない。〈秘路〉のなかでは追手が何人かということまではわからないと、ランは言っていた。一行は橋をいくつも渡り、馬上で昼食をとって、また橋を渡った。アル＝ソアの耳に聞こえるのは、鞍のきしむ音と馬蹄《ばてい》の音だけだった。あとは誰かの咳やひとりごとが、ときどき聞こえるくらいだ。やがて、闇のかなたから風の音が聞こえてきた。どの方角かはわからない。はじめは空耳《そらみみ》だと思ったが、しだいに、それが錯覚でないことがわかってきた。

冷たい冬の風でもかまわない。もういちど風を感じたい。

突然、アル＝ソアは目をしばたたいた。「ロイアル、たしか〈秘路〉のなかでは風が吹かないと言ったよな？」

ロイアルは次の〈島〉の手前で馬を止め、首をかしげて耳を澄ました。その顔からゆっくりと血の気が引き、ロイアルは唇をなめた。

「マキン・シンだ」と、ロイアル。しゃがれ声だ。「〈黒い風〉です。光よ、われらをお守りください。あれは〈黒い風〉です」

「あといくつ橋を渡ればいいのですか？」モイレインがけわしい口調で訊いた。「ロイアル、橋はいくつ残っているのですか？」

「ふたつ。たしか、ふたつです」

「では、急ぎましょう」モイレインはアルダイブを〈島〉へと急がせた。「早く次の橋を探すのです！」

ロイアルは〈道しるべ〉に刻まれた文字を読みながら、誰にともなくつぶやいた。「マキン・シンだと叫びながら戻ってきた連中は、みんな正気を失っていました。光よ、われらをお助けください！　異能者《アエズ・セダーイ》の治療により、正気を取り戻した者でさえ……」ロイアルは急いで文字に目を通すと、次の橋をめざして馬を走らせながら、叫んだ。「こっちです！」

こんどばかりはモイレインも立ちどまらなかった。安全を確かめている暇はない。モイレインに急《せ》かされて、一行は馬を走らせた。足もとの橋が揺れ、頭上ではカンテラが大きく揺れている。ロイアルは次の〈道しるべ〉に目を走らせると、止まらずにすばやく馬の向きを変えた。風の音が大きくなってきた。蹄《ひづめ》の音にかき消されることもなく、アル＝ソアの耳に聞こえてくる。風の叫びは背後から迫っていた。

最後の〈道しるべ〉にしたがうかどうか迷っている余裕はなかった。自分たちを導く白い線がカンテラに照らし出されたとたんに、一行は馬を駆けさせたまま、そちらへ向きを変えた。後ろの〈島〉は視界から消え、足もとには穴だらけの灰色の石と白い線だけがつづいている。もはや風の音も聞き取れないほど、アル＝ソアの呼吸は荒くなっていた。

暗闇のなかから、蔓《つる》模様を刻んだ門が忽然《こつぜん》と現われた。モイレインは馬上で身を乗り出し、手を伸ばそうとしたが、急にその手を引いた。

「〈生命の木《アヴェンデソーラ》〉の葉がありません！　鍵がなくなっています！」

「ちくしょう！」マットが叫んだ。

「なんということだ！」ロイアルは頭をそらせ、絶望の声を上げた。

エグウェーンはアル＝ソアの腕に手をふれた。何か言いたげに唇を震わせたが、黙ってアル＝ソアを見ている。アル＝ソアは、エグウェーンの手に自分の手を重ねた。エグウェーン以上に自分が怖がっていることを気づかれませんように、と祈りながら。背後の〈道しるべ〉のほうから吠え狂う風の音が聞こえてくる。アル＝ソアは、その風のなかに声を聞いたような気がした。半分、意味がわかっただけでも、吐き気をもよおしそうな汚い言葉だ。

　モイレインが杖を掲げると、その先から炎が飛び出した。アル＝ソアがエモンズ・フィールドで見た炎とは違っていた。シャダー・ロゴスを前にした戦いで見た炎とも違う。あの真っ白な炎ではない。目の前の炎は汚らしく黄ばみ、煤《すす》のような黒い斑点におおわれている。刺激臭のある煙が細く立ちのぼると、ロイアルは咳きこみ、馬たちはあばれたが、モイレインは門のほうへと炎を伸ばした。煙がアル＝ソアの喉と鼻を突きあげた。

石の門がバターのように溶けだし、炎に包まれた葉と蔓がしおれて、消えていった。モイレインはすばやく炎を動かした。だが、全員が通り抜けられるほどの穴を開けるには時間がかかる。弧を描く炎の動きにつれて、カタツムリが這うようにゆっくりと、溶けた石に切りこみが入ってゆく。そよ風に吹かれたかのように、マントがかすかにそよぎ、アル＝ソアの心臓が凍りついた。

「風だ」マットは声を震わせた。「ちくしょう、風が吹いてきた！」

炎は消え、モイレインは杖をおろした。「終わりました。まだ半分ですが」

門の彫りものをほどこした部分に、細く切りこみが入っている。アル＝ソアはその隙間の向こうにうっすらと光が見えるのを感じた。両開きの扉のそれぞれに半円状の切りこみが入っているが、まるみを帯びた楔形《くさびがた》のその部分はびくともしない。楔形の部分をくりぬけば、馬に乗ったままでも通り抜けられそうだ。ただし、ロイアルだけは馬上で身をかがめていなければならないだろう。とにかく、この楔形の部分さえなくなれば、充分な空間ができる。あの楔形の部分はひとつ、どれぐらいの重さがあるのだろう？　三百キロ？　いや、もっとか？　おれたち全員が力を合わせれば、押し倒せるかもしれない。あの風が近づいてくる前に、ひとつぐらいは動かせそうだ。

マントが大きくそよいだ。アル＝ソアは、あの叫び声を耳に入れまいとした。

　モイレインが後ろへ下がると同時に、マンダーブがまっすぐ門へと突進した。その背に身をかがめたランがいる。次の瞬間、マンダーブは身をよじり、肩ごと石の門にぶつかっていった。戦いのときには、こうして敵の馬を襲うよう教えられていたのだろう。すさまじい音とともに石は向こう側へ倒れ、ランとマンダーブは勢いをつけて、鈍く光る〈秘路〉の出口に飛びこんだ。午前中の柔らかな光が差しこんできたが、アル＝ソアには、頬に照りつける真夏の太陽のように思えた。

　出口を抜けたランとマンダーブは、ゆっくりとよろめくように手足を泳がせた。やがて、ランは手綱《たづな》を引きしぼり、馬を止めた。

　アル＝ソアは待ちきれずに、エグウェーンの乗ったベラの頭を前へ押しやり、その尻を激しく叩いた。エグウェーンがハッとしてアル＝ソアを振り返ったとき、ベラはすでに門を抜け出ようとしていた。

「みんな、早く通り抜けて！」モイレインが言った。「さあ、急いで！」

　モイレインは言葉をかけながら、腕をいっぱいに伸ばし、後ろの〈道しるべ〉のほうを杖で指し示した。杖の先から何かが飛び出した。光を凝固させたような、どろどろした炎だ。白と赤と黄のまばゆいばかりの炎が矢のように放たれ、闇のなかで炸裂《さくれつ》し、きらきらと輝きながら砕け散った。

風は怒りと苦しみに満ちた叫び声を上げた。そのなかに何か声が聞こえる。無数のささやきは、ついに雷鳴のような叫び声となった。まさに狂気の叫びだ。かんだかい笑い声。泣きわめく声。何を言ってるのかわかりそうな気がして、怖い。それ以上に、その声にあふれる喜びを感じ取ったことが怖かった。

アル＝ソアはレッドの脇腹を蹴り、押し合いへし合いしている仲間たちにつづいて、いっきに門へなだれこんだ。またしても、あの冷たさがアル＝ソアの身体を駆け抜けた。真冬の池にゆっくりと顔を浸《ひた》すような感覚が、じわじわと肌を這いまわる。それが永遠につづくかと思ったとき、アル＝ソアはあせりを覚えた。こうしているあいだにも風は迫ってきているはずだ。

突然、泡がはじけるように冷たさが消え、気がつくとアル＝ソアは門の外にいた。レッドが一瞬、激しく動いてつんのめり、アル＝ソアは前へ投げ出されそうになった。あわててレッドの首に両腕をまわして、しがみついた。アル＝ソアが鞍にすわりなおしても、レッドはアル＝ソアを振るい落としそうな勢いで身体を震わせたが、やがて、なにごともなかったかのように落ち着いた足取りで仲間に追いついた。外は寒かった。〈秘路〉のなかのような、ぞっとする寒さではない。身体にしみわたるあたり前の冬の寒さが、今はうれしかった。

アル＝ソアはマントを掻《か》き合わせ、鈍くきらめく門を見つめた。馬から身を乗り出し、剣に片手をかけたランが横にいた。緊迫した空気をただよわせている。モイレインが現われなかったら、すぐにでも飛びこんでゆくつもりだろう。

門は、丘のふもとの、乱雑に並んだ石のなかに立っていた。ほとんど茂みに隠れて見えないが、石のかけらが落ちて枯れ枝が折れ、剝き出しになった個所もある。蔓模様の描かれた部分に接するやぶは、特にひどく枯れていた。

池の表面に泡がわきあがるように、暗い門の表面がゆっくりとふくらみ、その泡を破ってモイレインの背中が現われた。モイレインと〝鏡〟に映った姿はたがいに後退し、ついに離れた。モイレインが杖を前に差し出したまま、手綱を引き寄せると、つづいて、恐怖のあまり目を剝いたアルダイブが転がり出てきた。モイレインは門を見つめながら、あとずさりした。

さっきまできらめいていた門が暗くなった。灰色から炭色に変わり、ついには〈秘路〉の中心部のような闇の色に包まれた。はるかかなたに、風の吠え狂う音が聞こえる。そこにひそむのは、生あるものを求め、痛みを渇望しながら、満たされることのない欲求に苦しみもがく声だった。

アル＝ソアには、その声が耳もとでささやくように聞こえた。もう少しで、何を言っているのかわかりそうだ。そして、ついにわかった。声はこうささやいていた。
〝肉体がほしい。皮膚を裂いて、剝がして、細長く切り、それを編んだら、どんなに楽しいだろう。いいぞ、真っ赤な血が滴《したた》り落ちる。真っ赤な、真っ赤な、甘い血が。ああ、叫び声が耳に心地よい。歌うように叫べ。歌え。もっと歌え……〟。

しだいに、ささやき声は聞こえなくなり、あたりを包みこむ闇も消えた。模様の刻まれたアーチ形の門の向こうがふたたび、ぼんやりときらめきはじめた。

アル＝ソアは長く震える息を吐き出した。安心したのは誰しも同じらしく、ため息がつぎつぎに聞こえてきた。エグウェーンがナイニーヴの馬にベラを近づけ、二人はたがいの肩に顔をうずめて抱き合った。顔には出さないが、ランもほっとした様子だ。肩の力を抜き、頭を傾けて、モイレインを見ている。

「よかった、あの風につかまらなくて」モイレインは言った。「わたくしの思ったとおりでした。きっと、うまくゆくと信じていました。ああ、穢らわしい！」モイレインは杖を投げ捨て、マントで手をぬぐった。杖の大部分が黒焦げになっている。「〈秘路〉のなかの何もかもが穢れています」

「あれはなんだったの？」と、ナイニーヴ。「いったい、なんだったの？」

ロイアルは困惑の表情を見せた。「だから、あれがマキン・シンですよ。魂を抜き取る

〈黒い風〉です」

「でも、あの風の正体はなんなの？　相手がトロロークでも、勇気があれば、その正体を探れるわ。だけど、あれは……」ナイニーヴはブルッと身体を震わせた。

「たぶん、〈狂気の季節〉の忘れものでしょう」モイレインが答えた。「あるいは、〈闇の戦争〉――いわゆる〈絶対力戦争〉――の忘れものかもしれません。〈秘路〉に長いあいだひそんでいると、二度と外へ出られなくなります。〈秘路〉がどこまでつづいているのか、どれほど深いのかは、オジールでさえ知りません。〈秘路〉自身にもわからないのかもしれません。ロイアルの言ったとおり、〈秘路〉は生き物です。生き物には必ず寄生虫が宿ります。だから、穢れきった手のつくりだした、生命と光を嫌う〝虫〟が寄生してしまったのでしょう」

「やめて！」エグウェーンが叫んだ。「もう聞きたくないわ。聞こえるのよ、あの声が……」エグウェーンは言葉を切り、身震いした。

「行く手には、もっと恐ろしいものが待ち受けています」モイレインは静かに言った。自分自身に言い聞かせているのだろうと、アル＝ソアは思った。

　モイレインは疲れ切った様子で馬の背にまたがり、大きくため息をついた。

「危険です」壊れた門を見ながら、そう言うと、焦げた杖をちらりと見た。「誰が迷いこむか、わからないのに、こんなものをほうっておくなんて。ファル・ダーラに着いたらすぐ、アゲルマー公に人を差し向けてもらい、壁で囲わせなければなりません」

モイレインは北を指さした。枯れ果てた樹木の上方はるか向こうに、ぼんやりと塔が見えた。

46 ファル・ダーラ

〈秘路《ひろ》〉の外は、森林におおわれた丘がなだらかにつづいていたが、〈秘路〉の出入口そのものは別として、オジールの木立らしきものは見あたらなかった。そこにあるのは、灰色の枝を鉤爪《かぎづめ》のように空へ向ける枯れ木ばかりだ。目を疑うほどに、常緑樹はまばらにしか生えておらず、その大半が枯れ葉におおわれている。ロイアルは悲しげに首を振り、黙りこんだ。

「これじゃ、〈呪われた大地〉と変わらないわ」ナイニーヴは顔をしかめた。

エグウェーンはマントを掻《か》き合わせ、身震いした。

「何はともあれ、〈秘路〉から出られたな」と、ペリン。

「ここはどこだ？」と、マット。

「シエナール王国だ」と、ラン。「われわれは境界地域におる」

その硬い声には、〝これぞ、わが故郷〟と言わんばかりの響きがあった。

あまりの寒さに、ランド・アル＝ソアはマントの前を合わせた。ここが境界地域か。そのすぐ近くに大荒廃地がある。大荒廃地。そして、〈全界の眼《アイ・オブ・ザ・ワールド》〉。おれたちのめざす場所だ。

「あと数キロでファル・ダーラです」モイレインが言った。木々の上方のはるか北東に、朝の空を背にしたいくつもの塔が暗くそびえている。馬を進ませてゆくと、塔はなんども丘と森にさえぎられて見えなくなった。次に視界に入ったとき、その姿はまたいちだんと近づいて見えた。

アル＝ソアは、ぱっくりと割れた木々に目をとめた。まるで雷にでも打たれたかのようだ。

ランは言った。「寒さのせいだ。冬のきびしい寒さのために樹液が凍り、木が破裂する。夜に、花火のような音を立てて木が割れ、空気まで凍って砕け散る。もう冬も終わったというのに、今年は特に多い」

アル＝ソアは頭を振った。木が破裂する？　しかも、冬はそれがあたり前だって？　だとしたら、今年の冬はいったいどれくらい寒かったのだろう？　きっと想像もできないほどにちがいない。

「誰だ、冬が終わったなんて言ったのは？」マットが歯をガチガチ鳴らしながら言った。

「すばらしい春ではないか、牧童よ」と、ラン。「何もかもが生き生きしておる。暖かいのがよいというのなら、大荒廃地へ行け」

マットは低くつぶやいた。「なんてこった。まったく、冗談じゃない！」

アル＝ソアにはよく聞き取れなかったが、どうやら、これは本音のようだ。

一行は農家の前を通りかかった。昼食時であるにもかかわらず、高い石の煙突からは煙ひとつ上がっていない。畑には人や家畜の姿もなく、ときどき、投げ出されたままの鋤《すき》や手押し車が目に入る。すぐに戻るつもりで、そこにほうりだしていったような感じだ。

ある農家に差しかかると、庭でたった一羽の鶏《にわとり》が地面をひっかいていた。納屋の扉の片方が風に大きく揺らぎ、蝶番《ちょうつがい》のゆるんだ、もう片方の扉が、斜めにぶら下がっている。その背の高い家は、トゥー・リバーズ出身のアル＝ソアの目には奇妙に映った。てっぺんのとがった大きなこけら葺《ぶ》きの屋根が、地面すれすれまで伸びており、あたりは物音ひとつしない。一行に対して吠える犬もいない。草刈り鎌が納屋の前庭のまんなかにほうり出してあり、井戸のそばにはひっくり返った桶《おけ》が山になっていた。

モイレインはその農家を目にすると、眉をひそめ、手綱《たづな》をふるって、歩みを速めた。アル＝ソアたちはロイアルとともに一団となり、モイレインとランのすぐあとにつづいた。

アル＝ソアは首を横に振った。こんなところで生命が育《はぐく》まれているとは、とても信じられなかった。それを言うなら、〈秘路〉だって信じられない。〈秘路〉を抜け出た今でも、現実のものとは思えないほどだ。

ナイニーヴは両手を広げ、もぬけの殻になった家々を示すと、小声で言った。「まさか、こんなことになってるとは、あの女《ひと》も思わなかったでしょうね」

「村の人たちはどこへ行ってしまったのかしら？」と、エグウェーン。「どうして、こんなことになったの？　それほど長いあいだ、家を空《あ》けてるとも思えないけど」

マットは言った。「なぜ、そんなことがわかるんだ？　あの納屋の扉を見ろよ。冬じゅう、家を空けてたとしか思えない」

ナイニーヴとエグウェーンは、あきれた表情でマットを見た。

「窓のカーテンを見て」エグウェーンは腹立たしさを抑えて言った。「冬のカーテンにしては薄すぎるでしょ？　第一、こんなに寒いのに、女性たちが一週間も二週間も――いいえ、数日だって――カーテンを開《あ》けっぱなしにするはずないわ」

ナイニーヴはうなずいた。

「カーテンね」ペリンは含み笑いを漏《も》らしたが、眉を吊《つ》りあげたエグウェーンとナイニーヴを見ると、すぐに真顔になった。「はいはい、あなたがたのおっしゃるとおりです。たしかに一週間以上もほったらかしにしてれば、大鎌にもっと錆《さび》がついてるはずだ。そのぐらい気づけよ、マット。まあ、カーテンを見落としたのはしかたないけど」

アル＝ソアはさりげないふりをして、横目でペリンを見た。おれはペリンより視覚が鋭い。いや、〝鋭かった〟はずだ。少なくとも昔、いっしょにウサギ狩りをしたときには。そのおれでさえ、大鎌の錆には気づかなかった。

「村人がどこへ消えようと、おれの知ったことじゃない」マットはぼやいた。「とにかく、早く火のある場所へ行きたいよ」

「ところで、どうして、みんな消えてしまったんだ？」アル＝ソアはつぶやいた。大荒廃地は、ここからそう遠くない。おれたちを追ってアンドール王国から引きあげてきたはずのミルドラルやトロロークが勢ぞろいしている場所だ。その大荒廃地におれたちは向かおうとしている。

アル＝ソアは周囲の者に聞こえるように、声を大きくした。「ナイニーヴ、あんたとエグウェーンは、〈全界の眼〉へ同行する必要はないと思うよ」

ナイニーヴとエグウェーンが唖然《あぜん》とした表情でアル＝ソアを見たが、大荒廃地がまぢかに迫っている以上、アル＝ソアも引き下がるわけにはいかなかった。

「ここまでくれば、もう充分だろう。モイレイン様は、どうしてもついてこいとはおっしゃらなかったはずだ。あんたもだ、ロイアル。おれたちが戻ってくるまで、あんたたちはファル・ダーラで待ってればいい。あるいは、タール・ヴァロンへ向かってもいい。たぶん、商人の幌《ほろ》馬車の一団が拾ってくれるだろう。でなければ、モイレイン様が馬車を手配してくださるはずだ。すべてかたがついたら、タール・ヴァロンで会おう」

「〈歴史の織り人《タ＝ヴィーレン》〉か」ロイアルのため息が響いた。地平線のかなたに落ちた雷のような音だ。「アル＝ソア、きみとマットとペリンのまわりには、さまざまな人生が渦巻いています。あなたたちの運命がぼくたちの運命を決めます」ロイアルは肩をすくめると、突然、満面に笑みを浮かべた。「それに、〈緑の男〉に会うのはすごいことです。ハマン長老はいつも〈緑の男〉に出会ったときの話ばかりしていました。ぼくの父も、いや、長老のほとんどがそうです」

「そんなにたくさんのオジールが?」と、ペリン。「〈緑の男〉には、なかなかお目にかかれないそうじゃないか? 会えたとしても、いちどきりだと聞いたが」

「そう、二度とは会えない」と、ロイアル。「ぼくは二度どころか、ただのいちども会ったことがありません。もちろん、あなたたちも。〈緑の男〉は人間の前にはあまり姿を現わさないけど、オジールのことはそれほど嫌ってはいないようです。〈緑の男〉は、木々のことならなんでも知っています。〈木の歌〉も知っています」

アル＝ソアは言った。「おれが言おうとしたのは、そういうことじゃなくて――」

賢女ナイニーヴがそれをさえぎった。「あの女《ひと》は、あたくしとエグウェーンも歴史模様の一部だと言ったわ。あんたたち三人と力を合わせて、みんなで歴史模様を織りあげるんだって。それが本当だとしたら、歴史模様のほんの一部分にも、闇王の力を封じる重大な何かが隠されてることになるわ。だから、あたくしは、あの女を信じるのが怖いのよ。信じられない出来事が多すぎるんですもの。でも、エグウェーンとあたくしがいなくなったら、歴史模様のどこかが変わるかもしれない」

「おれはただ――」と、アル＝ソア。

またしてもナイニーヴがきびしい口調でさえぎった。「あんたが言いたいことはわかってるわ」にらまれたアル＝ソアが思わず、鞍《くら》にすわりなおすと、ナイニーヴは表情をやわらげた。「ちゃんとわかってるのよ、アル＝ソア。あたくしはそもそも、異能者《アエズ・セダーイ》が気に入らないの。特にあの女《ひと》がね。大荒廃地には行きたくないけど、そこには、もっとも憎むべき〈虚言の祖〉がいるわ。あなたがた坊やたち……いいえ、男たちが、このさい、なんでもやってみるつもりなら、あたくしだって役に立ちたいわよ。エグウェーンも、あたくしと同じ気持ちよ」ナイニーヴは一方的に言うと、手綱を引き絞り、前を行くモイレインを見て眉をひそめた。「もうすぐファル・ダーラに着くかどうかも、わかったもんじゃないわ。まさか、あの女《ひと》、こんなところで夜を明かすつもりじゃないでしょうね？」

ナイニーヴが馬を走らせ、モイレインのほうへ行ってしまうと、マットは言った。

「聞いたか？　ナイニーヴがおれたちのことを〝男たち〟って言ったぞ。つい昨日まで、〝坊やたちはまだ独り立ちは無理ね〟なんて言ってたくせに、〝男たち〟だってよ」

「やっぱり、あなたたちはまだお母さんに手を引いてもらったほうがいいみたい」エグウェーンはそう言ったが、アル＝ソアには本気で言っているようには思えなかった。

エグウェーンはベラをアル＝ソアのそばに寄せ、誰にも聞こえないように——特にマットには聞こえないように——声を落とした。「あたし、アラムとはいっしょに踊っただけよ、アル＝ソア」目はそらしたままだ。「だからって、あたしを責めたりしないわよね、アル＝ソア？　相手は二度と会うこともない人なんだし」

「ああ」と、アル＝ソア。どうして今さら、そんな問題を蒸し返すんだ？　「もちろんだよ」

突然、ベイロンでミンに言われたことを思い出した。もう百年以上も昔の出来事のように思える。〝あの子《エグウェーン》もあなたを愛しているけど、あなたがたは結ばれないわ。あなたがたが望んでいるような形ではね〟。

ファル・ダーラの町は、いちだんと高い丘の上にあった。シームリンに比べれば、はるかに小さな町だが、周囲には意外なほど高い壁がめぐらしてある。その壁の外は半径二キロにわたり、地面には草より丈が高いものはなく、草も短く刈られていた。板囲いを冠した塔の上から見張っていれば、何が近づいてきても見つけられる。

シームリンの城壁は美しかったが、ファル・ダーラの町を築いた者たちは美観にはこだわらなかったようだ。恐ろしく無表情な灰色の石壁は、〝町を守る〟という、ただひとつの目的のために立っていた。塔の板囲いの縁《へり》には、シエナール王国のシンボルである〈黒い鷹〉の紋章入りの長旗がいくつも、はためいている。身をかがめた鷹は、壁のいたるところから今にも舞い降りてきそうに見えた。

これほどの寒さにもかかわらず、ランはマントのフードを勢いよく脱ぎ、ほかの仲間にもそうするように身ぶりで促《うなが》した。モイレインはすでにフードを脱いでいる。

「シエナール王国にはこういう法律がある。境界地域では、どこでもそう決められておる。町に足を踏み入れたら、決して顔を隠してはならぬ」

「この町の人たちは美男美女ばかりってわけですか？」マットは笑った。

「顔をさらけ出さねばならぬから、ミルドラルは忍びこめない」ランはなんの感情もこもらない声で言った。

アル＝ソアの顔から笑みが消え、マットはあわててフードを脱いだ。

背の高い鈍色《にびいろ》の鉄門が開け放たれており、十数人の兵士が見張りについていた。衛兵は〈黒い鷹〉の紋章のついた黄金色の外衣を身にまとい、背中に差した剣の柄《つか》を肩の上からのぞかせている。腰にはそれぞれ、広刃の剣や戦棍《せんこん》や斧がぶら下がっていた。そばにつながれた馬たちの胸と首と頭をおおう鋼《はがね》の鎧《よろい》が、なんとももののしい。鐙《あぶみ》には槍が据《す》えつけられ、いつでも騎乗できる準備が整っている。

衛兵たちは一行を制止するどころか、手を振り、歓声を上げた。

「ダイ・シャン！」一人が鋼の籠手《こて》をはめた拳《こぶし》を振りあげ、叫んだ。「ダイ・シャン！」

つぎつぎに声が上がった。

「〈古《いにしえ》の建築師〉に栄光あれ！」……「キセライ・ティ・ウォンショー！」

ロイアルは一瞬、驚いたが、やがて大きな笑みを浮かべ、手を振り返した。

重い甲冑《かっちゅう》をものともせず、一人の衛兵がランのもとへ駆け寄ってきた。

「〈黄金のツル〉をもういちど羽ばたかせてくださいますよね、ダイ・シャン？」

「まあ、待て、ラガン」

ランがひとこと言うと、ラガンと呼ばれた男は持ち場へ戻っていった。仲間とともにふたたび手を振りはじめたが、先ほどとはうって変わって、けわしい表情だ。

人や荷馬車でごった返す石畳《いしだたみ》の通りを進みながら、アル＝ソアは不安げに顔をしかめた。

ファル・ダーラの町は人であふれているが、口喧嘩《くちげんか》をしながらも街の活気を楽しんでいたシームリンの群衆とは、どこか違う。取っ組み合いの喧嘩をしていたベイロンの群衆とも違う。肉づきのいい頬をしたファル・ダーラの人々は、馬で通り過ぎる一行を無表情に見つめるだけだ。

路地や大通りまでもふさぐ荷車や荷馬車には家具が山積みで、彫りものをほどこしたタンスには衣類があふれるほど詰めこまれていた。馬車の上にすわった子供たちから、親は決して目を離さない。目の届く場所にいて見張っていなければ、どこへ遊びにいってしまうかわからないのだろう。大人ばかりか、子供たちまでが黙りこんだまま、目を大きく開き、恐ろしげに一行を見つめている。

荷馬車の隙間に作られた仮囲いのなかは、毛むくじゃらの牛や黒ぶちの豚でいっぱいだった。ときおり、かごのなかから鶏やアヒルや鵞鳥《がちょう》の鳴き声が聞こえ、不気味な静寂をやわらげた。アル＝ソアは、空《から》っぽだと思った農家の人々がここに集まっていることに気づいた。

ランは一行を率いて、町なかの城砦《じょうさい》へと向かった。ひときわ高い丘の上に巨大な石造建築があり、水のない濠《ほり》が城壁の周囲を取り巻いている。濠は深くて広く、その底には、大人の背丈ほどの高さのある剃刀《かみそり》のように鋭い鉄の棘《とげ》が林立していた。町が壊滅すれば、ここが最後の砦《とりで》となるだろう。

そびえ立つ門の上から、鎧に身をかためた一人の男が声を上げた。「ようこそ、ダイ・シャン」

すると、また別の男が叫びながら、城砦のなかへ駆けこんでいった。「〈黄金のツル〉だ！　〈黄金のツル〉だ！」

一行は重々しい蹄《ひづめ》の音を響かせながら、木製の吊り上げ橋を渡った。がっしりとした落とし格子が、とがった先端を下に向けている。門をくぐり抜けると、ランはひらりと馬からおり、ほかの者にも、おりて馬を引くよう合図した。

最初に現われた庭園は、大きな石片を敷き詰めた広場で、やはりものものしい塔と狭間《はざま》胸壁で囲まれていた。とても広い場所だ。表の通りと変わらないほど、人でごった返していたが、秩序は保たれている。しかも、いたるところに鎧を着けた兵士と馬がいた。

庭園のまわりには鍛冶場がいくつかあり、革の胸あてを二枚ずつ身に着けた職人たちの振るう金槌《かなづち》の音が、大きな唸《うな》りとなって響いてきた。できあがったばかりの蹄鉄《ていてつ》を手にした少年たちが、蹄鉄工のもとへとひっきりなしに走ってゆく。矢羽職人は、ひたすら矢を作っている。できあがった矢がいっぱいになると、そのかごはすぐに運び出され、また次のかごが用意された。

黒と金のそろいの服を着た馬丁《ばてい》たちが、にこにこと走り寄ってきた。アル＝ソアがあわてて鞍の後ろから自分の持ちものを取り、馬丁の一人に馬を預けると、鎧と革に身を包んだ一人の男が礼儀正しく頭を下げた。男は鎧の上に、赤い縁《ふち》どりのある鮮やかな黄色のマントと、〈灰色のフクロウ〉の紋章が入ったゆったりした黄色の外衣を着ていた。鎧の胸には〈黒い鷹〉が刻まれている。兜《かぶと》は着けておらず、革紐《かわひも》で結《ゆ》わえた頭頂の髷《まげ》を残して、髪はきれいに剃ってあった。

「お久しぶりです、モイレイン様。ようこそ、おいでくださいました、ダイ・シャン。心から歓迎申しあげます」男はつづいて、ロイアルに向かって一礼し、小声で言った。「〈古の建築師〉に栄光あれ。キセライ・ティ・ウォンショー」

「お恥ずかしゅうございます」ロイアルは礼儀正しく応じた。「たいしたこともしておりませんのに。ツィングー・マ・チョーバ」

「あなたはわれわれの誇りです、オジールどの。キセライ・ティ・ウォンショー」男はもういちどランに向きなおった。「あなたがたのお姿が目に入りましたので、すぐにアゲルマー公にその旨を伝えました。アゲルマー公がお待ちです。どうぞ、こちらへ」

一行は城砦のなかへ案内された。風通しのよい石の通廊には、色とりどりのタペストリーや、狩りや戦いの場面を描いた長い絹の幕が飾られている。

男は言葉をつづけた。「きっと、わたしたちの声があなた様に届いたのですね、ダイ・シャン？　もういちど〈黄金のツル〉の幟《のぼり》を空高く掲げてくださいますよね？」

広間にはタペストリーがあるだけで、ほかには何もなかった。そのタペストリーも明るい色彩を使っているが、やっとなんの絵かわかる程度の単純な線で描かれている。

「見たところ、かなりひどい状況のようだが、実際はどうなのだ、イングター？」ランは小声で男に訊《き》いた。

アル＝ソアは思わず聞き耳を立てた。ロイアルみたいに耳がぴくぴくしているかもしれないと、自分で思った。

イングターは鬚を揺らして、首を横に振り、おずおずと笑みを浮かべた。

「見た目ほど、ひどくはありません、ダイ・シャン。例年より少々たちが悪いだけでございます。襲撃は冬じゅうつづきました。しかも、いちばん寒さのきびしいときまで。しかし、境界地域の周辺は、どこも似たような被害を受けました。やつらは今でも、夜になると襲ってきますが、もう春なので、状況も変わるのではないかと期待しています。これを春と呼べるとすればの話ですが。大荒廃地から幸いにして生きて戻ってきた偵察隊が、トロロークの野営地についての情報を伝えてくれています。また新たな野営地が見つかったという知らせばかりですがね。ですが、ダイ・シャン、われわれはこれまでもそうしてきたように、ターウィン峠でトロロークを迎え撃ち、追い払うつもりです」

「当然だ」と、ラン。その方法が有効だという確信はなさそうだ。

　イングターは一瞬、真顔になったものの、すぐに笑みを取り戻した。そして、黙ってアゲルマー公の書斎を示すと、「ほかに仕事がありますので」と言い残して立ち去った。

　ほかの部屋と同じように、その書斎もまた実用を最優先して造られていた。外側の壁には矢狭間があり、分厚い扉には太いかんぬきがかけてある。その扉にも矢狭間があり、帯金がついていた。一枚だけ飾られたタペストリーが、壁の一面をおおっている。ファル・ダーラの兵士とおぼしき男たちが、山道でトロロークやミルドラルと戦う場面を描いた図柄だ。

　テーブルと収納箱がひとつずつ、椅子が数脚、そのほかには壁に棚がふたつあるだけだ。アル＝ソアがタペストリーの次に目を引かれたのは、その棚だった。片方には、身の丈《たけ》よりも長い両手剣と、ごく普通の広刃の剣が差してあり、その下には棘《とげ》が突き出た戦棍と、三匹の狐を描いた凧《たこ》に似た形の長い盾が置いてある。もう一方には、すぐにでも身に着けられるように準備の整った甲冑一式が吊りさげてあった。二重の鎖かたびらで作られた頭巾の上に、羽毛を飾った面頬《めんぽお》つきの兜が置かれ、鎖かたびらは、馬に乗りやすいように裾《すそ》が割れている。革の上着はよく着こまれて、艶《つや》があった。鎧の胸あても、鉄の籠手も、膝あてと肘あて、それに肩あてや上腕甲、腿《もも》あてもそろっている。城砦の中心に位置しながらも、武器や鎧《よろい》兜《かぶと》が用意してあるのは、いざというときのためだろう。しかも、家具と同じで、金の装飾をほどこしただけの質素なものばかりだ。

　アゲルマー公は立ちあがり、テーブルをまわって一行を出迎えた。テーブルの上には地図や書類の束が散乱し、インク壺《つぼ》に立てたままのペンが何本もある。大きな立ち襟《えり》のついた青いビロードの上着。柔らかい革のブーツ。アゲルマー公はいかにも、くつろいだ様子だった。だがアル＝ソアはすぐに、そうではないことに気づいた。アゲルマー公の髪も髷を除いてきれいに剃ってあるが、その髷が真っ白だ。表情もランに劣らず、けわしい。しかし、茶色いガラス玉のような目の縁に皺《しわ》を寄せ、かすかに笑みを浮かべている。

「これはこれは。ようこそおいでくださいました、ダイ・シャン」ファル・ダーラの領主アゲルマー公は言った。「モイレイン様、あなたも本当によくおいでくださいました。あなたがそばにいてくださると、心が安らぎます」

「ニンテ・カリクナイ・ノー・ドーマシタ、アゲルマー・ダイ・シャン」モイレインは堅苦しい挨拶《あいさつ》を返したが、その声には旧友を懐かしむ響きがあった。「ご歓迎いただいて、光栄です、アゲルマー公」

「コドム・カリクナイ・ガ・ニ・アエズ・セダーイ・ヘイ。異能者《アエズ・セダーイ》は、いつでも大歓迎です」

　アゲルマー公はロイアルに向きなおった。

「〈安息の場〉から遠くまでようこそ、オジールどの。そなたはファル・ダーラの誇りです。〈古の建築師〉に永遠の栄光がありますように。キセライ・ティ・ウォンショー・ヘイ」

「いいえ、お恥ずかしゅうございます」ロイアルは深々と頭を下げた。「わたくしこそ、あなたがたに敬意を表します」

　ロイアルはちらっと殺風景な石壁を見た。本当のことを言うべきかどうか、迷っているようだ。ロイアルが口にしようとした言葉をのみこんだので、アル＝ソアはほっとした。

　黒と金のお仕着せ姿の召使たちが、しずしずと音もなく現われた。折りたたんだ濡れおしぼりをのせた銀の盆を持った者もいれば、干したプラムとアプリコットを入れた銀のボウルと、マルドワイン（温めて甘味、香料などを入れたワイン）を手にした者もいる。アゲルマー公は部屋と風呂を用意するよう命じた。

「タール・ヴァロンからよくぞいらっしゃいました。長旅でお疲れになったことでしょう」と、アゲルマー公。

「近道をしたのだが、かえって疲れた」と、ラン。

ランはそれ以上、何も言わなかった。アゲルマー公は訝《いぶか》しげな顔をしたが、ひとことだけ付け加えた。「二、三日、お休みになれば、お元気になりますよ」

「馬とわたくしたちをひと晩ここで休ませてください、アゲルマー公」と、モイレイン。

「それから、できれば明日の朝、新しい食料などを用意してください。出発を急ぐことになりそうですので」

アゲルマー公は顔をしかめた。「しかし、わたしは、そういうつもりでは……。モイレイン様、こんなことをお願いする権利はございませんが、ターウィン峠へ行って、千人の槍騎兵に相当する力を見せつけていただきたいのです。ダイ・シャン、あなたにもお願いいたします。〈黄金のツル〉がふたたび空に舞うと聞けば、何千という兵士があなたがたについてゆくはずです」

「〈七つの塔〉は崩壊した」ランは、しゃがれ声で言った。「マルキア王国は滅び、生き残った者たちもちりぢりになった。それがしは〈タール・ヴァロンの炎〉に命を捧げた護衛士だ、アゲルマー公。大荒廃地へ行くのが、それがしの使命だ」

「もちろんです、ダイ・シャ――いや、ラン様。しかし数日、いいえ、数週間遅れたところで大差はないでしょう。われわれにはあなたが必要です。ぜひとも、あなたとモイレイン様のお力を貸していただきたいのです」

モイレインは召使から銀のグラスを受け取った。「あなたは長年にわたって、多くの敵を倒してきました。だから、こんども勝利をおさめられると、イングターは信じているようです」

「モイレイン様」アゲルマー公は顔をゆがめた。「たとえ一人でターウィン峠へ向かうことになっても、イングターは、〝もういちどトロロークを追い払ってやる〟などと豪語しながらいくに決まっています。うぬぼれが強く、自分ひとりでも敵を倒せるはずだと思いこんでいるからです」

「こんどばかりは、イングターにもそれほどの自信はないようだ、アゲルマー公」と、ラン。グラスを手に持ったまま、口をつけていない。「どの程度の被害を受けた？」

アゲルマー公は一瞬、口ごもり、散らかったテーブルから地図をつまみあげた。それを見るともなく見つめていたが、やがてふたたびテーブルにほうり投げ、静かに言った。

「われわれがターウィン峠へ向かうあいだ、民衆を南方の首都ファル・モランへ避難させることになります。おそらく首都は持ちこたえてくれるでしょう。持ちこたえてもらわなければなりません。絶対に」

「そんなにひどいのか？」ランが問い返すと、アゲルマー公は弱々しくうなずいた。

アル＝ソアは不安げに、マットとペリンの二人と目を見交わした。大荒廃地に集まったトロロークは、きっとおれたちを追ってくるだろう。

アゲルマー公は苦悩の色を浮かべ、言葉をつづけた。「カンドール、アラフェル、サルダエアの三国も、冬じゅう、トロロークの襲撃にさらされてきました。こんなことは、トロローク戦争以来はじめてです。今までは、襲われるといっても、これほど激しく徹底的にやられたことはありません。民家が押しつぶされるなど、かつてはなかったことです。各国の王や評議会は、きっとまた大荒廃地から大きな襲撃を受けるだろうと考えており、境界地域全体が、その脅威におののいています。このままでは、かつてない数のトロロークが集まりそうです。そのようなことを偵察隊や護衛士が報じたわけではありませんが、誰もがそう思いこみ、各国とも兵士を送り出せないままです。民衆のあいだには、全界は終わり、闇王の封印が解かれるのではないかという噂が流れています。わがシエナール軍だけがターウィン峠へ乗りこんでも、数のうえでは、トロロークの十分の一にしかならぬでしょう。ひょっとしたら、槍騎兵を集めるのも、これが最後になるかもしれません。

ラン様——いいえ！——ダイ・シャンと呼ばせてください。あなたこそ、マルキア王国の戦士王でいらっしゃいます。戦士王《ダイ・シャン》、先頭に〈黄金のツル〉の幟を掲げれば、死を覚悟している兵士たちの士気を鼓舞することができます。噂は、あっというまに広がるでしょう。あなたがたの噂が耳に入れば、たとえ自国を守れとの王の命令があろうとも、アラフエルやカンドール、果てはサルダエアからも槍騎兵が集まるはずです。ターウィン峠でともに戦うにはまにあいませんが、シエナール王国を救う手だてとなってくれるかもしれません」

　ランはワインを注いだグラスをのぞきこむと、表情ひとつ変えず、グラスを握りつぶした。召使が割れたグラスをかたづけ、ランの手にこぼれかかったワインを拭《ふ》いた。新たにワインを注いだグラスを握らされても、ランは気にとめなかった。

「断わる！」ランは、かすれた声でささやき、ぐいと頭をもたげた。青い目が怒りに燃えている。ようやく落ち着きを取り戻すと、感情のこもらない声でつづけた。「それがしは護衛士だ、アゲルマー公」ランの鋭い視線がアル＝ソア、マット、ペリン、そして、モイレインへ向けられた。「明朝、日の出とともに、大荒廃地へ向かわねばならぬ」

　アゲルマー公は重苦しいため息を漏らした。「モイレイン様、まさか、あなたまでごいっしょにいかれるのではありますまいな。モイレイン様お一人でも、お力を貸してくだされば、助かるのですが」

「わたくしもお断わりいたします、アゲルマー公」モイレインは困惑した表情を見せた。

「トロロークとの戦いも重要ですが、シエナール軍に勝る数のトロロークが集まるとは思えません。わたくしたちの敵は闇王です。闇王と真の戦いをするために、大荒廃地を——

そして、〈全界の眼〉を、めざしているのです。ここは、おたがい、それぞれの戦いに全力をつくすべきです」

「闇王の封印が解かれたと、おっしゃるのですか!?」アゲルマー公は声を震わせた。

　モイレインは即座に首を横に振った。「まだ解かれたわけではありません。わたくしたちが〈全界の眼〉での戦いに勝利をおさめれば、二度と封印が解かれることはないでしょう」

「しかし、〈全界の眼〉を探しあてることができるのですか、モイレイン様？　〈全界の眼〉を見つけないかぎり、闇王を倒せないとしたら、〝死ね〟と言われるようなものです。これまでにも、どれほど多くの者が挑み、失敗に終わったことか」

「きっと見つけられます、アゲルマー公。まだ望みはあります」と、モイレイン。

　アゲルマー公はモイレインを見つめたが、やがて、視線を移すと、当惑の色を浮かべた。田舎くさい服を着たナイニーヴとエグウェーンがいる。旅の汚れはしかたないとしても、モイレインの絹のドレスと比べると、あまりにも見すぼらしい。

「あのかたたちも異能者《アエズ・セダーイ》ですか？」と、アゲルマー公。疑わしげな口調だ。モイレインが首を振ると、アゲルマー公はますます当惑した様子で、アル＝ソア、マット、ペリンの三人にすばやく視線を走らせた。その目がアル＝ソアを見据《みす》えた。アル＝ソアの腰には、赤い布でおおわれた剣が差してある。

「変わった用心棒でございますな、モイレイン様。しかも、たった一人とは」アゲルマー公はペリンをちらりと見た。ペリンは腰から斧をぶら下げている。

「いや、二人ですか？　二人ともまだ若い。わたしが護衛をつけてさしあげましょう。槍騎兵が百人少なかろうと、ターウィン峠で戦うぶんには大差ありません。護衛士のラン様のほかに若者が三人だけでは、どうにも心もとない。変装したアイール人の女戦士でもないかぎり、娘さん二人は力になりそうにありませんし。今年の大荒廃地は、例年になく荒れています。大荒廃地は、まさに――うごめいているのです」

「槍騎兵が百人では多すぎる」と、ラン。「しかし、別の意味では、千人でも充分ではない。大荒廃地へ向かう人数が増えれば、それだけ、敵の目を引く。できれば、敵に気づかれずに〈全界の眼〉へたどりつきたい。そなたも知っておるとおり、大荒廃地に侵入したと気づかれれば、トロロークとの戦いはさけられぬ」

アゲルマー公は苦渋の表情を浮かべてうなずいたが、それでも引き下がらなかった。

「では、人数を減らしましょう。護衛が十人いれば、モイレイン様と二人の娘さんを〈緑の男〉のもとへ無事にお連れできます。少なくとも、この若者たちよりは頼りになるはずです」

そのとき、アル＝ソアは気づいた——どうやらアゲルマー公は、ナイニーヴとエグウェーンが、モイレインとともに闇王と戦うと思いこんでいるようだ。そう思うのも無理はない。そういった戦いには、絶対力が欠かせないし、絶対力を使えるのは女性の異能者《アエズ・セダーイ》にかぎられているからだ。〝そういった戦いには、絶対力が欠かせない〟。アル＝ソアは剣帯の裏に親指を突っこみ、バックルを握りしめた。こうでもしなければ、手の震えが止まらない。

「いいえ、兵士を連れてゆくわけにはまいりません」と、モイレイン。アゲルマー公が何か言いかけたが、モイレインは言葉をつづけた。「〈全界の眼〉とは、そして、〈緑の男〉とは、そういうものなのです。今までにファル・ダーラで〈全界の眼〉を探しあてた者が何人いますか？」

「今までに、ですか？」アゲルマー公は肩をすくめた。「百年戦争以来、五本の指で数えられる程度でしょう。この五年間では、境界地域の国々をぜんぶ合わせても、せいぜい一人」

「〈緑の男〉が望まないかぎりは、誰も〈全界の眼〉を探しあてることはできません。大切なのは、〝どうしても〈緑の男〉に会わなければならない〟という意思です。どこを捜せばいいのか、わたくしには見当がついています。以前、そこへ行ったことがあるからです」

アル＝ソアはハッとして振り返った。驚いたのはほかの仲間も同じだった。

モイレインは気にする様子もなく、先をつづけた。

「しかし、わたくしたちのなかに、歴史に名を連ねるために栄光を求める者がいれば、わたくしの記憶にある場所へ連れていっても、〈全界の眼〉は見つからないかもしれません」

「あなたは〈緑の男〉にお会いになったことがあるのですか、モイレイン様？」と、アゲルマー公。感銘を受けた口調だ。たちまち、その表情が曇った。「しかし、すでにいちどお会いになっているとしたら……」

「大切なのは、〝どうしても〟という意思です」モイレインは静かに言った。「わたくしには、いいえ、わたくしたちには、〈緑の男〉に会わなければならない理由があります。それに、わたくしには心強い味方がいます」

モイレインはかすかに、アゲルマー公から視線をそらした。一瞬だが、その目がロイアルに向けられたのを、アル＝ソアは感じ取った。

アル＝ソアと目があうと、ロイアルは肩をすくめて、ささやいた。「〈歴史の織り人〉だよ」

アゲルマー公は両手を上げた。「わたしの負けです。あなたのおっしゃるとおりです、モイレイン様。なんてことだ、〈全界の眼〉で本当の戦いがあるとは。いっそターウィン峠へ行くのをやめて、わたしも〈黒い鷹〉の幟を持って、あなたがたについていきましょうか。わたしが近道を教えて――」

「そんなことをなさっては、シエナール軍も、わたくしたちも、危険な状況に追いこまれるだけです、アゲルマー公。それぞれが自分の戦いに全力をつくすべきです」

「これは、どうも！　おっしゃるとおりです、モイレイン様」

不本意ながらも心を決めると、もうそんなことは忘れたかのように、アゲルマー公は、食事をともにするよう一行を招き寄せた。話題は鷹や馬や犬のことばかりで、トロロークやターウィン峠や〈全界の眼〉についてはひとことも口にしなかった。

一行が食事をした応接間も、書斎に劣らず、殺風景だった。テーブルと椅子は少し装飾的であるとはいえ、その線も形も簡素だ。たしかに美しいが、質素だ。大きな暖炉が部屋を暖めている。もっとも、外へ飛び出した者が、あまりの温度差にびっくりする――というほど暖かくはなかった。

そろいの服を着た召使たちが、スープとパンとチーズを運んできた。話題は、もっぱら本と音楽のことだった。エモンズ・フィールドの若者たちが少しも会話に加わらないので、アゲルマー公は気を遣って、アル＝ソアたちにいろいろと質問をした。気づいたときには、アル＝ソアは先を争って、エモンズ・フィールドやトゥー・リバーズの話をしていた。しゃべりすぎないようにするのが、ひと苦労だ。とにかく、ほかの連中には――特にマットには――口を慎んでいてほしかった。

ナイニーヴはひとり、知らん顔で、黙々と食事を口へ運んでいる。

「トゥー・リバーズには歌があります。〈ターウィン峠からの帰郷〉という歌なんですが……」マットは言いかけて、急に口ごもった。ふれてはならない話題にふれてしまったことに気づいたのだろう。

しかしアゲルマー公はすんなりと、その話題を受け入れた。「そのような歌があるのは当然でしょう。ここ何年ものあいだ、トロロークたちの攻撃を封じるために大荒廃地に兵を送った国は少なくありませんから」

アル＝ソアはマットとペリンを見た。マットは声には出さず、唇の動きだけで〝マネサレン〟と言った。

アゲルマー公が召使の一人に何かささやいた。ほかの召使がテーブルを片づけるあいだに、その召使の男は部屋を出てゆくと、やがて、タバコの缶と陶製パイプを持って現われた。ランとロイアルとアゲルマー公のためのものだ。

「トゥー・リバーズのタバコです」アゲルマー公が言うと、それぞれがパイプに葉を詰めはじめた。「なかなか手に入りませんが、それだけの価値のあるものです」満足げにタバコを吹かしながら、アゲルマー公はちらりとロイアルを見た。「浮かぬご様子ですね、ロイアルどの。〈太古の郷愁〉にとらわれたのですか？　〈安息の場〉を離れてから、もう何年になりますか？」

「〈太古の郷愁〉ではありません。それほど月日もたっていませんから」

ロイアルは肩をすくめた。その動きにつれて、紫煙が渦巻き状に立ちのぼってゆく。

「期待してたんです――いいえ、祈っていたのです――木立が残っていますようにって。ファル・ダーラがマファル・ダドアラネルと呼ばれていたころの面影が少しでも残っていればいいと、思っていたのですが」

「キセライ・ティ・ウォンショー」アゲルマー公はささやいた。「アレンの息子、ロイアルどのよ、トロローク戦争が残したのは記憶だけでした。ファル・ダーラの人々は、その記憶を頼りにするしかなかったのです。しかし誰にも、オジールの築いた町を再現することはできなかった。オジールのつくりあげた複雑な曲線や模様は、われわれ人間には真似のできないものでした。ひょっとしたら、模倣するのがいやだったのかもしれません。失ったものを思い出すだけですからね。単純なものにも、またそれなりの美しさがあります。

たった一本の線にも、岩のあいだにぽつんと咲いた花にも……。ごつごつした岩があるからこそ、花の美しさが引き立つのです。失ったものにこだわっていてもしかたがありません。強い意志を持てば、つらい思い出も乗り越えられます」

「水に浮かぶバラの花びら」ランが静かに吟じた。「一瞬のうちに池の上を通り過ぎるカワセミ。生と美が、死のなかに渦巻く」

「そう」と、アゲルマー公。「それですよ。わたしも、いつもそれを思い浮かべます」

アゲルマー公とランはたがいに頭を下げ合った。

アル＝ソアは驚いた。ランが詩を？　この無骨な男の口から、詩の一節を聞かされるとは思ってもみなかった。この男のことはかなり知ってるつもりだったが、意外な一面があるものだ。

　ロイアルはゆっくりと、うなずいた。「ぼくもまた、求めてもしかたのないものを求めていたようです。それにしても、かつての木立は本当に美しかった」ロイアルは殺風景な部屋を見つめたが、見る価値のあるものが見つかるはずもなかった。

　イングターが現われ、アゲルマー公に一礼した。

「失礼いたします、アゲルマー公。何か変わったことがありましたら、どんなに小さなことでもお知らせするようにとの仰せでしたので」

「ああ、なんだ？」

「本当につまらないことでございます、アゲルマー公。怪しい男が町へ侵入しようとしました。シエナールの者ではないようで、ときどき、ルガード訛《なま》りが交じります。南門の門番が問いつめたところ、男は逃げ出しました。しかし森に逃げこむのを目撃され、まもなく、壁をよじのぼろうとしていたところを捕らえられました」

「つまらないことだと⁉」アゲルマー公は荒々しく椅子を引いて立ちあがった。「なんということだ！　塔の上で監視していた者は、怪しい男が城壁に近づくまで気づかなかったというのに、それを〝つまらないこと〟とは、どういう意味だ？」

「その男は正気を失っています、アゲルマー公」イングターはおそるおそる言った。「おそらく監視係は光に目がくらみ、男が近づいてきたことに気づかなかったのでございましょう。哀れな男です。あんな男が悪事を働くとも思えません」

「すでにその男を牢屋へぶちこんだのか？　では、ここへ連れてまいれ。今すぐにだ」

　イングターが頭を下げて立ち去ると、アゲルマー公はモイレインに向きなおった。

「失礼いたしました、モイレイン様。しかし、これを見過ごすわけにはまいりません。おそらく、光に見放され、正気を失ったただの哀れな男でございましょうが……。二日前の晩、馬小屋の入口の扉をのこぎりで切りこわそうとした五人が、発見されました。小さなことですが、そこからトロロークが侵入しないともかぎりません」アゲルマー公は顔をゆがめた。「たぶん、その五人は闇の信徒でしょう。わが国に、そんな者がいるとは思いたくないのですが。五人は衛兵に連行される前に、民衆の手で八つ裂きにされました。もはや正体を確かめることはできません。シエナールの民までが闇の信徒になるとしたら、ますます外部からの侵入者には気をつけなければなりません。この場に居合わせたくないとおっしゃるのなら、お部屋へご案内いたします」

「闇の信徒にとっては、国境も民族もありません」と、モイレイン。「闇の信徒はどこにでもいるものです。それでいて、どこの国の者でもありません。わたくしも、その男に会ってみようと思います。アゲルマー公、歴史模様は織物を形づくりますが、最終的にどのようなものが織りあがるかはわかりません。今は、もつれた糸をほぐして、新たに織りあげるべく、〈時の車輪《ホイール・オブ・タイム》〉を調節している段階かもしれないのです。現時点では、どんなに小さなことでも、織物のできあがりに影響する可能性があります。小さな出来事が思いもよらぬ影響を及ぼすのではないかと、わたくしは懸念しています」

アゲルマー公は、ナイニーヴとエグウェーンをちらりと見た。

「では、御意のままに、モイレイン様」

そのとき、イングターが戻ってきた。長柄《ながえ》の鉾《ほこ》を手にした二人の衛兵がいっしょだ。衛兵に引き立てられてきたのは、ずだ袋を裏返したようなものを身にまとった男だった。顔には分厚く垢《あか》がたまり、髪もひげももつれて伸びほうだいだ。男はうつろな目をさまよわせながら、背を丸めて部屋へ入ってきた。悪臭がただよってくる。

　アル＝ソアは身を乗り出し、垢に埋《う》もれた男の顔をのぞきこんだ。

「どうして、このような目にあわなければならないのですか？」男は、いかにも哀れっぽく訴えた。「わたしは貧しい哀れな男です。光に見放され、闇から身を守ろうと逃げ場を求めていただけでございます」

「よりによって、境界地域に逃げこむとは、めずらしい――」アゲルマー公は言いかけたが、それをマットがさえぎった。

「旅商人だ！」

「そうだ、パダン・フェインだ」ペリンもうなずいた。

「あの乞食だ」アル＝ソアがしゃがれ声で言った瞬間、男の目に激しい憎しみの色が浮かんだ。アル＝ソアは思わず、椅子にすわりなおした。「シームリンで、おれたちのことを嗅ぎまわっていた男だ。間違いない」

「あなたの心配したとおりでしたね、モイレイン様」アゲルマー公がゆっくりと言った。

　モイレインはうなずいた。「こんなことではないかと思っていました」

「やりたくて、やったんじゃない」パダン・フェインは泣きだした。大粒の涙が筋を引いて、垢まみれの頬を伝ったが、垢を洗い流すまでにはいたらなかった。「あいつの命令でやったことだ！　あいつの燃えるような目が怖かったんだ」

　アル＝ソアはたじろいだ。マットは上着の下に手を突っこんでいる。またしても、シャダー・ロゴスの短剣を握りしめているのだろう。

「あいつが命令したんだ――あんたたちを追えと！　だから、おれは猟犬として、休む暇もなく、あんたたちを追いつづけた。あいつに見捨てられたあとも、猟犬をつづけるしかなかった」

「これは、わたくしたち全員にかかわる問題です」モイレインは顔をしかめ、「どこか、この男と二人きりで話のできる場所はありませんか、アゲルマー公？」と言うと、唇を引き結び、嫌悪をあらわにした。「その前に、この男を風呂に入れてください。手をふれる必要があるかもしれません」

　アゲルマー公がうなずいて、なにごとかささやくと、イングターは一礼し、部屋を出ていった。「もう、あいつの言いなりになどなるものか！」と、パダン・フェインの声。涙声ではなく、傲然《ごうぜん》と開きなおっている。フェインはすっくと立ちあがると、頭をそらし、天井に向かってわめいた。「もう、いやだ！　絶対に――ごめんだ！」囚《とら》われの身でありながら、アゲルマー公と対等に向き合っている。これでは、どちらが領主かわからない。だが、フェインはふたたび言葉をやわらげ、「あなた様は誤解をしていらっしゃいます、領主様。ときには闇王の呪いに縛られることもありますが、もうすぐ、そんなこともなくなります。こんな呪いはすぐに解いてみせます」フェインは、身につけたぼろ布を指ではじいた。「こんなものに惑わされてはなりません、領主様。わたくしは、こうして身をやつし、行く手を阻《はば》む者どもの目をごまかさなければなりませんでした。そのために、長い旅のあいだ、どれほどつらい思いをしたことか。しかし、ついに、闇王の脅威を知る人々のもとへ――今も闇王と戦いつづけている国へ――たどりつきました」

アル＝ソアは目を剥《む》いた。たしかにフェインの声だが、あの旅商人の口から出た言葉とはどうしても思えない。

「では、われわれがトロロークと戦っていると知って、ここへやってきたというのだな？」アゲルマー公は言った。「しかも、そなたはただ者ではない。なにしろ、追手に狙われているのだからな。だが、聞いたところでは、そなたはパダン・フェインという旅商人で、このかたたちを尾《つ》けてきたというではないか」

フェインは口ごもった。ちらりとモイレインを見たが、あわてて目をそらし、その視線をアル＝ソアたちのほうへさまよわせた。それから、もういちどアゲルマー公のほうへ、ぐいと顔を向けた。アル＝ソアは、フェインの表情に憎しみと不安を感じ取った。ふたたび口を開いたフェインの声は落ち着いていた。

「パダン・フェインとは世を忍ぶ仮の姿です。こうして長いあいだ、他人の目をあざむいてきました。闇の信徒に追われているのは、闇王を打ち破る方法をわたくしが知ったからです。あなた様に、その方法を教えてさしあげましょう、領主様」

「われわれには、われわれの方法がある」アゲルマー公は冷たく言い放った。「〈時の車輪〉は、その意思にしたがって歴史模様を織りあげる。だが、われわれは旅商人ごときに方法を教わるまでもなく、全界崩壊のあと、ずっと闇王と戦いつづけてきた」

「さすがでございますな、領主様」と、フェイン。「しかし、このまま闇王の脅威に耐えてゆけますか？　闇王をやりこめたと思うことが、いちどでもございますか？　わたくしの向こう見ずをお許しください、領主様。ですが、このままでは、いつかきっと闇王にひれ伏すことになります。わたくしにはわかります。本当です。でも、どうかご安心を。わたくしが闇王の脅威を一掃する方法をお教えいたしましょう」横柄《おうへい》であるばかりか、だんだん芝居がかった口調になってきた。「ともかく、わたくしの言うとおりになされば、そのうちおわかりになります、領主様。この国を洗い清めるおつもりなのでしょう？　そのお力を正しくお使いになれば、きっとできます。異能者《アエズ・セダーイ》どもによけいな手出しをさせなければ、あなた様は全界を救えます。光を最終的な勝利へ導いた者として、歴史に名を残すことになります」

　衛兵はその場を動かなかった。まんがいちに備えて、長柄の鉾に手をかけている。

「この男、たかが旅商人のくせに何様のつもりでしょう？」アゲルマー公は肩ごしにランにささやいた。「イングターの言うとおりだ。この男は頭がおかしい」

　フェインは怒りに目を細めたが、落ち着いた口調でつづけた。「わたくしの言うことを大げさだとお思いになるでしょうが、あなた様さえ信じて――」

　そこまで言ったとき、フェインは突然、言葉を切り、扉のほうへあとずさった。モイレインが立ちあがり、ゆっくりとテーブルをまわってくる。衛兵は鉾を倒し、フェインの動きを封じた。もう逃げられない。

　モイレインはマットの椅子の後ろで立ちどまると、マットの肩に手をかけ、身をかがめて耳もとでささやいた。何を言われたのか、マットは顔をこわばらせ、上着の下から片手を出した。モイレインはそのまま進み、アゲルマー公の横に立ち、フェインと向き合った。モイレインを前にしたフェインはふたたび頭を垂れた。

「あいつが憎い」フェインはすすり泣いた。「おれは自由になりたい。もういちど光のなかを歩きたいんだ」肩が震え、涙が川のように流れ落ちた。「何もかも、あいつの命令でやったことだ」

「この男はただの旅商人ではないのです、アゲルマー公」モイレインは言った。「とても人間とは呼べない下劣な男で、あなたが想像なさる以上に危険な者です。この男を風呂に入れるのは、わたくしとの話がすんでからでけっこうです。わたくしは一分たりとも無駄にはできません。きなさい、ラン」

47　さらなる〈時の車輪《ホイール・オブ・タイム》〉の伝説

　ランド・アル＝ソアは落ち着きなく、食卓の横を行ったりきたりした。なんど歩いても、テーブルの長さはちょうど十二歩分だ。やめよう、バカバカしい。テーブルの長さを測ってもしかたがない。だが、数分後には、行き来した回数を数えはじめていた。パダン・フェインはモイレイン様とラン様に何を話してるんだ？　あの男は、闇王がおれたち三人をつけ狙う理由を知ってるのか？　そして、三人のなかの誰が狙いかということも……？

　アル＝ソアはちらりと仲間たちを見た。ペリンはパンをぼろぼろに崩し、そのくずを人差し指で押しやりながら、テーブルじゅうにばらまいている。黄色い目は、まばたきもせずにパンくずを見つめているが、どこか遠くを見ているようなまなざしだ。

　椅子に前かがみにすわったマットは、目をなかば閉じ、今にも笑いだしそうな顔をしていた。不安のあまり、顔をゆがめているだけで、楽しんでいるわけではない。見た目は、いつものマットだが、ときどき、その手が無意識に上着の下の短剣を探っている。

アル＝ソアは思った——パダン・フェインはどんな話をしてるんだろう？　あいつは何を知ってるんだ？

　ロイアルだけは不安げな様子もなく、壁を見つめている。はじめは部屋のまんなかに立ち、身体の向きを変えながら、ゆっくりと見まわしていた。それが今は、壁に大きな鼻を押しつけるようにして、誰よりも太い指で壁のつなぎ目をなぞっている。視覚より身体で感じようというのか、ときおり目を閉じる。耳をぴくぴくさせ、オジール語でつぶやいたりもした。ほかの者の存在など忘れてしまったかのようだ。

　ファル・ダーラ領主アゲルマー公は、部屋の隅《すみ》にある幅の広い暖炉の前にいた。ナイニーヴとエグウェーンを相手に、静かに話をしている。アゲルマー公の温かな心遣いは、いやなことを忘れさせてくれた。楽しい話の数々にエグウェーンは笑いをこらえきれなかった。ナイニーヴまでが頭をのけぞらせて大声で笑いだした。思いも寄らぬその声に、アル＝ソアは驚き、マットが椅子を床に倒すと、またしても跳びあがるほど驚いた。

「ちくしょう！」マットは声を荒らげた。ナイニーヴがいやな顔をしようと、おかまいなしだ。「いったい、モイレイン様はいつまで話をなさってるんだ？」マットは椅子を起こすと、誰とも目をあわさずにすわりなおし、上着のなかへ手を突っこんだ。

　アゲルマー公は非難めいた目をマットに向け、同じ目でアル＝ソアとペリンを見ると、やがて、ナイニーヴとエグウェーンに視線を戻した。

アル＝ソアは部屋をうろうろしながら、いつしかナイニーヴたちのそばへきていた。

「領主様」エグウェーンは言い慣れているように、すらすらと、その称号を口にした。

「あたしは、ラン様は護衛士だと思っておりました。でも、あなた様は〝ダイ・シャン〟と呼んでいらっしゃいますわ。それに、〈黄金のツル〉の幟《のぼり》については、ほかの兵士たちも、あなた様と同じことを言ってました。あなた様はときどきラン様のことをまるで国王のようにおっしゃいます。モイレイン様も以前、ラン様を〈七つの塔〉の最後の君主とお呼びになっていました。いったいラン様はどういうご身分のかたなのですか？」

ナイニーヴは、手に持ったカップに目を向けた。だが、むしろエグウェーンより熱心に、アゲルマー公の次の言葉を待っている。

アル＝ソアは足を止め、さりげなく耳をそばだてた。

「ラン様は〈七つの塔の王〉であられます」アゲルマー公は顔をしかめた。「古代の称号ですよ、レディー・エグウェーン。ティアの大公たちでさえ、これほど古い称号は持っていません。ただし、アンドール王国の女王は別です」そう言うと、アゲルマー公は苦しげなため息を漏《も》らし、頭を振った。「ラン様がご自分からお話しになることはないでしょうが、境界地域では有名な話です。あのかたは国王です。いいえ、国王であるべきおかたでした。アル＝ラン・マンドラゴラン。またの名を〈七つの塔の王〉、あるいは〈湖の王〉と言い、マルキア王国の無冠の王であられます」

　アゲルマー公はきれいに剃りあげた頭をもたげ、目を輝かせた。まるで息子の自慢話をする父親のようだ。ますます声に力がこもり、あふれんばかりの愛情が感じられる。その場にいた誰もが肩の力を抜いて、話を聞くことができた。

「われわれシエナール人は境界地域人と自称しています。しかし、五十年ほど前までは、わがシエナール王国は境界地域には含まれていませんでした。シエナール王国とアラフェル王国の北には、マルキア王国がありました。シエナール王国も槍騎兵を北へ向かわせましたが、大荒廃地からの侵攻を阻止したのはマルキア王国でした。マルキア王国――平和よ、その記憶を慈《いつく》しみたまえ。そして、光よ、その名を祝福したまえ」

「ラン様はマルキア王国のご出身だったの」賢女ナイニーヴは顔を上げ、そっとつぶやいた。困惑の表情を浮かべている。

　問いかけられたわけではないが、アゲルマー公はうなずいた。

「そのとおりです、レディー・ナイニーヴ。ラン様はアル＝アキア・マンドラゴランのご子息で、マルキア王国の最後の君主であられます。なぜ、現在のようなご境遇になられたのか？　そもそもの原因は、おそらくレーン・マンドラゴランにあったと思われます。

アル＝アキア王の弟であるレーンは、大胆にも槍騎兵を率いて大荒廃地を抜け、そのまた先の〈呪われた大地〉――たぶんシャヨル・グールでしょう――へ向かいました。レーンの妻ブリュイアンがアル＝アキア王を妬《ねた》むあまりに、そのような無謀な行為を強要したのです。夫のレーンではなく、アル＝アキアが国王となったことに、ブリュイアンは腹を立てていました。

　アル＝アキアとレーンは双子のように仲のよい兄弟で、アキアの名に王の称号〝アル〟がついたあとも、それは変わりませんでした。しかし、嫉妬《しっと》がブリュイアンを狂わせました。レーンはつぎつぎに手柄を立て、当然、その功績を讃《たた》えられましたが、どうしてもアル＝アキア王を超えることはできませんでした。なんといってもアル＝アキア王は、百年にいちど現われるかどうかというほどの王です。強い運が、アル＝アキア王とその妻エル＝レアンナを守っていました。

　結局、レーンは多くの兵士とともに、〈呪われた大地〉で命を落としました。兵士を失ったことはマルキア王国にとって大きな痛手でした。アル＝アキア王がレーンといっしょに、マルキア兵を残らず引き連れて北へ向かっていれば、シャヨル・グールを攻め落とせたはずだ――そう言って、ブリュイアンはアル＝アキア王を責めました。

　復讐を誓ったブリュイアンは、〈聖心のカウィン〉とも呼ばれたカウィン・ゲマランと手を組み、息子のアイサムのために王座を奪おうとたくらみました。そのときすでに、カウィンはアル＝アキア王に並ぶ英雄で、大貴族の一人でもありました。しかし、大貴族たちによる国王の選挙が行なわれたとき、アル＝アキアではなく、カウィンに投票したのは、たったの二人でした。選挙のさいには、色のついた棒を〈戴冠石〉の上に置くことで投票を行ないますが、カウィンは自分を玉座にすわらせようとしてくれた二人のことを忘れませんでした。その二人の協力を得て、カウィンとブリュイアンは兵士を大荒廃地から呼び戻し、〈七つの塔〉を奪い、要塞から武器を持ち去りました。それでも、国王になれなかったカウィンの気持ちはおさまりませんでした」

　アゲルマー公は嫌悪をあらわにして言った。

「大荒廃地におけるカウィンの武勇伝は、境界地域じゅうに知れわたっていましたが、その英雄カウィンは実は闇の信徒だったのです。要塞の守りが薄くなったマルキア王国には、トロロークが怒《ど》濤《とう》のように押し寄せてきました。アル＝アキア王とレーンが力を合わせれば、国民を勇気づけられたかもしれません。以前にも、そうやって、民を奮い立たせたことがあったからです。しかし、レーンは大荒廃地で死にました。民は恐れおののき、トロロークの侵入によって、あまりにも多くの兵士が戦意を失いました。そして、圧倒的な数のトロロークは、マルキア軍を大荒廃地のどまんなかへ押し戻してしまったのです。

ブリュイアンは幼い息子アイサムを連れて、トロロークに追われながらも、馬で南へ逃げました。二人の運命は誰も知りませんが、想像はつきます。かわいそうなのは、まだ幼かったアイサムです。

〈聖心のカウィン〉は裏切りをあばかれ、ジェイン・チャリンという若者——そのころは、すでに〈俊足の騎手ジェイン〉と呼ばれていました——によって取り押さえられました。鎖につながれたカウィンが〈七つの塔〉へ連れてこられると、大貴族たちは、槍でカウィンの首を切り落とせと迫りました。しかしカウィンは、民にとっては、アル＝アキア王とレーンに次ぐ英雄です。そこで、アル＝アキア王との一騎打ちをさせることになり、結局、カウィンは敗れて死にました。

カウィンを殺したとき、アル＝アキア王は涙を流しました。闇王に身を捧げた友を嘆いたのだという者もあれば、マルキア王国の運命を嘆いたのだという者もいました」

アゲルマー公は悲しげに頭を振った。

「〈七つの塔〉の運命を告げるひとつめの鐘はすでに鳴らされていました」アゲルマー公はつづけた。「もはや、シエナール王国やアラフェル国から援軍を集める時間はありませんでした。マルキア一国だけでは、とうてい勝利は望めません。〈呪われた大地〉で五千の兵を失い、すでに要塞も破壊されていたのですから。

アル＝アキア王とエル＝レアンナ王妃は、幼いラン様を揺りかごごと連れ出し、その手にマルキア国王の証《あかし》である剣を握らせました。今もお持ちになっているあの剣です。それは、〈絶対力戦争〉――つまり、〈伝説の時代〉を生むきっかけとなった〈闇の戦争〉――のさなかに、異能者《アエズ・セダーイ》が作った剣でした。国王夫妻はラン様の頭に油を注いで清め、戦士王という意味の〝ダイ・シャン〟の称号を与えました。そして、ラン様を次期国王に任じ、ラン様に代わって、古くから伝わる誓いの言葉を口にしました」

　アゲルマー公は顔をこわばらせ、まるで自分が国王であるかのように、誓いの言葉を述べはじめた。

「鉄が硬く、石がこの世にあるかぎり、闇に立ち向かうことを誓う。血の最後の一滴が流れ落ちるまで、わが民を守ることを誓う。国のために命を落とした民の仇《かたき》を討つことを誓う」

　その言葉は部屋じゅうに響きわたった。

「エル＝レアンナ王妃は形見にと、幼いラン様の首にロケットをかけました。そして、王妃みずからの手で産着《うぶぎ》を着せられたラン様の身は、二十人の兵士に託されました。それは国王の護衛兵のなかから選ばれた最高の剣士たち――しかも、死をも恐れぬ兵士たちでした。国王夫妻は二十人の兵士に、ラン様をファル・モランへ連れてゆくよう命じました。

それから、アル＝アキア王とエル＝レアンナ王妃はマルキア軍を引き連れ、闇との最後の戦いに出かけました。しかし、国王夫妻は兵士ともども、〈ヘロットの十字路〉で命を落とし、〈七つの塔〉は崩壊しました。

シエナール、アラフェル、カンドールの三国は、〈ジェハーンの階段〉でミルドラルとトロロークの大群と遭遇し、これを撃退しましたが、完全に追い出すことはできませんでした。マルキア王国の大部分がトロロークに支配されたままで、国土は年を追うごとに、大荒廃地にのみこまれてゆきました」

アゲルマー公は重苦しいため息をついたが、その表情と声にあらんかぎりの誇りをのぞかせて、言葉をつづけた。

「ラン様の護衛兵のうち、生きてファル・モランにたどりついたのは、たったの五人でした。五人全員が負傷していましたが、ラン様だけは無傷でした。まだ幼かったラン様に、五人の護衛兵は知っているかぎりのことを教えました。普通の子供たちがおもちゃの遊びかたを覚えるように、ラン様は武器の使いかたを覚えました。大荒廃地の話さえ、ラン様にとっては、家の庭の話を聞いているようなものでした。

幼いころに耳にした誓いの言葉は、ラン様の心に深く刻みこまれています。もはや、ラン様が守るべきものは何も残っていません。しかし、復讐することはできます。ラン様は国王と名乗ることを拒《こば》んでいらっしゃいますが、今も境界地域では〈無冠の王〉と呼ばれています。ラン様がマルキア王国の〈黄金のツル〉の幟を掲げようものなら、兵はすぐに集まります。しかし、率いた兵を死なせるようなかたではありません。大荒廃地での戦いとなると、ラン様は乙女に求愛するように死を求めますが、ほかの兵士に同じ真似はさせないはずです。

あなたがたが、たった数人で大荒廃地へ向かわなければならないとしたら、ラン様をおいてほかに、あなたがたを無事に連れて帰れる者はいません。ラン様は最高の護衛士でいらっしゃいます。それはもう護衛士のなかの護衛士です。少しでも戦いを有利にするためにも、この若者たちはここに残し、ラン様にすべてをおまかせになるほうがよいかと思います。大荒廃地は、あなたがたのような若者たちが行くべき場所ではございません」

マットが口を開いて何か言いかけたが、アル＝ソアの視線を感じると、ふたたび口を閉じた。

アル＝ソアは思った――マットのやつ、どうして〝黙ってる〟ってことができないんだ？

ナイニーヴはさっきまで、エグウェーンとともに目を見開いて聞き入っていたが、今はまた青ざめた顔でカップをのぞきこんでいる。エグウェーンはナイニーヴの腕に手を置き、同情の目を向けた。

　そのとき、モイレインが戸口に現われた。そのすぐ後ろにランが控えている。ナイニーヴはあわてて背を向けた。

「パダン・フェインは何をしゃべったんです？」アル＝ソアが訊《き》くと同時に、マットとペリンが立ちあがった。

「世間知らずの無骨者が」アゲルマー公は小さくつぶやくと、やがて、普通の声で言った。「何かおわかりになりましたか、モイレイン様？　それとも、やはり、あの男は頭がおかしいだけですか？」

「フェインは正気を失っています」と、モイレイン。「もしくは、それに近い状態にあります。しかし、あの男には複雑な事情があるようです」

　黒と金のお仕着せ姿の男の召使が、銀の盆を持って現われた。盆の上には、青い盥《たらい》と水差し、黄色い棒状の石鹸《せっけん》、手を拭《ふ》くタオルがのっている。その男はアゲルマー公の前に立ち、一礼すると、困惑した表情を向けた。

　モイレインは男に、盆をテーブルに置くよう命じて言った。

「失礼いたしました、アゲルマー公。あなたの召使に勝手にこんなことを言いつけて、申しわけありません」

アゲルマー公がうなずくと、男は盆をテーブルに置き、そそくさと立ち去った。

「わたしの召使は、あなたの召使も同然です、モイレイン様」と、アゲルマー公。

モイレインが盥《たらい》に水を注ぐと、まるで沸騰したての湯のように、もうもうと湯気が立ちのぼった。モイレインは袖をたくしあげ、湯加減も確かめぬまま、勢いよく手を洗いはじめた。

「わたくしは、フェインを下劣きわまりない者だと言いましたが、やはり、そのとおりでした。あれほどに卑《いや》しく、しかも穢《けが》れきった人間には出会ったことがありません。あの男にふれたとき、わたくしは穢れを感じました。あの男が不潔だという意味ではありません。ここが穢れているのです」モイレインは自分の胸に手をあてた。「あの男の魂は腐りきっています。はたして人間の心があるのかどうか疑わしい感じです。ただの闇の信徒以上に邪悪なものを感じます」

「あの人、なんだか哀れに見えたわ」エグウェーンはささやいた。「春がくるたびにエモンズ・フィールドにやってきたことを覚えてます。笑い声を絶やさず、村の外のいろんな話を聞かせてくれました。きっと立ちなおれますよね。そうでしょう？　〝長いあいだ闇のなかで我慢していれば、いつかきっと、ふたたび光を見いだせる〟って言いますもの」

モイレインはタオルで手を拭いた。きびきびとした動作だ。

「わたくしもそう信じてきました。たぶん、やりなおすことはできるでしょう。しかし、四十年以上も闇の信徒として生きてきた男です。血と苦しみと死を目《ま》のあたりにしながら、あの男がどれほどの罪を犯してきたか――それを聞けば、誰でも耳をふさぎたくなるはずです。わかったのは、これだけです――あなたがたにとっては、小さなこととは言えないでしょうけど――つまり、トロロークをエモンズ・フィールドへ引き入れたのは、あの男だということです」

「やっぱり」アル＝ソアは小声で言った。エグウェーンが息をのむのがわかった。迂《う》闊《かつ》だった。なんてことだ。あいつの姿を見たときに、どうして、それを思いつかなかったんだ？

「まさか、ここまで連れてきたんじゃないだろうな？」マットは周囲の石壁を見まわし、身震いした。

アル＝ソアの頭に浮かぶのは、トロロークより、むしろミルドラルのことだった。ベイロンでも、ホワイトブリッジでも、ミルドラルは壁などものともせずに侵入してきたからだ。

アゲルマー公は笑った。「トロロークやミルドラルがいっしょについてきたとしても、ファル・ダーラの城壁にぶつかって、歯を折るのがおちですよ。これまで何体も同じ目にあっています」みんなに話しかけているようでも、その言葉は明らかにナイニーヴとエグウェーンに向けられていた。二人をちらりと見たのが、何よりの証拠だ。「だから、ミルドラルのことも心配する必要はありません」

マットは顔を赤くした。

「ファル・ダーラでは、夜までには、どんなに細い路地にも明かりが灯《とも》ります。それに、町へ入れば、顔を隠すことは許されません」

「なぜフェインはあんなことをしようとしたのでしょう？」と、エグウェーン。

「三年前……」モイレインは重いため息とともに、椅子に身を沈めた。フェインに治療をほどこしたために、エネルギーを使い果たしたかのようだ。「話は今から三年前にさかのぼります。きっと光がわたくしたちをお守りくださっているのでしょう。そうでなければ、わたくしがタール・ヴァロンで計画を立てているあいだにも、闇王は全界を支配していたはずです。フェインは闇王に命じられ、三年間あなたがたを追いつづけていました」

「まさか！」と、アル＝ソア。「フェインは毎年、春になると、時計みたいにきちんとトゥー・リバーズへやってきてたんです。三年間も？　おれたちはずっと、あの男の目の前をうろちょろしてました。でも、去年までは、おれたちの様子をうかがうようなそぶりはまったく見せませんでした」

モイレインに指をまっすぐ向けられ、アル＝ソアは身動きができなくなった。

「フェインは、わたくしにすべてを――ほとんど、すべてを――話してくれました、アル＝ソア。わたくしはできるかぎりのことをしましたが、肝心な点については口を閉ざしているようです。でも、それで充分でした。

三年前、ルガードにいたフェインのもとに突然、ミルドラルが現われました。フェインが怯《おび》えたのは言うまでもありません。そういうお迎えがくるのは、闇の信徒にとって、たいへん名誉なことなのです。しかし実は、何か重要な任務のために選ばれたのだと、フェインは思いました。選ばれたのはたしかですが、理由はほかにありました。フェインは、北の大荒廃地の、そのまたかなたの〈呪われた大地〉へ連れていかれました。そして、シャヨル・グールで、炎のように燃える目をした男に出会いました。バ＝アルザモンと名乗る男です」

マットはそわそわと身体を動かし、アル＝ソアはごくりと唾《つば》を飲んだ。もちろん、そのとおりだったと思うしかないが、だからこそ、やすやすとは信じられなかった。ペリンだけがモイレインを見ている。もはや何を聞いても驚かないといった様子だ。

「光よ、われらを守りたまえ」アゲルマー公は絞り出すような声で言った。

「フェインはシャヨル・グールで、とても恐ろしい目にあいました」モイレインは落ち着いた口調でつづけた。「わたくしたちと話をしているあいだ、あの男はなんども、〝火だ〟とか、〝燃えている〟とか、そんなことを叫びました。よみがえる恐怖にたまりかねて、思わず口にしてしまったのでしょう。わたくしの〈治療の技《わざ》〉をもってしても、フェインは廃人のままです。完全に回復させるには、まだまだ時間が必要です。わたくしも、それなりの努力はするつもりです。たとえ、秘密を聞き出すという以外には理由がなくても。

　フェインが闇王に選ばれたのは、トゥー・リバーズで行商をしていたからです。いいえ――」周囲の動揺を見て取ると、モイレインはすぐに言いなおした。「――当時は、トゥー・リバーズだけをまわっていたわけではありません。〈虚言の祖〉は、自分の捜している者の居場所をだいたい知っていましたが、わたくしたちタール・ヴァロンの異能者《アエズ・セダーイ》ほど、はっきりとは知らなかったはずです。

　無理やりスパイにさせられたと、フェインは言いました。ある意味では、たしかにそのとおりです。選ばれたフェインは、まず闇王によって、猟犬にふさわしく〝改造〟されました。思い出すのも恐ろしい術をほどこされ、別人のようになったのです。フェインは闇王を恐れる以上に、あんな仕打ちをされたことを恨んでいます。こうしてフェインは、ベイロン周辺のすべての村を嗅ぎまわりながら、〈霧の山脈〉を越え、タレン川をへて、トウー・リバーズへやってきました」

「それが三年前の春ですか？」ペリンはおずおずと言った。「あのときのことはよく覚えてます。フェインはいつもの年より遅くきて、そのくせ、なかなか帰ろうとしないのが不思議でした。まる一週間、村にとどまり、ぶらぶら過ごしながら、宿屋〈酒の泉〉で、かさんでゆく部屋代を心配してました。とてもカネに執着する男なんです」

「おれも覚えてます」と、マット。「あれは病気じゃないか、それとも、村の女のだれかにほれちまったのか、などと村じゅうの噂になりました。もちろん、旅商人の女房になりたがる女性なんているはずがありません。放浪民と結婚したほうがまだましです」

エグウェーンが眉を吊《つ》りあげると、マットは口をつぐんだ。

「そのあと、フェインはふたたびシャヨル・グールへ連れていかれ――洗脳されました」と、モイレイン。

アル＝ソアは胃袋がひっくり返る思いがした。モイレインは一瞬、表情をゆがめたが、それ以上に、その口調が恐怖を物語っていた。

「フェインは……いっそう研《と》ぎすまされた感覚を……身につけました。翌年、トゥー・リバーズへやってきたときには、ますますはっきりと標的を定めることができるようになっていました。しかも、闇王さえ予期しなかったほど、はっきりと。自分が捜しているのは、エモンズ・フィールドの三人の若者のうちの一人だと、確信したのです」

ペリンがうめいた。つづいて、低い声で悪態をつきはじめたマットを、ナイニーヴは思わずにらみつけた。アゲルマー公が訝《いぶか》しげに、その様子を見つめている。

アル＝ソアは、かすかにさむけを覚えた。なぜ身体が震えるんだ？　三年ものあいだ、闇王はおれを……いや、おれたちを追いつづけてきたのか。それを思うと、歯がガチガチ鳴ってもしかたがない。

モイレインはマットに口をはさませなかった。マットの声に負けないように、声を大きくし、「フェインがルガードへ戻ったとき、バ＝アルザモンが夢のなかに現われました。フェインは闇王の足もとにひれ伏し、みずから、服従を誓う儀式を執り行ないました。しかも、それは、聞くに耐えない悲惨なものでした。こうして、ますます闇王から逃《のが》れられなくなりました。夢のなかでとった行動は、目覚めているときと違って、かえって取り返しのつかない危険な事態を招くものです」

アル＝ソアは〝それ以上、言うな〟と言わんばかりの鋭い視線を向けたが、モイレインは話をやめなかった。

「フェインは大きな報酬を約束されました。バ＝アルザモンが勝利をおさめたあと、いくつかの王国を支配することになったのです。エモンズ・フィールドに戻ったら、見つけ出した三人に印《しるし》をつけるつもりだったそうです。エモンズ・フィールドでは、ミルドラルがフェインとトロロークを待っているはずでした。トロロークがどうやってトゥー・リバーズに現われたのか、これでわかるでしょう。かつてマネサレンには、オジールの木立と〈秘路《ひろ》〉の出入口があったにちがいありません」

「マネサレンの木立がいちばん美しかった」と、ロイアル。「ただし、タール・ヴァロンのものだけは別格ですが」ロイアルも、ほかの者と同様、ずっと熱心に聞き入っていた。「マネサレンはオジールにとって、美しい思い出の詰まった場所です」

マネサレン——アゲルマー公はその名をそっとつぶやくと、不思議そうに眉を吊りあげた。

「アゲルマー公」と、モイレイン。「マファル・ダドアラネルにある〈秘路〉の出入口をお教えしましょう。誰も近づけないようにそこを壁で囲い、見張りを置く必要があります。半人ミルドラルは〈秘路〉をすべて知っているわけではありませんが、その出入口は、ファル・ダーラから南に、ほんの数時間ほど行った場所にあります」

アゲルマー公は夢から覚めたように身を震わせた。「南に？　なんてことだ！　そんなものはわれわれには必要ありません。光よ、われらをお守りください。必ずモイレイン様のおっしゃるとおりにいたします」

「フェインは〈秘路〉をたどって、おれたちを追ってきたのか？　きっと、そうにちがいない」と、ペリン。

　モイレインはうなずいた。「フェインは地獄の果てまでも、あなたがた三人を追ってくることでしょう。それがあの男の使命なのですから。ミルドラルはエモンズ・フィールドであなたがたをつかまえそこなうと、こんどはトロロークを率いたフェインとともに、わたくしたちのあとを追ってきました。フェインは馬に乗ることを許されませんでした。もっとも、自分では、〝おれはトゥー・リバーズで最高の馬に乗り、隊の先頭に立つべきだ〟と考えていたようです。しかしミルドラルは、フェインをトロロークとともに走らせました。フェインが走れなくなると、トロロークたちにその身体をかつがせました。トロロークたちはフェインにもわかるように話し、フェインが役目を終えたら、どうやって料理して食ってやろうかなどと話し合っていたそうです。タレン川にたどりつく前に闇王に対して敵意を抱いたと、フェインは言っています。でも、今も自分に与えられるだろう大きな報酬をあきらめきれないようです。

　わたくしたちがタレン川を渡って逃げてしまうと、ミルドラルはトロロークを連れて、〈霧の山脈〉へ引き返しました。そこに、いちばん近い〈秘路〉の出入口があったからです。結局、フェインは一人で川を渡らされました。やっと自由になったのだと思いましたが、ベイロンに着かないうちに、また別のミルドラルに見つかってしまいました。しかも、それは、とても親切とは言いがたいミルドラルでした。夜になると、フェインは身体を折り曲げる形で、トロロークのやかんのなかで眠らされ、使命を果たせなかったらどんな報復を受けるか――その怖さを思い知らされました。シャダー・ロゴスへの〈秘路〉にたどりつくまで、そのミルドラルはひどい仕打ちをつづけました。解放してもらえるなら、ミルドラルに自分の母親を捧げてもいいと、フェインが思ったほどです。でも、いったん自分のものにしたフェインを、闇王が手放すはずはありません。

　わたくしはシームリン街道をそれたあと、偽の痕跡を残し、〈霧の山脈〉のほうへ向かうにおいをつけておきました。ミルドラルたちは、すっかりこれに惑わされましたが、フェインの目はごまかされませんでした。しかし、ミルドラルたちはフェインの言うことを信じず、フェインに革紐《かわひも》をつけて、引きずってゆきました。ミルドラルたちがどんなに痛めつけようとも、フェインが自分の意見を変えないので、やがてフェインの言うことを信じる連中も出てきました。それが、シャダー・ロゴスへ引き返してきたあの四体のミルドラルです。フェインの話では、バ＝アルザモン自身がミルドラルをあやつっていたそうです」

　アゲルマー公は首を横に振った。いかにもバカバカしいと言いたげだ。

「闇王ですと？　はっ！　あの男が嘘をついているに決まっています。そうでなければ、頭がどうかしているんです。〈心の破壊者〉が自由になっていたとすれば、いまごろ、われわれは生きていませんぞ。いや、もっと恐ろしいことになっているかもしれませんな」

「フェインは見たままを語りました」と、モイレイン。「隠していることがまだたくさんあるとはいえ、わたくしに嘘はつけないはずです。フェインは言いました——〝ちらちらと揺れるろうそくの炎のように、バ＝アルザモンが現われ、消えてはまた現われる。だが、同じ場所には二度と現われない。バ＝アルザモンの目はミルドラルを焼き、その口から発せられる炎はわれわれを苦しめた〟——と」

「何かが四体のミルドラルを駆り立てていた——やつらがもっとも恐れていた場所へ。やつらは闇王の怒りを買うことを恐れたが、それ以上にその場所を恐れていたのに」ランが言った。

　そのとき、アゲルマー公が苦しげなうめき声を漏らした。顔色が悪い。

「シャダー・ロゴスの廃墟で、邪悪なものどうしが戦いました」モイレインはつづけた。「それは穢れたものと下劣なものとの戦いでした。フェインは歯をガチガチ鳴らし、涙ながらに、そのときのことを語りました。多くのトロロークがマシャダーたちに食いつくされ、そのなかには、フェインをつなぐ革紐を握っていたトロロークも含まれていました。

まるで、そこがシャヨル・グールの〈運命の落とし穴〉でもあるかのように、フェインは廃墟の都市から逃げ出しました。

やっと自由になったのだと、フェインは思いました。そのまま、二度とバ＝アルザモンに見つからない場所へ――それが地の果てであろうと――逃げるつもりでした。しかし、闇王はあきらめませんでした。それを知ったときの恐怖を考えてみてください。日を追うごとに、闇王はますます激しく、あなたがたを追うようにフェインに迫りました。フェインは食事を取ることもできませんでした。あなたがたを追いながら、カブトムシやトカゲをつかまえては、むさぼるように食べ、闇のなかで腐りかけたゴミの山をあさりました。空《から》っぽのずだ袋のようにぼろぼろに疲れ果てるまで、立ちどまることもできませんでした。それでも、なんとか元気を取り戻すと、追い立てられるように走りだしました。シームリンにたどりつくころには、二キロも離れた獲物の存在を嗅ぎつけていました。

今、フェインは階下《した》の独房にいます。自分がしていることの意味もわからぬまま、ときどき天井を見あげたりしているはずです。さっきもこの部屋のほうを見ていました」

アル＝ソアは急に両方の肩甲骨《けんこうこつ》のあいだがむずむずするのを感じた。床の下から、フェインが見つめているような気がする。

モイレインは、ぎごちなく肩をすくめたアル＝ソアに目をとめたが、かまわず先をつづけた。

「すでに正気を失いかけていたとはいえ、これから向かうシームリンには、自分の捜している三人のうち二人しかいないと知ると、フェインはますます落胆しました。三人とも捜し出さなければなりませんが、とりあえず、その二人を追うよりほかはありませんでした。シームリンにあった〈秘路〉の入口が開いたときに、鋭い音がしたと、フェインは言いました。門の開《あ》けかたは知っていたそうですが、どこで知ったのかは、フェイン自身にもわかりません。手が勝手に動き、その手を止めようとすると、バ＝アルザモンの炎に焼かれてしまうのです。物音に気づいて様子を見にきた店主を、フェインは殺しました。殺すべき理由はありませんでした。自分は入りたくもない〈秘路〉へ入ろうとしているのに、店主はいつでも自由に地下室から出てゆける――それが妬ましかったのです」

「あのとき、あなたは誰かに尾《つ》けられてると、おっしゃったわ。あれはフェインのことだったんですね」エグウェーンが言うと、ランはうなずいた。

「でも、どうやって……〈黒い風《マキン・シン》〉から逃れられたの？」声が震えている。エグウェーンは言葉を切り、唾を飲みこんだ。「あの風は〈秘路〉の出口まで、あたしたちを追いかけてきたのに」

「フェインは逃げましたが、逃げきれなかったのです」と、モイレイン。「〈黒い風〉はフェインを捕らえました——でも、あの男は〝おれには風のなかの無数の声が理解できる〟と、懸命に主張しました。共通するものを感じてフェインを歓迎する声もありましたが、逆に怖がる声もありました。フェインをのみこんだとたんに風は消えました」
「光よ、われらをお守りください」ロイアルのささやきが轟《とどろ》いた。巨大ミツバチの羽音のような響きだ。
「そのまま祈りつづけてください」モイレインは言った。「まだたくさんのことを、あの男の口から聞き出さなければなりません。邪悪な心は、あの男のなかにますます深く、そして強く入りこんでいます。これほど穢れた人間をほかには知りません。闇王の仕打ちが、フェインに人間のもっとも醜い部分を——たぶん知らないうちに、もっとも穢れた意思までも——認識させたのかもしれません。

わたくしが〈全界の眼《アイ・オブ・ザ・ワールド》〉のことを話すと、フェインは固く口を閉ざしてしまいました。しかし、その沈黙こそが、何かを知っている証拠だと、わたくしは感じました。時間さえあれば、なんとかなるのですが、もはやこれ以上は待てません」

アゲルマー公は言った。「あの男が何かを知っているなら、わたしがしゃべらせてみせます」〝闇の信徒は断じて赦《ゆる》さぬ〟といった表情だ。その口調にも、フェインに対する同情は少しもうかがえない。「大荒廃地では何が待ち受けているかわかりません。事前に何か少しでもわかるなら、出発を一日のばしても、それだけの意義はあるはずです。これまでにも、敵の意図を知らずに戦って、なんど敗北を喫してきたことか」

　モイレインはため息をつき、悲しげに首を振った。

「アゲルマー公、睡眠もとらずに、このまま大荒廃地へ向かえるなら、わたくしは一時間以内にここを発《た》っています。たとえ、トロロークの闇討ちにあう危険性があろうとも、関係ありません。わたくしがフェインから聞き出したことを、よく考えてみてください。あの男は根っからの闇の信徒です。それにもかかわらず、三年前、闇王はフェインをシャヨル・グールへ呼び出し、服従を誓わせました。そして一年前、闇王は夢を通じて、闇の信徒であるフェインを自由にあやつることができるようになりました。さらに今年になって、バ＝アルザモンは、光の世界に生きる者の夢のなかにまで入りこむようになりました。現に、かろうじてではありますが、シャダー・ロゴスに姿を現わしました。もちろん、その姿は生身ではなく、闇王の心を投影したものです。ちらちらとまばたき、今にも消えそうな姿ですが、全界にとっては、トロロークの大群より、はるかに脅威となるものです。シャヨル・グールの封印は今にも解かれようとしています、アゲルマー公。もう時間がありません」

　アゲルマー公は黙ってうなだれたが、唇を引き結んだまま、ふたたび顔を上げ、「モイレイン様、わたしは兵を率いてターウィン峠へ向かいます。たしかに、真の戦いとはかけ離れた、ただの小競《こぜ》り合いかもしれません。兵士は義務感に駆られて、歴史模様の定める場所へ向かうだけで、われわれの計画どおりにゆくという保証もありません。しかし、まんいち、われわれが勝利をおさめても、あなたがたが敗れれば、われわれの戦った意味がなくなってしまいます。〈全界の眼〉へ向かう人数を抑えたいとおっしゃるなら、それもけっこうですが、できるかぎりの努力をして、絶対に勝てるという自信を持っていただきたい。ですから、この若者たちは、ここに残してください、モイレイン様。その代わりに、腕の立つ兵士を三人、わたしが探してまいります。もちろん、栄光を求める考えなど持たぬ兵士です。大荒廃地では、ラン様に劣らぬ剣さばきを見せてくれるはずです。あなたがたの勝利のために、できるかぎりのことをしたのだと信じて、わたしはターウィン峠へ向かいたいのです」

「いいえ、わたくしはこの三人を連れてゆかなければなりません、アゲルマー公」モイレインは優しく言った。「この三人は〈全界の眼〉で戦うことになっています」

アゲルマー公はあんぐりと口を開け、アル＝ソア、マット、ペリンの三人を見つめると、突然、一歩さがった。その手は無意識に、城砦《じょうさい》のなかでは身に着けないはずの剣を探っている。

「この者たちには無理です……。たしかに、あなた様は赤アジャの異能者《アエズ・セダーイ》ではありません、モイレイン様。しかし、そのあなた様でさえ、そんなことができるはずは……」と、アゲルマー公。そう言ったとたんに、剃りあげられた頭に汗が光った。

「この三人は〈歴史の織り人《タ＝ヴィーレン》〉なのです」と、モイレイン。なだめるような口調だ。「歴史模様は、この三人を中心に織りあげられます。すでに三人ともいちどならず闇王に命を狙われました。〈歴史の織り人〉が三人集まれば、周囲の者の人生を変えることもできます。渦が藁《わら》を巻きこんでゆくようなものです。三人が〈全界の眼〉に集まれば、歴史模様は闇王までをも巻きこみ、闇王の力を永遠に封じこめることができるかもしれません」

アゲルマー公は剣を探ろうとする手を止めたものの、なおも疑わしげにアル＝ソアたちを見つめている。「モイレイン様、あなたがそうおっしゃるなら、この三人はたしかに〈歴史の織り人〉なのでございましょう。しかし、わたしには、どうしても、ただの田舎育ちの若者にしか見えません。確信がおありなのですか、モイレイン様？」

「先祖の血は、いくつにも分かれて引き継がれます。それは川が無数に枝分かれして、無数の小川を形成するようなものです。小川が合わさり、ふたたびひとつの川をつくりあげることもあります。かつてのマネサレンの血は純粋なまま、この三人のほとんど全員に受け継がれています。マネサレンの血の力をお疑いになるのですか、アゲルマー公？」と、モイレイン。

　アル＝ソアはモイレインを横目で見た。ほとんど全員に——だって？　おそるおそるナイニーヴを見ると、ナイニーヴはモイレインのほうを向き、その話に耳を傾けていた。やはりランのほうは見ないようにしている。アル＝ソアと目があうと、ナイニーヴは首を横に振った。アル＝ソアがトゥー・リバーズの生まれではないことを、ナイニーヴはまだモイレインに話していなかった。

　アル＝ソアは思った——モイレイン様は何を知ってらっしゃるんだ？

「マネサレンですか」アゲルマー公はうなずきながら、おもむろに言った。「その血を疑うつもりはありません」それから、口調を速め、「〈時の車輪《ホイール・オブ・タイム》〉も、不思議な時代をもたらしてくれたものです。田舎の若者がマネサレンの栄光を背負って、大荒廃地へ乗りこむというのですから。しかも、闇王に手痛い一発を食らわせば、どんな血を受け継いでいるかわからなくても、それがマネサレンの血だということになる。つまり、あなたのお望みどおりというわけですな、モイレイン様」

「そろそろ部屋へ案内していただけますか？」と、モイレイン。「明日、日の出とともに出発しなければなりません。もう時間がないのです。この若者たち三人は、わたくしのそばに寝かせます。戦いがまぢかに迫っているというのに、また闇王に脅かされては困りますから。残された時間はあとわずかしかありません」

モイレインはアル＝ソアたち三人を見つめた。重くのしかかるようなモイレインの視線を感じて、アル＝ソアは身震いした。いよいよだ。

48　大荒廃地

風がランのマントに叩きつけ、日差しのなかでもときおり前が見えなくなる。一行を境界まで護衛するのはイングターと百人の槍騎兵だ。まんいちトロロークの襲撃にあってはいけないと、ファル・ダーラ領主アゲルマー公が差し向けた一団だ。二列縦隊になり、堂々と進んでゆく。兵士たちは鎧兜《よろいかぶと》に身を包み、赤い三角形の長旗を手にして、鉄の鎧《よろい》を着けた馬を引き連れていた。先頭を行くのは、〈灰色のフクロウ〉の幟《のぼり》を掲げたイングターだ。女王の近衛隊に劣らぬ勇壮な戦士たちだ。ランド・アル＝ソアは目の前に現われた塔を見つめた。兵士たちの背中は朝から見飽きている。

塔はいずれも丘の上に力強くそびえ、たがいに八百メートルほどの間隔をおいて立っていた。東と西にも塔があり、その向こうにも、まだたくさんの塔がある。壁に囲まれた幅の広い傾斜路が、それぞれの塔の周囲を螺旋《らせん》状にめぐっていた。どこまでもくねくねとつづく傾斜路をたどると、途中の重々しい門を抜けて、狭間《はざま》胸壁を備えた塔の頂上に出る。

この要塞から出撃してゆく兵士は、壁に守られながら安全に外へ出ることができるが、必死で門をめざす敵兵は、矢と小石の雨のなかをのぼってゆくことになる。おまけに、外側に向かって開いた城壁の上には大きな釜が置かれ、そこから熱い油が降り注ぐ。

巨大な鋼《はがね》の鏡が太陽をさけるように、注意深く下へ向けられ、それぞれの塔の上できらめいていた。日の差さないときには、その上方に置かれた鉄杯に火を灯《とも》して合図を送る。合図は大荒廃地から遠い塔に向けて送られ、それがまたほかの塔へ引き継がれるという形で中核の城砦《じょうさい》に達する。そして城砦から、馬にまたがった槍騎兵が、敵の攻撃を阻止するために飛び出してゆく——うまくことが運べば、そうなるように造られていた。

程近いふたつの塔の頂上から見張りの者が、近づいてくる一行の様子をうかがった。いずれの塔にも数人の見張りがいて、胸壁の狭間からめずらしそうにのぞいていた。特別なことでもないかぎり、わずかな数の兵士を置くだけで敵の攻撃は充分に防げる。身を守るための強い武器があるし、何より石の壁が頼りになった。だが今、まわせるだけの兵はみなターウィン峠へ向かっている。槍騎兵がターウィン峠で敵を押しとどめられなければ、塔の陥落は問題ではなくなるだろう。

アル＝ソアは身震いしながら、一行とともに塔のあいだを馬に乗って進んだ。冷たい空気の壁のなかを歩いている気がする。ここが大荒廃地との境界だ。その向こうに見える大地は、シエナール王国のそれと少しも違わなかったが、そこに——裸の木々のどこか向こうに——大荒廃地がある。

　イングターは鉄の籠手《こて》をはめた拳《こぶし》を上げ、兵を止めた。前方の塔のそばになんの変哲もない石柱が立っている。シエナール王国とかつてのマルキア王国との境界を示す柱だ。

「申しわけありません、モイレイン様、戦士王《ダイ・シャン》、そして、ロイアルどの。アゲルマー公のご命令で、これ以上はご同行できません」イングターは残念そうに言った。いかにも自分の立場がうらめしいという言いかただ。

「それは、アゲルマー公とわたくしが話し合って決めたことです」と、モイレイン。

　イングターは不満げな声を漏《も》らし、「申しわけありません、モイレイン様」と言ったが、本気とは思えなかった。「あなたがたを護衛して、ここまできたからには、ターウィン峠の戦いにはまにあわないかもしれません。わたしと百人の兵士は戦う機会を奪われました。それればかりか、一歩でも境界の外へ馬を乗り出してはならぬとの命令も受けています。わたしは大荒廃地へ行ったことがありますが、アゲルマー公は境界から出てはならない理由を話してくださろうとしません」

　兜《かぶと》の面頬《めんぼお》の奥で、イングターの目がモイレインに問いかけた。イングターはアル＝ソアたちには目もくれなかった。アル＝ソアたちがランにつきしたがって大荒廃地へ行くことを知っていたからだ。

「おれの代わりに、この男が行けばいいのにな」マットがアル＝ソアに耳打ちすると、ランは二人をにらみつけた。マットは顔を赤くして目を伏せた。

「わたくしたちは、それぞれが歴史模様のなかで重要な役割を担《にな》っています、イングター」と、モイレイン。確固たる口調だ。「ここから先は、わたくしたちだけで織りあげてゆかねばなりません」

イングターは一礼した。甲冑《かっちゅう》を着けているにしても、動きがぎこちない。「御意のままに、モイレイン様。わたしはここで失礼いたします。これから懸命に馬を走らせ、ターウィン峠へ向かわなければなりません。少なくとも、そこでは、トロロークと戦うことを……許されるでしょう」

「本気でそうお思いになってるの？」ナイニーヴが訊《き》いた。「そんなにトロロークと戦いたいの？」

イングターは困惑した顔をナイニーヴに向けると、ちらりとランを見た。ランから説明してやってくれとでも言いたげだ。「それがわたしのつとめですから、お嬢さん」穏やかな口調だった。「そのために、わたしが存在しているのです」そして、籠手をつけた手をランに向かって差し出し、手のひらを広げた。「スラヴィ・ニント・マンシマ・タイシャイテ、戦士王《ダイ・シャン》。あなた様の剣に平和の祝福がありますように」イングターは馬の向きを変えると、旗手と百人の槍騎兵を連れて東へと向かった。ゆるやかだが着実な足取りだ。この歩調なら、重い鎧を着けた馬も、これからの遠い道のりをなんとか歩ききるだろう。

「なんだか不思議なことをおっしゃるわね」と、エグウェーン。「〝平和〟って言葉を、どうして、あんなふうに使うのかしら？」

ランがマンダーブを進ませながら答えた。「これまで夢を見ることしか知らなかったそなたにも、この言葉は単なるお守り以上のものになる」

アル＝ソアはランのあとを追い、大荒廃地との境界を示す石柱を通り過ぎた。馬上で振り向くと、枯れ果てた木々の向こうに消えてゆくイングターたちの姿が見えた。やがて、石柱が視界から消え、丘の上の塔も全部、木々の陰に見えなくなった。あっというまに一行だけが残され、葉のない木々の庇《ひさし》の下を北へ向かっていた。あたりを警戒するあまり、アル＝ソアはしだいに無口になった。今は、マットですらひとことも口をきかない。

その朝、夜が明けると同時に、ファル・ダーラの各城門が開《あ》け放たれた。アゲルマー公は、ほかの兵士と同じように鎧兜を着けて馬にまたがり、〈黒い鷹〉と〈三頭の狐〉の幟を手に、東門から出発した。行く手の木々の上から、赤みを帯びた太陽が顔をのぞかせている。

四列縦隊の一団がくねくねと町を出てゆく。その長い隊列は、馬の背にのせた太鼓に絡《から》みつく鋼《はがね》のヘビを思わせた。隊の最後尾がファル・ダーラの城砦を離れたとき、先頭のアゲルマー公はすでに森のなかへ入っていた。

通りには出陣にはずみをつける歓声はなく、太鼓と、風にはためく長旗の音だけが聞こえた。兵士たちの目はしっかりと、昇りくる太陽の方角を見据《みす》えていた。これから東へ向かい、そこで、ほかの隊と合流することになっている。ファル・モランからやってくるのは、息子たちを横にしたがえたイーザー王みずからが率いる一団だ。東の国境地帯を守り、〈全界の背骨〉を見張るアンコーア・ディルからも、兵が差し向けられる予定だった。モス・シレアやファル・シオン、あるいはキャムロン・カーンといったシエナール王国のすべての城砦から、大小取り混ぜた援軍が集まるはずだ。合流して、さらに大きくなった隊列は、北に向きを変え、ターウィン峠へと向かう。

同じころ、もうひとつの大移動が始まった。大勢の人々が国門を抜けて、一路、ファル・モランへ向かう。二輪馬車や荷馬車に乗った者もいれば、徒歩で行く者もいる。家畜を追い立てる者……背中に子供をおぶった者……どの顔も、ひどく沈んでいる。永遠の別れとなるはずのわが家から立ち去りがたく、足が進まないのだろう。だが、この先、何が起こるのかと思うと、恐怖に駆られ、足を引きずりながら、いっせいに歩きだした。しばらくすると、あわてて駆けだしたが、結局は転んでしまい、また土埃《つちぼこり》のなかをとぼとぼと歩くことになった。町のはずれで立ちどまり、森のなかへ消えてゆく兵士の一団を見つめる者もいた。目に希望の色を浮かべた者もいる。兵士のために、そして自分たちのために祈りを捧げると、ふたたび南に向きを変え、重い足取りで歩きはじめた。

　ファル・ダーラには、数人の兵士と、わずかな老人が残っているだけだ。老人はみな、すでに妻を亡くしており、成人した子供たちは重い足を引きずってファル・モランへ向かっている。このひと握りの人々がいれば、ターウィン峠で何が起ころうとファル・ダーラは完全な無防備状態にはならない。

　そして、わずか数人のもっとも小さな隊列もマルキア門を出た。この隊列は〈灰色のフクロウ〉の幟を掲げたイングターが先導したが、さらに北へと一行を導いて行くのはモイレインだった。夜明けとともに出発した隊列のなかでもっとも重要で、もっとも絶望的な使命を持っていたのが、この隊列だった。

　一行が境界となる石柱を過ぎてから、少なくとも一時間は大地や森に変化は見られなかった。ランは歩調をゆるめることなく、馬たちに無理がない程度の早足で進んだ。

いつになったら大荒廃地にたどりつくのだろうと思いながら、アル＝ソアは馬を進ませた。丘は少し高くなったが、木々や地上を這《は》う蔓《つる》状の枝や下生えは灰色で、ほとんど葉もなく、シエナール王国と変わらない風景がつづいた。しだいに暖かくなってきて、アル＝ソアはマントを脱ぎ、鞍《くら》の前に引っかけた。

「こんないい気候、今年になってはじめてね」エグウェーンが、マントから出ている肩をすくめた。

ナイニーヴは頭を振り、風の声に耳を傾けて顔をしかめた。「なんだか変だわ」

アル＝ソアはうなずいた。同じことを感じていたからだ。それがなんなのか、はっきりとはわからない。今年になって、これほどの暖かさを戸外で感じたことはなかった。しかも、最北の地がこんなに暖かいはずがない。だが、そんな言葉では表わせないほど異様な感じがした。風景は変わらないが、大荒廃地とはそういうものにちがいない。

日はすでに高かった。空に雲ひとつないわりには、それほど暑くもない。だが、しばらくすると、アル＝ソアは上着のボタンをはずした。顔から汗が滴《したた》り落ちている。暑がっているのはアル＝ソアだけではなかった。

マットも上着を脱ぎ、金とルビーの短剣を剝《む》き出しにして、マフラーの端で顔をぬぐった。そして、目をぱちぱちさせながら、細く折りたたんだマフラーを額《ひたい》に目深《まぶか》に巻きなおした。

ナイニーヴとエグウェーンは手のひらで顔をあおぎながら、馬上でぐったりと前かがみになっている。

ロイアルは立ち襟《えり》の上着とシャツのボタンを全部はずした。胸のまんなかに、ふさふさした細い筋状の毛が生えている。ロイアルは小声でみなに謝った。

「すみません。〈安息の場〉シャンタイは山のなかにあるから、涼しいんです」幅の広い鼻をさらに広げて、刻一刻と暖かくなる空気を吸いこんだ。「ぼくは、こういう蒸し暑さは苦手です」

たしかにじめじめしていると、アル＝ソアは思った。まるでトゥー・リバーズの真夏の〈湿地帯〉のようだ。あの沼地では、呼吸するたびに、熱湯に浸《ひた》した毛布のなかをくぐり抜けたような気分になった。ここは〈湿地帯〉ではない――〈水の森〉にあった池や小川やせせらぎが少々、見られるだけだ――だが、この空気は〈湿地帯〉を思わせる。

ペリンだけは上着をつけていた。ペリンもランも息苦しそうには見えない。

常緑樹ではないものの、葉の少しついた木々がある。アル＝ソアは枝に手を伸ばしたが、葉にふれようとしたところで、その手を止めた。新しく伸びてきたと思われる赤い葉に、黄色と黒の斑点がある。どう見ても普通ではない。

「何もさわるなと言ったはずだ」

　ランが感情のこもらない声で言った。色の変わるマントをはおったままだ。寒さも暑さも感じないのだろうか？　周囲の色に溶けこむマントを着てマンダーブにまたがっていると、角張った顔だけが宙に浮いているように見える。

「大荒廃地の花は人の命を奪い、その葉は手足を奪う。葉のいちばん厚い部分には、よく〝くっつき虫《スティック》〟と呼ばれる小さな生き物がひそんでおる。その名のとおり、何かがふれるのを待ち受けていて、ふれたとたんに嚙《か》みつく。毒性はないが、嚙みつかれると、分泌液で消化されてしまう。助かる方法はただひとつ——嚙まれた腕や脚を切り落とすことだ。もっとも、こちらが手を出さないかぎり、嚙みついてはこぬ。大荒廃地にはほかにも似たような生物がおる」

　アル＝ソアは葉にさわろうとした手をあわてて引っこめ、ズボンでぬぐった。

「じゃあ、ここが大荒廃地なんですか？」と、ペリン。怯《おび》えていないのが、不思議だ。

「まだ、そのはずれだ」と、ラン。冷ややかな口調だ。マンダーブを進ませながら、ランは肩ごしに言った。「本当の大荒廃地はもっと先だ。大荒廃地には、音に反応して獲物を捕らえる生き物がおる。あるいは、この南の端にも、うろついておるかもしれぬ。ドゥーム山脈を越えて、やってくることもある。くっつき虫《スティック》よりたちの悪い生き物だ。生きて帰りたければ、このまま静かに進みつづけることだ」

ランは返事も待たずに、早足のまま進んだ。

進めば進むほど、大荒廃地の惨状が明らかになってきた。木々はこれまでになくたくさんの葉におおわれているが、その葉には黄色と黒の斑点や、毒を含んだ血のような暗紅色の縞模様があった。葉も蔓状の枝もみな、ふくれあがり、ちょっとふれただけで破裂しそうだ。いかにも春らしく、木々や草には花がついているが、妙に生気がなく、じくじくしていた。死んだような花々は、アル＝ソアが見ているあいだにも腐り落ちてしまいそうだ。鼻から空気を吸いこむと、甘ったるい強烈な腐敗臭が入りこんできて、気分が悪くなる。口から息を吸いこむと、吐き気がした。口いっぱいに腐った肉をほおばったような味だ。馬の蹄《ひづめ》がピシャピシャと音を立てながら、腐った果実を踏みつぶしてゆく。

マットは馬上で身を乗り出し、胃が空《から》っぽになるまで吐いた。アル＝ソアは無心になろうとしたが、気持ちを落ち着かせたところで、喉にこみあげてくる胆汁《たんじゅう》を抑えることはできなかった。吐くものが残っているかどうかはわからないが、二キロも行くとふたたび、マットはゲーゲー吐いた。やはり何も出てこない。それでも、しばらくすると、またゲーゲー吐く。

エグウェーンも他人《ひと》事《ごと》とは思えないような顔で、しきりに唾《つば》を飲みこんでいる。

ナイニーヴは仮面のような白い顔に決意をのぞかせながら、必死に歯をくいしばり、モイレインの背中をにらみつけた。モイレインがなんともないのに、自分が先に吐くわけにはいかない。だが、そのがんばりも、ここまでだろうと、アル＝ソアは思った。モイレインはまっすぐ前を見据えているが、唇には血の気がなかった。

　これほど蒸し暑いにもかかわらず、ロイアルはマフラーを巻きつけ、鼻と口をおおった。目があったとき、ロイアルの怒りと嫌悪を、アル＝ソアははっきり見て取った。

「いろいろ話には聞いていましたが――」ロイアルは毛織のマフラーごしの、くぐもった声で言いかけたが、言葉を切り、顔をしかめて空咳《からせき》をした。「ゴホン！　なんだ、この味は……。ゴホン！　大荒廃地のことは、いろいろ話も聞いたし、本も読みました。でも、こんなことは説明されてなかった……」ロイアルは、見ただけで胸の悪くなる植物を示した。「木々をこんなにしたのも、あの闇王に決まってる！　ゴホン！」

　もちろん、ランには変わった様子はなかった。少なくともアル＝ソアの目には、そう映った。だが、驚いたことに、ペリンまでが平気な顔をしている。というよりは、ほかの者とは反応のしかたが違うのかもしれない。大柄なペリンは、いま通り抜けてきたばかりの忌《い》まわしい森をにらみつけた。そこに敵の姿を――あるいは敵の幟を――見ているような目だ。やがて、まるで無意識のように、腰の斧を大事そうになでると、ぶつぶつ言いだした。唸るようなその声を聞いたとたん、アル＝ソアは首筋の毛が逆立つのを感じた。降り注ぐ日差しのなかでも、ペリンの目はぞっとする金色の輝きを放っている。

　赤い太陽は地平線に沈もうとしているが、暑さは少しもやわらがなかった。はるか北方に〈霧の山脈〉よりも高い山々が空を背にして暗くそびえている。そのとがった頂《いただき》から吹きおりてくる身を切るような突風は、ときおり、アル＝ソアたちにも届いた。山をおりるあいだに、冷気は耐えがたい湿気に変わった。だが、次の瞬間、蒸し暑さが消え、その代わりに真冬並みの寒さが襲ってきた。アル＝ソアの顔を伝っていた汗も、一瞬のうちに氷の粒となった。風がおさまると、氷は解け、ふたたび汗が恐ろしい勢いで頬を流れ落ちた。前にも増して、すさまじい暑さだ。そのとき、風が一行を取り巻き、たちまち悪臭を運び去った。

　アル＝ソアは自分にも力があれば、風を吹かせたいと思った。

　風は墓場を思わせるように冷たかった。久しぶりに開けた墓穴のカビくささを運んできたみたいだ。

「日暮れまでに、あの山脈にたどりつくことはできませぬ」ランはモイレインに言った。「夜のあいだに動きまわっては危険です。護衛士ひとりの力では無理です」

　モイレインは言った。「この近くにいい場所があります。そこで野宿すれば大丈夫でしょう」

ランはモイレインに無表情な目を向けると、しぶしぶうなずいた。

「わかりました。どこかで野宿するしかありませぬ。だとしたら、そこがよいでしょう」

「わたくしが以前見つけた〈全界の眼《アイ・オブ・ザ・ワールド》〉は、高い峠の向こうにありました」と、モイレイン。「ドゥーム山脈を越えるのは、真昼の明るいあいだにしましょう。闇王の力がいちばん弱まるときですから」

「では、〈全界の眼〉はいつも同じ場所にあるとはかぎらないのですか？」エグウェーンはモイレインに訊いた。

それに答えたのはロイアルだった。「今までオジールの見つけた〈全界の眼〉も、すべて違った場所にありました。〈緑の男〉は必要に応じて、いろいろな場所に現われるようです。でも、〈全界の眼〉は決まって、高い峠の向こうにあります。ただし、この峠は危ない。闇王の創造物が棲《す》みついています」

「そんなものに出くわさぬようにしながら、その峠にたどりつかねばならぬ」と、ラン。

「明日こそ本当の大荒廃地へ足を踏み入れる」

アル＝ソアは周囲の森を見た。葉も花も枯れ果て、蔓状の植物は腐りながら枝を伸ばしている。ぞっとせずにはいられない光景だ。ここが大荒廃地ではないのなら、いったいなんだというんだ？

ランが先に立ち、一行は西へ向きを変えた。日が沈もうとしている。ランはあいかわらずの早足で馬を進めたが、あまり気が進まないようだ。後ろ姿の肩がそれを示していた。

陰気な暗紅色の太陽が木々の梢にふれるほど傾いたころ、一行は丘の頂上にたどりつき、ランが手綱《たづな》を引いて馬を止めた。はるか西に点々と湖が横たわり、黄昏《たそがれ》のなかで暗くきらめいている。糸を束ねて、大きさの不揃いなガラス玉を通したネックレスのようだ。その湖に囲まれて、遠くに、ぎざぎざした丘の頂上がいくつも見える。すでに丘は薄闇のなかだ。つかのま、日光が崩れ果てた頂上を照らし出した。アル＝ソアは息をひそめた。丘ではない。〈七つの塔〉の残骸だ。ほかの者たちにも見えたかどうかはわからない。その姿はすぐにまた薄闇のなかに消えてしまったからだ。

ランは馬をおりた。岩のように無表情だ。

「あの湖のそばで野宿したら？」と、ナイニーヴ。スカーフで顔の汗を押さえている。

「水ぎわなら、少しは涼しいはずよ」

「そうだな」と、マット。「水のなかに頭を突っこみたい。二度と顔を上げないかもしれないけどな」

そのとき、いちばん手前の湖が大きく波立った。青白い光を発する暗い水面の下で、巨大なものがのたうちまわっている。人間の胴体ほどの幅のある長い身体をくねらせると、さざ波はますます広がり、振りあげた尻尾が空中に現われた。スズメバチの針のようにとがった先端が一瞬、薄闇のなかに浮かびあがった。少なくとも一メートルはありそうだ。長い身体のどこを見ても、おびただしい数の太い触手がひとつひとつ巨大な虫のようにのたくっている。やがて、怪物はゆっくりと水中に消えた。いまやその存在を示すものは、引いてゆくさざ波だけだ。

アル＝ソアは唇を閉じ、ペリンと顔を見合わせた。ペリンは黄色い目を大きく見開いている。おれも同じ顔をしているにちがいないと、アル＝ソアは思った。あれほど大きな生物が、こんな小さな湖にいるはずがない。なんだ、あの触手は？　あのようなものが手と言えるのか？　絶対に言えるものか。

マットが力なく言った。「よく考えると、やっぱりここで野宿したほうがいいな」

「わたくしがこの丘のまわりに監視霊を置きます」モイレインはすでにアルダイブからおりていた。「監視霊を置くと、いやでも敵の目を引きます。ハエが蜂蜜を見逃《みのが》さないのと同じです。でも、闇王や闇に仕えるものたちが二キロ以内に近づけば、わたくしにはわかります」

「監視霊があれば安心だ」マットも馬からおり、地面に足をおろした。「さっき向こうに見えた、あの……なんだかわからない怪物に襲われる心配もないし」

「ちょっと静かにしてよ、マット」エグウェーンがそっけなく言った。

ナイニーヴも口を開いた。「それで？　明日の朝、ここを発《た》ったら、あの怪物が待ち伏せしてるってわけ？　あなた、本当にバカね、マット」

マットは、馬をおりるナイニーヴとエグウェーンをにらみつけたが、何も言わなかった。

アル＝ソアはベラの手綱を取り、ペリンと顔を見合わせて笑った。しばらくはなごやかな雰囲気がただよい、マットも険悪な状況ではとても口にできないことをしゃべりまくった。

しばらくするとペリンの顔から笑みが消えた。薄闇のなかでたしかに黄色い目がきらめいた。まるで目の奥から黄色い光が放たれたかのようだ。

アル＝ソアもたちまち真顔になった。くつろいでるどころではない。

アル＝ソア、マット、ペリンの三人はランを手伝って、鞍をはずし、馬に足かせをはめた。ほかの者たちは野営の準備を始めた。ロイアルはぶつぶつ言いながら、護衛士が愛用する小さなコンロを地面に置いた。太い指を手ぎわよく動かしている。

エグウェーンは鼻歌まじりに、ふくらんだ水袋から水をやかんいっぱいに移した。ようやくアル＝ソアは理解した――なぜランが、たくさん水入れを持っていけと命じたのかを。

　アル＝ソアはレッドの鞍をほかの馬の鞍といっしょに並べると、鞍袋《くらぶくろ》と丸めた携帯用毛布を鞍尾《あんび》からはずし、振り返ったとたんに、凍りついたように立ちすくんだ。ロイアルとナイニーヴとエグウェーンがいない。コンロも、荷馬《にうま》からおろした柳細工のかごも、みんな消えている。丘の上には、忍び寄る夜の闇があるばかりだ。

　アル＝ソアはしびれた手で剣を探った。悪態をつくマットの声がかすかに聞こえる。ペリンは斧を取り出し、縮れ毛の頭を左右に向け、抜かりなくあたりを見まわした。

「よいか、牧童たち」ランはささやくと、なんでもないように大股に足を踏み出した。三歩進んだとき、その姿が消えた。

　アル＝ソアは目を見開き、マット、ペリンの二人と顔を見合わせた。三人はあわてて、ランの消えた場所へ駆け寄った。突然、アル＝ソアは足を止めた。もう一歩、前に出ようとしたとき、背中にマットがぶつかってきた。エグウェーンが小さなコンロの上にやかんを置きながら、顔を上げた。ナイニーヴはふたつめのカンテラを灯し、その明かりの上でマントをたたんでいた。みな、そこにいた。モイレインは脚を組んですわっているし、ランは地面に肘をつき、ゆったりと横になっている。ロイアルも荷物のなかから本を取り出すところだ。

　アル＝ソアはおそるおそる後ろを見た。丘の周辺の様子は何も変わっていない。すっかり闇におおわれた木々も、かなたに見える暗闇に沈んだ湖も、そのままだ。でも、怖くて後ろへさがれない。またみんな消えてしまうんじゃないか？　こんどこそ姿を現わさないんじゃないか？

アル＝ソアのまわりを注意深く歩きながら、ペリンが長いため息をついた。

モイレインは、そばに立つアル＝ソアたち三人に目をとめた。三人とも息を切らしている。ペリンは恥ずかしそうに、太いベルトの輪のなかに、こっそり斧を戻した。モイレインは口もとに微笑を浮かべた。

「簡単な原理です。この丘を湾曲させました。ですから、わたくしたちのほうを見ても、見えるのは周辺だけなのです。今夜は明かりをつけても、外からは見えないはずです。それに、大荒廃地は闇に包まれて過ごすような場所ではありません」

「あたしにもできるって、モイレイン様がおっしゃるのよ」エグウェーンは目を輝かせた。「今すぐにでも絶対力をあやつることができるんですって」

「訓練を積まなければだめですよ、お嬢さん」モイレインがたしなめた。「そうしないと、まわりの人たちにまで危険が及んでしまいます。絶対力をあやつるうえで、いちばん問題なのは、そこです」

ペリンが〝それ見たことか〟と鼻を鳴らすと、エグウェーンはむっとした表情を浮かべた。アル＝ソアは思った——まさか、もう自分の能力を試したんじゃないだろうな？

　ナイニーヴがカンテラを下に置いた。コンロの炎は小さいが、ふたつのカンテラを合わせると、あたりは充分すぎるほど明るくなった。

　ナイニーヴは慎重に口を開いた。「エグウェーン、あなたがタール・ヴァロンへ行くなら、あたくしもいっしょに行くわ」そして、妙に挑戦的な目でモイレインを見た。「まわりが知らない人ばかりじゃ、エグウェーンも心細いんじゃないかと思います。異能者《アエズ・セダーイ》のほかにも、誰かがエグウェーンを助けてあげなきゃ」

　モイレインは短く「それがいいでしょう、賢女ナイニーヴ」と言った。

　エグウェーンは笑い声を上げ、手を叩いた。「うわあ、絶対にそれがいいわ。ねえ、アル＝ソア、あなたもいっしょにくるでしょ？」

　コンロをまたいですわろうとしていたアル＝ソアは一瞬、動きを止め、やがて、ゆっくりと腰をおろした。大きく見開いたエグウェーンの目がきらきらと輝いている。エグウェーンのこんな顔を見たのははじめてだ。この目のなかに飛びこんだら、きっと溺《おぼ》れてしまうにちがいない。エグウェーンは頰を染め、こんどは控えめに笑った。

「ペリン、マット、あなたたちもいっしょにくるんでしょ？　みんなでいっしょに行きましょうよ」と、エグウェーン。

マットは何やらぶつぶつ言い、ペリンは肩をすくめた。エグウェーンはそれを承諾の意味だと受け取ったようだ。

「わかった、アル＝ソア？　みんないっしょに行くことになりそうよ」

なんてこった。でも、この目に見つめられた男は、したがわずにはいられない。アル＝ソアは照れくさそうに咳払いをした。

「ところで、タール・ヴァロンにも羊がいるんだろうな？　羊を飼ったり、タバコを栽培したりできるのか？　おれが知りたいのは、それだけだ」

アル＝ソアの問いに、モイレインが応えた。

「あなたにも仕事を見つけてさしあげます。もちろん、ほかのみなさんにも。羊飼いの仕事ではないかもしれませんが、興味深い仕事が見つかるはずです」

「ほうらね、やっぱり」もう決定したと言わんばかりに、エグウェーンは言った。「あたしが異能者《アエズ・セダーイ》になったら、あなたを護衛士にしてあげるわ、アル＝ソア。ねえ、なりたいでしょ、あたしの護衛士に？」決めつけるような言いかただが、もの問いたげにアル＝ソアを見つめている。どうしても答えを聞きたいようだ。

「そりゃ、なりたいよ」と、アル＝ソア。〝あの子《エグウェーン》もあなたを愛しているけど、あなたがたは結ばれないわ〟――なぜミンは、あんなことを言ったんだろう？

暗闇があたりを押し包み、一行に疲れの色が見えはじめた。まずロイアルが地面に横になって眠る態勢に入ると、ほかの者たちもつぎつぎにしたがった。毛布は必要ない。枕ひとつで充分だ。モイレインがカンテラの油のなかに〝何か〟を入れてくれたおかげで、大荒廃地の悪臭は消えたが、蒸し暑さはあいかわらずだ。月がちらちらと、かすかな光を投げかける。太陽があれほど暑く照りつけたのも、夜を涼しく感じさせるためだったのかもしれない。

とても眠れやしないと、アル＝ソアは思った。数十センチと離れていない場所に、モイレインが横たわり、悪夢から守ってくれているが、それでも眠れそうにない。最大の原因は、このうっとうしい空気だ。ペリンの寝息をかき消すように、ロイアルのいびきが響く。しかし、そんなことでおたがいに文句を言い合っても、疲れるだけだ。

ランもまだ起きていた。アル＝ソアからそう遠くない場所にすわり、膝に剣をのせたま ま、闇を見つめている。驚いたことに、ナイニーヴまで起きていた。

賢女ナイニーヴは、しばらく黙ってランを見つめていたが、やがて、お茶をカップに注ぎ、ランのもとへ持っていった。ランは小声で礼を言いながら、手を伸ばした。しかしナイニーヴは、すぐにはカップを離さなかった。

「あなたが国王となるべきおかただったなんて、知りませんでした」ナイニーヴは静かに言った。ランの顔を見つめながら、かすかに声を震わせている。

ナイニーヴの視線に応《こた》えるように、ランも見つめ返した。アル＝ソアは、ランの表情が少しやわらいだように感じた。

「それがしは国王ではない、ナイニーヴ。ただの男だ。名前のほかには、猫の額ほどの土地さえ持たぬ、ただの男だ」

ナイニーヴの声はもう震えていなかった。「土地や黄金を求めない女もいます。その男性さえ、そばにいてくれたら」

「しかし、これほどに甲斐性のない男が、そのような女性にふさわしいとは思えぬ。そなたはすばらしい女性だ。朝日のように美しく、戦士のように強い。まるで雌ライオンのようだ、賢女ナイニーヴ」

「賢女はめったに結婚しないものです」ナイニーヴは自分を力づけるように言葉を切り、大きく息を吸いこんだ。「でも、タール・ヴァロンへ行けば、あたくしはもうただの賢女ではなくなるかもしれません」

「異能者《アエズ・セダーイ》が結婚することは、賢女以上にありえない。それほどの力を持つ妻とともに暮らせる男は、まずいない。そんな輝かしい女性の前では、どんな男もかすんでしまう。女性にそのつもりがあっても、同じことだ」

「異能者《アエズ・セダーイ》に負けない強さを持つ男性もいます。そういう人をあたくしは知ってます」と、ナイニーヴ。

かつては、そんな考えに疑いを抱いたかもしれないが、今のナイニーヴの表情には、意中の人を信じる思いがありありとうかがえた。

「それがしにあるのは剣だけだ。たしかに、勝つ見こみのない戦いかもしれぬが、戦わずにはおれぬのだ」と、ラン。

「あたくしは、そんなこと少しも気にしていないと、申しあげたでしょう？　どうしてわかりきったことばかり言わせるのです？　そんなに、あたくしに恥をかかせたいのですか？」と、ナイニーヴ。

「そのようなつもりはない」と、ラン。その慈《いつく》しむような声は、アル＝ソアの耳には奇妙に聞こえたが、ナイニーヴは目を輝かせた。「それがしは、そなたの選ぶ男を憎むだろう。その男は、それがしではないからだ。だが、そなたを幸せにできる男なら、許してもよい。結婚するとき、男から渡される金品のなかに、未亡人の着る喪《も》服《ふく》が入っていて当然だと思う女はおらぬ。そなたとて、同じだ」ランは口をつけていないカップを地面に置き、立ちあがった。「馬を見てくる」

ランが立ち去ったあとも、ナイニーヴはそこにひざまずいたままだった。

眠れるとは思えなかったが、アル＝ソアは目を閉じた。きっとナイニーヴは泣き顔を見られたくないはずだ。

49　動きだした闇王

夜明けとともに、ランド・アル＝ソアはハッと目を覚ました。陰気な日差しを受けたまぶたがうずく。ようやく太陽は、木々の上に顔を出したところだ。早朝なのに、大荒廃地は分厚い毛布に包まれたように暑い。アル＝ソアは携帯用毛布を丸めて枕にして、仰向けになり、空を見つめた。青い。荒れ果てた地なのに、空だけは美しいままだ。

アル＝ソアは驚いた――おれは眠ってたのか。話し声を耳にしたかすかな記憶が一瞬よみがえったが、それも夢の一部のように思えた。ナイニーヴが目を赤く腫《は》らしている。きっと眠れなかったのだろう。昨夜ナイニーヴに見せた顔が嘘だったかのように、ランの表情はいちだんとけわしい。

エグウェーンがやってきて、ナイニーヴのそばにかがみこんだ。心配そうな顔だ。二人が何を話しているのか、アル＝ソアにはわからなかった。エグウェーンの言葉に、ナイニーヴが首を振っている。もういちどエグウェーンが何か言うと、ナイニーヴは手を振って追い払おうとしたが、エグウェーンはその場を離れず、さらに顔を近づけた。しばらく二人は、ますます声を落として話しこんだ。ナイニーヴはまだ首を横に振りつづけている。だが、しまいには笑って、エグウェーンを抱きしめた。表情から察すると、エグウェーンをなだめているのだろう。エグウェーンは立ちあがり、ランをにらみつけた。ランは気づいていない。ナイニーヴのほうを見ようともしなかった。

　アル＝ソアは頭を振ると、自分の持ちものをまとめ、ランから許されたわずかな水で、顔と手と歯を手早く洗った。女には男の心のなかがわかるのだろうか、不安になった。女はみんな、異能者《アエズ・セダーイ》だ。さあ、さらに北をめざすのだ——そう自分に言い聞かせて、口をゆすいだ。急いでレッドに鞍《くら》をつけなければならない。

　あわただしいどころではなかった。アル＝ソアは野営の跡をかたづけると、ようやく馬たちのもとへ向かった。レッドの腹帯を締めたときには、すでに太陽がちらちらと丘の上全体を照らしていた。誰もが急いでいた。

　朝日のなか、遠方に〈七つの塔〉が荒れ果てた姿をさらけ出している。ごつごつした巨大な丘のような塔には、かつての壮大な面影はない。無数の湖はいずれも青く、穏やかだ。今朝は水面でのたうちまわる化け物の姿もない。塔の残骸や湖を見ていると、丘の周囲をおおう気味の悪い草木も、アル＝ソアの目には入らなかった。

ランは塔から目をそむける様子も、ナイニーヴの視線をさける様子も見せなかった。そう見えたのは、ランが出発の準備を指示するのに忙しかったからだ。

柳細工のかごを荷馬《にうま》にくくりつけ、食べ残しや汚れなどの痕跡をすべて消し去り、全員が馬にまたがった。モイレインだけは目を閉じて、丘のまんなかに立っていた。呼吸もしていないかのようだ。

何も起こらない。少なくともアル＝ソアの目には見えなかった。ただ、この暑さにもかかわらず、ナイニーヴとエグウェーンは身震いし、しきりに腕をこすった。エグウェーンは突然、腕をこする手を止め、何か言いたげにナイニーヴを見つめた。その言葉を待たずに、ナイニーヴも手を止め、けわしい表情でエグウェーンを見た。二人は目をあわせ、エグウェーンが微笑を浮かべてうなずくと、つづいてナイニーヴも笑みを――気のない笑みではあったが――返した。

アル＝ソアは髪を掻《か》きむしった。ぐっしょり濡れている。さっき顔を洗ったときに跳ね飛んだ水のせいではなく、汗のせいだ。ナイニーヴとエグウェーンの暗黙のやり取りを理解できそうな気がしたが、二人が何を〝話した〟のか、わかりそうで、わからなかった。

「どうして、さっさと出発しないんだ？」と、マット。額《ひたい》にマフラーを巻いている。鞍の前に矢をつがえた弓を横向きに置き、矢筒も、すぐ手が届くように腰のそばに引きつけてあった。

モイレインは目を開《あ》け、丘を下りはじめた。

「わたくしが昨夜使った術の痕跡をすべて消そうとしているからです。一日たてば自然に消えるはずですが、できるだけ危険をさけたいのです。なんと言っても、ここは大荒廃地です。闇の力が大きすぎます。ラン？」

モイレインがアルダイブにまたがると、ランは一行を率いて北へ向かった。前方にドゥーム山脈が姿を現わした。朝日のなかでさえ、その山頂は不気味に暗く、牙を並べたようにそそり立っている。見わたすかぎり、東も西もドゥーム山脈という壁に囲まれていた。

「今日こそ、〈全界の眼《アイ・オブ・ザ・ワールド》〉へたどりつけるのでしょうか、モイレイン様？」エグウェーンが訊《き》いた。

モイレインはロイアルを横目で見た。

「きっと大丈夫です。以前、わたくしがきたとき、〈全界の眼〉はあの山脈の向こう側の峠のふもとにありました」

「ロイアルの話では、〈全界の眼〉はいろいろと場所を変えるそうです」マットはロイアルに向かってうなずいた。「もしモイレイン様のご記憶どおりの場所になかったら？」

「そのときは見つかるまで探すだけです。わたくしたちが探していることを〈緑の男〉が感じ取ってくれます。しかも、わたくしたちほど〈緑の男〉を必要としている者はいません。わたくしたちの使命は全界を救うことなのですから」と、モイレイン。

ドゥーム山脈に近づくにしたがって、いよいよ本当の大荒廃地が迫ってきた。黒い斑点や黄色いしみのある葉に代わって、いまアル＝ソアが目にしているのは、ぐしょぐしょに腐った葉だ。水分の重みで今にも崩れそうになっている。樹木そのものは無惨にも原形をとどめず、救いを求めるかのように、ねじれた枝を空に向けていた。枝の裂け目から樹液が膿《うみ》のようにすべり落ちた。骨抜きにされた木は、馬が歩いただけでも揺れた。

「なんだか、今にも木が襲いかかってきそうだ」と、マット。落ち着かない様子だ。ナイニーヴがいらだちと軽蔑の入りまじったまなざしを向けると、マットは声を荒らげた。

「だって、そう見えるじゃないか」

「なかには、襲ってくる木もあります」と、モイレイン。一瞬、肩ごしに振り向いた目は、ラン以上にけわしかった。「でも、わたくしだけは襲われません。だから、わたくしがそばにいれば大丈夫です」

それを冗談だと思ったのか、マットは不安そうに笑った。

アル＝ソアは本当に大丈夫だろうかと訝《いぶか》った。なんと言っても、ここは大荒廃地なのだから。だが、木が動くはずはない。もし動けるとして、なぜ人間を襲うんだ？　想像のしすぎだぞ。モイレイン様は注意を促《うなが》していらっしゃるだけだ。

　アル＝ソアは不意に左手の森へ目を向けた。二十メートルと離れていない場所で、たしかに木が震えていた。気のせいではない。どんな種類の木なのか――かつてどんな木だったのか――はわからないが、ひどく苦しげに身をよじったような気がした。アル＝ソアが見つめていると、その木が突然、ふたたび前後に揺れはじめた。お辞儀をするかのように下を向き、地面に向かって激しく揺れている。耳をつんざくような叫び声が上がった。やがて木ははずみをつけて、もとどおりに身を起こした。枝が黒いかたまりを捕らえている。そのかたまりはもがきながら、泡を吹き、悲鳴を上げた。

　アル＝ソアがごくりと唾《つば》を飲み、じりじりとレッドを後退させようとすると、そこらじゅうの木がつぎつぎと震えだした。レッドは目を剝《む》き、ほとんど白目ばかりを見せている。ふと気づくと、アル＝ソアは馬の背中にぴたりと身体を押しつけ、ほかのみんなも同じ体勢を取っていた。

「止まるな」ランは剣を抜いた。鋼《はがね》で裏打ちした籠手《こて》をはめ、くすんだ緑色の鎖かたびらを身につけている。「モイレイン様のそばを離れるな」

　マンダーブの向きを変えながら、ランは木やその餌食《えじき》となる黒いかたまりをたくみによけて進んだ。色の変わるマントをまとったランが大荒廃地にのみこまれると、つづいてマンダーブも姿を消した。

「わたくしの近くにきてください」モイレインはアルダイブを走らせたまま、身ぶりで仲間を呼び寄せた。「できるだけ離れないでください」

ランの消えた方向から叫び声が上がった。その声は空気を振動させ、木々を震わせた。消えてもなお反響が耳に残っている。やがてふたたび、断末魔の叫びにも似た声が聞こえた。

「ラン様」ナイニーヴは言った。「ラン様が――」

またしても恐ろしい声が上がり、ナイニーヴは口をつぐんだ。こんどの声はどこか違っていた。恐怖におののく声だ。その声も一瞬のうちに聞こえなくなった。

「ランのことはほうっておいても大丈夫です。進みなさい、賢女ナイニーヴ」モイレインは言った。

木立のあいだから、剣を握ったランが姿を現わした。マンダーブも無事だ。刀身に黒い血がこびりつき、そこから蒸気が立ちのぼっている。ランは鞍袋《くらぶくろ》から布を取り出すと、注意深く刃をぬぐい、しみが残っていないことを確かめた。投げ捨てた布は空中でばらばらになり、繊維さえ残らなかった。

そのとき、木立のあいだから、巨大な生き物が音もなく襲いかかってきた。ランはすばやくマンダーブの向きを変えた。マンダーブが後ろ脚で立ち、化け物に襲いかかろうとした、まさにその瞬間——マットが矢を放った。化け物の顔の大部分を、巨大な口と歯が占めている。矢は、その顔のひとつしかない目に命中した。化け物は叫び声を上げ、脚をばたつかせながら倒れ、地面に大きく跳ね返った。そばにいた者たちがあわててよけるのを、アル＝ソアは見つめた。長い剛毛におおわれた化け物には、無数の脚があった。熊のように巨大な身体から妙な角度で生えている。背中にも脚があるが、どう見ても、歩くためのものとは思えない。脚の先には、人間の指の長さほどもある鉤爪《かぎづめ》があった。化け物は地面をその鉤爪で掻きむしり、やがて息絶えた。

「よく命中したな、マット」と、ラン。後ろに倒れている化け物のことなど忘れたかのように、森のなかをのぞきこんでいる。

　モイレインは首を振った。「万物源にふれた者にこれほど近づくとは、愚かなことです」

「〝大荒廃地はうごめいている〟と、アゲルマー公は言われた。おそらく、大荒廃地自身も知っておるのだ——歴史模様が形づくられようとしていることを」と、ラン。

「さあ、急ぎましょう」モイレインは馬の脇腹を蹴《け》った。「早くあの峠を越えなければなりません」

次の瞬間、大荒廃地はふたたび一行に襲いかかった。木々が大きく揺れながら、枝を伸ばしてくる。万物源にふれたモイレインがいるのに、おかまいなしだ。

アル＝ソアは剣を握りしめた。いつ鞘《さや》から抜いたのか覚えていない。なんども木立に斬りかかり、アオサギの紋章の刻まれた刀身で腐った枝を切り払った。飢えた枝は傷つきながらも、根もとの部分をくねらせて大きく身を引いた。アル＝ソアには木々の叫びが聞こえるような気がした。そのたびに、さらに多くの枝がヘビのようにのたくりながら、アル＝ソアの腕や腰や首に向かって伸びてくる。アル＝ソアは歯をくいしばり、無心になろうとした。トゥー・リバーズの手に負えない石だらけの大地を思い浮かべたとき、ついに無心になった。

「マネサレン！」アル＝ソアは声をかぎりに、木々に向かって叫び返した。アオサギの紋章を刻んだ刀身が一瞬、鈍い太陽の光を浴びてきらめいた。「マネサレン！　マネサレン！」

マットは鐙《あぶみ》に足を乗せたまま立ちあがり、森に向かってつぎつぎに矢を放った。矢を突き立てられた化け物どもは身もだえし、無数の歯をきしらせながら息絶えた。騎乗の一行に襲いかかる鉤爪を持った化け物にも、矢はくいこんだ。もはやマットはわれを忘れている。

「カライ・アン・カルダザール！」つづけざまに矢をつがえて放ちながら、マットは叫んだ。「カライ・アン・エリサンデ！　アル・エリサンデ！　モーデロ・ダグエィン・パス・ドゥアンテ・キュバイヤー！　アル・エリサンデ！」

　ペリンも鐙の上で立ちあがった。押し黙ったまま、恐ろしい形相を浮かべている。ペリンは先頭に立ち、木立や気味の悪い肉のかたまりを斧で切り裂いては進んだ。目の前に何が現われようと、ひるまなかった。揺れる木々も、叫び声を上げる化け物も、斧を持ったペリンには近づかない。ペリンの振りまわす斧よりも、その金色の目に怯《おび》えていた。ペリンは決然とした態度で、一歩ずつ馬を進めた。

　モイレインの手から火の玉が飛び出た。それを受けた木は松明《たいまつ》のように燃えあがった。無数の歯を持つ化け物は叫び声を上げ、人間のような手でつかみかかってきたが、燃えあがる自分の身体を鋭い爪で掻きむしりながら、死んでいった。

　ランはなんどもマンダーブとともに森へ入った。剣と籠手から滴《したた》る血が泡立ち、蒸気を上げている。戻ってきたときには必ずと言っていいほど、鎧《よろい》に新たな傷を作り、裂けた皮膚から血を流していた。マンダーブも足を引きずりながら、血を滴らせている。そのたびにモイレインは傷の上に手をかざし、一瞬のうちに止血した。

「この火はミルドラルを呼び寄せてしまいます」モイレインは苦しげに言った。「ゆっくり進むのです。ゆっくりとですよ！」

　全員がいっせいに歩調をゆるめた。

　これまで木々は、おれたちに対するほど頻繁には、あの化け物を襲わなかった。それぞれに姿の違う化け物どもも、木々と――あるいは化け物どうしで――戦うことは、あまり多くはなかった。そうだったとしても、この状態では、やつらは全滅したはずだ――そうアル＝ソアは思った。だが、ふたたび襲ってくるかもしれない。そのとき、笛の音に似た叫び声が背後で上がった。遠く、かすかな声は、壮絶な戦いが繰り広げられる大荒廃地に響きわたった。

　そのとたん、ナイフで切り取られたように混乱はおさまった。化け物は凍りついたように動かなくなり、木々も動きを止めた。無数の脚を持つ生き物も、現われたときと同じように忽然《こつぜん》と、ねじれた木立の向こうへ消えた。

　ふたたび、かんだかい叫び声が聞こえた。壊れた羊飼いの笛のような音だ。それに応《こた》えるように、いっせいに声が上がった。いくつもの声が重なり、はるか後方から歌うように聞こえてくる。

「妖虫だ」ランが苦々《にがにが》しげに言うと、ロイアルはうめいた。「おかげで、こちらはひと休みできる。ただし、そんな時間があればだが」ランの目はドゥーム山脈までの距離を測った。「大荒廃地の化け物といえども、好んで妖虫に戦いを挑むやつはおらぬ」ランはマンダーブの脇腹を蹴った。「進め！」

一行は急いでランにつづいた。まさに大荒廃地の名にふさわしく、あたりは突然、死の世界と化した。後ろから、笛の音のようなかんだかい声が聞こえるだけだ。

「やつらは虫に怖じ気づいたんですか？」マットが訝しげに言った。鞍にすわったままはずみをつけ、弓を背負おうとしている。

「妖虫は――」と、ラン。マットの言うようなただの虫ではないことが、その口調からうかがえた。「ミルドラルを殺すこともできる。ミルドラルといえども、運に見放されたら終わりだ。後ろから妖虫の大群が迫っておるぞ。進め！　進め！」

黒くそびえるドゥーム山脈が近づいてきた。このままランについてゆけば、あと一時間でたどりつくはずだ。

「あの妖虫、ドゥーム山脈まで追っかけてこないかしら？」と、エグウェーン。息切れしている。

ランは、けたたましい笑い声を上げた。

「まさか、それはない。ドゥーム山脈には、あの妖虫でさえ太刀《たち》打ちできない魔物がおる」と、ラン。

それを聞くと、またしてもロイアルがうめいた。

そんな声を出さないでくれと、アル＝ソアは思った。ランの次に大荒廃地のことをよく知ってるのは、ロイアルだ。それは、〈安息の場〉という安全地帯で本を読み、そこから得た知識かもしれないが、知っていることに変わりはない。それにしても、なぜ、わざわざ思い出させるんだ？　もっと恐ろしい魔物がいるなんてことを……。

馬は腐った草を踏みつぶし、しぶきを上げながら、大荒廃地を駆けた。さっき襲いかかってきたのと同じ種類の木々がある。しかし一行がねじれた枝の下を突き進んでも、ぴくりとも動かない。暗雲が低く垂れこめた空に、ドゥーム山脈の頂上が届きそうに見えた。

笛の音に似たかんだかい声がはっきりと聞こえ、つづいて背後からガボガボという大きな音が聞こえてきた。腐った植物を踏みつぶす蹄《ひづめ》の音さえ、かき消されてしまう。巨大な化け物がずるずる這《は》いながら、腐り果てた木々を押しつぶす音らしい。しかも、すぐ近くから聞こえてくる。アル＝ソアは肩ごしに振り向いた。木々のてっぺんが大きく揺れ、草のようにしなだれた。大地はドゥーム山脈へ向かって、ゆるやかに傾斜しはじめている。それが、はっきりと身体に感じられた。

「このままでは進めませぬ」ランはマンダーブを疾走させたまま、またしても剣を握った。

「峠にお着きになったら、どうかご用心ください、モイレイン様。そうすれば、きっと無事に通り抜けられます」

「だめです、ラン様！」ナイニーヴが叫んだ。

「黙りなさい、ナイニーヴ！　ラン、いくらあなたでも、妖虫の大群を押しとどめることはできません。わたくしがいれば、妖虫も襲ってこないはずです。〈全界の眼〉にたどりつくためには、どうしても、あなたが必要です」

「矢を放てばいい」と、マット。息を切らしている。

「そんなもの、あの妖虫にとっては痛くもかゆくもない」ランは叫んだ。「ばらばらに切り刻むよりほかに方法はない。やつらは空腹しか感じぬ。あとは、ときどき恐怖を感じるだけだ」

　アル＝ソアは必死に鞍にしがみつきながら、肩をすくめ、力を抜こうとした。息もできないほど胸全体がこわばり、焼けた針で刺されたように肌がちくちくする。いつしか一行は丘陵地帯に差しかかっていた。ドゥーム山脈のなかに、自分たちがのぼってゆくはずの道が見えた。あの曲がりくねった道をたどって、峠を越えることになる。巨大な黒岩を斧で割り、その隙間を進むようなものだ。ああ、この先に、どんな魔物が待ち受けてるというんだ？　光よ、おれたちを救ってください。これほどの恐怖を感じたのは、はじめてだ。これ以上、先へ行きたくない。これ以上は！　アル＝ソアは炎と無心を探し求めながら自分を罵《ののし》った。バカ！　怖いのか？　この臆病者！　もはや、ここにとどまることも、戻ることもできないんだぞ。エグウェーンを置いて、おまえ一人で逃げるつもりか？　だが、つかみかけた無心は手からすべり落ち、形を変え、震えながら無数のとがった光に分かれた。その光は合体し、ふたたび砕け散った。鋭い光の先端は骨まで腐食させ、痛さのあまり、アル＝ソアは身震いした。身体が破裂しそうだ。光よ、おれたちを救ってください。おれには、このまま進みつづけることはできません。光よ、どうかおれを救ってください！

アル＝ソアは手綱《たづな》を引き寄せ、馬の向きを変えようとした。あの山脈で待ち受ける魔物に比べれば、妖虫を相手にしたほうがましだ。そのとき、あたりの様子が一変した。ふたつの斜面にはさまれた谷の部分に差しかかったところで、大荒廃地は消えた。

緑の葉におおわれた木が大きく枝を広げ、草の上をところどころ埋《う》めつくした野生の花々が、気持ちのいい春風にそよいでいる。蝶が花から花へ飛び、ハチは羽音を立て、鳥も美しくさえずっていた。

アル＝ソアはぽかんと口を開けたまま、馬を走らせつづけた。ふと気づくと、モイレインとランとロイアルは——ほかの仲間たちも——すでに馬を止めていた。アル＝ソアはゆっくりと手綱を引いた。驚きのあまり、顔がこわばっている。エグウェーンは目を大きく見開き、ナイニーヴは呆然とした表情を浮かべた。

「ここまでくれば、もう安心です」と、モイレイン。「ここが〈緑の男〉のいる場所――つまり、〈全界の眼〉です。大荒廃地の化け物もここへは入れません」

「おれはてっきり〈全界の眼〉は山の向こうにあると思ってました」アル＝ソアはくぐもった声で言った。今でもまだ、北の地平線いっぱいに広がる山並みと、峠が見える。「峠の向こうにあると、あなた様はおっしゃいました」

「〈全界の眼〉はな」木立のあいだから太い声が聞こえてきた。「あってしかるべき場所にある。それを求める者の前だけに姿を現わす」

　葉におおわれた木立の向こうから、ひょいと人影が現われた。ロイアルはアル＝ソアよりも身体が大きいが、そのロイアルと比べても、新たに現われた人影は、はるかに大きかった。生き生きとした緑の葉と蔓《つる》に全身をおおわれ、草の髪を肩まで垂らしている。目は大きなハシバミの実で、爪はドングリだ。上着とズボンも緑の葉で作られており、ブーツは縫《ぬ》い目のない樹皮でできている。まわりを飛び交う何匹もの蝶が、ときおり指や肩や顔に止まった。一カ所だけ、緑色でない部分があった。頭のてっぺんから頬とこめかみにかけて、深い裂け目があり、そこの蔓だけが茶色くしおれていた。

「あなたが〈緑の男〉ね」エグウェーンが小声で言うと、〈緑の男〉は傷のある顔をほころばせた。一瞬、鳥のさえずりが大きくなったような気がした。

「もちろんだ。ここに、ほかの誰がいるというんだ？」〈緑の男〉はロイアルを見つめた。「よくきたな、弟よ。きみの仲間も昔はよく訪ねてきたが、ここ最近、とんと姿を見せない」

　ロイアルはあわてて馬をおり、丁寧《ていねい》に一礼した。「お会いできて光栄でございます、〈木の兄弟〉。ツィング・マ・チョサイア、ティ＝イングシェン」

〈緑の男〉はほほえみながら、ロイアルの肩に腕をまわした。こうして並ぶと、ロイアルがまるで子供のように見える。「そう堅苦しいことは言うな、弟よ。ともに〈木の歌〉を口ずさみ、〈巨木林〉と〈安息の場〉に思いを馳《は》せ、〈太古の郷愁〉に浸《ひた》ろうではないか」〈緑の男〉は、馬からおりようとしているほかの者たちにも視線を向けた。その目がペリンをとらえた。

「やあ、〈狼の兄弟〉！　本当に〝昔〟が歩いて戻ってきたのか？」

　アル＝ソアはペリンを見つめた。ペリンは馬の向きを変え、自分と〈緑の男〉のあいだに立たせると、身をかがめて腹帯を調べはじめた。〈緑の男〉の探るような目をさけている。急に〈緑の男〉がアル＝ソアに話しかけてきた。

「変わった服を着てるな、〈竜王の子〉よ。〈時の車輪《ホイール・オブ・タイム》〉は、もうそんな時代までまわってしまったのか？　〈竜王の民〉は〈第一の誓約〉を忘れていなかったというわけか？　それにしては剣を身に着けているな。めずらしいことだ」

　アル＝ソアは唇をなめ、やっと口を開いた。「おっしゃることが、よくわかりません。どういう意味ですか？」

〈緑の男〉は頭の茶色い傷跡に手をふれ、一瞬、困惑の表情を浮かべた。「わたしには……わからない。記憶がとぎれて抜け落ちてしまうことが、よくあってね。残っている記憶も、イモムシに喰われた葉のように穴だらけだ。たしか……いや、だめだ、やっぱり思い出せない。とにかく、よくきてくれた。あなたもだ、モイレイン・セダーイ。大いに驚いた。ここへは誰ひとり、二度はこられないはずなのに。いったい、どうやって、ここへこられたのか？」

「その必要があったからです」と、モイレイン。「全界を救うためには、どうしても、ここへくる必要がありました。〈全界の眼〉をこの目で見るために訪ねてきたのです」

〈緑の男〉がため息をつくと、枝をおおう葉がかすかにそよいだ。

「ついにまた始まった。あのときとまったく同じだ。闇王は動きだそうとしている。わたしはずっと、それを恐れていた。時代が変わるたびに、大荒廃地からの襲撃が激しくなっている。ここまでくると、やつらを押しとどめようとしても、最初のように簡単にはいかない。さあ、ご案内しよう」

50 〈全界の眼《アイ・オブ・ザ・ワールド》〉

ランド・アル＝ソアはレッドを連れ、一行とともに〈緑の男〉にしたがった。〈緑の男〉と森の区別がつかないのか、全員が目を凝《こ》らしている。言うまでもなく、〈緑の男〉は伝説の人物だ。〈緑の男〉と〈生命の木《アヴェンデソーラ》〉については、トゥー・リバーズでも炉辺《ろばた》の語りぐさになっていた。耳を傾けるのは子供たちばかりではない。大荒廃地を目《ま》のあたりにしてきたあとでは、こうして木や花が自然のまま育っているのに驚く——たとえほかの土地が冬に閉ざされていなかったとしても。

　ペリンは少し遅れてついてきた。アル＝ソアがちらりと振り返ると、縮れ毛の大柄なペリンは、もう〈緑の男〉の話は聞きたくないという顔をしている。アル＝ソアにも、その気持ちがよくわかった。〈竜王の子〉——〈緑の男〉は、おれをそう呼んだ。アル＝ソアは〈緑の男〉の様子をうかがった。モイレイン、ランとともに先頭を行く〈緑の男〉は、黄色や赤の蝶の大群に取り巻かれていた。〈緑の男〉は何を言おうとしたんだろう？　いや、おれは何も知りたくない。

　そんな思いとは裏腹に、アル＝ソアの足取りは軽くなった。今も不安が胸を締めつけ、胃袋を引っ掻《か》きまわしているが、恐怖は消えた。それだけでもましだ。大荒廃地の化け物はここへは入れないと、モイレイン様は言った。それが本当だとしても、ここは大荒廃地から数百メートルしか離れていない。

　アル＝ソアの骨に突き刺さった針のような無数の光は、すでに消えていた。あれはたしか、この土地へ足を踏み入れた瞬間のことだ。〈緑の男〉が、あの光を消してくれた。〈緑の男〉と、この地のおかげだ。

　エグウェーンとナイニーヴも安らぎを覚えていた。美しい景色が心をなごませてくれる。アル＝ソアの目にも、それがわかった。二人は穏やかにほほえみながら、花にさわり、立ちどまってにおいを嗅ぎ、深呼吸した。

〈緑の男〉はふと、そんな二人に気づいた。

「花は何かを飾るためにあるんだ。木でも人でも関係ない。摘みすぎなければ、何をしてもかまわないよ」

〈緑の男〉はそう言って、ひとつ、またひとつと、花を摘み取った。どの植物からもふたつ以上は摘み取らなかった。たちまち、ナイニーヴとエグウェーンの髪は花で埋《う》めつくされた。ピンクの野バラとイエローベル、白いモーニングスター。ナイニーヴの腰まである三つ編みの髪は、さながら白とピンクの花園だ。モイレインも額《ひたい》に白いモーニングスターの冠をのせてもらった。花冠がじょうずに編んであるので、まだ花が生長しつづけているように見えた。

本当に生長しつづけてるのかもしれないと、アル＝ソアは思った。〈緑の男〉は注意しながら、森の花園を歩いた。優しくモイレインに話しかける一方で、手入れが必要な植物があると、即座に処置をほどこした。

〈緑の男〉は野生のツルバラの枝に目をとめた。たくさん花のついたリンゴの枝に押しやられ、ねじ曲がっている。〈緑の男〉は立ちどまり、話をしながら、曲がった枝をなでた。アル＝ソアは目を疑った――これは手品か？　それとも、棘《とげ》が〈緑の男〉の指を刺さないように、バラの枝がよけたのか？　見あげるほど大きな〈緑の男〉が進んでゆくと、枝はまっすぐ正常な形に戻り、リンゴの白い花のあいだから赤い花びらをのぞかせた。次に〈緑の男〉は腰をかがめ、小石だらけの場所にある小さな種を、大きな手で包みこんだ。ふたたび身を起こしたとき、すでに小さな苗が石の下の土壌へ根を伸ばしていた。

「歴史模様にしたがうなら、どんな生物も自然のままに育つべきだ」〈緑の男〉は言いわけをする口調で肩ごしに言った。「そのうえで、〈時の車輪《ホイール・オブ・タイム》〉の回転に立ち向かわなければならない。でも、わたしが手を貸しても、創世主は気にもしないだろう」

アル＝ソアは苗の周囲をよけるように、レッドを歩かせた。踏みつぶしてはいけないからだ。そうしないと、花が踏まれないようにしている〈緑の男〉の配慮が無駄になりそうな気がした。

エグウェーンはそっとほほえみかけ、アル＝ソアの腕に手をふれた。肩に垂らした髪をいっぱいの花で飾っている。あまりの美しさにアル＝ソアが思わず笑みを返すと、エグウェーンは頬を染め、目を伏せた。おれはエグウェーンを守る。何があろうと、絶対に守る。

〈緑の男〉は春の森のまんなかへ一行を案内した。丘の横にアーチ形の入口がある。なんの変哲もない石でできた背の高い白い門だ。アーチの頂上の要石《かなめいし》に、曲線で二分された円が刻まれていた。円の半分はいびつな線で、残りの半分はなめらかな線で描かれている。古代から伝わる異能者《アエズ・セダーイ》のシンボルだ。入口そのものは影でおおわれていた。

一瞬、一行は声もなく、目を見張った。モイレインは頭から花冠をはずし、門の横に生えているスイートベリーの枝にそっと引っかけた。そのとたん、思い出したように、みなが口を開いた。

「あたくしたちの探してたものが、このなかにあるの？」と、ナイニーヴ。「それは、いったい、なんなの？」

「おれ、この目で本当の〈生命の木《アヴェンデソーラ》〉を見てみたい」と、マット。頭上の二分された円を見つめたままだ。「それぐらいの時間はあるよな？」

〈緑の男〉は不思議そうにアル＝ソアを見つめ、首を横に振った。「ここに〈生命の木《アヴェンデソーラ》〉はない。わたしは二千年間ここにいるが、あんな卑《いや》しい枝の下では心が安らがない」

「〈生命の木《アヴェンデソーラ》〉が見たくて、訪ねてきたのではありません」モイレインはきっぱりと言い、アーチ形の門を指し示した。「わたくしたちが探しているものが、あのなかにあるからです」

「わたしはごいっしょするわけにはいかない」と、〈緑の男〉。その心の動揺を察したかのように、蝶の大群が渦を描いて飛びまわりはじめた。

「わたしは長いあいだ、あれを守ってきたが、近づきすぎると不安になる。なぜか、あれといっしょに自分の役目が終わってしまうような気がして。あれがつくられたときのことを今でも覚えている。部分的にではあるが」

記憶をたどるようなまなざしだ。〈緑の男〉は頭の傷跡に手をふれた。

「全界崩壊が始まったころのことだ。闇王に打ち勝った喜びは、一瞬にして不安に変わった。何もかも闇の重さに押しつぶされるかもしれない。そこで、男女を合わせて百人の異能者《アエズ・セダーイ》が、あんなものをつくった。異能者《アエズ・セダーイ》はいつも、男性源《サイディン》と女性源《サイダール》を合わせることでそういう奇跡を起こしてきた。もともと万物源は、そのふたつから構成されているのだから。異能《アエズ・セダーイ》者たちは穢《けが》れを祓《はら》おうとして全員が命を落とし、その一方で全界は崩壊した。

自分たちが死ぬ運命にあると知った異能《アエズ・セダーイ》者たちは、わたしにあれを守るように言った――いつか全界に危機が訪れる日に備えてだ。わたしは最初から番人だったわけではない。全界が崩壊しはじめ、孤立した異能《アエズ・セダーイ》者たちは結局、わたしを頼るしかなかった。番人でもないのに、わたしはずっと守ってきたのだ」〈緑の男〉はひとり、うなずきながら、モイレインを見おろした。「わたしは約束を守りつづけてきた。そして、ついに〈全界《アイ・オブ・ザ・》の眼《ワールド》〉が役に立つときがきた。わたしの役目ももう終わりだな」

「その役目をお願いしたのは、わたくしたち異能《アエズ・セダーイ》者でした。あなたは、わたくしたちの誰よりも、立派に約束を守りつづけてくださいました」と、モイレイン。「あなたのお役目がもう終わりだなんてことはありません」

〈緑の男〉は、傷跡のある頭をゆっくりと左右に振った。「いいや、わたしにはわかる。もう終わりだ、モイレイン。どこか別の場所を見つけて、草木を育てるとしよう」ハシバミ色の目が悲しげに緑の森を見やった。「たぶん、どこか別の場所に。あなたがたが戻ってこられたとき、時間があれば、またお会いしよう」

〈緑の男〉は蝶の群れとともに、大股でその場を離れ、完全に森と一体化した。ランのマント以上に完璧だった。

「〈緑の男〉は何が言いたかったんでしょう？」と、マット。「〝時間があれば〟って、どういう意味です？」

「いらっしゃい」モイレインは門のなかへ足を踏み入れた。ランがすぐあとにつづく。

　そのあとにつづけば何が待ち受けているのか、アル＝ソアにはわからなかった。腕の毛がさわさわと動き、首筋の毛が逆立った。目の前にあるのは、ただの通廊だった。光沢のある壁が頭上でアーチを描き、ゆるやかに曲がりくねりながらつづいている。天井は高く、ロイアルの頭がつかえることもない。〈緑の男〉にとっても、充分な高さがあったはずだ。床は一見、油を塗った粘板岩のようになめらかだが、なぜか足はすべらなかった。白い壁には継ぎ目がなく、たとえようのない色をした斑点が無数にある。しかも、その壁はきらきらと光っていた。通廊に入って、角《かど》をひとつ曲がったあたりから、もう日差しは届かない。それでも、周囲は柔らかな光に包まれている。自然の光であるはずはないのに、その光に不思議な優しさをアル＝ソアは感じた。それなら、なぜ、肌がむずむずするんだろう？

　一行はさらに通廊を進んだ。

「あそこです」ようやくモイレインが指さした。「この先です」

通廊から、広い洞窟のような場所へ出た。天井は自然のままのごつごつした岩で、水晶のかたまりがところどころに輝いている。下を見ると、幅が四メートルはありそうな周囲の通路を除いて、洞窟全体が水たまりになっていた。ちょうど、人間の目を思わせる卵形の空間だ。水たまりの縁《ふち》を飾る一様に背の低い水晶は、天井の水晶に比べると鈍いが、強烈な光を放っていた。水面はガラスのようになめらかで、ワインスプリング川の水のように澄みきっている。アル＝ソアは魅入られたようになかをのぞきこんだが、底らしいものは見えなかった。

「これが〈全界の眼〉です」アル＝ソアの隣で、モイレインが静かに言った。

アル＝ソアは驚いて、あたりを見まわした。〈全界の眼〉がつくられてからの長い年月が――そのうちの三千年という歳月が――誰もこないあいだに、これだけのものをつくりあげたのか？　洞窟内の水晶がどれも同じように明るく輝いているわけではない。まばゆく光るものもあれば、ぼんやりとしか光らないものもある。ちらちらとまたたくものも、光を反射するだけのただのかたまりもあった。この水晶が全部いっせいに輝けば、洞窟は真昼のように明るくなるだろう。しかし、今はせいぜい夕方程度の明るさだった。通路や石のかけら、水晶までが分厚い埃《ほこり》におおわれている。〈時の車輪〉が回転するのを、長いあいだ待っていたかのようだ。

「それにしても、これはなんだ？」と、マット。不安そうな口調だ。「今までに見たどんな水とも違う」マットは水縁《みずべり》の拳《こぶし》ほどの大きさの石を蹴《け》り飛ばした。「これは――」

その石はガラスのような水面を叩き、水しぶきもさざ波も立てぬまま、水中へ吸いこまれていった。沈むにつれて、石はふくらみはじめ、みるみる大きくなった。ぼんやりと見える影はアル＝ソアの頭と同じくらいの大きさになり、腕の長さと同じくらいに広がった。そして、ついに見えなくなった。アル＝ソアは全身の肌が粟立つのを感じた。「今のはなんですか？」と、アル＝ソア。ひどいかすれ声に自分でも驚いた。

「男性源《サイディン》の結晶です」モイレインの声が洞窟じゅうに響きわたった。「男性源《サイディン》は万物源の片割れです。〈狂気の季節〉に入る前、男性の異能者《アエズ・セダーイ》たちは穢れのない絶対力をあやつっていました。そのもとになったのが、この結晶です。闇王の牢獄を封印しなおすことも、封印を破ることもできます」

「光よ、われらをお守りください」ナイニーヴが小声で言った。

エグウェーンは身を隠すように、ナイニーヴにしがみついた。

ランまでが落ち着きなく身じろぎしたが、その目に驚きの色はなかった。

アル＝ソアの背中に壁があたった。〈全界の眼〉から離れようとして、いつのまにか壁のそばまであとずさっていた。できるものなら、壁をぶち抜いて逃げ出したいくらいだ。

　マットも両腕を広げて、壁に張りついていた。ペリンは斧に手をかけたまま、水たまりを見つめている。黄色い目がぎらぎらと輝いた。

「いつも不思議に思ってました」ロイアルは不安そうに言った。「〈全界の眼〉に関する本を読んだとき、いったい、どんなものなのかと不思議でしかたがなかった。なぜ？　なぜ、異能者《アエズ・セダーイ》はこんなものをつくったんでしょう？　しかも、どうやって？」

「それは、もはや誰にもわかりません」と、モイレイン。もう水たまりを見ていない。その目はアル＝ソア、マット、ペリンの三人を見つめている。威圧的な目だ。「方法も、それ以上に理由もわかりません。わかっているのは、いつか〈全界の眼〉が必要になるということ――そして、それは全界が絶体絶命の状況におちいったときであるということだけです。おそらく、かつてない危機を迎えることになるのでしょう。

　タール・ヴァロンの異能者《アエズ・セダーイ》も、なんとか男性源《サイディン》の絶対力をあやつれないものかと、方法を模索してきましたが、猫の手が月に届かないように、女性の異能者《アエズ・セダーイ》は男性源《サイディン》に手をふれることができません。その絶対力をあやつることができるのは、男性だけなのです。その最後の男性異能者《アエズ・セダーイ》も、三千年近く前にこの世を去りました。

　しかし、異能者《アエズ・セダーイ》たちには、どうしても男性源《サイディン》の力が必要でした。そこで、男性源《サイディン》が闇王によって穢されているにもかかわらず、その穢れを掻き分けて使いました。命を落とすことになるのは承知のうえです。男性異能《アエズ・セダーイ》者と女性異能《アエズ・セダーイ》者は力を合わせて、この〈全界の眼〉をつくりあげました。〈緑の男〉が話したとおりです。〈伝説の時代〉における数々の奇跡は、男性源《サイディン》と女性源《サイダール》の持つ力を合わせることによって生み出されました。

　現在、タール・ヴァロンをはじめとして、あらゆる宮廷や都市、さらにアイール荒地のはるかかなたにも女性の異能《アエズ・セダーイ》者がいます。ひょっとすると、アラス海の向こうにもいるかもしれません。でも、今も残っている異能《アエズ・セダーイ》者の力を合わせても、女性だけではあれほどの奇跡は起こせません。力を貸してくれる男性の異能《アエズ・セダーイ》者がいないからです」

　叫びつづけていたかのように、アル＝ソアの喉はがらがらだった。「では、なぜ、おれたちを連れてきたのですか？」

「あなたがたが〈歴史の織り人《タ＝ヴィーレン》〉だからです」モイレインの顔からはなんの表情も読みとれなかった。

　モイレインのきらきら光る目に、アル＝ソアは引きこまれそうになった。

「闇王の力はこの〈全界の眼〉にも及ぶでしょう。なんとしても闇王に立ち向かい、阻止する必要があります。そうしなければ、全界は闇王に支配されてしまいます。これはまさに最大の危機です。さあ、外へ出ましょう。まだ時間はあります」モイレインはそう言うと、ランをともない、さっさと通廊を引き返しはじめた。ランも、いつになく急ぎ足だ。

エグウェーンとナイニーヴもあわててあとを追った。

アル＝ソアは壁沿いにじりじりと進んだ——できれば、これ以上は水たまりに近づきたくない。やがて、マット、ペリンといっしょに、もつれるようにして通廊へ転がり出た。本当は走りだしたかったが、先に行ったモイレインたち四人を押しのけないかぎり、前へは行けない。外へ出ても、震えが止まらなかった。

「あたくし、こんなのいやです、モイレイン様」日のあたる場所に出ると、ナイニーヴが怒りの声を上げた。「あなたの言うとおり、大きな危険が待ち受けていることはわかっています。でなきゃ、こんなところへこないわ。だけど、ここは——」

「とうとう見つけたぞ」

アル＝ソアははじかれたように振り向いた。あの言葉、あの声……バ＝アルザモンか？

木立のあいだから現われたのは、フードで顔を隠した二人の男だった。どちらも、乾いた血の色のマントははおっていない。一人は濃い灰色のマント、もう一人は黒に近い緑色のマントを着ている。すがすがしい空気のなかにいながら、見るからにカビくさそうな姿だ。しかも、この二人はミルドラルではない。その証拠にマントが風にそよいでいる。

「そなたたちは何者だ？」ランは剣の柄《つか》に手をかけ、注意深く身がまえた。「どうやって、ここへきた？　〈緑の男〉を捜しておるのなら——」

「あの若者に導かれてきた」緑のマントの男はマットを指さした。年老いた手に深い皺《しわ》が刻まれている。人間の手とは思えない。指先には爪がなく、関節は縄の結び目のように節《ふし》くれだっていた。マットは目を見開き、一歩あとずさった。

「懐かしいのう。かつての友でもあり、敵でもある。だが、わしらの捜していたのは、この若者ではない」

灰色のマントの男は、口をきくつもりがないのか、突っ立ったままだ。

モイレインは精いっぱい背筋を伸ばした。それでも、そこにいる男たちの肩までしか届かない。なのに突然、そのモイレインが見あげるほど大きく見えた。モイレインは凜《りん》とした声を響かせた。

「あなたがたは誰です？」

アル＝ソアはフードを後ろへ押しやり、目を丸くした。緑のマントの男は、年老いているなどというものではなかった。この男と比べれば、あのセン・ブイでさえ元気いっぱいの子供に見える。顔の皮膚は、ひび割れた羊皮紙をきっちりと頭蓋にかぶせ、それをさらに強く引っ張ったような感じだ。いびつな頭皮にまばらに生えた細い髪。使い古した革の切れ端のように萎《しな》びた耳。目は落ちくぼみ、眼窩《がんか》の奥底におさまっていた。

もう一人の男は、それ以上に不気味に見えた。黒い革の仮面が頭と顔をおおい隠しているが、その表に刻まれているのは、まさに若者の顔だった。狂ったように笑う瞬間を、そのまま刻みつけたような表情だ。この仮面の下に本性を隠しているとしたら、それはいったい、どんな顔なんだ？　やがて、そんな考えもアル＝ソアの頭のなかで凍りつき、こなごなに砕けて消え去った。

「わしの名はアギノール」緑のマントの男は言った。「そして、こちらはバルサメルだ。バルサメルは口がきけない。わしらが囚《とら》われていた三千年以上のあいだ、〈時の車輪〉は実に調子よくまわってくれた」アギノールは落ちくぼんだ目をアーチ形の門へ向けた。

「実に久しぶりだ」静かな口調だ。「本当に久しぶりだ」

「光よ、われらを――」ロイアルは震える声で言いかけたが、アギノールににらまれると、口をつぐんだ。

「闇セダーイだ」マットがかすれ声で言った。「シャヨル・グールに囚われてるはずの」

「〝囚われていた〟と言ってもらおうか」アギノールはにやりと笑った。牙のような黄色い歯がのぞいた。「もはや囚われの身ではない者もいる。封印が弱まっているのだ、異能《アエズ・》者《セダーイ》。イシャミールのように、わしらはふたたび自由になった。まもなく、残りの者たちも自由を得るだろう。わしは、この世界のすぐ近くに囚われていた。わしもバルサメルも、〈時の車輪〉の回転をまぢかに見ていた。もうすぐ〈偉大なる闇王〉も封印を解かれ、わしらに新たな肉体を与えてくださるはずだ。わしらはもういちど、全界を支配する。こんどは、親族殺しの竜王テラモンも現われぬぞ。〈朝の王〉は助けてはくれぬ。わしらの探し求める者が誰なのかわかった今、ほかの者に用はない」

ランが剣を抜いた。目にもとまらぬすばやさだ。だが、そのまま動こうとしない。モイレインとナイニーヴを交互にちらちらと見ている。二人はたがいに離れて立っていた。どちらかを守ろうとすれば、どちらかが犠牲になる。一瞬の躊躇《ちゅうちょ》のあと、ランは前へ踏み出した。そのとき、アギノールが片手を上げ、ハエでも追い払うかのように、節くれだった指でランをはじいた。ランは巨大な拳でなぐられたように後ろへ投げ出され、鈍い音を立てて石門に叩きつけられた。ランの身体は一瞬、門の上にぶら下がり、それから小石の山のなかへ落ちた。だらりと伸ばした腕のそばに剣が横たわっている。

「やめて！」ナイニーヴが絶叫した。

「おやめなさい！」と、モイレイン。

すでにナイニーヴはナイフを抜いていた。そのまま小さなナイフを振りかざし、アギノールに向かって突進してゆく。

「光の報いを受けるがいい！」ナイニーヴは叫びながら、アギノールの胸に飛びかかった。

バルサメルが近づいてきた。獲物を狙う毒ヘビのような動きだ。ナイニーヴがナイフを振りおろすより早く、革の手袋をはめたバルサメルの手がすばやく伸びて、ナイニーヴの顎《あご》をつかんだ。片手で両頬をはさみ、締めあげる。ナイニーヴの頬に血がにじみ、皮膚が青く隆起した。鞭《むち》で打たれたかのように、ナイニーヴは全身を痙攣《けいれん》させた。ナイフがむなしく指先から落ちた。バルサメルは頬をつかんだまま、ナイニーヴを持ちあげた。まだ震えているナイニーヴの顔は、いまやバルサメルの目の前にあった。宙に浮いたナイニーヴの爪先が痙攣し、髪に飾った花がはらはらと舞い落ちた。

「わしは忘れるところじゃった――殺すことの楽しさをな」アギノールは萎びた唇をなめた。ざらざらした革を石でこするような音がした。「だが、バルサメルは、よう覚えておった」

バルサメルの仮面の顔が、いちだんと大きく笑ったように見えた。

ナイニーヴの泣き声がアル＝ソアの耳に突き刺さった。ナイニーヴの心臓をそのまま切り取ったような、絶望に満ちた声だ。

ナイニーヴを助けようとして、エグウェーンが飛び出した。

「エグウェーン、やめろ！」アル＝ソアは叫んだ。

エグウェーンは足を止めなかった。ナイニーヴの泣き声を聞いたときから、すでにアル＝ソアは剣に手をかけていた。しかし、ナイニーヴを救うのはあとだ――アル＝ソアはエグウェーンに飛びついた。三歩目を踏み出そうとしていたエグウェーンの上におおいかぶさり、二人いっしょに地面に身を投げた。アル＝ソアの下でエグウェーンは息を切らし、一瞬、動きを止めたが、すぐに手足をばたつかせ、身体の自由を取り戻そうとした。

　ふと気づくと、また別の人影が動きだしていた。すばやく斧を両手でつかんだペリンが、金色の目をぎらぎらと輝かせている。

「ナイニーヴ！」マットも叫びながら、シャダー・ロゴスの剣を握りしめた。

「やめろ！」アル＝ソアは叫んだ。「闇セダーイに太刀《たち》打ちできるはずがない！」

　マットとペリンは何も聞こえなかったかのように、アル＝ソアの前を素通りした。二人とも、ナイニーヴと闇セダーイたちをまっすぐに見据《みす》えている。

　アギノールは意に介さぬ様子で二人をちらりと見ると……薄笑いを浮かべた。

　アル＝ソアは上方の空気が動くのを感じた。巨大な鞭を叩きつけられたかのようだ。マットとペリンがアギノールに近づこうとしたが、途中で、壁に突きあたったように跳ね返され、地面に仰向けに倒れた。

「ようし」と、アギノール。「そこで寝ているがいい。おまえたちが利口になって、わしらの前にひれ伏すなら、命を助けてやってもいいぞ」

　アル＝ソアはあわてて立ちあがった。闇セダーイに太刀打ちできるはずがない。そもそも普通の人間には無理だ。だが、ほんの一瞬でも、ひれ伏したと思われたくなかった。アル＝ソアはエグウェーンを助け起こそうとしたが、エグウェーンはアル＝ソアの手を払いのけて、自力で立ちあがり、腹立たしげに服の汚れを払い落とした。マットとペリンも、ふらつく脚で必死に立ちあがろうとしている。

「利口になることだ」と、アギノール。「命が惜しければな。探し求める者が見つかったからには――」アギノールは石門に視線を向けた。「――たっぷり時間をかけて、わしが手ほどきしてやろう」

「そうはさせんぞ！」木立のあいだから、〈緑の男〉が大股に足を踏み出してきた。樫《かし》の古木が雷に打たれたような声が轟《とどろ》いた。「〈全界の眼〉は、おまえたちには渡さない！」

アギノールはちらっとあざけりのまなざしを向けた。「消えうせろ！　おまえも最後だ。おまえの仲間は、とっくの昔に塵《ちり》になっておる。生きながらえて、わしらの目にとまっただけでも幸せだと思え」

「ここは、わたしのものだ」と、〈緑の男〉。「ここで生き物を傷つけることは許さん」

バルサメルはナイニーヴをわきへほうり投げた。ナイニーヴはバルサメルをにらみつけたまま、ぼろ布のように倒れこんだ。骨という骨が溶けてしまったかのように弱々しい。

バルサメルの片手が上がると、〈緑の男〉は叫び声を上げた。身体をおおう蔓《つる》から煙が立ちのぼった。その苦しみを表わすかのように、風が森を吹き抜けた。

アギノールはアル＝ソアたちのほうを振り返った。〈緑の男〉の始末はつけたとでも言いたげだ。だが、〈緑の男〉は大きく足を踏み出すと、葉におおわれた太い腕でバルサメルを抱えこんだ。バルサメルは高々と持ちあげられ、〈緑の男〉の分厚い胸に叩きつけられた。怒りをあらわにした〈緑の男〉の暗い目を、バルサメルの黒い革の仮面があざけるように見た。バルサメルはヘビのように腕をのたくらせ、手袋をはめた手で〈緑の男〉の頭をつかんだ。〈緑の男〉の頭が今にもねじ切られそうになった。バルサメルの手がふれた部分から炎が噴き出し、蔓はしおれ、葉は落ちた。〈緑の男〉が叫ぶと、身体をおおう蔓のあいだから黒い煙が噴きあがった。〈緑の男〉は叫びつづけた。まるで全身が煙となって、大きくうねりながら唇から吐き出されてゆくかのようだ。

〈緑の男〉をつかまえていたバルサメルが突然、頭をのけぞらせた。こんどは〈緑の男〉を遠くへ押しやろうとしている。片手を精いっぱい伸ばすと……黒い革の手袋ごしに小さな蔓植物がはじけた。バルサメルの腕をカビ――森の奥深くで木々を取り巻くカビだ――が取り巻いた。カビは、あっというまにはびこり、ついには腕全体を包みこんだ。バルサメルは激しくもがいたが、悪臭のある草が仮面を裂きひろげ、苔《こけ》が根を突っこんでくる。仮面全体に小さな亀裂がいくつもできた。イラクサが仮面の目を突き破り、キノコが口をこじ開《あ》けた。

〈緑の男〉はバルサメルをほうり投げた。バルサメルが身をよじったとたんに、カビというカビ、苔という苔が大増殖した。マントや革、さらには肉体を引きちぎってゆく。襲いかかる緑の苔のなかにのぞいたものは、本当にバルサメルの肉体だったのか？　苔はバルサメルをずたずたに切り裂き、その全身をおおいつくした。とうとう、地面には緑のかたまりだけが残された。薄暗い森の奥に同じものがたくさんあるが、そのかたまりも、やはり動かなかった。

大枝が折れた音のような、すさまじい叫び声を上げながら、〈緑の男〉は地面に叩きつれられるように倒れた。頭の半分が真っ黒だ。身体から、灰色の煙が蔓を伸ばすように細く立ちのぼっている。焼けた葉が腕から落ちると、〈緑の男〉は焦げた手を苦しげに伸ばし、そっとドングリをすくいあげた。

大地に低い音が轟いた瞬間、〈緑の男〉の指のあいだから樫が芽を出した。〈緑の男〉の頭は転がり落ちたが、樫の苗は元気よく太陽に向かって伸びていった。突き出た根は太くなって、地面に深く潜りこみ、さらに伸びた。潜りながら、根はますます太くなってゆく。幹は縦横に生長し、樹皮は灰色に変わり、裂け目を生じて老木となった。広がる枝は、まず腕の太さに、やがて人間の胴体と同じ太さになり、空に届くほど高く伸びた。緑の葉と、たくさんの実が枝をおおっている。大きなクモの巣のような根が広がるにつれて、地面にいくつもの筋が浮かびあがった。すでに太くなっている幹は震えながら、さらに太く育った。くりぬけば、人間が住めるほどまるまるとしている。

静寂が訪れた。さっきまで〈緑の男〉のいた場所には、樹齢五千年と思われるほどの巨大な樫の木が立っていた。まさに〝伝説〟がここに葬られたことを示す墓標だ。

ナイニーヴは節くれだった根の上に横たわっていた。根はナイニーヴの身体を包むようにやさしく伸び、最適の寝床をつくりあげた。別れを告げるかのように、樫の枝が風にそよいだ。

アギノールまでが呆然《ぼうぜん》としていたが、しばらくすると頭を上げた。落ちくぼんだ目が憎悪に燃えている。「もう、たくさんだ！　何もかも終わりにしてやる！」

「そのとおりです、闇セダーイ」と、モイレイン。真冬の氷のように冷たい声だ。「もう終わりにしましょう！」

モイレインが手を上げると、アギノールの足もとの地面が崩れ落ちた。裂け目から、唸《うな》りを上げて炎が噴き出し、吹きすさぶ風が火をあおり立てた。大量の葉が渦を描きながら、炎のなかへ吸いこまれてゆく。炎はどろどろしており、そのまま固まるかに見えた。もはや、熱を放射する赤い縞模様入りの黄色いゼリーでしかない。そのまんなかにアギノールが立っていた。足もとを支えるのは空気だけだ。アギノールはぎょっとした表情を見せたが、やがて笑みを浮かべると、一歩だけ前へ踏み出した。火に足をとられているかのように、ゆっくりとした足取りだが、一歩また一歩と進みつづけた。

「さあ、早く！」モイレインは叫んだ。緊張のあまり、顔が真っ白だ。「みんな、逃げなさい！」

アギノールは空中を歩いて、炎の外へ近づいてくる。

アル＝ソアは、みながあわてて逃げ出したのに気づいた。マットとペリンが、どんどん視界から遠ざかっていった。ロイアルも長い脚で木立のなかへ駆けこむところだ。だが、今のアル＝ソアにはエグウェーンしか見えなかった。エグウェーンは真っ青な顔で目を閉じたまま、突っ立っていた。そこを動かないのは、恐怖のせいではないようだ。訓練も受けていないくせに、つたない絶対力を使って、闇セダーイに立ち向かおうとしている。

アル＝ソアは荒々しくエグウェーンの腕をつかみ、目の前に引き寄せた。

「逃げろ！」アル＝ソアは叫んだ。

エグウェーンは目を開け、じゃまをするなと言うようにアル＝ソアをにらみつけた。アギノールに対する憎しみと恐怖のあまり、今にも泣きだしそうだ。

「逃げろ」アル＝ソアはエグウェーンが走りだすよう力いっぱい、森のほうへ押しやった。

「走れ！」アル＝ソアはもういちど叫んだ。

いったん走りはじめると、エグウェーンは全速力で駆けだした。

アギノールは萎びた顔を向け、アル＝ソアと、逃げてゆくエグウェーンを見た。炎のなかを近づいてくる。モイレインの術など、少しもこたえていない様子だ。アギノールはエグウェーンを狙っていた。

「エグウェーンに手を出すな！」アル＝ソアは声を張りあげた。「光の報いを受けるのは、おまえだ！　エグウェーンじゃない！」

アル＝ソアは石をさっと拾いあげ、投げつけた。アギノールの注意をそらすためだ。だが、アギノールの顔にあたる前に、石はこなごなに砕け散った。

アル＝ソアは一瞬、ためらった。肩ごしにちらりと見ると、エグウェーンの姿はすでに森のなかに消えていた。炎がアギノールを包み、ところどころマントがくすぶっているが、それでもアギノールは〝全界の時を支配した〟とばかりに近づいてきた。もうすぐ炎の外へ出てきてしまう。アル＝ソアは背を向けて走りだした。

後ろでモイレインが悲鳴を上げた。

51　闇との闘い

前方はゆるやかなのぼり坂になっていたが、追われていると思うと脚に力がこもり、ランド・アル＝ソアは大股で地面をとらえた。茂みや野生のツルバラを掻《か》き分け、花びらを散らしながら進んだ。棘《とげ》が衣服や肌を引き裂いても、おかまいなしだ。

　モイレインの悲鳴はもう聞こえない。永遠につづくかと思うほど、なんども悲鳴が上がった。悲鳴はしだいに絶叫に変わっていったが、実際にはそれほど長くはつづかなかったはずだ。あのあと、アギノールはアル＝ソアを追ってきたのだから。アギノールのうつろな目を見たとたん、アル＝ソアはきっと自分を追ってくるだろうと確信し、怖くて即座に逃げだしたのだ。

　傾斜は徐々にけわしくなってきたが、下草をつかみ、なんとかよじ登った。足もとの岩や土や落ち葉が、斜面を転がり落ちてゆく。とうとう手と膝をつき、地面に這《は》いつくばった。こうでもしなければ、登れない。前方に、いくらか平らな場所がある。アル＝ソアは息を切らし、地面に爪を立て、最後の数メートルを登りきった。丘の頂上に立ったとき、大声で叫びたくなった。

八メートルほど先で、急に地面がとぎれている。行ってみるまでもなく、そこに何が見えるのかわかったが、とにかく前へ進んだ。だんだん足が重くなる。何か道がついているかもしれない。山羊の通り道でもなんでもいい。端まできて、二十数メートルの崖を見おろした。なめらかな岩肌。まるでかんなで削った木材のようだ。

何か方法があるはずだ。引き返して、道を探そう。引き返して――

振り向くと、そこにアギノールがいた。丘を登ってくる。アギノールは難なく急斜面を登りつめた。平らな道を歩くのと変わらない。落ちくぼんだ目がアル＝ソアをにらみつけている。深い皺《しわ》を刻んだ顔が、少し若返ったように見える。うまいものをたらふく食べたかのようだ。アギノールはアル＝ソアを見据《みす》えたまま、ひとりごとのように言った。

「おまえをシャヨル・グールへ連れ帰れば、永遠の命に値する褒美《ほうび》を授けると、バ＝アルザモンは言われた。だが、わしはほかの連中とは違って、そんなちっぽけな夢など抱いてはいない。それに、永遠の命なら、何千年も前に手に入れた。どうせ、おまえは〈偉大なる闇王〉にひれ伏す。そのおまえを生かそうと殺そうと、なんの違いがある？　闇が全界を支配することに変わりはない。なぜ、わしがおまえと力を分かち合う必要がある？　なぜ、おまえの前にひざまずかねばならんのだ？　〈しもべの殿堂〉で竜王テラモンと対峙《たいじ》したこのわしが？　全力を投じて〈朝の王〉と対等に戦ったこのわしが？　冗談じゃない」

　アル＝ソアの口はからからに乾いていた。アギノールの肌と同じくらい、舌が萎《しな》びた感じだ。足もとでジャリッと音がして、石が落ちていった。後ろを見る勇気はない。石がなんども絶壁にあたって跳ね返る音が聞こえた。あと数センチでも後ろへ下がれば、おれも、あの石と同じ運命をたどる。そのときはじめて、自分がアギノールから逃《のが》れようとしてあとずさっていたことに気づいた。思わずぞっとした。本当に肌を虫が這ってるんじゃないかとも思ったが、それを確かめる余裕はなかった。一瞬でもアギノールから目を離すことはできない。

　こいつから逃れる方法が何かあるはずだ。何か逃げる方法がある！　絶対にある！

　突然、何かが身体にふれた。何もあるはずがないと思いながら、振り返った。アギノールの身体から一本の縄が伸び、アル＝ソアの背中にまわっている。縄は真っ白な雲を透かして見る太陽のように白く輝いていた。鍛冶屋の腕よりも太く、空気よりも軽い。この縄が、常識を超えた何か――それでいて、アル＝ソアの手に届く何か――とアギノールを結びつけている。縄が脈打つたびに、アギノールの身体に力がみなぎり、ますます肌が若返っていった。いまや、アギノールはアル＝ソアに引けを取らぬほど、たくましくなった。護衛士ランよりも強く、大荒廃地以上に死のにおいをただよわせている。アル＝ソアの目には輝く縄しか映っておらず、アギノールはほとんど存在していないように見えた。あるのは縄だけだ。縄が歌を口ずさみ、アル＝ソアの魂を呼ぶ。

　縄から指の太さほどの一本の縒《よ》り糸が離れてただよい、アル＝ソアにふれた。アル＝ソアは息をのんだ。光が身体を包みこんでいる。不思議なことに、熱くなかった。ぞっとするような骨の冷たさと中和したようだ。その縒り糸が、だんだん太くなってきた。早く逃げなければいけない！

「返せ！」アギノールが叫んだ。「それは、おまえのものじゃない！　わしのものだ！」

　アル＝ソアもアギノールも動かなかった。たがいに組み合わなくとも、土埃《つちぼこり》をあげて戦っているにひとしい。玉の汗がアギノールの顔に浮かんだ。もはや老いぼれではなく、血気盛んな若者の顔だ。

　縄の脈動に合わせて、アル＝ソアの心臓が鼓動した。全界じゅうが鼓動しているような気がする。全身が脈打ちはじめた。光が心のなかにあふれた。〝いつもの自分〟が心の隅《すみ》だけにしか残っていない。アル＝ソアは片隅《かたすみ》にある無心を守り、なんとか冷静さを保った。逃げろ！

「返せ！　わしのものだ！」アギノールが声を張りあげた。

暖かいものがアル＝ソアを包みこんだ。太陽だ。太陽が輝いている。いや、違う――まぶしい光だ。光だ。逃げろ！

「わしのものだ！」アギノールの口から炎が噴き出し、その炎は槍のようにアギノールの目を射抜いた。アギノールは悲鳴を上げた。

逃げろ！

そこはもう丘の頂上ではなかった。アル＝ソアは光に包まれたまま、身震いした。頭が働かない。光と熱が頭を空《から》っぽにしてくれた。光のおかげだ。光が無心を守ってくれた。恐怖を感じなかったのは、そのせいだ。

いつのまにかアル＝ソアは広い山道に立っていた。闇王の歯のようなぎざぎざした黒い稜線に囲まれている。ターウィン峠だ。これは夢ではない。たしかにそこにいる。ブーツをはいた足が岩を踏みしめ、冷たい風が顔に吹きつける。

周囲は戦いの真っ最中だった。いや、すでに最終段階だ。鎧《よろい》に身をかためた人馬が――その鎧も、すでに土埃にまみれていた――トロロークたちを切りつけ、槍で突き刺す。トロロークは唸《うな》り声を上げながら、スパイクのついた斧や大鎌を振りまわした。落馬し、徒歩で戦う兵士もいる。鎧を着けた馬は乗り手のないまま、戦場を突き進んだ。

ミルドラルたちの姿もあった。黒い馬で疾走しているが、漆黒《しっこく》のマントはなびかない。ミルドラルは光を食いつくす剣を振りおろし、シエナール兵をつぎつぎに倒した。その騒ぎが、呆然《ぼうぜん》としていたアル＝ソアを正気に引き戻した。鋼《はがね》と鋼のぶつかり合う音。兵士やトロロークのあえぐ声。最期の叫び。すさまじい音のなかで、何本もの幟《のぼり》が土煙でひるがえった。ファル・ダーラの〈黒い鷹〉の旗印も、シエナール王国の〈白い雄鹿〉の旗印もある。

　トロロークの幟もあった。狭い空間に、ダ＝ボル族の角《つの》や、コ＝バル族の血に染まった槍や、ダイ＝モン族の籠手《こて》が見える。

　だが間違いなく戦いは最終段階を迎えていた。シエナール軍とトロロークたちは、しばし戦いをやめ、ともに引き下がった。隊を編成しなおすためだ。アル＝ソアに気づいた者はいない。たがいに最後の一撃を相手に与えるのに夢中になっている。やがて、両軍は馬を駆けさせ、あるいは足を引きずりながら、それぞれ道の両端へ退《しりぞ》いた。

　気がつくと、アル＝ソアは隊を組みなおすシエナール軍と向き合っていた。槍先がきらめき、その下で長旗がはためいている。傷を負った兵士は鞍《くら》にしがみつくのが、やっとだ。乗り手を失った馬たちは後ろ脚で立ったり、疾走したりして、手がつけられない。この状態では、ふたたび剣を交えることはできそうにない。死を覚悟しているのは明らかだ。ようやく、アル＝ソアに気づいた者がいた。鐙《あぶみ》の上で立ちあがり、こちらを指さしている。口々に叫ぶ声が笛の音のように、かすかに聞こえた。

アル＝ソアはよろめきながら、振り向いた。道の向こう端はトロロークでいっぱいだった。黒い斧と大鎌の先が数を増しながら、山の斜面を登ってくる。大群だ。シエナール軍の比ではない。何百というミルドラルが馬を走らせ、大群の前へまわりこんだ。トロロークたちは恐怖の色を浮かべ、ミルドラルに道を譲った。ドラフカーが頭上を羽ばたきながら、風に挑むようにかんだかい声で鳴いている。ミルドラルもアル＝ソアに気づいて、指さした。ドラフカーが旋回し、急降下してきた。二体。三体。いや、六体のドラフカーが鋭く叫びながら、アル＝ソアに向かってくる。

アル＝ソアはドラフカーをにらみつけた。身体じゅうが熱い。太陽にふれたように熱い。ドラフカーの姿がはっきりと見えた。獣《けだもの》の身体に、青白い人間の顔。うつろな目をしている。

恐ろしく熱い。何もかも焼きつくすような熱さだ。

澄みきった空に稲妻がひらめいた。稲妻はバリバリと音を立ててアル＝ソアの目を焼き、つづけざまにドラフカーの黒い身体に襲いかかった。獲物を狙うかんだかい声は、死の叫びに変わった。ドラフカーの黒焦げの死体が落ちてゆき、ふたたび澄んだ空だけが残った。

熱い。光が恐ろしく熱い。

アル＝ソアはひざまずいた。涙が熱い頬を伝う。ジュージューという音が聞こえてきそうだ。

「やめろ！」なんでもいい。実体のあるものを手にしたい。アル＝ソアは針金のような草をつかんだが、たちまち、草は炎に包まれた。

「頼む、やめてくれえぇぇぇぇ！」アル＝ソアは叫んだ。

その叫び声は風を起こし、風はアル＝ソアの叫び声とともに唸りを上げながら、山道をくだった。風を浴びた炎は火の壁となり、ぐんぐんアル＝ソアから遠ざかった。次の標的は、馬より足の速いトロロークの大群だった。火はトロロークに襲いかかり、トロロークの叫びは山を揺るがした。アル＝ソアの叫び声も風の唸りもかき消すほどの、すさまじい叫びだ。

「もう終わりにしてやる！」

アル＝ソアが拳《こぶし》を打ちつけると、岩だらけの地面が銅鑼《どら》のような音を立てた。アル＝ソアの手は傷だらけだった。大地が震え、さざ波が、やがて大波となって、目の前の地面を駆け抜ける。

岩と泥が怒《ど》濤《とう》のように、トロロークとミルドラルのほうへ押し寄せてゆく。化け物どもは波をかぶり、その足もとから山が崩れはじめた。死体と岩をのみこみながら、さらに波は襲いかかる。トロロークの大群は逃げまどうばかりだ。最後に残ったのは、ひときわ強い一団だった。もはや、その数はシエナール軍の二倍ほどしかない。しかも、恐怖と狼狽《ろうばい》のあまり、完全に統率を欠いている。

風がやんだ。叫び声も聞こえない。地面の揺れもおさまった。土埃と煙が渦を巻きながら山をくだり、アル＝ソアを取り巻いた。

「光の報いを受けるがいい、バ＝アルザモン！　決着をつけてやる！」

《ここでは、だめだ》

空耳《そらみみ》ではない。アル＝ソアの頭蓋骨を細《こま》かく震わせるような声がした。

《余は手をくださぬ。選ばれし者だけが使命を果たせる――強い意志があれば》

「どこだ？」と、アル＝ソア。こんなことは訊《き》きたくないのに、口が勝手に動いた。「どこにいる？」

視界が晴れた。高さ十五メートルの目に見えない円蓋が、うねる煙と土埃をさえぎった。アル＝ソアの周囲には澄みきった空気があった。目の前に階段が現われた。一段ずつ、空中に浮かび、太陽をおおい隠すもやのなかへ延びている。

《ここでは、だめだ》

もやの向こうで叫び声が上がった。地の果てから聞こえるような声だ。

「光のおぼしめしのあらんことを！」

蹄《ひづめ》の音を轟《とどろ》かせながら、シエナール軍が最後の攻撃を開始した。

アル＝ソアは無心だったが、戦闘が始まったことはわかった。シエナール兵士たちには、土埃のなかのアル＝ソアが見えない。その目はアル＝ソアを通り越し、敵だけを見ている。地面が揺れようと、アル＝ソアにはどうでもよかった。今はそれどころではない。鈍い怒りがこみあげ、アル＝ソアは階段をのぼりはじめた。決着をつけてやる！

闇に包まれた。何も見えない。真っ暗闇だ。なおも闇のなかに浮かぶ階段は、足もとから前方につづいている。振り向くと、いまのぼってきたはずの階段がない。跡形もなく消えていた。だが、あの光る縄は、まだあった。アル＝ソアの背後へと延び、その先端ははるか遠くにつづいて消えていた。さっきほど太くはないが、それでも脈打ちつづけ、アル＝ソアにエネルギーを――生きる力を――送り、光で満たしてくれた。アル＝ソアはさらに階段をのぼった。

永遠に階段をのぼりつづけている気がしたが、ほんの数分だけだったようにも思えた。いまや時間はなんの意味も持たない。加速度がついたように、あっというまに過ぎ去ってゆく。

突然、目の前に扉が現われた。表面がざらざらして、ささくれだっている。古びた扉には見覚えがあった。手をふれると、扉はこなごなに砕けた。木片が肩に降りかかるなか、アル＝ソアは扉をくぐった。

またしても見覚えのある部屋だ。バルコニーの向こうを、筋状の雲が狂ったように流れてゆく。岩が浸食されたような壁。光沢のあるテーブル。熱くない炎がごうごうと燃えさかる暖炉。暖炉を形づくる人の顔をした石のなかには、苦悶の表情を浮かべ、声なき声を上げる模様のものもあった。知っている顔であるかのように、記憶がよみがえってきた。アル＝ソアは動揺を必死に抑え、無心になった。部屋にはほかに誰もいない。

壁の鏡を見た。はっきりと自分の顔が映っている。間違いなく、おれの顔だ。大丈夫、おれは落ち着いている。

「きたな」暖炉の前にバ＝アルザモンがいた。「アギノールは欲を出して自滅するだろうと思っていた。だが、結局は同じことだ。長いあいだ、おまえを捜していたが、もう捜す必要はない。おまえはここにいる。余はおまえを知っている」

光のなかを無心がただよい、アル＝ソアは無心のなかに浮かんでいた。懐かしい故郷の土に向かって手を伸ばした。硬い岩の手ざわり。まるで手に負えない乾いた土地。情けも何もない、ただの岩だ。あの土地では、強い者だけが生きてゆける――山のように強い者だけが。

「逃げるのは、もう、うんざりだ」と、アル＝ソア。自分でも意外なほど冷静な声だ。

「友人を脅《おど》されるのも、まっぴらだ。おれはもう逃げない」

バ＝アルザモンの手にも縄があった。黒い縄だ。アル＝ソアの縄より、はるかに太い。人間の身体が小さく見えるほど太い。それをバ＝アルザモンが持つと、細く見えた。血管のような黒い筋が脈打つたびに、縄は光をのみこんだ。

「たいした違いはないというのか？　逃げても、逃げなくても？」バ＝アルザモンが笑うと、口から炎が噴き出た。その楽しげな様子を見て、暖炉の〝顔〟が涙を流した。「おまえはなんども余から逃げた。そのたびに余はおまえを捜し出し、苦《にが》い涙を飲ませ、誇りをずたずたにしてやった。それでも、おまえは立ち向かってきた。だが、結局はひれ伏し、余に救いを求めた。やはり選択の余地はなかったのだろう、この虫けらめ。余の前にひざまずき、服従を誓え。そうすれば、王にもまさる力を授けよう。それとも、異能者《アエズ・セダーイ》のあやつり人形となって、時間の塵《ちり》にされ、泣き叫びたいか？」

アル＝ソアは身じろぎし、逃げ道を探すかのように扉をちらりと振り返った。逃げる――――そう闇王に思わせたい。扉の向こうは真っ暗闇だ。その闇を裂いて、アル＝ソアの身体から伸びた縄が光っている。バ＝アルザモンの縄も闇のなかにあった。その縄はあまりにも黒く、闇のなかでも雪を背景にしたように、きわだって見えた。二本の縄はたがいに競い合うように、脈打った。光はかろうじて、押し寄せる闇を押しとどめている。

「いや、ほかにも選択肢はあるぞ」と、アル＝ソア。「歴史模様を織りあげているのは、〈時の車輪《ホイール・オブ・タイム》〉だ。きさまじゃない。きさまがどんな罠《わな》をしかけても、おれはつかまらなかった。ミルドラルやトロローク、闇の信徒にもつかまらなかった。おれは、ここまで、きさまを追ってきた。途中で、きさまの軍勢を打ち負かした。歴史模様を織るのは、きさまじゃない」

バ＝アルザモンの目が激しく燃えさかった。暖炉の炎のようだ。バ＝アルザモンは唇を動かさなかったが、アギノールを罵《ののし》る声を、アル＝ソアはたしかに聞いた。やがて目のなかの炎は消え、普通の人間の顔がほほえみかけた。ぞっとするような笑いかただ。光のぬくもりさえも跳ね返してしまう。

「いくら軍勢を打ち負かしても、また新たに軍勢を集めるだけだ、愚か者めが。こんどの軍勢は、そう簡単には倒せないぞ。それに、余を追ってきただと？　岩の下を虫けらのように這ってきたくせに！　おまえが生まれたときから、余はおまえの歩むべき道を用意していた。墓場——あるいは、ここへ導くために。アイール人を逃がしたのは、生きて、余の言葉を長年にわたって語り継がせるためだった。英雄と崇《あが》められている俊足の騎手ジェインも――」バ＝アルザモンは唇をゆがめ、嘲笑《あざわら》った。「――余に言わせれば、大バカ者だ。余から逃れられたと思わせておいて、オジールのもとへおもむかせたのだ。黒アジャの異能者《アエズ・セダーイ》が、全界じゅうを虫のように這いずりまわっている。おまえを見つけ出すためだ。アミルリン位の異能者《アエズ・セダーイ》は余があやつる糸で踊らされているくせに、自分が世を支配しているつもりでいる」

無心がゆらいだ。アル＝ソアはあわてて、もういちど無心になろうとした。バ＝アルザモンは何もかも知ってる。こいつなら、何をしても不思議はない。こいつの言うとおりかもしれない。心が落ち着いてきた。光のおかげだ。疑念は叫び声を上げ、やがて静まった。疑念の種だけが残っている。アル＝ソアは悩んだ。この種を葬り去るべきか。それとも、生長させるべきか。まだ完全とは言えないが、無心を取り戻した。アル＝ソアの心は落ち着いていた。

バ＝アルザモンは何も気づかぬ様子で言いつづけた。

「おまえを生かそうと殺そうと、余にとってはたいした問題ではないが、おまえにとっては大問題だ。おまえの持つ力に影響する。いずれにしろ、必ずしたがわせてみせる。

できれば、おまえを生きたまま、ひざまずかせたい。その気になれば、おまえの村に千の軍勢を送りこむこともできたのに、拳《フィスト》ひとつ分のトロロークしか送らなかったのは、そのためだ。眠っているおまえを、百人の闇の信徒に襲わせてもよかった。それを一人だけにしたのも、そのためだ。

いいか、この愚か者、おまえが知らないだけで、闇の信徒は四方八方からおまえを狙っている。おまえは余のものだ。これまでも、ずっとそうだった。鎖につながれた犬のようにな。余は、ご主人様の前でひざまずかせるために、おまえをここへつれてきた。殺してでも、ひざまずかせる」

「おれは、きさまの言いなりにはならない。きさまには、おれをねじ伏せる力などない。だから、ひざまずくつもりはない。死んでもいやだ」と、アル＝ソア。

「見ろ」バ＝アルザモンは言った。「さあ」

アル＝ソアは、しぶしぶ振り返った。

エグウェーンとナイニーヴが立っていた。恐怖に青ざめた顔をして、髪をいっぱいの花で飾っている。もう一人、女がいた。賢女ナイニーヴより少し年上に見える。灰色の目をした美しい女だ。襟《えり》もとに色鮮《いろあざ》やかな花の刺繍《ししゅう》をほどこしたトゥー・リバーズふうのドレスをまとっている。

「母さん？」アル＝ソアは息をのんだ。女は悲しげに微笑した。このほほえみ——母さんだ。「嘘だ！　おれの母さんは死んだ。エグウェーンたちだって、どこかに避難してるはずだ。信じるものか！」

　エグウェーンとナイニーヴの姿がぼやけて、霧のように浮かび、やがて消えた。だが、カリ・アル＝ソアはまだそこに立っていた。恐怖に目を見開いている。バ＝アルザモンは言った。「だが、少なくとも、この女は余の言いなりになる」

　アル＝ソアは激しく首を振り、言葉を絞り出した。「そんなことは信じない。母さんは死んだ。おまえには手の届かない光のなかにいる」

　カリは唇を震わせた。その頬を涙が伝うたびに、アル＝ソアは胸をえぐられる思いがした。

「〈墓の王〉――闇王は、昔の闇王ではありません。とてつもなく強い力を持っています、ランド。もはや、どこへも逃げられません。〈虚言の祖〉は甘い言葉で誘っては、服従を誓わせるのです。ランド、わたくしの、たった一人の息子。できるものなら、おまえに力を貸してあげたいわ。でも、今のわたくしは闇王のしもべです。すべてを支配されています。闇王の前にひれ伏し、したがうことしかできません。わたくしを救えるのは、おまえだけなの。お願い、ランド。わたくしを助けて。助けて！　お願い！」

　カリは声を振りしぼった。ミルドラルたちが近づいてくる。青白く、目のない顔が剝《む》き出しだ。ミルドラルは容赦なく、カリの衣服を引き裂いた。やっとこのようなものを使って、裸のカリを痛めつけた。カリは長い悲鳴を上げた。

　思わずアル＝ソアも叫んだ。無心が揺らぎ、怒りがこみあげてきた。

　いつのまにか剣を手にしていた。アオサギの紋章の入った剣ではない。輝く光の剣だ。アル＝ソアが剣を振りあげた瞬間、その切っ先が白い閃光《せんこう》を発した。刃先が伸びていったように見えた。閃光は、近くにいたミルドラルを射抜き、部屋を灰白色の煙で包んだ。紙を焼くろうそくの炎のように、光がミルドラルたちの身体を突き抜け、焼き焦がした。

　あまりのまぶしさに、アル＝ソアには何も見えなくなった。

　まばゆい光のなかから、カリのささやく声が聞こえた。

「ありがとう、ランド。光よ。おぼしめしに感謝します」

　閃光は消えた。

　部屋には、アル＝ソアとバ＝アルザモンしかいない。バ＝アルザモンの目が〈運命の落とし穴〉のように燃えている。バ＝アルザモンはアル＝ソアの持った剣を見ると、あとずさった。光そのものを恐れるような態度だ。

「愚か者！　自滅行為だ！　おまえには、まだそんなものはあやつれぬ！　余が手ほどきをせぬかぎりは！」

「観念しろ」アル＝ソアは、バ＝アルザモンの黒い縄に向かって剣を振りあげた。

剣が振りおろされ、バ＝アルザモンはすさまじい声を上げた。石壁を揺るがせる絶叫だ。叫べば叫ぶほど、光の剣は縄にくいこみ、ついに縄ははじけて切れた。跳ね戻った縄の端が、バ＝アルザモンを暖炉に叩きつけた。

苦悶の表情を浮かべ、声にならない叫びを上げていた暖炉の〝顔〟が、ひそかに笑った。壁が震え、こなごなに砕け散った。床が傾き、石のかたまりが天井から降ってきた。あたりは瓦礫《がれき》の山になった。アル＝ソアは剣をバ＝アルザモンの心臓に向けた。

「覚悟しろ！」

刃先が光を発した。激しい火花を散らしながら、きらめいている。バ＝アルザモンは泣き叫び、両腕で顔をおおったが、無駄だった。

鋭い音とともに、バ＝アルザモンの目から炎が噴き出した。砕け散った壁や傾いた床、そして崩れ落ちた天井からも火が噴き出した。炎が炎を巻きこみ、ますます大きな炎となってゆく。

自分の身体から伸びた縄が細くなってゆくのが、アル＝ソアにはわかった。もはや、かろうじて輝いているだけだ。それでも、さらに強く縄を引き寄せた。もう何がなんだかわからない。バ＝アルザモンの息の根を止めなければならない——ただ、そう思うだけだ。

必ず息の根を止めてやる！

とうとう部屋は完全に炎に包まれた。叫び声を上げながら、バ＝アルザモンが枯れ葉のように萎びてゆく。骨に響くような、耳ざわりな声だ。炎は白く、美しい光になった。太陽よりもまぶしい。

アル＝ソアの縄はまたたきながら消え、アル＝ソアは無限の暗闇のなかへ落ちていった。

バ＝アルザモンの声が遠ざかってゆく。

アル＝ソアは何かに激しく身体を打ちつけた。身体が溶けだしてゼリーのようになった。

アル＝ソアはゼリー状の身体を震わせ、悲鳴を上げた。身体のなかで火があばれまわり、耐えがたい寒さが繰り返し襲ってきた。

52　はじまりもなく、終わりもなく

　ランド・アル＝ソアはまず太陽に気づいた。雲ひとつない空を渡る太陽を、まばたきもせずに見つめた。ときどき思い出したように太陽が動くように見えた。何日も同じ場所にとどまり、やがて光の尾を引いて、いっきに流れる。地平線のかなたまで突き進み、同時に夕暮れを迎えた。光。これが重要な意味を持つにちがいない。〝考える〟ということが、今は新鮮な気がした。ちゃんと頭が働く。おれは、おれなんだ。

　次に痛みを感じた。あの激しい熱さを思い出す。寒さに震えながら、地面に叩きつけられるぬいぐるみ人形のようにのたうちまわったせいで、打撲の痕《あと》がいくつも残っていた。そして、悪臭。脂《あぶら》の焼けるにおいが、鼻腔と頭のなかいっぱいに広がっている。

　手と膝を地面につき、痛む身体を押しあげた。わけもわからぬまま、自分が横たわっていた場所を見つめた。脂じみた灰がある。灰は丘の頂上いっぱいに散乱していた。黒焦げの灰のなかに、濃い緑色の布きれが混じっている。端の黒ずんだ燃え残りもあった。

アギノールだ。

胃がよじれる思いがした。筋状に服についた灰を払いながら、よろよろとアギノールの残骸から離れようとした。力なく両手を振り動かしたが、たいして前へ進まなかった。とうとう前のめりに倒れた。顔を伝う透きとおったしずくが、ぼんやりと見える。なめらかな岩壁が目の前をぐるぐるまわった。だんだん深みへのみこまれてゆく。崖の端から頭を突き出し、嘔吐《おうと》した。

アル＝ソアは震えながら、腹ばいのまま、あとずさった。ようやく岩の上に顔を置くと、仰向けになり、あえいだ。必死に手探りで剣を抜いた。剣を包んでいた赤い布は、もはや数片の灰でしかない。震える両手で、剣を目の前に掲げた。アオサギの紋章の入った剣だ――アオサギの紋章？　そうだ、タム……父さんの――だが、ただの鋼《はがね》だ。なんどもためらったが、ついに剣を鞘《さや》へ戻した。違う、これじゃない。あれはもっと違う剣だった。

しばらくして、アル＝ソアはつぶやいた。「おれの名はランド・アル＝ソア」

まるで鉛玉のように、記憶が頭のなかに飛びこんできて、アル＝ソアはうめいた。

「闇王」小声で言ってみた。「闇王は死んだ」もう堂々と禁じ名を口にしていい。「シェイ＝タンは死んだ」

その瞬間、地面が揺らいだような気がした。喜びを噛《か》みしめた。ついには涙があふれてきた。

「闇王シェイ＝タンは死んだんだ！」空を見あげ、思いきり笑った。すると、また別の記憶がよみがえってきた。

「エグウェーン！」何か特別な意味を持つ名のはずだ。

アル＝ソアは立ちあがった。いかにも痛々しい。風に煽《あお》られただけで、柳のようにぐらついた。よろよろとアギノールの遺灰のそばを通り過ぎた。目をそむけたままだ。こんなもの、もはや、ただの灰だ。

アル＝ソアは最初の急斜面をおりた――いや、転がり落ちた。転げながら、茂みから茂みへすべりおりた。次の平らな場所に着いたころには、身体の痛みが倍増していた。だが、力を振りしぼり、なんとか立っている。エグウェーン。

足を引きずって走りだした。葉や花びらが雨のように降りかかってくる。おぼつかない足取りで、下生えのなかをくぐり抜けた。エグウェーンを見つけなければ。でも、エグウェーンって誰だ？

草を振り払って進んでいるつもりだったが、実際には、長い草に向かって手足を振りまわしているだけだった。つまずいて、木に倒れかかった。幹に強く身体を打ちつけ、思わずうめいた。葉が束になって、頭の上から落ちてくる。ざらざらした樹皮に顔を押しつけ、木にしがみついた。転げ落ちたくない。エグウェーン。

アル＝ソアは木から身体を引き離し、先を急いだ。たちまち、つまずいて転んだが、無理に脚を動かすと、いきなり倒れこんだ。それでも、よろけながら、足早に前へ進んだ。うつ伏せに倒れるたびに、そんなことを繰り返した。

進むにつれて、脚が言うことをきくようになった。いつのまにかしっかりと立って走っていた。腕を振り動かし、長い脚で跳ぶように斜面をおりた。

とうとう開《ひら》けた場所にたどりついた。今はその半分を樫《かし》の木が占領している。ここが〈緑の男〉の墓だ。異能者《アエズ・セダーイ》の古代シンボルを刻んだ白いアーチ形の石門がある。そして、ぽっかりと開《あ》いた暗い穴。モイレインの火と風がアギノールを捕らえそこねた場所だ。

「エグウェーン！　エグウェーン、どこだ？」

かわいい少女が大きく目を見開き、顔を上げた。枝を広げた木の下にひざまずいている。髪には花と茶色い樫の葉。華奢《きゃしゃ》な身体。少女はびっくりしていた。そうだ、あれがエグウェーンだ。間違いない。

「エグウェーン、よかった。無事だったんだな」

エグウェーンのそばに二人の女がいた。一人は、三つ編みの長い髪に白いモーニングスターを飾っている。心配そうな目だ。

もう一人の女は、手足を伸ばして横になっていた。折りたたんだマントが枕がわりだ。彼女自身の空色のマントの下からドレスがのぞいている。いかにも高価そうなドレスには、焦げ目や破れ目がいくつもあった。顔色は悪いが、しっかりと目を開けている。モイレイン様。そう、異能者《アエズ・セダーイ》だ。もう一人は賢女ナイニーヴ。

三人の女はまばたきもせず、アル＝ソアを見つめた。

「本当に大丈夫なんだな、エグウェーン？　よかった、あいつに襲われなくて」

アル＝ソアはもう足を引きずっていなかった。エグウェーンを見たとたんに踊りだしたくなった。傷の痛みなど吹き飛んだ。三人のそばにあぐらをかいてすわると、急に楽になった。

「あなたに肩を押されて逃げ出したあと、アギノールの姿が消えたわ――」エグウェーンは心配そうにアル＝ソアの顔を見た。「あなたは大丈夫なの、アル＝ソア？」

「無事さ」アル＝ソアは笑い、エグウェーンの頬をなでた。なぜ、ほんの少しでもエグウェーンを遠い存在に感じていたのか、不思議に思った。

「少し休めば、元気になるよ。ナイニーヴは？　モイレイン様は？」それさえも、はじめて口にする名前のような気がした。

ナイニーヴが顔を向けた。若々しい顔に似合わぬ、年寄りじみた目だ。ナイニーヴは首を横に振り、「ちょっと怪我《けが》をしただけ」と言って、うかがうようにアル＝ソアを見つめた。「でも、本当にひどい目にあったのは……モイレイン様よ」

「何より、わたくしは誇りを傷つけられました」モイレインはいらだたしげに、毛布がわりのマントを引き寄せた。ひどくやつれているが、隈《くま》に縁《ふち》どられた目は鋭く、エネルギーにあふれていた。

「アギノールは驚き、怒り狂いました。わたくしがつかまえて、なかなか放さなかったからです。でも幸い、アギノールには、わたくしにかかわっている余裕はありませんでした。あれほど長く持ちこたえたことに、自分でも驚いています。なにしろ相手は、〈伝説の時代〉に親族殺しの竜王テラモンやイシャミールに次ぐ力を持っていたアギノールです」

「でもたしか、〝闇王と闇セダーイたちは、創世主によってシャヨル・グールに封じこめられた……〟と――」エグウェーンは力なく言い、震える息を吸いこんだ。

「きっとアギノールとバルサメルは、表面近くに囚《とら》われていたのでしょう」モイレインはわずらわしげに言った。〝なんども同じことを説明させないで〟と言わんばかりだ。「牢獄の封印が弱まったために、あの二人は逃げ出すことができたのです。逃げ出したのが二人だけだったことに感謝しましょう。ほかにも逃げ出した者がいたら、戦いはさけられなかったはずです」

「もう、どうでもいいことです」と、アル＝ソア。「アギノールとバルサメルは死んだんです。それに、シェイ……」

「闇王です」モイレインが強い口調でさえぎった。疲れた様子にもかかわらず、黒い目が威圧的だ。「まだ闇王と呼んだほうがいいでしょう。そうでなければ、バ＝アルザモンか、どちらかにすべきです」

アル＝ソアは肩をすくめた。

「では、おっしゃるとおりに。でも、やつは死にました。闇王は死んだんです。おれが殺しました。あいつを焼いて……」

記憶がいっきによみがえってきた。アル＝ソアは言いかけたまま、ぽかんと口を開けた。絶対力。おれは絶対力をあやつった。どんな男にもあやつれないという絶対力を……。急に口が乾き、唇をなめた。一陣の風が吹いた。木の葉が落ち、落ち葉が舞いあがった。その風以上にアル＝ソアの心は寒かった。三人の女がうかがうようにアル＝ソアを見つめている。まばたきもしない。アル＝ソアはエグウェーンに手を伸ばした。こんどこそエグウェーンは拒《こば》まないだろうと思った。

「エグウェーン？」

エグウェーンが顔をそむけたので、アル＝ソアは手をおろした。

次の瞬間、エグウェーンはアル＝ソアに抱きつき、胸に顔をうずめた。

「ごめんね、アル＝ソア。ごめんなさい。気にしてないわ。ほんとよ」肩が震えている。泣いているのだろう。

アル＝ソアはおずおずとエグウェーンの髪をなで、エグウェーンの頭ごしにナイニーヴとモイレインを見た。

「〈時の車輪《ホイール・オブ・タイム》〉は、その意思にしたがって歴史模様を織りあげるわ」ナイニーヴがおもむろに言った。「あなたがエモンズ・フィールドのランド・アル＝ソアであることに変わりはないわ。だけど、祈らずにはいられないの。光よ、あたくしをお救いください。われわれをお救いください。あなたはとほうもなく危険な存在だわ、アル＝ソア」

ナイニーヴの目を見たアル＝ソアは、たじろいだ。あきらめにも似た悲嘆のまなざしだ。

「何があったのですか？　何もかも話してください！」モイレインが言った。

モイレインの目には逆らえない。アル＝ソアは話した。本当は手短にすませて、逃げ出したかった。何もかも忘れたかった。だが、モイレインがにらんでいる。すべてを話さないわけにはいかない。カリの話になると、アル＝ソアは涙を流した。おれの母さんだ――そのことを強調した。

「母さんは、あいつに捕らえられていた。おれの母さんが！」

　ナイニーヴが同情と痛みをたたえた目で見つめている。モイレインに促《うなが》され、アル＝ソアは先をつづけた。光の剣のこと……バ＝アルザモンの黒い縄を切断したこと……そして、バ＝アルザモンが炎に焼かれたこと……。

〝もういいのよ〟と言うように、エグウェーンはアル＝ソアをきつく抱きしめた。

「でも、あれは、おれじゃなかった。おれは、ただ……光の力に導かれただけです。本当に、おれじゃなかったんです。ああ、おれじゃなかったらよかったのに……」

「わたくしははじめから、あなたではないかと思っていました」と、モイレイン。「でも、証拠がありませんでした。目印《めじるし》として渡した銀貨によって、あなたとわたくしは絆《きずな》で結ばれたのですから、わたくしの言うことを素直に聞いてくれればよかったのです。それなのに、あなたは歯向かい、疑いを抱きました。それで、わたくしは怪しいと思いました。しかし、それが決め手になったわけではありません。そもそも、マネサレンの血筋は昔から強情でした。しかも、イーモン王が死に、エルドレン王妃の心臓が砕け散ったあとは、ますます手に負えなくなりました。それに、馬のベラのこともありました」

「ベラが？」と、アル＝ソア。ベラが、どうしたって？

　モイレインはうなずいた。

「ウォッチ・ヒルで、ベラには、わたくしの癒《い》やしが必要ありませんでした。すでに、誰かが疲れを取り除いてやっていたからです。あの夜、ベラはマンダーブより速く走れそうなほど元気でした。ベラを誰が連れていたかを考えるべきでした。トロロークに追われ、頭上にはドラフカーがいました。半人ミルドラルもいました。エグウェーンが取り残されそうだということを、どこで、どう、あなたが案じたのかは誰にもわかりません。あなたは、あるものを必要としていました。心から必要としていました。今まで、これほどまでに何かを必要としたことはなかったはずです。そして、無意識に手を伸ばしました。それを与えてくれるもの――男性源《サイディン》へ向かって」

アル＝ソアは身震いした。指先まで凍りつくようだ。

「もういちど、あれにさわれば、おれは……」

〝正気を失う〟。そのひとことが言えなかった。周囲の土地や人々を破滅へ追いこんでしまう。おれは生きながら、朽《く》ち果ててゆくのか。

「ええ、たぶん」と、モイレイン。「教え導く者がいれば、はるかに簡単にあやつれるようになるでしょう。でも、それができるとしても、強靭な意志の力が必要です」

「あなたがいる。あなたが教えてくだされば、きっと――」

アル＝ソアは口をつぐんだ。モイレインが首を横に振ったからだ。

「猫が犬に木の登りかたを教えられますか、アル＝ソア？　魚が鳥に泳ぎかたを教えられますか？　わたくしが知っているのは女性源《サイダール》のことだけです。男性源《サイデイン》のことは教えられません。それをあなたに教えられる人たちは三千年前に死に絶えました。しかし、あなたは頑固です。あなたには強靭な意志の力があるはずです」

　エグウェーンが顔を上げ、泣きはらした目を手の甲でぬぐった。何か言いたげな顔で口を開いたが、言葉が出なかった。

　エグウェーンはおれを拒絶してるんじゃない。だって、悲鳴も上げずに、まっすぐおれを見てるじゃないか。

「ところで、ほかの四人は？」アル＝ソアは訊《き》いた。

「ラン様に連れられて洞窟へ行ったわ」と、ナイニーヴ。「〈全界の眼《アイ・オブ・ザ・ワールド》〉が干あがってしまったの。でも、水たまりの跡から、水晶の柱と、そこへつづく階段が見つかったわ。マットもペリンも、ロイアルも、あなたを捜すのが先だって言ったんだけど。モイレイン様が……」ナイニーヴは困惑した顔でモイレインをちらっと見た。モイレインは穏やかな表情を返した。「じゃましちゃいけないって言ったのよ。つまり、あなたが……」

　アル＝ソアは喉を締めつけられる気がした。息もできない。みんな、エグウェーンみたいに、おれから顔をそむけるのか？　まるでおれがミルドラルであるかのように、悲鳴を上げて、逃げ出すのか？　アル＝ソアの顔から血の気が引いた。

だが、モイレインは気づく様子もなく、こう言った。

「〈全界の眼〉は、測り知れない絶対力を秘めていました。〈伝説の時代〉にも、独力であれほどの絶対力をあやつれる者は、ほとんどいなかったはずです。あなたがばらばらに砕け散っていないのが不思議です」

「みんなには、おれのことをお話しになったのですか？」アル＝ソアはかすれた声で言った。「みんなが知ってるなら……」

「ランには話しました」モイレインは優しく言った。「知ってもらう必要がありましたから。それから、ナイニーヴとエグウェーンにも話しました。これからの二人の役割を考えたからです。ほかの三人には今のところ、話す必要はありません」

「話せばいいでしょう」と、アル＝ソア。声を絞り出すのが、やっとだ。「あなたは、おれを飼いならすつもりなんでしょう？　異能者《アエズ・セダーイ》は必ず、絶対力をあやつれる男を飼いならそうとするんですよね。そうやって、男が絶対力をあやつれないようにするんでしょう？　毒を抜いてしまうんでしょう？　飼いならされたら、おしまいだと、メリリン先生が言ってました。生きる気力をなくしてしまうって。おれをタール・ヴァロンへ連れていって、飼いならすつもりなんでしょう？　だったら、どうして、そう言わないんですか？」

「あなたは〈歴史の織り人《タ＝ヴィーレン》〉です」と、モイレイン。「たぶん、まだ歴史模様と深くかかわっています」

アル＝ソアは姿勢を正して、すわりなおした。

「夢のなかでバ＝アルザモンは言いました。アミルリン位をはじめとするタール・ヴァロンの異能者《アエズ・セダーイ》たちは、おれを利用したがってるだけだと。名前をいくつかあげてました。今でも覚えてます。ラオリン・ダークスベイン……ガイア・アマラサン……ユリアン・ストーンボウ……ダヴィアン……そして、ロゲイン」最後の名を口にするのが、いちばんつらかった。

ナイニーヴの顔が青ざめ、エグウェーンが息をのんだが、アル＝ソアは怒ったように先をつづけた。

「すべて偽の竜王の名です。違うとは言わせません。おれだって利用されたくありませんからね。おれは道具じゃない。いらなくなったらゴミ箱に捨てられるなんて、ごめんです」

「道具は決まった目的のために作られます。その目的のために利用すれば、道具の品格をおとしめません」と、モイレイン。アル＝ソアと同じく、かすれた声だ。「〈虚言の祖〉の言葉を信じる者こそ、自分をおとしめます。利用されたくないと、あなたは言いました。

でも、あなたが闇王の言葉を信じるのなら、あなたの運命はすでに闇王によって定められています。飼い主に命じられるままにウサギを追う猟犬――それが、あなたです」

アル＝ソアは拳《こぶし》を握りしめ、顔をそむけた。バ＝アルザモンも似たようなことを言っていた。

「おれは誰の猟犬でもない。いいですか？　猟犬なんかじゃない！」

アーチ形の門の向こうから、ロイアルたちが現われた。アル＝ソアはあわてて立ちあがり、モイレインを見た。

「あの人たちが知ることはありません。歴史模様が、そのように仕向けないかぎりは」と、モイレイン。

ロイアルたちが近づいてきた。先頭はランだ。いつにもましてきびしい表情をしているが、心なしか疲労の色が見えた。ナイニーヴのものらしい包帯を額《ひたい》に巻き、毅然《きぜん》とした姿勢で歩いてくる。

その後ろからロイアルがきた。銀の装飾をほどこした大きな金色の箱をかついでいる。こんな大きなものを一人で持てるのは、オジールしかいない。

ペリンは折りたたんだ白い布を両腕に抱えていた。マットも両手に、陶器のかけらのようなものを持っている。

「生きてたのか、アル＝ソア」マットは声を立てて笑った。たちまち顔を曇らせ、頭をぐいと上げてモイレインを示した。「モイレイン様が捜すなとおっしゃったんだ。〈全界の眼〉に何が隠してあるのか、つきとめるのが先だって。とにかくおれは逃げるつもりだったのに、ナイニーヴもエグウェーンも、モイレイン様のそばを離れないんだ。おれは無理やり門をくぐらされた」

「ここにいたのか」と、ペリン。「その様子だと、そうこっぴどくやられたわけではなさそうだな」ペリンの目は光っていないが、あいかわらず虹彩《こうさい》は黄色かった。「でも、まあ、無事でよかった。とにかく、やることはやった。目的は果たした。モイレイン様もそうおっしゃってる。帰れるぞ。トゥー・リバーズへ帰れるんだ、アル＝ソア。光にそむいても、おれは帰りたい」

「無事で何よりだ、羊飼いのアル＝ソア」ランがぶっきらぼうに言った。「自分の剣の真価を知ったようだな。そのうち使いこなせるようになるだろう」

　アル＝ソアは急にランに親しみを覚えた。ランは何もかも知っているのに、少なくとも表面上は変わりなく接してくれる。いや、ランのことだ。心のなかまで、いつもと同じなのだろう。

「それにしても」ロイアルは箱をおろし、「〈歴史の織り人〉との旅は、期待してた以上に興味深いことがわかりました」と、耳を激しくぴくぴくさせた。「もっと興味深くなったら、すぐにシャンタイへ戻り、ハマン長老に何もかも打ち明けます。本も二度と、ほったらかしにしません」ロイアルは笑った。口が裂けそうなほど、大きな笑みだ。「きみに会えたおかげです、アル＝ソア。心から本が好きなのは、この三人のなかじゃ、ラン様だけです。ご自分ではおっしゃらないけど。ところで、どうしてたんです？　ぼくたちは逃げ出して森に隠れてた。そうしたら、モイレイン様のご命令で、ラン様が捜しにきてくださった。でもモイレイン様は、きみのことは捜すなとおっしゃった。なぜ、こんなに長いあいだ姿を隠してたんです、アル＝ソア？」

「おれは走りに走った」アル＝ソアはおもむろに言った。「そして、丘から転げ落ち、岩に頭をぶつけた。そこらじゅうの岩にぶつかりながら落ちたらしい」

　これで傷だらけになった説明がつくはずだ。アル＝ソアは、モイレイン、ナイニーヴ、エグウェーンの様子をうかがったが、三人とも表情を変えなかった。

「意識は取り戻したが、気が動転していたんだ。それでも、やっとの思いで、ここへ戻ってきた。アギノールは焼け死んだのだと思う。灰が残ってたし、マントの切れ端もあった」と、アル＝ソア。われながら、そらぞらしい言葉だ。なぜ、みな嘲笑《あざわら》ってくれないのか、アル＝ソアは理解できなかった。どうして真実を話せと言わないんだ？

だが、友人たちはうなずき、同情の声を漏《も》らしながら、モイレインのまわりに集まった。〈全界の眼〉で見つけたものを見せるためだ。

「わたくしを起こしてください」と、モイレイン。

ナイニーヴとエグウェーンが手を貸した。モイレインは支えられながら、かろうじて身を起こしている。

マットが言った。「なぜ、こんなものが〈全界の眼〉のなかで無事に残ってたんですか？　あの洞窟の壁はぼろぼろになったのに」

「壊れるなら、あんなところには隠しません」

モイレインは冷たく応じた。それ以上の質問をさけるように顔をしかめ、マットから陶器のかけらを受け取った。黒と白の光沢のあるかけらだ。

アル＝ソアには、ただのがらくたにしか見えなかったが、モイレインは、そのかけらを器用にまとめ、地面に並べた。手のひらの大きさほどの円ができあがった。古代から伝わる異能者《アエズ・セダーイ》のシンボルだ。黒い〈竜王の刻印〉と、白い〈タール・ヴァロンの炎〉を組み合わせてある。しばらくモイレインはじっと、それを見つめた。なんの感情もうかがえない。やがて、腰に差してあったナイフを取り出して、ランに渡し、シンボルを示してうなずいた。

護衛士ランはまず、いちばん大きなかけらを選んだ。渾身《こんしん》の力をこめて、ナイフを振りおろす。火花が散り、かけらが跳ね飛んだ。鋭い音とともに、ナイフの刃が折れた。ランは柄《つか》に残った刃の一部を調べると、ナイフを投げ捨てた。

「ティアの最高級の鋼だったのですが」ランはそっけなく言った。

マットは引ったくるように、かけらを拾いあげると、うめき声を漏らした。ほかの者にも、それを見せた。かけらには傷ひとつなかった。

モイレインは言った。「クウェンディラ――つまり、心の石《ハートストーン》です。〈伝説の時代〉のあと、誰にもつくれなかったものです。〈伝説の時代〉のあいだにも、よほどの理由がないかぎり、つくられませんでした。どんな力をもってしても壊せない石です。最強の異能者《アエズ・セダーイ》の絶対力でも壊せません。たとえ、サ＝アングリアルの力を借りても、無理でした。心の石《ハートストーン》は、どんな力も自分の糧《かて》にしてしまうからです」

「じゃあ、どうやって……？」マットは別のかけらを拾いあげた。

「これこそ、闇王の牢獄を封じた七つの封印のひとつでした」と、モイレイン。

マットはハッとして、かけらを落とした。一瞬、またしてもペリンの目が輝いたように見えた。モイレインは冷静に、かけらを集めはじめた。

「もう意味のないものなんでしょう？」と、アル＝ソア。

友人たちは不思議そうに、アル＝ソアを見た。まずいことを言ったと、アル＝ソアは思った。

「もちろんです」と、モイレイン。そう言いながらも、大事そうに、そのかけらを巾着《きんちゃく》におさめた。「こんどは箱を持ってきてください」

　ロイアルが箱を運んできた。

　金と銀のひしゃげた立方体は、いかにも硬そうに見えた。しかしモイレインがその凝《こ》った装飾部分を指で押すと、急に上部がへこみ、カチッと音を立ててバネのように跳ね返った。なかから、渦巻き状の金色の角笛《つのぶえ》が現われた。きらきら輝いているが、箱と比べると質素だ。開口部に彫られた銀色の文字だけが彩《いろど》りを添《そ》えている。モイレインは赤ん坊を抱くように、そっと角笛を持ちあげた。

「これをイレイアンへ届けなければなりません」モイレインは穏やかに言った。

「イレイアンですって！」ペリンが不平の声を漏らした。「〈嵐の海〉の近くの？　ここは正反対の南の端ですよ」

「はて……？」ロイアルは言葉を切り、息をのんだ。「ひょっとして……？」

「あなたは古語が読めるのですか？」と、モイレイン。

うなずいたロイアルに、モイレインは角笛を渡した。

ロイアルも大事そうに、それを受け取った。大きな人差し指がそっと文字をなぞる。少しずつ目が見開かれ、耳がぴんと立った。

「ティア・マイ・アヴェン・モライディン・イサインデ・ヴァディン」ロイアルは小声で言った。「わが呼び声に、墓が開く」

「〈英雄蘇生《ヴァリーア》の角笛〉だ」このときばかりはランも身震いした。畏怖《いふ》を含んだ声だ。

ナイニーヴが声を震わせて言った。「闇王と戦うために……〈伝説の時代〉の英雄たちをよみがえらせる角笛ね」

「なんてこった!」マットは小声で言った。

ロイアルは角笛を、きちんと金色の箱へ戻した。

「不思議な気がしてきました」と、モイレイン。「〈全界の眼〉はいつかくる全界最大の危機に備えてつくられました。でも本当は、この角笛を隠すために——あるいは、こういったものを守るために——つくられたのかもしれません。早く最後のものを見せてください」

ペリンはためらった。先に、あんなものをふたつも見せられたのだ。アル＝ソアにも、その気持ちはわかる。見かねたランとロイアルが、ペリンから白い布のかたまりを受け取って、広げた。長くて白い旗がはためいた。アル＝ソアは目を奪われた。織ってあるわけでも、染めや彩色がほどこしてあるわけでもない。全体がひとつの作品に見えた。その布いっぱいに、ヘビに似た生き物が描かれている。紅《くれない》と金《きん》の鱗《うろこ》におおわれたこのヘビには、脚があった。足先には五本の長い金色の鉤爪《かぎづめ》がある。金色のたてがみを持つ巨大な頭。太陽のように輝く目。旗がそよぐたびに、ヘビは息づくように見えた。鱗が宝石のように輝いている。唸《うな》り声を上げて今にも飛びかかってきそうだ。

「これはなんですか？」と、アル＝ソア。

　モイレインはゆっくりと答えた。「〈朝の王〉の旗です。光の軍勢を率いて、闇と戦ったときのものです。ルーズ・セリン・テラモン――つまり竜王の旗です」

　ロイアルは旗から手を放しそうになった。

「なんてこった！」マットが弱々しく言った。

「三つとも持ってゆきましょう」モイレインは言い、「こういったものは偶然、ここに置いてあったわけではありません。何か理由があるはずです」と、指で巾着をなでた。なかに壊れた封印のかけらが入っている。「もうじき日が暮れます。今から出発するには遅すぎます。休んで食事をしましょう。明日は早く発《た》つことになります。ここは大荒廃地に囲まれていますから、境界地域の周辺よりも闇の力が強いはずです。〈緑の男〉がいなくなった今、ここも長くは保《も》たないでしょう。わたくしを寝かせてください」モイレインは、ナイニーヴとエグウェーンに向かって言った。「休息が必要です」

さっきからずっと目に入っていたはずなのに、今はじめてアル＝ソアは、樫の巨木から茶色い葉が舞い落ちていることに気づいた。地面に分厚く積もった枯れ葉は風にそよぎ、さらさらと音を立てた。無数の花が散らした花びらと混ざり合い、地面をおおった。〈緑の男〉が長いあいだ守ってきた土地。〈緑の男〉の築いたものは早くも闇の力によって破壊されはじめている。

「終わったんですよね？」アル＝ソアはモイレインに問いかけた。「使命を果たしたんですよね」

マントを枕がわりにして寝ていたモイレインが、顔を向けた。〈全界の眼〉に劣らない深い目だ。

「目的は遂げました。ここから先は歴史模様にしたがって、好きな道を歩めばいいのです。食べて眠りなさい、ランド・アル＝ソア。眠って故郷の夢を見なさい」

53 〈時の車輪《ホイール・オブ・タイム》〉はまわる

夜が明けた。〈緑の男〉の花園が荒れ果てた姿をさらけだした。地面は落ち葉でおおわれ、膝まで埋《う》まりそうな場所もある。花も枯れ果てていた。森の開《ひら》けた場所の端にかろうじて残っているだけだ。樫《かし》の根もとに草花が育つことはほとんどないが、そこにある樫の木――〈緑の男〉の墓だ――は違っていた。その太い幹をぴったりと囲むように花や草が生えている。樫の木に残った葉は半分だけだが、ほかの木々に比べれば、はるかに多かった。〈緑の男〉の魂は今も懸命にこの樫の木を守ろうとしているのかもしれない。涼しい風がやみ、あたりは、うだるような暑さに包まれはじめた。蝶もいない。鳥もさえずらない。

一行は押し黙ったまま、出発の準備を進めた。

アル＝ソアはレッドの背に乗った。心に穴が開《あ》いたような気分だ。こんなはずじゃなかった。ちくしょう、おれたちは勝ったんだぞ！

「彼がどこか別の場所を見つけていればいいのだけれど」そう言って、エグウェーンはベラにまたがった。

ランの作った担架がベラとアルダイブのあいだに吊《つ》るしてある。モイレインを運ぶためのものだ。ナイニーヴがアルダイブの手綱《たづな》を握り、モイレインに付き添う。ランの視線に気づくたびに、ナイニーヴは目を伏せた。ランの視線をさけている。ナイニーヴが目をそらすと、ランはますますじっとナイニーヴを見たが、言葉をかけようとはしない。

エグウェーンが誰の話をしているのか、訊《き》くまでもない。みな、わかっていた。

「こんなことがあってはなりません」ロイアルは樫の木を見つめた。騎乗していないのはロイアルだけだ。「〈木の兄弟〉が闇の力に屈するなんて」ロイアルは自分の大きな馬の手綱をアル＝ソアに預けた。「絶対にあってはならないことです」

ロイアルは樫の木に近づいた。ランは口を開きかけた。担架に横たわったモイレインが弱々しく手を上げ、それを制止した。ランは何も言わなかった。

ロイアルは樫の木の前にひざまずいて目を閉じ、両手を広げた。ふさふさした耳の毛がぴんと立った。ロイアルは空を仰ぎ、歌いはじめた。

なんと言っているのか、アル＝ソアにはわからなかった。これが歌なのか？　轟《とどろ》くような声だ。まるで大地が歌っているように聞こえる。ふたたび鳥がさえずり、春の風がそよぎ、蝶が羽ばたきはじめた。アル＝ソアはその音を耳にして、夢中でロイアルの歌に耳を傾けた。ほんの数分間のことのように思えたが、ロイアルが腕をおろし、目を開けたとき、日はすでに高かった。歌が始まったときは、やっと太陽が木の上に顔を出したばかりだったのに。

樫の葉の緑が濃くなったように見える。しかも葉はしっかりと枝についている。樫の木を取り巻く花々も今はまっすぐに立っていた。モーニングスターは生き生きと白く、ラバーズノットは鮮やかに紅《あか》かった。

ロイアルは幅の広い顔の汗をぬぐい、立ちあがって、アル＝ソアから手綱を受け取った。長い眉を垂れさげ、恥ずかしそうにしている。才能をひけらかしたと、みなに思われたくないのだろう。

「こんなに一生懸命に歌ったのは生まれてはじめてです。きっと〈木の兄弟〉の魂がそうさせてくれたんでしょう。ぼくの〈木の歌〉には〈木の兄弟〉ほどの力はありませんが」

ロイアルは馬にまたがり、樫の木や花々を見た。満足げな様子だ。「小さな場所だけど、ここだけは大荒廃地にのみこまれないでしょう。闇の力も、〈木の兄弟〉を完全に征服することはできません」

「そなた、いいやつだな、ロイアル」と、ラン。

ロイアルは笑みを浮かべた。「お褒《ほ》めの言葉だととらえておきます。ハマン長老がなんとおっしゃるかは、わかりませんけど」

一行は縦一列になって進んだ。ランの後ろにマットがいる。もしものときには、すぐに矢を射ることができる。しんがりはペリンだ。斧が鞍《くら》の前に横向きに置いてある。

丘を登りつめた。ひとつまばたきしたときには四方を大荒廃地に囲まれていた。どぎつい虹色の色彩のなかに、朽《く》ち果てた世界があった。

アル＝ソアは肩ごしに振り返った。〈緑の男〉の花園はもうどこにも見えない。以前と変わらず、どこまでも大荒廃地が広がっている。一瞬、青々とした樫の木のてっぺんが見えたような気がした。やがて、それはきらめきながら消えていった。あとには大荒廃地だけが残った。

そう簡単に大荒廃地を抜け出すことはできないだろうと、アル＝ソアはある程度の覚悟をしていたが、今、あたりは死んだように静かだ。枝ひとつ動かない。叫んだり吠えたりする化け物もいない。見わたすかぎりの静寂。大荒廃地は鳴りをひそめている。襲ってくる様子はないが、〝やられた〟と見せかけて、次のチャンスを狙っているのかもしれない。あの太陽の毒々しい色も薄らいでいる。

湖が無数に連なる場所に差しかかった。日はまだ高い。ランは一行を率いて、油断なく湖群《こぐん》から離れたところを進みつづけた。そちらを見ようともしない。
〈七つの塔〉は最初に見たときよりも背が高くなったみたいだと、アル＝ソアは思った。ぎざぎざした塔の頂上は、たしかに地面からはるかに離れた位置にある。さらにその上に、ぼんやりと何かが見えた。傷跡ひとつない塔がいくつも陽光にきらめき、その塔の上で、〈黄金のツル〉の幟《のぼり》が風にはためいている。アル＝ソアは目をしばたたき、もういちどよく見たが、やはり幻とは思えない。しばらく塔は視界のすみに映りつづけ、ふたたび湖が大荒廃地に隠れると、ついに見えなくなった。

日が沈まないうちに、ランは野営の場所を決めた。モイレインはナイニーヴとエグウェーンの手を借りて、身体を起こした。監視霊たちを置く必要がある。術をほどこす前に、ナイニーヴたちの耳もとに何かささやいた。ナイニーヴはためらったが、モイレインが目を閉じると、ナイニーヴもエグウェーンも同じように目を閉じた。

その様子にマットとペリンが目を丸くしている。なぜ、こんなことで驚くのか、アル＝ソアにはわからなかった。暗い考えが頭をよぎった。女はみな異能《アエズ・セダーイ》者だ。おれ自身も、異能《アエズ・セダーイ》者と同じ力を持っているのか。さびしい。アル＝ソアは言葉を失った。

「どういう風の吹きまわしだ？」と、ペリン。エグウェーンとナイニーヴはモイレインを寝床へ運ぶところだ。「なんだか……」言葉が見つからないのか、ペリンはがっちりした肩をすくめた。

「わたくしたちは闇王に大きな打撃を与えました」寝床に落ち着くと、モイレインはほっとため息をついた。「闇が力を取り戻すには長い時間がかかるでしょう」

マットは言った。「打撃を与えたって、どうやってですか？　おれたちがいったい何をしたんですか？」

「眠りなさい。ここはまだ大荒廃地のなかです」と、モイレイン。

翌朝、アル＝ソアの目に見える変化はまだ何もなかったが、南へ向かうにつれて、闇の力は弱まっていった。ねじれた木はなくなり、まっすぐな木が多くなった。蒸し暑さも消えた。朽ちた葉の代わりに、今は病葉《わくらば》がある。そのうちに、こんな病葉も姿を消すだろうと、アル＝ソアは思った。

新たに咲いた花が周囲の森を赤く染め、木の枝には葉が茂っている。下草が芽吹き、蔓《つる》植物の緑が岩をおおった。草の上には野生の花が点々と咲いている。色鮮《いろあざ》やかに生い茂るさまは、〈緑の男〉の花園を思わせた。長い冬が終わり、ようやく春を迎えた。どの草木も競うように、正常な姿を取り戻しはじめていた。

誰もがその光景に目を見張った。

「本当に大きな打撃を与えたのですね」モイレインはそうささやいたきり、何も言おうとしなかった。

大荒廃地との境界を示す石柱に、野生のツルバラが巻きついている。監視塔から兵士たちが走り出て、一行を出迎えた。兵士たちはけたたましく笑った。驚いて目を輝かせている。甲冑《かっちゅう》に身をかためた自分たちの足もとに草が芽生えたことが、よほど信じられないのだろう。

「光が闇を征服したぞ！」

「ターウィン峠で大勝利をおさめた！　知らせがあった！　勝利だ！」

「またしても光のおぼしめしがあった！」

「光が味方なら、イーザー王に敵はおらぬ」ランは兵士たちの歓声に応《こた》えた。

見張りの兵士たちは、こぞってモイレインを介抱したがった。少なくとも護衛として一行に付き添いたいと申し出たが、モイレインは頑《がん》として拒《こば》んだ。担架に横たわっていても、兵士たちをたじろがせる存在感がある。兵士たちは一礼し、モイレインの言葉にしたがった。アル＝ソアたちは馬を進ませた。兵士たちの笑い声があとからついてくる。

ファル・ダーラに到着したのは夕方だった。ものものしく壁で囲まれた町に、祝いの鐘が鳴っていた。小さな銀の馬具用鈴から、塔のてっぺんにある巨大な銅鑼《どら》にいたるまで、まさに、ありとあらゆる鐘が鳴り響いている。

町の入口の門は大きく開け放たれていた。兵士たちが笑ったり歌ったりしながら、通りを駆けてゆく。鎧《よろい》の隙間と髷《まげ》に花を差している。民衆はまだファル・モランから戻っていないが、ターウィン峠から新たにぞくぞくと兵士たちが帰還していた。その歓声だけでも、町はたいへんな騒ぎだ。

「ターウィン峠の戦いに勝ったぞ！　われわれの勝利だ！」

「ターウィン峠で奇跡が起こった！　〈伝説の時代〉が戻ってきた！」

「春がきた！」白髪《しらが》まじりの老兵が笑いながら、モーニングスターの花輪をアル＝ソアの首にかけた。その老兵の髷にもモーニングスターの束が差してあった。「光がわれわれにふたたび春をもたらした！」

一行が城砦《じょうさい》へ向かうつもりだということを知ると、花と鋼《はがね》に身を包んだ兵士の一団が、一行のまわりを取り囲んだ。兵士たちは一行の先に立ち、勝利に沸く通りをかき分けながら走った。

城砦には、ファル・ダーラでただ一人、しかめっつらをした男がいた。イングターだ。

「わたくしはまにあいませんでした」イングターはランに言った。苦々《にがにが》しげな表情だ。

「一時間ほど遅れたために、勝利の瞬間に立ち会えませんでした。なんということだ！」歯ぎしりの音がした。イングターは後悔する表情を浮かべた。「お許しください。くやしさのあまり、立場を忘れておりました。お帰りなさい、〈古《いにしえ》の建築師〉どの。お帰りなさい、みなさん。よくぞ大荒廃地からご無事でお戻りになられました。のちほどモイレイン様のお部屋に治療師を向かわせます。そのあとでアゲルマー公にご報告を――」

「わたくしを――いいえ、わたくしたち全員を――アゲルマー公のもとへお連れください」と、モイレイン。

　イングターは反論しようとしたが、モイレインの目に射すくめられて、頭《こうべ》を垂れた。ファル・ダーラ領主アゲルマー公は書斎にいた。剣と鎧が棚に戻してある。アゲルマー公の表情もきびしかった。金と黒のお仕着せ姿の召使たちがあわただしく、担架にのせたモイレインを運んでくると、アゲルマー公はさらに顔をしかめた。モイレインはひと息つく暇も、治療師を待つ暇も惜しんで、ここへきたのだ。

　ロイアルが金の箱を持ってきた。封印のかけらは、まだモイレインの巾着《きんちゃく》のなかだ。親族殺しの竜王テラモンの旗はモイレインが携帯する毛布にくるみ、アルダイブの背にくくりつけてある。アルダイブを連れていった馬丁《ばてい》は、その毛布を無事にモイレイン様の部屋へ運びこめときびしく命じられた。

「なんてことだ！」アゲルマー公はつぶやいた。「お怪我《けが》をなされましたか、モイレイン様？　イングター、なぜモイレイン様を寝台へお連れして、治療師を呼ばなかった？」

「お待ちください、アゲルマー公」と、モイレイン。「イングターは、わたくしの言うとおりにしてくれただけです。わたくしは、みなさんがお思いになっているほど、ひよわではありません」

モイレインは、手を貸して椅子にすわらせてほしいと、身ぶりで二人の召使に命じた。一瞬、二人の召使は哀願するように両手を組み合わせ、それほど身体が弱っているなら、暖かい寝台に入ったほうがいい、治療師を呼び、熱い風呂に入るべきだと、主張した。モイレインが眉を吊りあげると、召使たちは口をつぐみ、あわててモイレインを椅子にすわらせた。椅子に落ち着くと、すぐにモイレインはいらだたしげに二人を追い払った。

「お話がございます、アゲルマー公」

アゲルマー公はうなずいた。イングターは手を振り、召使を下がらせた。アゲルマー公は期待をこめた目で、そこに残ったアル＝ソアたちを見つめている。特にロイアルと金の箱を。

イングターが扉を閉めて出てゆくと、さっそくモイレインは言った。「ターウィン峠で大勝利をおさめたそうですね」

「はい」アゲルマー公は歯切れの悪い口調で言った。またしても顔をしかめている。「そのとおりです、モイレイン様。でも、本当は違います。たしかにミルドラルもトロロークも死に絶えましたが、われわれは何ひとつ手をくだしていません。奇跡だと兵士たちは言っています。トロロークたちは大地にのみこまれました。山に埋もれたのです。残ったのは数体のドラフカーだけでした。しかし、やつらも恐れおののき、全速力で北へ逃げていきました」

「たしかに奇跡です。ふたたび春が訪れました」と、モイレイン。

「そう、奇跡です」アゲルマー公は頭を振った。「ですが……モイレイン様、そのときの様子については、兵士たちの言うことがまちまちなのです。光が肉体を得て、われわれの代わりに戦ったという者もいます。創世主が現われ、闇を倒したという者もいます。わたしが見たのは一人の男でした、モイレイン様。その男は信じられないようなことをやってのけました」

「〈時の車輪《ホイール・オブ・タイム》〉は、その意思にしたがって歴史模様を織りあげます、アゲルマー公」

「おっしゃるとおりです、モイレイン様」

「ところで、パダン・フェインはどうしていますか？　逃亡の恐れはありませんか？　ひと息ついたら、あの男と話をしなければなりません」

「ご命令どおり、牢屋に入れてあります。たびたび涙声を出しては看守を油断させようとしています。しかし……。おお、そうだ、モイレイン様。大荒廃地はいかがでしたか？

〈緑の男〉にお会いになりましたか？　草木が芽吹いたのも、きっと〈緑の男〉のおかげですね」と、アゲルマー公。

「ええ、会いました」モイレインはきっぱりと言った。「でも、〈緑の男〉は死にました、アゲルマー公。〈全界の眼《アイ・オブ・ザ・ワールド》〉はなくなったのです。若者たちが栄光を求めて探索に行くことは二度とないでしょう」

　アゲルマー公は眉をひそめ、動揺の色を浮かべて首を横に振った。「死んだ？　〈緑の男〉がですか？　まさか、そんなはずは……。では、あなたがたは敗北なさったのですか？　すると、花が咲き、草木が芽吹いたのは？」

「いいえ、勝ちました、アゲルマー公。わたくしたちは勝ったのです。だから、こうして大地は冬から解き放たれました。でも、最後の戦いはまだ終わっていません」と、モイレイン。

　アル＝ソアがかすかに身じろぎし、モイレインがにらみつけた。アル＝ソアはぴたりと動きを止めた。

「まだ大荒廃地は存在しています。シャヨル・グールの下では今も、サカン＝ダールの鍛冶場が動いています。半人ミルドラルもトロロークもまだ無数にいます。境界地域を監視する必要がなくなったとはお思いにならないでください」

「もちろんですとも、モイレイン様」と、アゲルマー公。強い口調だ。

　モイレインの合図を受け、ロイアルが金の箱を足もとに置いた。モイレインは箱を開け、角笛《つのぶえ》を取り出した。

「〈英雄蘇生《ヴァリーア》の角笛〉です」

　アゲルマー公は息をのんだ。今にも、ひざまずきそうだ。

「モイレイン様、これさえあれば、半人ミルドラルもトロロークも、ものの数ではございません。かつての英雄をよみがえらせれば、〈呪われた大地〉へ攻めこみ、シャヨル・グールを落とすことができます」

「なりません！」と、モイレイン。アゲルマー公は呆然《ぼうぜん》として顎《あご》を落としたが、モイレインは穏やかにつづけた。

「これをお見せしたのは、あなたをなじるためではありません。しかし、これで、おわかりになるはずです。どんな戦いになろうとも、われわれは闇に太刀《たち》打ちできる力を持つことになります。でも、今ここで戦うわけではありません。この角笛をイレイアンに届ける必要があります。新たな戦いの気配があれば、その場で光の軍勢を召集しなければなりません。つきましては、精鋭の兵士を一人、護衛としてお貸しください。イレイアンに着くまで角笛を守ってもらいます。ミルドラルやトロロークだけではなく、闇の信徒もうろついています。角笛の音を聞きつければ、必ず追ってくるでしょう。誰が角笛を吹こうと関係ありません。とにかく、なんとしてもイレイアンに〈英雄蘇生の角笛〉を届けなければなりません」

「おっしゃるとおりにいたします、モイレイン様」アゲルマー公は言った。

箱の蓋が閉じられると、アゲルマー公は残念そうな顔をした。最後にもういちど、ちらっとでも見せてほしかった……という表情だ。


七日後、ファル・ダーラではなおも鐘が鳴り響きつづけていた。民衆はすでにファル・モランから戻ってきた。今は兵士とともに、ターウィン峠での勝利に酔いしれている。歓声と歌声が、バルコニーで鳴り響く鐘の音と混ざり合った。アル＝ソアは長いバルコニーに立っていた。そこから、緑と花であふれたアゲルマー公の庭園が見わたせる。アル＝ソアはすぐに視線をそらした。太陽は空高く輝いているが、シエナール王国の春は寒かった。これほど寒い春は、アル＝ソアには経験がない。アオサギの紋章入りの剣を振ると、裸の上半身に汗が光った。正確な動きだが、無心の状態にはほど遠い。

剣を振りながらアル＝ソアは思った――モイレイン様はまだ竜王の旗のことを明かしてらっしゃらない。それを知ったら、民衆はどんなに喜ぶだろう。

「いいぞ、羊飼いのアル＝ソア」腕組みをしたランが、手すりにもたれていた。品定めをするようなきびしい目だ。「なかなかいい動きだが、そう激しく突く必要はない。どうせ数週間やそこらでは、最高の剣士にはなれぬ」

泡がはじけるようにアル＝ソアはわれに返った。「最高の剣士になれなくてもいいんです」

「だが、それは最高の剣士が持つべき剣だぞ、アル＝ソア」

「おれはただ父さんに誇りに思われたいだけです」アル＝ソアはざらざらした革製の柄《つか》を握りしめた。おれはタム父さんの子でありたい。それだけでいい。やがて荒々しく、剣を鞘《さや》におさめた。「どっちにしても、あと数週間しかありません」

「では、まだ考えを変えておらぬのか？」

「おれを止めるのですか？」と、アル＝ソア。ランは表情を変えなかった。ぴくりとも頬を動かさない。「止めるつもりはないのでしょう？　それとも、モイレイン様のお言いつけですか？」

「アル＝ソア、そなたの思うようにすればよい。あるいは、歴史模様の定める道にしたがえばよい」ランは身体を起こした。「では、失礼する」

アル＝ソアは振り向き、去ってゆくランを見つめた。いつのまにか、そばにエグウェーンが立っていた。

「考えを変えるって、なんのこと、アル＝ソア？」

アル＝ソアは乱暴にシャツと上着をつかんだ。急に身体が冷えてきた。「おれは行くよ、エグウェーン」

「どこへ？」

「さあ、おれにもわからない」と、アル＝ソア。

今はエグウェーンと目をあわせたくない。それなのに、エグウェーンを見ずにはいられない。真っ赤な野バラを編みこんだ髪を、肩まで垂らしている。

エグウェーンはマントの前をかき合わせた。真っ青なマントの縁《ふち》には、シエナールふうに白い花の刺繍《ししゅう》がほどこしてある。刺繍はまっすぐ襟《えり》もとまでつづいていた。エグウェーンの顔はその花の色よりも白かった。黒い目を大きく見開いている。

「どこか遠くさ」と、アル＝ソア。

「あなただけ離れてゆくなんて、きっとモイレイン様がお許しにならないわ。あれだけの……あれだけのつとめを果たしたんだから、ご褒美《ほうび》をもらってもいいぐらいよ」

「モイレイン様はおれのことなど気にもしてない。おれはモイレイン様の望むとおりのことをした。それで終わりだ。おそばへ行ってても言葉もかけてくださらない。おれも意識して、そばにいようとしたわけじゃない。でも、モイレイン様は、おれをさけてた。おれがどこへ行こうと気になさらない。おれもモイレイン様がどうなさろうとかまわない」

「モイレイン様はまだご気分がすぐれないのよ、アル＝ソア」エグウェーンは口ごもった。

「あたしはタール・ヴァロンへ行くわ。訓練を受けて、異能《アエズ・セダーイ》者になるの。ナイニーヴもいっしょよ。マットは〈治療の技《わざ》〉を受ける必要があるし——なぜ短剣を手放せないのかはわからないけど。ペリンもいちどタール・ヴァロンを見たがってる。あなたもいっしょにくればいいのに」

「そこへ行って、モイレイン様のような異能《アエズ・セダーイ》者たちに正体を知られ、飼いならされるのを待ってろっていうのか？」アル＝ソアは声を荒らげた。嘲笑《ちょうしょう》に近い響きがあった。もはや感情を抑えられない。「それがきみの望みか？」

「違うわ」エグウェーンは即答した。

アル＝ソアはうれしかったが、その気持ちをエグウェーンに伝えられないことはわかっていた。

「アル＝ソア、怖がることないのよ……」ほかには誰もいないのに、エグウェーンはあたりを見まわし、声を落とした。「万物源にふれる必要はないって、モイレイン様がおっしゃってるわ。男性源《サイディン》にふれなければ……絶対力を使おうとしなければ、あなたは安全でいられるの」

「もちろん、二度とふれるつもりはない。片手を切り落とすはめになっても、それだけはごめんだ」自分を抑えられなくなったら、どうする？　おれは絶対力をあやつろうとしたことなど、いちどもない。〈全界の眼〉でも、そうだった。でも、抑えられなくなったら？

「エモンズ・フィールドへ帰るの、アル＝ソア？　お父様が死ぬほど、あなたに会いたがってるはずよ。マットのお父様だっていまごろは同じ気持ちに決まってる。あたしが帰るのは来年になりそうだわ。とにかく、今しばらくは帰らない」

　アル＝ソアは手のひらで剣の柄をなでた。青銅のアオサギの手ざわり。父さん。故郷。ああ、どんなにこの目で見たいことか……。「家へは帰らない」どこか遠くへ行こう。自分を抑えられなくなっても、誰も傷つけなくてすむ場所へ。一人で行こう。雪が降っているわけでもないのに、急に寒くなってきた。

「おれは行く。でも、家へ帰るんじゃない」エグウェーン、エグウェーン、なぜ、きみが、あんな連中の仲間にならなきゃいけないんだ？　アル＝ソアはエグウェーンを抱きしめ、その髪に顔をうずめてささやいた。「家へは帰らない」

アゲルマー公の庭園。白い花がまばらに咲いたあずまやの下で、モイレインは椅子兼用寝台に腰をおろした。膝の上に封印のかけらがある。モイレインは指先に金色の鎖を持っていた。その鎖についた小さな宝石――モイレインがときどき髪に飾っているものだ――がまわりながら、きらめいた。その淡いブルーの輝きは、しだいに消えていった。モイレインの口もとに笑みが浮かんだ。宝石そのものにはなんの力もない。その宝石をはじめて使ったのは、まだケーリエンの宮殿にいた少女のころだった。すでに自分が絶対力を持っていることは知っていた。その石を使い、誰にも気づかれずに遠くから他人の話を盗み聞きすることができた。

「予言がかなえられるときがきました」モイレインはつぶやいた。「竜王はよみがえりました」

用語集

この用語集の時代表記――

トーマ暦（トーマ・ドゥル・アミッドが考案）は男性の異能者《アエズ・セダーイ》が絶滅した約二百年後から使われはじめ、全界崩壊後《AB》の日々を記録した。トロローク戦争で数多くの記録が破壊されたため、トロローク戦争の終結とともに、旧暦の日付を正確に特定する論議が活発化した。ガザルのティアムは、これでトロロークの脅威から解放されたと思い、それを祝って新暦を作り、毎年を一自由年《FY》として記録する提案を行なった。このガザル暦は、トロローク戦争の終結から二十年後には広く世間に受け入れられた。鷹羽王アートゥルは自分の帝国の建立日にもとづく建国暦《FF》を新たに制定しようとした。だが今では、この建国暦《FF》を知り、利用するものは歴史学者しかいない。広範囲にわたる破壊、死、荒廃をもたらした百年戦争の終結後、海住民族《シー・フォーク》の学者、飛翔する鷗《ソアリング・ガル》ことウレン・ディン・ジュバイが〝第四の暦〟を提案、タラボン国の総統ファレードが公布した。このファレード暦は、特定の日を選んで百年戦争が終結した日と定め、それ以降の日々を新時代暦《NE》として記録しており、現在も使われている。

アイール人　アイール荒地の住民たち。荒々しくて我慢づよい。アイール荒地人とも呼ばれる。ほかの者を殺す前に、顔をベールで隠す。このことから、暴力をふるう者を〝顔に黒いベールをつけたアイール人のようだ〟という言葉が生まれた。武器を持っていても、素手でも、恐ろしい戦士。剣は使わない。戦うときは、笛吹きが踊りの曲を奏でる。そのため、アイール人は戦闘を〝踊り〟と呼ぶ。

アイール荒地　〈全界の背骨〉の東に位置する荒削りな岩だらけの、水の乏しい地域。アイール人でないと水を見つけるのが不可能に近いためだけではなく、アイール人がよそものを歓迎せず、よそものを見ると戦闘態勢に入るため、この地を訪れる者はほとんどいない。

アヴェンデソーラ　古語で〝生命の木〟の意。数多くの物語や伝説に登場。

異能者《アエズ・セダーイ》　絶対力を使いこなす者。〈狂気の季節〉以降、生き残っている異能者《アエズ・セダーイ》は全員が女性。世間からは不信と不安と、ときには憎悪の目で見られる。全界崩壊の原因とみなされ、諸国の政治に干渉すると、多くの人々が信じている。同時に、ほとんどすべての統治者が異能《アエズ・セダーイ》者を相談役にしている。それを秘密にしている地域でも、事情は同じである。〝シェリアム・セダーイ〟のように〝セダーイ〟の敬称をつけて呼ばれる。

アジャ　アミルリン位以外のすべての異能《アエズ・セダーイ》者が所属する異能《アエズ・セダーイ》者の集合体。異能《アエズ・セダーイ》者たちは青アジャ、赤アジャ、白アジャ、緑アジャ、茶アジャ、黄アジャ、灰アジャに分けられる。この色は、それぞれの異能《アエズ・セダーイ》者の絶対力の使いかたや、その目的など、哲学の違いによって決まる。たとえば、赤アジャは絶対力を使う男性を発見して飼いならす行為に、全エネルギーを傾注《けいちゅう》する。一方、茶アジャは全界との関係を絶ち、知識を得ることに専念する。闇王に仕える黒アジャの存在（異能《アエズ・セダーイ》者たちは強く否定しており、このことを異能《アエズ・セダーイ》者の前で口にすると無事ではすまない）も噂されている。

アミルリン位　①異能《アエズ・セダーイ》者のリーダーの称号。七色のアジャを代表する三人の異能《アエズ・セダーイ》者が構成する異能《アエズ・セダーイ》者の最高会議〈各アジャ代表者会議〉で選出され、任期は終身。少なくとも理論上、アミルリン位は異能《アエズ・セダーイ》者たちのなかで最高の権力を持つ。王や女王と同等の格づけをされる。②異能《アエズ・セダーイ》者のリーダーが座る玉座。

アラム　放浪民トゥアサ＝アン族の若者。

アル・エリサンデ　古語で〝太陽のバラのために〟の意。

アルダイブ　古語で、春の雨をもたらす〝西風〟の意。モイレインが騎乗する雌馬の名。

アンドール王国　トゥー・リバーズを含む王国。アンドール王国の紋章は、赤地に、後ろ脚で立つ白いライオンを描いたもの。モーゲイズ女王が統治。

イレイアン　〈嵐の海〉に面する大港湾都市。イレイアン国の首都。イレイアン国の紋章は、暗緑色を背景にして描いた九匹の金色のミツバチ。

英雄蘇生《ヴァリーア》の角笛《つのぶえ》　物語『英雄蘇生の角笛を探す旅』の目的となった伝説上の角笛。この角笛は死んだ英雄を墓のなかから呼び戻し、闇王と戦わせると信じられている。

エグウェーン・アル＝ヴィア　エモンズ・フィールドにある宿屋の末娘。

エリアス・マチェーラ　ペリンとエグウェーンが森のなかで出会った男。

エルス・グリンウェル　ランド・アル＝ソアがシームリン街道で出会った農家の娘。

エレイン王女　アンドール王国のモーゲイズ女王の娘。同国の王位継承者。紋章は黄金のユリ。

大いなるヘビ　時間と永遠性のシンボル。〈伝説の時代〉の始まりよりも古い。自分の尾をくわえた一匹の大蛇の姿を描いたもの。

飼いならし　異能者《アエズ・セダーイ》の行為で、男性の絶対力を使う能力を封印すること。男性が絶対力を使うと、穢《けが》れた男性源《サイディン》によって気が狂い、狂っているあいだに間違いなく恐ろしいことをするため、この行為が必要になる。飼いならされた男性は、そのあとも万物源を感知できるが、万物源にさわることはできない。飼いならす前にどのような狂気が起こっても、この〝飼いならし〟によって進行を止めることができる。しかし、それを治療することはできない。〝飼いならし〟が早期におこなわれれば、当事者の男性は死をまぬがれる。

ガーウィン王子　モーゲイズ女王の息子、エレイン王女の兄。エレイン王女が女王に即位したときに、〈剣《つるぎ》の第一大公〉になる予定。紋章は、白いイノシシ。

カライ・アン・エリサンデ！　古語で〝太陽のバラの名誉のために！〟の意。古代マネサレン王国の最後の国王イーモン・アル・カー・アル・ソリンの鬨《とき》の声。

カライ・アン・カルダザール！　古語で〝赤い鷲の名誉のために！〟の意。古代マネサレン王国の鬨の声。

ガラディドリッド（ガラド）・ダモドレッド　タリンゲイル・ダモドレッドとティグレイン王女とのあいだに生まれた一人息子。エレイン王女とガーウィン王子の腹違いの兄。紋章は、下を向いて反《そ》り返った銀の剣。

ガレス・ブライン　アンドール王国軍の総大将。〈剣の第一大公〉の後見役も二回つとめた。紋章は、それぞれが五本の光線を放つ三つの黄金の星。

ケーリエン　〈全界の背骨〉に沿った国の名。同時に、同国の首都の名でもある。首都ケーリエンはアイール戦争の時代（新時代暦《NE》九七六年～九七八年）に大火と略奪を受けた。同国の紋章は、空色の地に、無数の光線を発して地平線から昇る太陽。

サルダエア国　境界地域にある国のひとつ。サルダエア国の紋章は、暗青色を背景にした三匹の銀色の魚。

ジェヴィク・ク＝シャー　トロローク語で〝死にゆく大地〟の意。トロロークがアイール荒地を呼ぶ言葉。

シエナール王国　境界地域にある国のひとつ。シエナール王国の紋章は、降下して飛びかかる黒い鷹。

海住民族《シー・フォーク》　アラス海と〈嵐の海〉の諸島に住む人々。島で暮らすことはほとんどなく、人生の大半を船の上で送る。海産物の交易は大半が海住民族《シー・フォーク》の船で運ばれて行なわれる。

シームリン　アンドール王国の首都。

シャダー・ロゴス　古語で〝影の待つ場所〟の意。トロローク戦争以来ずっと放棄され、遠ざけられている都市。〝闇王の待ち伏せ〟とも呼ばれる。

シャヨル・グール　〈呪われた大地〉のなかにある山。この山中に、闇王の牢獄がある。

ジャレット・バイア　〈光の子〉の将校。

十カ国の盟約　全界崩壊のおよそ二百年後の時代に成立した国家連合。闇王に打ち勝つことを誓った。この盟約は、トロローク戦争によって消滅した。

俊足の騎手ジェイン　数多くの国々へ旅をし、数々の冒険をした北国の英雄。何冊かの本の著者であり、数多くの書物や物語の主人公でもある。大荒廃地へ旅したのち、新時《N》代暦《E》九八一年に忽然《こつぜん》と姿を消した。シャヨル・グールへ連れていかれたという説もある。

ジョフラム・ボーンハルド　〈光の子〉の主将卿。

白い塔　アミルリン位の玉座がある宮殿。タール・ヴァロンにある。

尋問団　〈光の子〉の軍事組織。この組織の目的は闇の信徒を見つけ出し、闇の信徒を尋問して、真実をあばき出すことであり、この組織に所属する者は、その目的の達成を誓約している。自分たちの信じる真実と光の求めかたは、〈光の子〉のなかでも特別に過激である。尋問は普通、拷問によって行なわれる。すでに真実を知っていると自負する尋問団にとって、犠牲者に自分たちと同じ真実を認めさせること以外に目的はない。尋問団は自分たちを〈光の手〉と呼び、ときには、〈光の子〉全体を統括する〈光の聖者の評議会〉や〈光の子〉そのものから完全に離れたかのような行動をする。尋問団の長は、〈光の聖者の評議会〉の一員である首席尋問卿。

絶対力　万物源から引き出される力。大多数の人々は、この力を使いこなすことができない。かぎられたごく少数の人間だけが絶対力の使いかたを教わることができる。さらに少数の人間が、生まれながらに絶対力をあやつる能力を持ち、教わる必要もない。自分が望もうと望むまいと関係なく、無意識のうちに、万物源にさわり、絶対力を使いこなす。この先天的な能力は、普通、当人の未成年期か、青年期の早い段階に、その徴候を表わす。もし絶対力の使いかたを教わらずに絶対力を引き出した場合、または絶対力の使いかたを独学（非常に難しく、四人のうち一人しか成功しない）で学んで絶対力を引き出した場合、当人は確実に死ぬ。〈狂気の季節〉以降、恐ろしいほどの狂気に陥ることなく絶対力を使いこなした男性は一人もいない。たとえ絶対力の使いかたを少し教わった男性でも、絶対力を引き出した結果おこった疲労による病気で死んだ。この病気も発狂も、闇王が穢した男性源《サイディン》が引き起こしたものである。女性の場合は絶対力を使いこなせなくても、男性の場合ほど恐ろしい狂気には襲われないが、死を招くことに変わりはない。異能者《アエズ・セダーイ》は、生まれながらにこの絶対力をあやつる能力を持つ若い女性を探し求める。これは、そのような若い女性たちの生命を救うためでもあり、異能者《アエズ・セダーイ》の数を増やすためでもある。同様に異能者《アエズ・セダーイ》が生まれながらに絶対力をあやつる能力を持つ若い男性を探し、その絶対力を引き出す能力を封印するのは、その男性が発狂した場合に起こる恐ろしい事態を防ぐためである。

絶対力の五素　絶対力には何本もの糸があり、絶対力を使う者は通常、自分にとって最適な糸をつかむ。これらの糸は絶対力がふるわれる対象によって、〈地〉、〈気〉、〈火〉、〈水〉、〈心〉に分けて呼ばれる。これを〝絶対力の五素〟という。絶対力をあやつる者なら誰にでも、使いこなせる素がひとつかふたつあり、それを使うと強い絶対力を引き出せるが、それ以外の素を使おうとすると、逆に力を弱めてしまう。ごく少数の者が三つの素を使いこなしたという伝承があるが、〈伝説の時代〉以降、五つの素すべてを使いこなした者は一人もいない。〈伝説の時代〉でも、五つの素すべてを使いこなした例は、きわめて稀《まれ》だったという。力の強さには個人差があるため、なかには、ずば抜けて強い絶対力を持つ者もいる。絶対力を使って何か行動を起こす者は、ひとつ、またはそれ以上の素を手に入れる能力を持たなければならない。たとえば、絶対力を使って火をおこしたり、その火をコントロールしたりする場合は五素の〈火〉を必要とし、天候を変える場合は〈気〉と〈水〉を、〈治療の技《わざ》〉を行なう場合は〈水〉と〈心〉を必要とする。五つめの素である〈心〉は男女とも均等に与えられているが、〈地〉と〈火〉は男性のものとされ、〈気〉と〈水〉は女性のものとされる。五つの素の威力に差はないと思われているが、「水や風が壊せないほど丈夫な岩はなく、水や風で消せない火はない」という言葉が女性異能《アエズ・セダーイ》者のあいだにはある。この異能《アエズ・セダーイ》者のあいだでささやかれる言葉は、最後の男性異能《アエズ・セダーイ》者が死んでだいぶたってから使われはじめた。男性異能者《アエズ・セダーイ》のあいだでささやかれた似たような言葉は、はるか昔に忘れ去られた。

大荒廃地　闇王によって完全に穢された極北の地域。トロローク、ミルドラル、そのほかの闇王配下の生物が絶えず出没する。

鷹羽王アートゥル　〈全界の背骨〉の西にあるすべての国々と、アイール荒地の向こう側にあるいくつかの国々を統一した伝説的な王。アラス海を横断する軍勢を送りさえしたが、アートゥル王の死とともに、この軍勢の消息は途絶え、これが原因となって百年戦争が始まった。同王の紋章は、飛んでいる黄金色の鷹。

タール・ヴァロン　エリニン川のなかの島にある都市。異能者《アエズ・セダーイ》の力の中枢で、アミルリン位の玉座がある。

剣《つるぎ》の第一大公　通常、アンドール王国の女王の最年長の兄弟が保持する位階。子供のころから、戦時にはアンドール王国軍を指揮し、平時には女王の相談役となるよう訓育される。女王に兄弟がいない場合は女王が適切な人物を〈剣の第一大公〉に任命する。

ティア　〈嵐の海〉に面する大港湾都市。ティアの紋章は赤と金色を背景にした三つの白い三日月。

ティアの石城　ティアの町を守る要塞。〈狂気の季節〉のあとで建てられた古代の要塞だと言われるが、〈狂気の季節〉の最中に建てられたという者もいる。

ティグレイン王女　アンドール王国の王位継承者だった女性。タリンゲイル・ダモドレッドと結婚し、息子ガラディドリッドを産んだ。兄のルーク公が大荒廃地で行方不明になった直後の新時代暦《NE》九七二年に姿を消した。その結果、アンドール王国では王位継承騒動が起こり、やがてアイール戦争に発展した。ティグレイン王女の紋章は、白い花をつけたバラの茎を握る女性の手。

伝説の時代　〈闇の戦争〉と全界崩壊によって終結させられた時代。異能者《アエズ・セダーイ》が、今では夢見るしかない数多くの驚異の技をふるった時代。

トゥアサ゠アン族　放浪する民族で、〝鋳《い》かけ屋〟とか、〝放浪民〟とも呼ばれる。鮮やかな彩色をほどこした箱馬車に住み、リーフ教と呼ばれる徹底した平和主義を貫く哲学にしたがって生きる。〈鋳かけ屋〉たちが修理したものは新品よりも上質とされるが、大半の村がトゥアサ゠アン族を嫌う。トゥアサ゠アン族が村の子供たちを連れ去り、その子供たちをリーフ教徒に改宗させるという噂が流布しているからだ。

トム・メリリン　〈春祭り《ベル・タイン》〉で公演するため、エモンズ・フィールドへやってきた吟遊詩人。

トロローク　〈闇の戦争〉のあいだに創造された闇王配下の生物。身長三メートルの巨体を持ち、極度に獰猛《どうもう》。動物と人間を混ぜ合わせた醜悪な生物。純粋に殺す楽しみだけを求めて殺戮《さつりく》を行なう。悪賢く、欺瞞《ぎまん》的で不誠実だが、自分たちが恐れる相手には忠実である。なんでも食べ、人間の肉やほかのトロロークの肉を含めて、どんな種類の肉でも食べる。人間と動物との混血であるため、人間と混血できるが、生まれてくる子供は大半が死産し、ごくまれに生まれても、長くは生きられない。

トロローク戦争　全界崩壊の約千年後に始まり、三百年以上つづいた一連の戦争。そのあいだにトロローク軍は全界じゅうを荒らした。やがてトロロークたちは殺されるか、大荒廃地へ押し戻されるかしたが、いくつかの国々は滅亡し、ほかの国々も人口の大半を失った。この時代の記録は断片的にしか残っていない。

ナイニーヴ・アル＝メアラ　エモンズ・フィールドの賢女。

偽の竜王　ときどき、自分は〝竜王の再来〟だと称する男が現われ、その制圧に、かなりの人数の軍勢を必要とする場合もある。数多くの国々を巻きこむ戦争を起こした偽の竜王もいた。ここ何世紀ものあいだ、〈竜王の再来〉を自称する男たちの大半は絶対力を使えなかったが、何人かは絶対力を使うことができた。しかしながら、その男たちは全員が〈竜王予言〉を現実のものにすることなく、行方不明になるか、捕らえられるか、殺されるかした。このような男たちは、すべて偽の竜王と呼ばれる。

呪われた大地　シャヨル・グールを取り囲む荒れはてた土地。大荒廃地の向こう側にある。

バ＝アルザモン　トロローク語で〝闇の心臓〟の意。トロロークが呼ぶ闇王の名前だと信じられている。

パダン・フェイン　〈冬夜日《とうやび》〉の直前にエモンズ・フィールドに来た旅商人。

心の石《ハートストーン》　〈伝説の時代〉に作られた破壊不可能な物質。今までに知られているかぎり、どのような力をこめて心の石《ハートストーン》を破壊しようとしても無駄で、逆に心の石《ハートストーン》の力を強めてしまう。

万物源　宇宙の原動力。〈時の車輪《ホイール・オブ・タイム》〉を回転させる。半分ずつ、男性の部分である男性源《サイディン》と、女性の部分である女性源《サイダール》とに分かれる。この両者は相そろって働くと同時に、互いに反発し合って働く。男性だけが男性源《サイディン》を引き出せ、女性だけが女性源《サイダール》を引き出せる。〈狂気の季節〉の始まり以降、男性源《サイディン》は闇王にさわられ、穢れている。

光の子　きびしい禁欲的な信条を持ち、闇王に勝つことと、すべての闇の信徒を討ち滅ぼすことに専念する集団。百年戦争の時代に、増加する闇の信徒を改宗させるため、ロータイア・マンテラーが創設した。百年戦争のあいだに発展し、完全な軍事組織になった。自分たちの信念を狂信し、真実と正義を知るのは自分たちだけだと確信している。異能者《アエズ・セダーイ》を憎み、異能者《アエズ・セダーイ》と、異能者《アエズ・セダーイ》の支持者や味方を、すべて闇の信徒とみなす。

白マントと蔑称《べっしょう》される。紋章は、白地にきらめく金色の陽光。

百人部隊　〈伝説の時代〉に存在した最高の実力を持つ百人の男性異能者《アエズ・セダーイ》。竜王ルーズ・セリン・テラモンに率いられて〈闇の戦争〉を始め、ふたたび闇王を牢獄のなかへ封じこめて、戦争を終結させた。しかし、闇王の反撃が男性源《サイディン》を穢し、百人部隊の男性異能者《アエズ・セダーイ》は全員が狂い、全界崩壊を引き起こした。

百年戦争　絶えず変化する同盟関係のなかで、鷹羽王アートゥルの死を契機に起こった一連の戦争。この戦争は最終的に鷹羽王アートゥルの帝国じゅうにおよび、九九七自由年《FY》から一一七自由年《FY》までつづいた。この戦争の結果、アラス海からアイール荒地にいたる大半の国々と、〈嵐の海〉から大荒廃地にいたる大半の国々で、人口が大きく減った。戦争による破壊が大きすぎたため、この時代の記録は断片的なものしか残っていない。鷹羽王アートゥルの帝国は引き裂かれ、その結果、現在ある国々が形成された。

ヒーラン・エイダン　ベイロン領主。

ファー・ダーライズ・マイ　〝槍の乙女たち〟の意。数多いアイールの戦闘集団のひとつ。ほかの軍隊とは違い、女性だけで構成される。この戦闘集団に属する女性は結婚を禁じられ、除隊することも許されない。また、子供を身ごもっているあいだは、戦闘を禁じられる。生まれた子供は、〈槍の乙女〉以外の女性が育て、子供の母親は誰にもわからない（「〈槍の乙女〉はどの男にも属さず、どの男も、どの子供も〈槍の乙女〉に属してはならない。〈槍の乙女〉にとっては、槍だけが恋人であり、わが子であり、人生である」）。この母親を知らぬ子供たちは大切にされる。〈槍の乙女〉が産んだ子供の一人が氏族を統合し、アイール人をもういちど〈伝説の時代〉の偉大な国へもどすと予言されているからだ。

ベイル・ドモン　〈水煙〉号の船長。

ベイロン　アンドール王国の都市の名。シームリンから〈霧の山脈〉の鉱山へ通じる街道に位置する。

ペリン・エイバラ　エモンズ・フィールドの鍛冶屋見習いの若者。

時の車輪《ホイール・オブ・タイム》　時間は七本のスポークを持つ車輪であり、それぞれのスポークがひとつの時代である。この車輪が回転するにつれて、さまざまな時代が訪れ、残った記憶は伝説になり、やがて神話となる。神話も忘れられたころにまた同じ時代がめぐってくる。歴史模様は同じ時代が訪れるごとに少しずつ形を変え、そのたびに大きく形を変える可能性を持つが、訪れるのが同じ時代であることは変わらない。

マット（マトリム）・コーソン　エモンズ・フィールドの若い農夫。

マーディ　古語で〝求道者〟の意。トゥアサ＝アン族の旅団のリーダーの称号。

マネサレン　〈第二盟約〉を結んだ十カ国のひとつである王国の名。王国の首都の名でもある。トロローク戦争で王国も首都も完全に破壊された。

マルキア王国　かつては境界地域にある独立国家だったが、今は大荒廃地に呑みこまれている。〈七つの塔〉で知られるマルキア王国の紋章は、飛行中の黄金色のツル。

マンダーブ　古語で〝刃《やいば》〟の意。ランが騎乗する大柄な戦馬の名。

ミルドラル　闇王が創造した生物。トロロークを指揮する。トロロークのできそこないで、トロロークを創るために使った人間の部分が表面に出たが、トロロークの邪悪な部分は残った。外見は人間に似ているが、目がない。にもかかわらず、明るくても、暗くても、鷲《わし》のような視力を持つ。闇王の力の一部を持ち、じろりとにらむだけで相手を恐怖で凍りつかせたり、影のなかに自分の姿をとけこませたりできる。あまり知られていない弱点は、流れる水を嫌うこと。半人ミルドラル、目無しのミルドラル、影男ミルドラル、忍び歩くミルドラル、闇に溶けるミルドラルなど、地域によって、さまざまな名前で呼ばれる。

ミン　アル＝ソアたちがベイロンの宿屋〈雄鹿と獅子〉で出会った若い女性。

モイレイン　〈冬夜日〉の直前にエモンズ・フィールドに到着した訪問者。異能者《アエズ・セダーイ》。

モーゲイズ女王　光の恩寵を受けし者、トラカンド家の当主、アンドール王国の女王。

紋章は三つの黄金色の鍵。トラカンド家の紋章は銀色の要石《かなめいし》。

闇王　どの地域でも用いられるもっとも普遍的なシェイ＝タンの呼び名。諸悪の根源で、創世主と対立。創世のときに、創世主によってシャヨル・グールに幽閉された。闇王を解放しようとする企てが〈闇の戦争〉を起こし、男性源《サイディン》を穢し、全界崩壊をもたらし、〈伝説の時代〉に終止符を打った。

闇王の名　闇王の本当の名（シェイ＝タン）を口にすると、闇王の注目を惹《ひ》き、よくても不運を、悪ければ大災害を招く。そのため、たとえば〝闇王〟、〝虚言の祖〟、〝目をくらませる者〟、〝墓の王〟、〝夜の羊飼い〟、〝心の破壊者〟、〝心の牙〟、〝牧草地を焼く者〟、〝葉を枯らす者〟など多くの遠まわしな呼び名が使われる。不運を招いた者は、しばしば〝闇王の名を口にしたからだ〟と言われる。

闇王の拳《フィスト》　トロロークの軍事組織の基本的な単位。ひとつの拳《フィスト》に所属するトロロークの数は常に百体以上だが、二百体を超えることはない。普通は一体のミルドラルが指揮するが、例外もある。

闇セダーイ　〈闇の戦争〉のあいだに、不死を約束され、その見返りとして闇王の配下になった十三人の異能者《アエズ・セダーイ》。いずれも、かつてないほど強力な異能者《アエズ・セダーイ》だといわれる。伝説と断片的な記録によれば、闇王と一緒に幽閉されたという。この十三人の異能者《アエズ・セダーイ》の名は、今でも子供たちを怖がらせるために使われる。

闇の軍師　絶対力を使いこなすことができ、トロローク戦争のあいだに闇王のもとへ走った者たち。トロローク軍を指揮する。

闇の信徒　闇王を信奉し、闇王が幽閉を解かれたとき、自分たちが大きな権力と報酬を得ると信じる者たち。

闇の戦争　〝絶対力戦争〟とも呼ばれ、〈伝説の時代〉を終わらせた。闇王を解き放とうとする企ての直後に始まり、ほどなく全界を巻きこんだ。戦争の記憶が失われていた全界じゅうで、あらゆる戦争手段がよみがえり、その多くが闇王の手で邪悪さの度合いを高め、絶対力が武器として使われた。この戦争は、闇王を牢獄のなかへ封じこめなおすことによって終結した。

ラン（アル＝ラン・マンドラゴラン）　北国出身の戦士。モイレインの護衛士。

ランド・アル＝ソア　エモンズ・フィールドの若い農夫で、羊飼い。

竜王　〈闇の戦争〉のあいだに知られたルーズ・セリン・テラモンの名。すべての男性異能者《アエズ・セダーイ》を襲った狂気のなかで、ルーズ・テラモンは自分の血縁者と、愛する者全員を殺した。それで、〝親族殺しの竜王テラモン〟とも呼ばれる。今でも、理由もなく自分の周囲の者たちを危険な目にあわせたり、脅《おびや》かしたりする者は〝竜王に取りつかれた〟とか〝竜王のものになった〟などと呼ばれる。

竜王の刻印　普通は黒で描く。下部の先端でバランスを取る涙の滴《しずく》の形を様式化したマーク。家の扉や外壁に殴り書きされ、その家に住む人々を糾弾《きゅうだん》する。

竜王の再来　予言と伝説によれば、竜王は人類が最大の危機に瀕したときに全界を救うためによみがえるとされている。これは必ずしも人々が望むことではない。〈竜王の再来〉は新たな全界崩壊をもたらすと予言されており、竜王の死後三千年たった今でも、〝親族殺しの竜王テラモン〟の名は人々を震え上がらせるからだ。

歴史の大模様　〈時の車輪《ホイール・オブ・タイム》〉は歴史模様を〝歴史の大模様〟のなかへ織りこむ。〝歴史の大模様〟は過去、現在、未来のすべての存在と現実である。〝時のレース模様〟とも呼ばれる。

歴史模様　〈時の車輪《ホイール・オブ・タイム》〉は各人の人生を糸にして、歴史模様を織る。これが歴史模様の本体を形作る素材となる。

本書は、一九九七年十一月〜一九九八年三月にハヤカワ文庫『竜王伝説』（全五巻）として刊行された作品を、三分冊で改題・再刊したものの下巻です。再刊にあたり、全体の用語監修を月岡小穂氏が行ないました。

訳者略歴　1935年生，2006年没，明治大学政治経済学部卒，英米文学翻訳家　訳書『剣の騎士』ムアコック，『ヨブ』ハインライン，『銀河おさわがせ中隊』アスプリン（以上早川書房刊）他多数

HM=Hayakawa Mystery
SF=Science Fiction
JA=Japanese Author
NV=Novel
NF=Nonfiction
FT=Fantasy

ホイール・オブ・タイム　竜王伝説《りゅうおうでんせつ》
〔下〕

〈FT611〉

二〇二一年十月 二十日　印刷
二〇二一年十月二十五日　発行
（定価はカバーに表示してあります）

著者　ロバート・ジョーダン
訳者　斉《さい》藤《とう》伯《はく》好《こう》
発行者　早川浩
発行所　株式会社　早川書房
郵便番号　一〇一 - 〇〇四六
東京都千代田区神田多町二ノ二
電話　〇三 - 三二五二 - 三一一一
振替　〇〇一六〇 - 三 - 四七七九九
https://www.hayakawa-online.co.jp

乱丁・落丁本は小社制作部宛お送り下さい。
送料小社負担にてお取りかえいたします。

印刷・株式会社亨有堂印刷所　製本・株式会社川島製本所
Printed and bound in Japan
ISBN978-4-15-020611-6 C0197

本書のコピー、スキャン、デジタル化等の無断複製は著作権法上の例外を除き禁じられています。

本書は活字が大きく読みやすい〈トールサイズ〉です。